中国艺术研究院
基本科研业务费项目

中国艺术研究院学术文库
主　编　王文章　周庆富

秦华生　著

宋元明清戏曲论稿

北京时代华文书局

图书在版编目（CIP）数据

金元清戏曲论稿 / 秦华生著 . -- 北京 : 北京时代华文书局 , 2025.6
（中国艺术研究院学术文库 / 王文章，周庆富主编）
ISBN 978-7-5699-5186-8

Ⅰ .①金… Ⅱ .①秦… Ⅲ .①古代戏曲 — 文学研究 — 中国 — 金代 - 清代 Ⅳ .① I207.37

中国国家版本馆 CIP 数据核字 (2024) 第 063566 号

JIN-YUAN-QING XIQU LUNGAO

出 版 人：陈　涛
责任编辑：徐敏峰
装帧设计：周伟伟
责任印制：刘　银　訾　敬

出版发行：北京时代华文书局 http://www.bjsdsj.com.cn
　　　　　北京市东城区安定门外大街 138 号皇城国际大厦 A 座 8 层
　　　　　邮编： 100011　电话： 010-64263661　64261528

印　　刷：三河市嘉科万达彩色印刷有限公司
开　　本：710 mm×1000 mm　1/16　　　成品尺寸：170 mm×240 mm
印　　张：18　　　　　　　　　　　　　字　　数：263 千字
版　　次：2025 年 6 月第 1 版　　　　　印　　次：2025 年 6 月第 1 次印刷
定　　价：90.00 元

版权所有，侵权必究
本书如有印刷、装订等质量问题，本社负责调换，电话：010-64267955。

"中国艺术研究院学术文库"
编辑委员会

主　编　王文章　周庆富

副主编　喻　静　李树峰　王能宪

委　员　王　馗　牛克成　田　林　孙伟科
　　　　李宏锋　李修建　吴文科　邱春林
　　　　宋宝珍　陈　曦　杭春晓　罗　微
　　　　赵卫防　卿　青　鲁太光
　　　　（按姓氏笔画排序）

编辑部

主　任　陈　曦

副主任　戴　健　曹贞华

成　员　马　岩　刘兆霏　汪　骁　张毛毛
　　　　胡芮宁　（按姓氏笔画排序）

"中国艺术研究院学术文库"再版序

周庆富

由中国艺术研究院策划、北京时代华文书局出版的大型系列丛书"中国艺术研究院学术文库",历经十余载,陆续出版近150种,逾5000万字,自面世以来取得了很好的社会反响。这套丛书以全景集成之姿,系统呈现了中国艺术研究院新一代学者在文化强国征程中,承继前海学术传统,赓续前辈学术遗产的共同追求,也展现了学者们鲜明的研究个性和独特的学术风格,勾勒出我国当代文化艺术从理论研究到实践探索的发展脉络,对推进中国艺术学学科体系、学术体系、话语体系建设具有重要的史料价值和学术价值。

北京时代华文书局意将整套丛书再版,并对装帧、版式等进行重新设计,让这一系列规模庞大、内容广博的研究成果持续发挥它应有的作用,这无疑是一件好事!衷心祝愿"中国艺术研究院学术文库"再版成功!中国艺术研究院的学者们也将继续以饱满的学术热情,将个人专长与国家需要紧密结合,不断为新时代文化艺术繁荣发展,为文化强国建设贡献智慧和力量。

2024年12月20日

总　序

王文章

　　以宏阔的视野和多元的思考方式，通过学术探求，超越当代社会功利，承续传统人文精神，努力寻求新时代的文化价值和精神理想，是文化学者义不容辞的责任。多年以来，中国艺术研究院的学者们，正是以"推陈出新"学术使命的担当为己任，关注文化艺术发展实践，求真求实，尽可能地从揭示不同艺术门类的本体规律出发做深入的研究。正因此，中国艺术研究院学者们的学术成果，才具有了独特的价值。

　　中国艺术研究院在曲折的发展历程中，经历聚散沉浮，但秉持学术自省、求真求实和理论创新的纯粹学术精神，是其一以贯之的主体性追求。一代又一代的学者扎根中国艺术研究院这片学术沃土，以学术为立身之本，奉献出了《中国戏曲通史》《中国戏曲通论》《中国古代音乐史稿》《中国美术史》《中国舞蹈发展史》《中国话剧通史》《中国电影发展史》《中国建筑艺术史》《美学概论》等新中国奠基性的艺术史论著作。及至近年来的《中国民间美术全集》《中国当代电影发展史》《中国近代戏曲史》《中国少数民族戏曲剧种发展史》《中国音乐文物大系》《中华艺术通史》《中国先进文化论》《非物质文化遗产概论》《西部人文资源研究丛书》等一大批学术专著，都在学界产生了重要影响。近十多年来，中国艺术研究院的学者出版学术专著在千种以上，并发表了大量的学术论文。处于大变革时代的中国艺术研究院的学者们以自己的创造智慧，在时代的发展中，为我国当代的文化建设和学术发展做出了当之无愧的贡献。

为检阅、展示中国艺术研究院学者们研究成果的概貌，我院特编选出版"中国艺术研究院学术文库"丛书。入选作者均为我院在职的副研究员、研究员。虽然他们只是我院包括离退休学者和青年学者在内众多的研究人员中的一部分，也只是每人一本专著或自选集入编，但从整体上看，丛书基本可以从学术精神上体现中国艺术研究院作为一个学术群体的自觉人文追求和学术探索的锐气，也体现了不同学者的独立研究个性和理论品格。他们的研究内容包括戏曲、音乐、美术、舞蹈、话剧、影视、摄影、建筑艺术、红学、艺术设计、非物质文化遗产和文学等，几乎涵盖了文化艺术的所有门类，学者们或以新的观念与方法，对各门类艺术史论做了新的揭示与概括，或着眼现实，从不同的角度表达了对当前文化艺术发展趋向的敏锐观察与深刻洞见。丛书通过对我院近年来学术成果的检阅性、集中性展示，可以强烈感受到我院新时期以来的学术创新和学术探索，并看到我国艺术学理论前沿的许多重要成果，同时也可以代表性地勾勒出新世纪以来我国文化艺术发展及其理论研究的时代轨迹。

中国艺术研究院作为我国唯一的一所集艺术研究、艺术创作、艺术教育为一体的国家级综合性艺术学术机构，始终以学术精进为己任，以推动我国文化艺术和学术繁荣为职责。进入新世纪以来，中国艺术研究院改变了单一的艺术研究体制，逐步形成了艺术研究、艺术创作、艺术教育三足鼎立的发展格局，全院同志共同努力，力求把中国艺术研究院办成国内一流、世界知名的艺术研究中心、艺术教育中心和国际艺术交流中心。在这样的发展格局中，我院的学术研究始终保持着生机勃勃的活力，基础性的艺术史论研究和对策性、实用性研究并行不悖。我们看到，在一大批个人的优秀研究成果不断涌现的同时，我院正陆续出版的"中国艺术学大系""中国艺术学博导文库·中国艺术研究院卷"，正在编撰中的"中华文化观念通诠""昆曲艺术大典""中国京剧大典"等一系列集体研究成果，不仅展现出我院作为国家级艺术研究机构的学术自觉，也充分体现出我院领军国内艺术学地位的应有学术贡献。这套"中国艺术研究院学术文库"和拟编选的本套文库离退休著名学者著述部分，正是我院多年艺术学科建设和学术积累的一个集中性展示。

多年来，中国艺术研究院的几代学者积淀起一种自身的学术传统，那就是勇于理论创新，秉持学术自省和理论联系实际的一以贯之的纯粹学术精神。对此，我们既可以从我院老一辈著名学者如张庚、王朝闻、郭汉城、杨荫浏、冯其庸等先生的学术生涯中深切感受，也可以从我院更多的中青年学者中看到这一点。令人十分欣喜的一个现象是我院的学者们从不故步自封，不断着眼于当代文化艺术发展的新问题，不断及时把握相关艺术领域发现的新史料、新文献，不断吸收借鉴学术演进的新观念、新方法，从而不断推出既带有学术群体共性，又体现学者在不同学术领域和不同研究方向上深度理论开掘的独特性。

在构建艺术研究、艺术创作和艺术教育三足鼎立的发展格局基础上，中国艺术研究院的艺术家们，在中国画、油画、书法、篆刻、雕塑、陶艺、版画及当代艺术的创作和文学创作各个方面，都以体现深厚传统和时代特征的创造性，在广阔的题材领域取得了丰硕的成果，这些成果在反映社会生活的深度和广度及艺术探索的独创性等方面，都站在时代前沿的位置而起到对当代文学艺术创作的引领作用。无疑，我院在文学艺术创作领域的活跃，以及近十多年来在非物质文化遗产保护实践方面的开创性，都为我院的学术研究提供了更鲜活的对象和更开阔的视域。而在我院的艺术教育方面，作为被国务院学位委员会批准的全国首家艺术学一级学科单位，十多年来艺术教育长足发展，各专业在校学生已达近千人。教学不仅注重传授知识，注重培养学生认识问题和解决问题的能力，同时更注重治学境界的养成及人文和思想道德的涵养。研究生院教学相长的良好气氛，也进一步促进了我院学术研究思想的活跃。艺术创作、艺术教育与学术研究并行，三者在交融中互为促进，不断向新的高度登攀。

在新的发展时期，中国艺术研究院将不断完善发展的思路和目标，继续培养和汇聚中国一流的学者、艺术家队伍，不断深化改革，实施无漏洞管理和效益管理，努力做到全面协调可持续发展，坚持以人为本，坚持知识创新、学术创新和理论创新，尊重学者、艺术家的学术创新、艺术创新精神，充分调动、发挥他们的聪明才智，在艺术研究领域拿出更多科学的、具有独创性的、充满鲜活生命力和深刻概括力的研究成果；在艺术创作领域推出更多具有思想震撼力和艺术感染力、具有时代标志性和代表性的精品力作；同时，培养更多德才兼备的优秀青年人才，真正把中国艺术研究院办成全国一流、世界知名的艺术研究中心、艺术教育中心和国际艺术交流中心，为中华民族伟大复兴的中国梦的实现和促进我国艺术与学术的发展做出新的贡献。

2014年8月26日

目 录

金院本研究 / 1

元初杂剧繁荣原因研究 / 18

元代曲论研究 / 32

清代戏曲文化总体格局 / 46

清前期传奇杂剧创作与演出 / 54

从思想文化反思到戏曲文化反思 / 68

清初主观化戏剧美学思潮 / 83

丁耀亢剧作剧论初探 / 90

精诚不散　终成连理 / 114

吴舒凫生平考
　　——与刘辉先生商榷 / 122

吴舒凫的戏剧美学观 / 132

清中期传奇杂剧创作与演出 / 138

神话剧《雷峰塔》/ 147

清代《聊斋》传奇初探 / 154

中国戏剧文化的一大嬗变
　　——试论从剧作家中心制到演员中心制嬗变的根本原因及过程 / 160

清代内廷演出弋腔戏研究 / 175

晚清社会与谭鑫培盛名 / 184

简论王国维戏曲美学范畴／188

附录：

宫廷北京概论／193

北方昆曲艺术风格的形成与传承／199

京剧百年启示录／204

中国戏曲现代理论大厦百年建设／209

誉满神州，香飘全球／220

梅兰芳表演体系初探／228

阿甲戏曲观众学简论／238

营造戏曲表演的"画面流动"、"雕塑感"／246

现代戏理论构建与实践意义／250

《北京戏剧通史》绪论／257

《中国评剧发展史》绪论／263

积极培育改良地方戏曲发展的文化土壤／269

金院本研究

璀璨的金文化之树，是根植于肥沃的辽、宋文化土壤之中的。在完颜阿骨打建立金国之前的漫长岁月，女真人的许多部落属原始部落，其生活方式具有相当的原始性，如发饰和服饰，显示出原始民族的某些特征："俗编发，缀野豕牙，插雉尾为冠饰，自别于别部。"①"金俗好衣白粝，发垂肩……自灭辽侵宋渐有文饰。"②风俗淳厚质朴："胡俗旧无仪法，君民同川而浴，肩相摩于道，民虽杀鸡，亦面其君而食，炙肥烹脯，以余肉和綦菜，捣臼中糜烂而进，率以为常，吴乞买（太宗）称帝，亦循故态，今主（指熙宗）方革之。"③

这段漫漫的历史时间，女真人的艺术也具原始性，如音乐歌舞："其乐惟鼓笛，其歌惟鹧鸪曲，第高下长短如鹧鸪声而已。"④其舞"曲折多战斗容"⑤。这些乐舞直接摹仿自然鸟鸣和战斗场景，明显具有粗糙朴实的原始性。

女真文字也创造较晚："金人初无文字，国势日强，与邻国交好，遂用契丹字。太祖命希尹撰本国字，备制度，希尹乃因汉人楷字，因契丹字制度，全本国语，制女真字。天辅三年（1119）八月，命颁行之。"⑥可知，公元1119年，女真人才有了本民族的文字。

---

① 《新唐书·北狄传》。
② 《大金国志·男女冠服》。
③ 洪皓：《松漠纪事》，明刊本。
④ 《大金国志·初兴风土》。
⑤ 《北史·勿吉传》。
⑥ 《金史》卷七十三。

由于当时的女真文化处于较为原始的形态，因而具有较强的接受性。先是接受较为先进的辽文化，其后接受更为发达的北宋文化。

女真人在契丹人统治时代，由于都是逐水草而居的北方游牧民族，有着较为相同相似的生产和生活方式，因而女真民族接受契丹民族的游牧文明，显得是那样的自然，那样的生动，那样的顺理成章。可以说，辽文化是金文化的第一母体。而金文化的第二母体——北宋文化，女真民族接受起来，就不那么自然，不那么顺理成章了。因为北宋文化的基础是发达的农耕文明，即后来欧罗巴哲人定义的"亚细亚生产方式"。游牧文明与农耕文明两种根本差异的生产生活方式，并由此产生的一系列物质和意识，是泾渭分明的。两者接触、碰撞迸发出的火花，显得那般激越美丽，那般鲜亮光彩，甚至有点儿刺眼，是另一种生动，仿佛岩浆般内在涌动，冲破地壳阻隔后的外在喷发，突出地展现出一种奇特瑰丽。人类进展历程中种族文化碰撞交融，是一大奇观，扑朔迷离，千姿百态，无法用公式化的定律来简单演绎。后世人的特定研究描述，对某一特殊对象或进程，尽管有所不同，但应该是有大致轮廓的，是具象清晰的。

金文化在北宋文化的母体中孕育时节，伴随着铁与血，剑与火，农耕文明之母与游牧文明之父的交配，初时简直是"强奸"，草原铁骑风卷残云般的掠夺，蹂躏广袤的华北平原、黄河两岸的中原大地。野蛮与血雨腥风，弥漫在燕赵大地、黄河两岸长满庄稼的田野上空。随着占领地域的行政管理，从疆场的马背上下来发号施令的民族不得不接受农耕文明的一些东西。当时金文化接受北宋汉文化的广度、深度和速度，在北方诸多少数民族之中，名列前茅。女真人之所以迅速地从较为原始的社会形态进入较为发达的社会形态，对辽文化的接受，进而对北宋汉文化的吸收融合是必要条件和重要因素。例如："金人之人汴也，时宋承平日久，典章礼乐粲然备具，金人既悉收其图籍，载其车辂、法物，仪仗而北，时方事军旅，未遑讲也。既而，即会宁建宗社，庶事草创，皇统间，熙宗巡幸析津，始乘金辂，导仪卫，陈鼓吹，其观听赫然一新，而宗社朝会之礼，亦次第举行矣。"①金世宗参酌唐宋体制，制定出金朝礼制，并在典章中予以确立："世宗既兴，复收向所迁宋故礼器以旋，乃命官参校唐、宋故典沿革。开'详定所'以议礼，设'详样所'以审乐……至明昌初书成，凡四百余卷，名曰《金纂修杂录》。"②从《金史》等历史文献中可见，金国礼制较为繁缛，如宗庙、郊祀等，这有一个衍化过程，文献记载的已是金朝中、后期的礼制，其基本参照系乃是唐宋礼制。

女真族大量吸收和融合北宋汉文化，迅速封建化的结果，使勇武剽悍的"猛安谋克"，渐变为儒雅文饰，勇悍猛强的女真民族精神，正在逐渐弱化。这对女真民族的发展，金国的维持带来负面影响，迫使女真统治者提倡和保存一些本民族的旧俗，以图保持雄强勇猛的战斗精神。例如金世宗完颜雍认为："女真旧风最为纯直，虽不如书，然祭天地，敬亲戚，尊耆老，接宾客，信朋友，礼意教曲，皆出自然，其善与古书所载无异。"他号召女真族的后代"当习学之，旧风不可忘也"。即把女真族淳朴自然的旧风俗，与汉民族的儒家学说联系起来，加以提倡弘扬，要求女真族在汉化的进程中，不要忘本，忘掉本民族的"旧风"。他感慨多日没有听到本朝的女真乐曲，亲自带头唱歌，"上曰：'吾来数月，未有一人歌本曲者，吾为汝等歌之。'命宗室子弟叙坐殿下者皆坐殿上，听上自歌。其词道王业之艰难，及继述之不易，至'慨想祖宗，宛然如睹'，慷慨悲激，不能成声，歌毕泣下"③。完颜雍酒后召集部下听自己歌唱女真族歌谣，自然也属酒后豪兴，但主要是他潜意识之中，念念不忘倡导勇猛朴素的作风，害怕由于胜利掠夺而导致骄奢淫逸，不思进取，由此也可得见女真族上下界限不像汉族长幼及北宋宫廷那么森严，尤其是日常生活与娱乐之际，可以放开，不受约束。

在整个中华民族文化发展流变的历史长河中，辽文化、金文化与北宋文

---

① 《金史·礼志》。
② 《金史·礼志》。
③ 《金史·世宗纪》。

化,都是一个相对独立的向外延伸扩展的中心,具有各自的张力和扩散力,仿佛三个先后投入流动河面上的大小不同的石块,激起三个一圈圈向外荡漾扩展的涟漪。圈与圈之间产生激荡,冲撞出一环环水花,各文化环之间跌宕起伏,构建一种动态的流程。

金文化的"璀璨"是多方面的,不仅表现在较短时期内的进步,较强的吸收转化,从文学艺术、典章风物、中都的建设,包括城市建设和科举考试制度建设等方面,可以窥斑见豹,而且在于深层次的对儒、道、释思想的接收融汇。在此,仅从与中都戏剧关系较大的诸宫调来考察,从如今保存完整的《董西厢》中191套套曲和2支单曲来看,5万字的篇幅,将崔莺莺和张生的爱情故事演化成为一部宏伟富丽、曲折波澜、意蕴丰厚的可供演唱的艺术作品,其创造力和创新精神,不得不令后世艺术史家所称道。例如,郑振铎先生评说:"董作的伟大,并不在区区的文辞的漂亮,其布局的弘伟,抒写的豪放,差不多都可以说是'已臻化境'。这是一部'盛水不漏'的完美的叙事歌曲,需要异常伟大的天才与苦作完成之。"[①]更为重要的在于思想意识上的平民化意识,反映出金代女真族思想文化方面,对汉族以儒教理学为纲常的不完全认同,在此间生发出一种异样的声音。这部作品里对莺莺和张生自主结合的同情与肯定,以二人双双出走作为人物的结局,热情讴歌自由恋爱,抗议封建理学的门第观念,否定封建等级制度,喊出了民间市民百姓要求自由平等的心声,显然是儒教理学风靡的北宋社会所不敢呼吁呐喊的。只有在相对精于军事占领,而疏于思想文化钳制的金代,才有可能产生这部闪烁人性光芒的说唱作品。

一、奇异的金院本

女真贵族金戈铁马,先后用武力鲸吞了辽国和北宋,掠夺了辽、宋宫廷中的歌舞杂剧艺人,并收罗了一批艺术人才,使辽、宋朝野艺人聚集金上京和金

---

① 郑振铎:《中国俗文学史》,东方出版社1996年版,第308页。

中都。若从北宋灭亡至金哀宗弃金南京开封逃窜，期间共106年。如果仅从完颜亮迁都燕京，到蒙古军队围攻金中都，其间共63年，从多说是一个多世纪，若少算也有一个多甲子。这一时期，金中都的戏剧艺术，从辽杂剧驻足，北宋杂剧北上，经过几代艺人的努力，演化发展成为金院本。

金代后期，与南宋、蒙元战争频繁，在宋军和元军的夹击下，金国灭亡。继而是元军与宋军的交战，元灭南宋。长时期的战乱，金国的文献资料大都亡佚。作为舞台艺术的金院本面貌如何，一直是个谜。这块神秘的面纱，终于在20世纪初，由王国维先生撩拨开来。王先生从元末陶宗仪《南村辍耕录》中有关院本的宝贵记录，进行一番钩沉解析，在其写作戏剧史上具有开拓意义的《宋元戏曲考》中，专列《金院本名目》一节，详加叙说，有诸多研究成果。这里，先就陶氏"院本名目"分类统计如下：

1．和曲院本14　　　　　2．上皇院本14

3．题目院本20　　　　　4．霸王院本6

5．诸杂大小院本189　　　6．院么21

7．诸杂爨弄107　　　　　8．冲撞引首109

9．拴搐艳段92　　　　　10．打略拴搐109

11．诸杂砌30

以上11类，合计名目711种，而王国维统计为690种，不知何故，可能是他所见版本，与现在所通行的版本不同吧。

王国维先生的学术贡献，首先在于对"院本名目"中的111种类名称及各名目进行考证，并初步归类研究。例如，和曲院本，"其所著曲名，皆大曲法曲，则和曲皆大曲法之总名也"。又如上皇院本，"其中如《金明池》、《万岁山》、《错入内》、《断上皇》等，皆明示宋徽宗时事，他可类推，则上皇者，谓徽宗也"。这些界定是较为确切的。也有不确切的，例如，他把霸王院本指为"疑演项羽之事"。而据胡忌先生后来研究断定为"行院表演武将内容的本子"①，此说较为稳妥。王国维初步归纳分类为"大曲者十六"；"法曲者七"；"词曲调者三十七"；"不但有简易之剧，且有说唱杂戏在其间。如《讲来年好》、《讲圣州序》、《讲乐章序》、《讲道德经》、《讲蒙求孆》、《讲心字孆》，此即推说经诨经之例而广之。他如《订做论语》、《论语谒食》、《擂鼓孝经》、《唐韵六贴》。疑亦此类。又有《背鼓千字文》……此即当取周兴嗣《千字文》中语，以演一事，以悦俗耳……'打略拴搐'中，有《星象名》、《果子名》、《草名》等。以名字终者二十六种，当亦说药之类。又有《和尚家门》四本……此五十五本，殆摹写社会上种种人物职业，与三教、迓鼓等戏相似"②。这些研究，颇具开创性。

其次，王国维认定："此院本名目为金人所作，盖无疑业。""今此目之与官本杂剧段数同名者十余种，而一谓之杂剧，一谓之院本，足明其为金之院本，而非元之院本，一证也。中有《金皇圣德》一本，明为金人之作，而非宋元人之作，二证也。如《水龙吟》、《双声叠韵》等之以曲调名者，其曲仅见于《董西厢》，而不见于元曲，三证也。与宋官本杂剧名例相同，足证其为同时之作，四证也。"③

这种仔细论证得出的结论是可信的，可以说是定论。作者据此进一步推论，这批院本名目当产在北宋亡国之后至金朝灭亡的106年期间的前期或中期，理由如下：其一，从"上皇院本"来看，多数是反映宋徽宗轶闻趣事的，虽然已不知准确内容，但当时能在金中都等地上演，肯定不会是歌颂宋徽宗的，应当是指责调笑这位风流天子荒唐误国的故事，并以此证明大金王朝灭亡北宋的正义性。宋徽宗的故事能引起观众的极大兴趣，导致艺人争相编演，并院本名目又称宋徽宗为"上皇"，或是艺人由宋入金，或已沿用成俗，都应在北宋灭亡不太久远为益。又据金章宗明昌二年(1191)发布诏令，

---

① 胡忌：《宋金杂剧考·分类研究》，古典文学出版社1957年版。
② 《王国维戏曲论文集》，中国戏剧出版社1984年版，第51页。
③ 同上。

"禁伶人不得以历代帝王为戏，及称万岁，犯者以不应为事重法科"①。说明金章宗时期以历代帝王编入戏剧者较多，有的剧目有讽刺犯上的嫌疑，方出此禁令。这批记存的院本名目把"上皇院本"作为一大类存目，这些存目应当产生在明昌二年禁皇帝戏之前。其二，陶氏记存的这批院本名目不仅其中许多"与宋官本杂剧名例相同"，"且其中关系开封者颇多"，当可暂定为北宋亡后不久，由北宋入金的艺人所承袭创编。其三，根据元人朱经《青楼集序》里"我皇元初并海宇，而金之遗民若杜散人、白兰谷、关已斋辈，皆不屑仕进，乃嘲风弄月，留连光景，庸俗易之，用世者嗤之。三君之心，固难识也"，元人杨维桢《宫辞二十首》里"开国遗音乐府传，白翎飞上十三弦。大金优谏关卿在，《伊尹扶汤》进剧篇"，以及现存关汉卿杂剧作品《调风月》、《拜月宫》里所反映的女真族的生活情景，人物称谓用女真族的习俗，并使用女真族的语言而推论，在金王朝的后期，金中都流行的部分金院本，已经与元朝初年的大都杂剧差别不太大，而陶氏所见到并抄录留存至今的这些院本名目太杂芜，不太像是金朝后期的名录。其四，据陶氏所云："唐有传奇；宋有戏曲、唱浑、词说；金有院本、杂剧、诸宫调。院本、杂剧，其实一也。国朝，院本、杂剧，始厘而二之。"元人夏庭芝也云："金则'院本'、'杂剧'合而为一。至我朝乃分'院本'、'杂剧'而为二。"②这两位元代的学者在研究记录中表达了金代院本与杂剧"合而为一"，在元代又"始厘而二"的戏剧从创演实际到戏剧称谓的流变。如何解释这一戏剧史现象呢？笔者以为，金代初期，院本和杂剧"大率不过谑浪调笑"，只相当于当今的相声和小品，差别不大，故而合之。经过半个多世纪的发展，其中"小品"部分，有的发展为完整的故事，故事里有起承转合，悲欢离合，与"相声"相去甚远。这种分化，在"诸杂大小院本"之中有所反映，从名称反映的信息略知一二。"大小"不一，长短参差，既有完整故事情节的《庄

---

① 《金史·章宗纪》。
② 夏庭芝：《青楼集》，《中国古典戏曲论著集成》（二）。

周梦》、《蝴蝶梦》、《张生煮海》、《陈桥兵变》、《墙头马》、《刺董卓》、《回回梨花院》、《晋宣成道记》等，也有较为短小的说唱片段，如《乔托孤》、《旦刺孤》、《合房酸》、《麻皮酸》、《酸孤旦》、《毛诗旦》、《喜牌儿》、《卦册儿》、《绣箧儿》、《粥碗儿》等。越往后发展，二者分化越明显，到了元代，才完全分开。这一分化期当在金代中后期。综上四点，陶氏"偶得院本名目"，应当初步确定为金章宗之前金代艺人演出记录的院本名目。

根据谭正璧《话本与古剧》"金院本名目内容考"①，在此基础上归纳为以下五大类。其一，传说故事类：《庄周梦》、《梦周公》、《瑶池会》、《蟠桃会》、《王母祝寿》、《八仙会》、《广寒宫》、《迓鼓二郎》、《变二郎爨》、《唐三藏》、《孟姜女》、《入桃园》（写刘晨、阮肇入天台山桃源洞遇仙女故事）、《月明法曲》（写月明和尚度柳翠故事）、《打青提》（写目连救母故事）、《水母》（写水怪故事）等。

其二，爱情故事类：《芙蓉亭》（写韩彩云与崔伯英芙蓉亭相遇的故事）、《调双渐》（写双渐与苏卿之事）、《张生煮海》（写张生与龙女之事）、《月夜闻筝》（写崔宝与薛琼之事）、《兰昌宫》（写薛昭与兰昌宫女张云容鬼身相恋之事）、《玉环》（写韦皋与玉箫女之事）等。

其三，历史故事类：表现春秋战国人物故事的有《范蠡》、《濠蓝桥》（写尾生坚守信义）、《列女降黄龙》（写韩凭妻何氏坚贞勇敢）。反映秦汉人物的有《舞秦始皇》、《范增霸王》、《雪诗打樊哙》、《四皓逍遥乐》（写商山四皓故事）、《苏武和番》（写苏武出使故事）、《赵娥》（写孝女赵娥为父报仇）。表现三国六朝故事的有《刺董卓》、《骂吕布》、《大刘备》、《襄阳会》、《赤壁鏖兵》、《七捉艳》（写诸葛亮七擒孟获）、《十样锦》（写阴间韩信与诸葛亮争功）、《柳絮风》（写东晋才女谢道韫故事）、《访戴》（写南朝王徽之乘舟冒雪寻访戴逵）。表现隋唐五代故事有《纤龙舟》（写隋炀帝游江南）、《建成》（写李建成及玄武门之变）、《武则天》、《三笑图》（写唐代李龙眠绘《三笑图》）、《滕王阁》（写王勃题写《滕王阁赋》）、《闹旗亭》（写王之涣等诗人旗亭较诗艺）、《杜甫游春》、《破巢艳》和《黄巢》（写李克用破灭黄巢）、《断朱温爨》（写五代朱温自立为帝）、《史弘肇》、《女状元春桃记》（写蜀女黄崇嘏考中进士）等。

---

① 谭正璧：《话本与古剧》，上海古籍出版社1985年版。

其四，北宋故事类：《陈桥兵变》、《说狄青》、《王安石》、《张天觉》（写名臣张天觉故事）、《贺方回》（写词人贺铸）、《佛印烧猪》（写苏东坡事）、《变柳七襄》（写词人柳永）、《打王枢密襄》（写宰相王钦若陷害杨家将之事）、《蔡奴儿》（写名妓蔡奴故事）、《闹元宵》（写梁山好汉卢俊义事）、《郓王法曲》（历史上前有唐懿宗李漼、后有金章宗子、宋徽宗第三子都称"郓王"，以写宋徽宗第三子可能性较大）。此类剧目，内容发生的时代有的与金代相近，更容易引起当时观众的关注，也可称之为"近代故事类"。

其五，市井生活类：《闹学堂》、《闹浴堂》、《闹酒店》、《闹结亲》、《闹棚阑》、《倦成亲》、《别离酸》、《哭贫酸》、《贫富旦》、《师婆儿》、《菜园孤》、《货郎孤》、《错上坟》、《上坟伊州》、《烧香法曲》、《官吏不知》等。此类大部分是喜剧片断，故事不如前四类情节完整，故事较短。

有的戏曲学者总结出了《院本名目》"三个显著特点：一、题材范围比宋'官本杂剧段数'进一步扩大。二、对于历史故事的兴趣增强，增添了许多历史征战内容，因此其'历史故事类'的剧目最多。三、对于北宋人物事迹格外感兴趣，增强了许多有关剧目"[①]。这三点概括，颇具史家卓识。

宋《官本杂剧段数》里没有一个描写北宋人物故事的剧目，而《院本名目》里却有许多，这从另一个侧面反映了金院本题材的开放性，内容更为广泛。这些剧目内容成为后代戏剧，如元杂剧、明清杂剧、明清传奇、近代花部乃至当今地方剧种的重要题材来源，被后世历代剧作家重复改编，搬上各代各类舞台演出，真正是源远流长，影响深远。

同属草原游牧文明的辽、金、元三个朝代，其生存生活方式都极其相似，审美兴趣也相近，承袭文化艺术更为便捷，辽杂剧——金院本——元杂剧这一演进阶梯，应该是在辽南京——金中都——元大都顺利接力棒式的都市文化发展之中逐步完成的。金中都62年，加上元灭金，或称106年间金院本的发展变化，在中国戏剧史上的地位，应予充分肯定。当然，北宋杂剧对金院本的丰富，是举足轻重、功不可没的。但是，到底北宋杂剧是反映农耕文明的艺术内容和形式，又远

---

① 廖奔、刘彦君：《中国戏曲发展史》第一卷，山西教育出版社2000年版，第290页。

离了汴梁一个相当长的时期，尽管后来金人又迁都汴梁，但金院本已在当时属于北方的金中都生存了60余年，产生变异而形成金院本是可以理解的，其阐释也就顺理成章了。虽然在金代后期，金院本又到汴梁，在元灭金这段时期内，其发展应承袭女真民族的审美定势，仍是金院本形式与内容的延续。

此外，从"壶春堂、太湖石、金明池、恋鳌山、六变妆、万岁山、打草陈、赏花灯、错入内、问相思、探花街、断上阜、打球会、春从天上来"这类"上皇院本"；"柳絮风、红索冷、墙外道、共粉泪、杨柳枝、蔡消闲、方偷眼、呆太守、画堂前、梦周公、梅花底、三笑图、脱布衫、呆秀才、隔年期、驾方回、王安石、断三行、竞寻芳、双打梨花院"这类"题目院本"；以及"悲怨霸王、范增霸王、草马霸王、散楚霸王、三官霸王、补塑霸王"此类"霸王院本"，经过胡忌先生等对其故事大致内容的考证①，一方面说明故事曲折复杂，有一定的时间长度，另一方面，也能略微窥断思想内容的自由蔓延，可以反映许多历史和现实。除金章宗时有禁演装扮以帝王为主角的院本之外，百多年的金王朝，对舞台艺术的禁令是少见的，这使金院本在一个多世纪的发展中相对自由自在，以致成为中国戏剧史的一大奇观，也是北京戏剧史上一段先声夺人的辉煌历程。

二、金院本的舞台演出

有关金代的戏剧表演资料，现存的也不多。如宋人徐梦莘《三朝北盟会编》卷二十记载北宋宣和七年（1125）宋使在金地所见，其中有"次日，诣庑庭，赴花宴并如仪，酒三行，则乐作，鸣钲，击鼓，百戏出场。有大旗、狮豹、刀牌、砑鼓、踏索、上竿、斗跳、弄丸、挝簸旗、筑球、角觝、斗鸡、杂剧等，服色鲜明，颇类中朝。又有五六妇人，涂丹粉，艳衣立于百戏后，各持两镜，高下其手，镜光闪烁，如祠庙所画电母，此为异尔"。这说明，在金代

---

① 胡忌：《宋金杂剧考·分类研究》，古典文学出版社1957年版。

前期，此段时间为金宋联盟，刚灭辽国，俘获辽天祚帝，金地歌舞百戏与宋地差别不大，主要吸收宋地歌舞艺术与宋杂剧之缘故。但也有吸收辽地歌舞百戏的不同之处，即采用镜光，形成迷离影动的光效变幻，这是北宋表演中所没有的。《三朝北盟会编》卷七十七"金人来索诸色人"，还记载北宋靖康元年（1126），女真军队围攻汴梁，仗势要挟，"金人来索御前侍候、方脉医人、教坊乐人、内侍官四十五人，露台侍候妓女千人……杂剧、说话、弄影戏、小说、嘌唱、弄傀儡、打筋斗、弹筝、琵琶、吹笙等艺人一百五十余家，令开封府押赴军前"。次年，金国再次南征，攻破汴梁，俘送宋钦宗、徽宗父子至燕京，并把北宋宫廷的器物人员分批押送到金中都，其中包括一些倡优艺人。北上的艺人，除俘获押送的，另一部分是为生存自然流动到中都城献艺的。他们主要在市井勾栏表演，也入宫廷供奉，如史书记载："自钦怀皇后没世，中宫虚位久，章宗意属李氏。而国朝故事，皆徒单、唐括、蒲察、拏懒、仆散、纥石烈、乌林答、乌古论诸部部长之家，世为姻婚，取后尚主，而李妃甚微。至是，章宗果欲立之，大臣固执不从，台谏以为言，帝不得已，进封为元妃，而势位熏赫，与皇后侔矣。一日，章宗宴宫中，优人玳瑁头者戏于前，或问：'上国有何符瑞？'优曰：'汝不闻凤凰见呼？'其人曰：'知之，而未闻其详。'优曰：'其飞有四，所应亦异。若向上飞则风雨顺时，向下飞则五谷丰登，向外飞则四国来朝，向里飞则加官进禄。'上笑而罢。"①以"里飞"与"李妃"谐音，讽刺当时权势炙手可热的李元妃，向金章宗讽谏，属于保留历代优谏传统的滑稽式表演。

从现存的资料来看，所指"院本"应为"行院之本"。王国维认为："行院者，大抵金元人谓倡伎所居，其所演唱之本，即所谓院本云尔。"后有叶玉华先生发展为"行院逐处作场，势必适合民间趣味，村坊杂艺之掺入，使院本性质逐渐与杂剧相离而成为独立之一体"②。

---

① 《金史·后妃传》。
② 叶玉华：《院本考》，油印本。

两处所说的金代的行院，是社会上出现的民间戏剧演出组织。当年行院的组织方式是各种各样的，可以是家庭为主体的，也可能是师徒组合的，或有同行加入的班社。这种演出组织，既可以在某处长期固定演出，也可以"冲撞州府"，四处流动演出，主要活动在城市乡镇里，从金末元初杜仁杰所作散曲《庄稼不识勾栏》，可以从中了解当时都市勾栏演出。

《庄稼不识勾栏》明确说演出的是"院本"，自然包括金中都勾栏演出金院本。这套散曲反映当时剧场营业性演出全过程。由于初次进城看戏的庄稼汉"不识"剧场演出，感到特别好奇兴奋，从乡下人独特视角，描述剧场内外环境："见一个人手撑着椽做的门，高声地叫'请、请'，道'迟来的满了无处停坐'，说道前截儿院本《调风月》，背后么末敷演《刘耍和》，高声叫'赶散易得，难得妆哈'。要了二百钱放过咱，入得门上个木坡。见层层叠叠围圈坐。抬头觑是个钟楼模样，往下觑却是人漩窝。见几个妇女向台儿上座。"演出前有开场锣鼓："不经地擂鼓筛锣。"《调风月》全剧演出过程跃然纸上：

　　[四]一个女孩转了几遭，不多时引出一伙。中间里一个妖人货。裹着枚皂头巾，顶门上插一管笔，满脸石灰更着些黑道儿抹。知他待是如何过？浑身上下，则穿领花布直裰。

　　[三]念了诗共词，说了会赋与歌。无差错。唇天口地无高下，巧语花言记许多。临绝末，道了低头撮脚，爨罢将么拨。

　　[二]一个装做张太公，他改做小二哥。行行行说向城中过。见个年少的妇女向帘儿下立，那老子用意铺谋待取做老婆。教小二哥相说合，但要的豆谷米麦，问甚布绢纱罗。

　　[一]教太公往前挪不敢向后挪，抬左脚不敢抬右脚。翻来覆去由他一个。太公心实焦躁，把一皮棒槌则一下打做两半个。我则道脑袋天灵破，则道兴词告状，划地大笑呵呵。

这里，展示了勾栏里舞台上演员的唱念做打，精彩纷呈，生动形象。

女真族剧作家李直夫创作的《虎头牌》，专门表现女真人生活的故事，剧中第二折唱词里透露了金中都瓦舍勾栏和茶楼酒肆的状况："则俺那生忿忤逆的丑生，有人向中都曾见。伴着伙泼男也那泼女，茶房也那酒肆，在那瓦市里穿，几年间再没个信儿传。"

《南村辍耕录·院本名目》有一段谈金院本演出的：院本则五人，一曰副净，古谓之参军。一曰副末，古谓之苍鹘，鹘能击禽鸟，末可打副净，故云。一曰引戏，一曰末泥，一曰装孤，又谓之五花爨弄。或曰，宋徽宗见爨国人来朝，衣装鞋履巾裹，傅粉墨，举动如此，使优人效之以为戏。又有焰段，亦院本之意，但差简耳，取其如火焰，易明而易灭也。其间副净有散说，有道念，有筋斗，有科泛。教坊色长魏、武、刘三人，鼎新编辑。魏长于念诵，武长于筋斗，刘长于科泛。至今乐人皆宗之。

陶宗仪的定义与介绍，弥足珍贵，而杜仁杰的描绘，逼真传神，既有人物妆扮表演故事，如通过庄稼人的视角展示出来，其中"转了几遭"的女孩，应是剧中女主角燕燕，"殃人货"是戏耍燕燕的男主角小千户。又有人物的化妆穿戴，如小千户头戴皂巾，顶门插笔，作书生扮相，他虽口吐诗词，假装斯文，却花言巧语，哄骗燕燕，是个反面角色，因此"满脸石灰更着些黑道儿抹"。更有开场锣鼓，加上演出中的诗共词，赋与歌，滑稽表演，悲喜交错。陶、杜二人的记录，史料价值很高，可以互见互补，相得益彰，总体反映出金院本演出的大致面貌。

"五花爨弄"是金院本同台表演五种角色的总称，根据现已可见的文字文物资料，分叙如下：

（一）副净

副净是由唐代参军戏中参军一角的发展衍变而成。其舞台表演功能主要是"发乔"，装呆卖傻，滑稽调笑，挤眉弄眼，会许多表演技艺，做各种喜剧式表演，即"献笑供谄者"[1]，"发乔科口店冷诨，立木形骸与世违"[2]。

---

[1] 朱权：《太和正音谱》，《中国古典戏曲论著集成》（三）。
[2] 汤舜民：《新建勾栏教坊求赞》，《全元散曲》，中华书局1964年版。

"趋呛,嘴脸天生会。偏宜抹土搽灰。打一声哨子吹半日,一会道牙牙小来来胡为"①。副净有夸张式化妆,"傅粉墨者谓之靓(净)"②。"副净色腆器庞张怪腔"③,从山西、河南出土的文物中也常见到夸张的化妆及呲嘴式面部表情。

(二)副末

副末也来自参军戏,在舞台表演中"打诨",聪明伶俐,机智幽默,调侃副净。其表演主要是学说逗唱,"说前期论后代演长篇歌短句江河口颊随机变"④。与副净相互配合,营造舞台滑稽场面。并可用砌末击打副净,即"副末执植瓜以朴靓"(净)⑤。"兀的般砌末,守着粉腔儿色末,诨广笑声多。"⑥形成喜剧性效果,引观众捧腹开颜。

(三)引戏

引戏在舞台表演中舞蹈和分付。《庄家不识勾栏》描绘院本演出,开场后"一个女孩儿转了几遭,不多时引出一伙"。即由女演员在开场时表演一段舞蹈,然后其他角色才上场演出。"引戏每叶宫商解礼仪。""装旦色舞态袅三眠杨柳。"⑦还可在后面演出中装扮剧中的女性人物。朱权认为,引戏是"院本中姐也"⑧。说明由女子装扮的引戏,逐渐发展演变成旦角。

(四)末泥

末泥在剧中"主张",即主持指挥舞台演出,负责场上调度安排,并充当剧中的角色。在金院本演出的基础上,元杂剧演变为主唱的正末,"末泥色歌

---

① 《错立身》第十二出,《永乐大典戏文三种校注》,中华书局1979年版。
② 朱权:《太和正音谱》,《中国古典戏曲论著集成》(三)。
③ 汤舜民:《新建勾栏教坊求赞》,《全元散曲》,中华书局1964年版。
④ 同上。
⑤ 朱权:《太和正音谱》,《中国古典戏曲论著集成》(三)。
⑥ 汤舜民:《新建勾栏教坊求赞》,《全元散曲》,中华书局1964年版。
⑦ 同上。
⑧ 朱权:《太和正音谱》,《中国古典戏曲论著集成》(三)。

喉撒一串珍珠。"①

（五）装孤

装孤扮演剧中的官吏。"孤，当场装官者。"②"装孤的貌堂堂雄纠纠口吐虹霓气。""装孤的争着头鼓着脑拿着眉睁着眼细看春风玉一围。"金代文物中几乎每组角色都有装孤，似与金人墓葬乞贵乞福意识有关。

根据《中国戏曲志·山西卷》记载，山西稷山县马村、化峪、苗圃等地发掘20余座金代墓，其中9座有戏剧人物砖雕，考证时间在北宋末"靖康之变"(1126)至金大定二十一年(1181)之间，为金代早期文物。这些戏剧砖雕多由4至5个角色组成，有的还有4至5人组成的乐队参与伴奏。戏剧人物姿态各异，逼真传神，当为末泥、引戏、副末、副净、装孤。其中一组有装旦，组成"五花爨弄"。这批戏雕有一个共同特点：副净、副末处于中心位置，滑稽调笑色彩较浓，而末泥色居侧位。化峪金墓杂剧砖雕两组，由5人组成，其中有彩旦女角1人，左旁有装孤1人，右手指眼睛，对右侧的女子轻佻示意。

马村段氏2号墓的戏剧场景特殊，两官一吏一民，有刑板牙笏，人物身份明确，相互关系表现清楚，集中展示出官吏审案，说明金院本演出滑稽调笑之外的另一种严肃表演。马村8号墓俑左起第3人为副净，嘴和两眼均以红色涂圈，已有后代戏剧脸谱的雏形。

时间稍晚的侯马董墓戏俑，末泥居中，副末副净居侧，表明金院本表演的发展变化，即末泥变为戏剧主角而居中，滑稽色彩减弱。

金院本"五花爨弄"表演体制的确立，在中国戏剧史上具有开拓性重大意义，不仅仅增加了角色，适合表演众多人物的复杂故事，更为重要的是超越了唐宋长期滑稽相声、喜剧小品式演出规制，把舞台规模向前猛然推进，飞跃变革，形成了崭新的舞台局面。这对中国戏剧发展可称之为功勋卓著，值得大书特书。

---

① 汤舜民：《新建勾栏教坊求赞》，《全元散曲》，中华书局1964年版。
② 朱权：《太和正音谱》，《中国古典戏曲论著集成》（三）。

三、承上启下的艺术功绩

金院本不仅在自己百年发展过程中承前，即继承辽杂剧和宋杂剧的内容和形式，并有自己独特的发展与贡献，而且关键还在于启后，即孕育了元杂剧。

其一，从思想精神方面，金院本以特殊的表现内容，无论表演、人物、故事，还是唱词、宾白启示了元杂剧的自由精神，敢于反抗权贵，反抗压迫，鞭挞人间的假恶丑。从"上皇院本"到元杂剧对皇权的否定，从"题目院本"、"诸杂大小院本"到元杂剧对封建儒教理学，纲常伦理、等级意识、门第观念的嘲弄否定，对下层百姓真善美以及市民阶层平等意识，自由观念的肯定，这一精神脉络是贯串相连的。《院本名目》对社会生活各层面的广泛反映，与北宋《官本杂剧段数》相比，新增一批表现市井生活为题材的剧目。尤其是大量历史剧目的出现，成为后世元、明、清乃至近世戏剧历史题材的重要资源。

其二，在表现形式方面，金院本昭示了元杂剧的角色装扮特点与舞台时空自由度。从"五花爨弄"的表演体制的确立，角色的增多，表演一个完整故事的发生发展到结局，都有特殊阶段的艺术贡献。

其三，金院本音乐成就，也是相当突出的。金院本主要采用北方民间曲调，吸收了诸宫调的歌唱体制，发展成为完整表演代言体人物故事的音乐体制。当时兴盛于以中都为中心的北方地区的诸宫调，曲调相当丰富，与南宋流行的传统大曲大相径庭。如南宋使臣范成大，北上出使金国，在离金中都不远的真定（今河北省正定县），偶尔见到能表演宋朝大曲的歌舞艺人，感慨万千："瞄乐悉变中华，惟真定有京师乐工，尚舞高平曲破。"并赋诗云："紫袖当棚雪鬓凋，曾随广乐奏云韶。老不未忍耆婆舞，犹倚黄钟衮六幺。"

金院本的音乐结构已采取了曲调联套，已比唐宋大曲固定的结构有所变化，灵活多变，便于配合舞台演出中传达人物情感。山西稷山马村墓杂剧砖雕，将乐队演奏安排在院本表演演员的身后，这与元代忠都秀壁画杂剧演出场景异曲同工，形象地证明了金院本演出体制已向歌唱为主的形式过渡。由于金院本在演出中已开始"由北宋的滑稽科诨小戏向元代的演唱完整大套曲子转化，它在演出形态上已经较之北宋杂剧有很大的进步"①。在论证稷山墓葬砖雕"没有发现主唱者的明显痕迹"后，认为"侯马金大安二年（1210）董氏墓舞台戏俑，已经是红袍秉笏，身扮官员的角色居中站立，而副净、副末侍立两旁，其排列形式极其类似元代文物形象，只是由于雕造省简的缘故，后面未出现乐队……是否意味着正末主唱体制的开端？"②这里用文物证戏史，颇具说服力，深以为然。

金院本的百年，综合诸宫调等大型说唱，把辽杂剧、宋杂剧艺术元素掺入其中，逐渐衍化，经过相当长一段时期的磨合融汇，才发展定型为金院本这一独特的戏剧类型。这一发展阶段应予充分重视。若没有金院本在北宋灭亡到元灭金这一个世纪的演变，元初在大都喷薄而出的元杂剧的辉煌，是不可想象的。

其四，金院本直接培养了像关汉卿、白朴、王实甫这样的元杂剧大家。关、白在元杂剧四大家中已占其二。尤其是关汉卿由金入元，创作大量优秀剧目，数量众多，质量第一，蕴含丰富，光照千秋剧坛。白朴也是有突出贡献的大家。另外一位大家是创作杂剧《西厢记》的王实甫，从《丽春园》的内容也可断定他在金代已有剧作问世。他们出生在金代，其思想发展和艺术活动，受金文化以及金院本的熏陶。在金元易代，改朝换代沧桑巨变之际，这种影响是全方位的，也是相当深刻的。

综上所述，金院本在辽杂剧的基础上，又受宋杂剧的影响，经过百年的发展演变，已定型为一种独具艺术特色的戏剧形式。金文化与元文化，金院本与元杂剧，其中联系承袭关系，非常显著。但由于种种原因，金院本留存资料较少。撩开历史神秘面纱，金院本的风姿婀娜，楚楚动人，呼之而出了。

---

① 廖奔、刘彦君：《中国戏曲发展史》第一卷，山西教育出版社2000年版，第298、299页。
② 同上。

元初杂剧繁荣原因研究

为什么杂剧在元代兴盛，并成为中国戏剧史上第一个黄金时代？明人王骥德深感迷惑不解："此穷由天地开辟以来，不知越几百千万年，俟夷狄立中华，于是诸词人一时林立，始称作者之圣，呜呼异哉！"[①]近代以来，诸多研究元杂剧的专家学者一直试图解开这个谜，并进行了大量的探索。这个谜，也诱发了笔者的好奇心，使我情不自禁地步入这个迷宫，但所得结论则与他人有所不同。

一

公元1229年，蒙古贵族在选举窝阔台为大汗的盟会上，决定全力伐金，蒙古马队，从高原上滚滚而来，揭开了统一战争的序幕。

当时，统治黄河流域的女真贵族政权，腐朽荒败，荼毒百姓。支撑金政权的屯田军，早已成为不耕不战的社会疽痈，不堪一击。而统治江淮流域的赵宋政权，也是日薄西山，先无力单独灭亡金国，收复中原，后无力把蒙古马队驱至漠北，只有对外纳币求和，对内实行血腥的军事镇压与严酷的思想钳制。饱尝分裂之苦的南北庶民，都渴望结束长期的战争动乱。统一的使命，历史地落在蒙古马队身上。

继鲸吞金国，攻占大理，进驻吐蕃之后，忽必烈至元十六年（1279）灭掉南宋，终止了300多年几个政权并立的分裂局面，使我国疆域，"北逾阴山，西极

[①] 王骥德：《曲律》，《中国古典戏曲论著集成》（四），中国戏剧出版社1959年版。

流沙，东尽辽左，南越海表"①。"宇图之广，历古所无。"②

众所周知，我国漫长的封建时代呈现出"分久必合，合久必分"的循环往复。在"分久必合"之初，多是建立一个较为短暂的统一政权。春秋战国大分裂之后建立的秦朝，只维持了15年。魏晋南北朝之后的隋朝，延续了30年。但是，五代十国、南北宋金辽之后的元朝，却有90年气数。这90年，果真全像有人描述的那般黑暗么？作为久居漠北的蒙古族，统一长城内外、大江南北之后建立的"过渡"政权，却维持得比秦、隋两个汉人"过渡"政权长得多，这完全靠蒙古马队的军事高压能行么？对于蒙古贵族入主后的功过是非，由于封建时代汉族文人及史家的某些偏见，往往攻评多于公允评价。有的史家已洞察这一现象："以元享国不及百年，明人蔽于战胜余威，辄视如无物，加以种族之见横亘心中，有时杂以嘲讽。"③

辩证唯物主义认为，一个事物具有发生、发展、繁荣、衰亡的过程。而一个朝代也一般要经过建国、大治、衰落、亡国几个阶段。笔者经过一番考察认为，90载的元朝也有盛世，即南宋灭亡的至元十六年前后到大德十一年的约30年间。就是"蔽于战胜余威"的明人修《元史》，仍对这30年的天下大治赞扬备至。首先，褒扬元世祖元成宗重视农业，发展生产。一个久尚游牧文明的集团入主中华，非较快接受农业文明不可。《元史·世祖本纪》屡记："世祖即位之初，首诏天下，国以民为本，民以食为本，衣食以农桑为本。于是颁《农桑辑要》之书于民。"宋濂等评曰："俾民崇本抑末，其睿见英识，与古先帝无异，岂辽、金所能比哉。"为便于管理全国农桑生产，元朝先后设置了劝农司、司农司、管田司、江南大司农司等中央与地方农业机构。忽必烈还诏令劝农官举察地方官吏的勤惰，升勤于农事者，降惰者，并派出官员"劝诱百姓，开垦田土，种植桑枣"。又颁布劝农之制十四条。世祖常常告诫臣下："不得擅

---

① 《元史·地理志》。
② 《元史·世祖本纪》，以下所引《元史·世祖本纪》和《元史·成宗本纪》不再注。
③ 陈垣：《元西域人华化考》，中华书局1962年版。

兴不急之役，妨夺农时。""故世祖之世，家给人足。"

元成宗更胜之。"大德元年，罢妨农之役。十一年，申扰农之禁，力田者有赏，游惰者有罚，纵畜牧损禾稼桑枣者，责其偿而后罪之。由是大德之治，几于至元。"①

其次，世祖、成宗两个统治集团，较为关心民间疾苦，屡屡赈济灾民。据笔者粗略统计，仅至元二十七年，朝廷赈济各地方灾民的次数如下：一月五次；二月十三次；三月五次；四月十一次；五月七次；六月五次；七月六次；八月四次；九月三次；十月二次；十一月四次；十二月五次；共七十次。最多的一次是十月，"尚书省臣言：'江阴、宁国等路大水，民流徙者四十五万八千四百七十八户。'帝曰：'此亦何待上闻？当速赈之。'凡出粟五十八万二千八百八十九石"。

元成宗也是如此，仅大德四年就有数十起。并轻赋税，减少百姓负担。大德二年十二月，成宗"诏和市价直随给其主，违者罪之。定诸税钱三十取一，岁额以上勿增"。大德四年十一月，"诏颁宽令，免上都、大都、德兴大德五年丝银税粮；附近秣养马驼之郡，免税粮十分之三，其余免十分之一；徒罪各减半，杖罪以下释之。江北荒田许人耕种者，原拟第三年收税，今并展限一年，著为定例"。

努力使久经战乱的百姓休养生息的同时，世祖还命宣抚司四下奔走，"礼高年，问民疾苦"。成宗也常"诏遣使问民疾苦"。并于大德三年正月，"置各路惠民局，择良医主之"。

第三，世祖、成宗都轻刑罚，重德治。"元兴，其初未有法守，百司断理狱讼，循用金律，颇伤严刻。及世祖平宋，疆理混一，由是简除苛繁，始定新律，颁之有司，号曰《至元新格》。"此法"更用轻典，盖亦仁矣。世祖谓宰臣曰：'朕或怒，有罪者使汝杀，汝勿杀，必迟回一、二日乃覆奏'"。明人宋濂等也由衷赞道："斯言也，虽古仁君，何以过之。自后继体之君，惟刑之

---

① 《元史·食货志》。

恤，凡郡国有疑狱，必遣官覆谳而从轻，死罪审录无冤者，亦必待报，然后加刑。……此君臣之间，唯知轻典之为尚。百年之间，天下乂宁，亦其偶然而致哉。"①世祖管束各级官吏，"其职官污滥，量轻重议罚"。

成宗也如此。大德四年，"诏蒙古都元帅也速答而非奉旨勿擅决重刑"。成宗又极力限制皇亲国戚的不法行为。大德元年十二月，"诸王也只里部忽剌带于济南商河县侵扰居民，蹂践禾稼，帝命诘之，走归其部。帝曰：'彼宗戚也，有是理耶！'其令也只里罪之。禁诸王、驸马并权豪，毋夺民田，其献田者有刑"。大德二年正月，"禁诸王、公主、驸马受诸人呈献公私田地及擅招户者"。七月又"诏王，驸马及近侍，自今奏事不经中书，辄传旨付外者，罪之"。

成宗还严加整肃官吏。大德六年正月，成宗问台臣："朕闻江南富户侵占民田，以致贫者流离转徙，卿等常闻否？"台臣回答："富户多乞护持玺书，依倚以欺贫民，官府不能诘治，宜悉追收为便。"成宗马上"命即行之"。大德七年，"七道奉使宣抚所罢赃污官吏凡一万八千四百七十三人，赃四万五千八百六十五锭，审冤狱五千一百七十六事"。

第四，世祖、成宗，皆能从谏如流。成宗即位之初，赏赐较多，中书省臣谏言："国赋有常数，先帝常曰：'凡赐与，虽有朕命，中书其斟酌之。'由是岁务节约，常有赢余。今诸王藩戚耗繁重，……而来会诸王尚多，恐无以及，乞俟其部，臣等酌量拟以闻。"成宗从之。不久，御史台臣言："名分之重，无逾宰相，惟事业显著者可以当之，不可轻授。廉访司官岁以五月份按所属，次年正月还司。职官犯赃，敕授者听总司议，宣授者上闻。其本司声迹不佳者代之，受贿者依旧例比诸人加重。"成宗依允。大德六年十二月，御史台臣"请禁诸路酿酒，减免差税，赈济灾民。帝皆嘉纳，命中书即致行之"。

因此，《元史·食货志》总括道："元初，取民未有定制。及世祖立法，一本于宽。其用之也，于宗戚则有岁赐，于凶荒则有赈恤，大率以亲亲爱民为

---

① 《元史·刑法志》。

重，而尤倦倦于农桑事，可谓知理财之本者矣。……世称元之治以至元、大德为首者，盖于此。"由此可见，明初的史家文士，都认为至元、大德是元代的盛世。就连由金入元，生活在元代前期，创作了《窦娥冤》、《鲁斋郎》等揭露现实黑暗的"铜豌豆"关汉卿，也写下了散曲《大德歌》称颂。而"大德之后，承平日久，弥文之习胜，而质简之意微，侥幸之门多，而方正之路塞。官冗于上，吏肆于下，言事者屡疏论列，而朝廷讫莫正之，势固然矣"①。

至元、大德年间，正是元杂剧的繁盛时期，《录鬼簿》中的"前辈已死名公才人，有所编传奇行于世者"，皆活动于此期，这难道是偶合吗？没有社会的安定，戏剧创作活动与演出活动可以从容进行并日臻繁荣么？元人罗宗信在《中原音韵序》中云："国初混一，北方诸俊新声一作，古未有之，实治世之音也。"元初杂剧即为"北方诸俊"所作"新声"的一部分，不也属于"古未有之"的治世之音么！

二

近40年来，有些人试图从"经济基础决定上层建筑"的单一理论模式解说元杂剧繁荣之谜，但是，往往在尚未接触问题的实质之前，便已陷入自相矛盾之中。元杂剧繁荣的元代，经济无论与唐代，还是与北宋相比，都无以匹敌。因此，便有"城市经济畸形繁荣"说。而元大都，远不如唐长安、宋汴梁繁荣。马克思经常告诫人们，不能把这一理论当成一把万能钥匙到处乱用，"如果有人在这里加以歪曲，说经济因素是唯一的决定因素，那么他就把这个命题变成毫无内容的、抽象的、荒诞无稽的空话"②。

戏剧文化的繁荣，必以思想自由为因子，按照黑格尔的说法，"惟有当思想不去追寻别的东西，而只是以它自己——也就是最高尚的东西为思考对象

---

① 《元史·百官志》。
② 《马克思恩格斯选集》第4卷，第477页。

时，即它寻求并发现它自身时，那才是它最优秀的活动"①。元杂剧的昌盛也是如此。至元、大德年间，较为开放，思想自由度很大。既让儒、道、释、基督、伊斯兰各教并行，又允许文化界、思想界发表各种异端邪说。

元世祖崇尚儒学，启用儒士，接受汉法，拟定朝仪，制造礼乐，设置学校。鸿儒赵复"至燕，学子从者百余人。世祖在潜邸尝召见，问曰：'我欲取宋，卿可导之乎？'对曰：'宋，吾父母国也，未有引他人以伐吾父母者。'世祖悦，因不强之仕"。并建造八极书院，请赵复主持讲授。②世祖又令蒙古子弟从名儒许谦、吴澄等学习孔孟之说，熟悉治国理民之术。同时，纵容各派宗教活动。无论是中原已有的佛教，还是元太祖时就受到蒙古贵族青睐的道教；无论是中亚的伊斯兰教，还是西欧的基督教，都可以在全国各处自由宣扬本派教义，无所限制地发展信徒。另外，也可以发表无神论。如谢应芳编著《辨惑编》，摘录古书中有关反对封建迷信的材料，分为生死、疫病、鬼神、祭祀、淫祀、妖怪、巫术、卜巫、治丧、择葬、相法、禄命、方位、时日、异端十五类，每类前加有按语，发抒己见，其中，有的试图从认识论及社会历史发展上找出有神论产生的根源："夫江南淫祠，在唐为狄梁公尽毁。唐衰礼废，继以五季之乱，妄意邀福，谄非其鬼，泛然以大号加封，紊杂祀典，祠庙滋多。里巷间土地有祠，盖实启于此。"

特别是元代对南宋和金朝遗民的反抗情绪也持宽容态度。例如，南宋遗民周密，在著述中颇推崇抗元的文天祥、张世杰、陆秀夫，而对降元者，极尽讽刺嘲弄之能事，如写"学问议论，一尊朱子，崇正辟邪，不遗余力"的道学家兼知州方回，"倡死封疆之说甚壮。忽北军至，忽不知其所在，人皆以为践初言死矣，遍寻访之不获。乃迎降于三十里外，鞑帕毡裘，跨马而还，有自得之色。郡人无不唾之"。③（周密《癸辛杂识别集》）这般直接指斥降元

---

① 黑格尔：《哲学史讲演录》第1卷，商务印书馆1959年版，第10页。
② 《元史·儒学一》。
③ 转引自沈福伟：《中西文化交流史》，上海人民出版社1985年版。

汉官，照样发表，并且未受丝毫责难。后世评说："密放浪山水，著《癸辛杂识》诸书，每述宋亡之由，多追究韩、贾，有《黍离》诗人'彼何人哉'之感。"（《四库全书提要》）

又如南宋遗民邓牧，宋亡后拒绝出仕，隐居余杭山中灵霄宫内，与道士编撰《洞霄图志》，并著有《伯牙琴》一书，深思南宋亡国之因，觉察封建专制之弊。他在《君道篇》中痛斥封建皇权："所谓君者，非有四目两喙，鳞头而羽臂也，状貌咸与人同，则夫人固可为也。今夺人所好，聚人所争，慢藏诲盗，冶容诲淫，欲长久治安可乎？"他还直接发表"败则盗贼成则王"的见解，"若刘汉中李晋阳，乱世则治主，治世则乱民也。有国有家，不思所以捄之，智鄙相笼，强弱相陵，天下之乱，何时而已乎。"又在《吏道篇》中揭露官吏的贪暴："吏无避忌，白昼肆行，使天下敢怒而不敢言，敢怒而不敢诛。"他甚至同情百姓的反抗，认为原因出之于官府的剥夺："人之乱也，由夺其食；人之危也，由竭其力；而号为理民者竭之而使危，夺之而使乱。"更有甚者，南宋遗民纷纷组结诗社，怀念故国，抒发黍离之感，在思想情感上与元朝抗衡，而元初统治集团仍予宽容，任其自由活动。李东阳《怀麓堂诗话》云："元季国初，东南人士重诗社，每一有力者为主，聘诗人为考官，隔岁封题于诸郡能诗者，期以明春集卷，私试开榜名次，仍刻其优者，略如科举之法。今世所传，惟浦江吴氏《月泉吟社》。"文中的"吴氏"，指宋末义乌县令吴渭，元初与曾参加文天祥部队的谢翱等人，创建月泉吟社。至元二十三年（1286）十月十五日，吴渭等人向各地社友发出诗题，限五、七言四韵律诗，定于次年正月十五日收卷。三月后，共得江南社友诗二千七百三十五卷。经过评定，于三月三日揭榜，选中二百八十名，依次给予奖赏，并把所选诗章，编成一集付梓。诗中屡有"自笑偷生劳种植，西山输与采薇翁"，"已学渊明早赋归，东风吹醒梦中非"，"弃官杜甫罹天宝，辞令陶潜叹义熙"等句子，说明月泉吟士们都与伯夷、叔齐、陶渊明有相似的隐衷，所以，不约而同地借此寄寓自己忠于赵宋，不愿屈身仕元的爱国情思。后世学者对月泉诸士的放声歌哭式的反抗深深理解，明人毛晋跋《月泉吟社》云："虽虮尾一握，然其与义熙人相尔汝，奇怀已足千秋矣！"清人全祖望也跋云："月泉吟社诸公，以东篱北窗之风，抗节季宋，一时相与抚荣木而观流泉者，大率皆义熙人相尔汝，可谓壮矣！"

月泉诸公结社联吟，实际上是江南遗民反元情结的大宣泄。此时，距南宋亡国才七八年。这种诗社及活动，明显地与新政权对抗，而世祖集团置若罔闻，听之任之。这与清前期迭兴文字狱，呈鲜明对照。笔者认为，一方面，元初统治集团，热衷于军事镇压，疏于思想钳制；另一方面，这也是元初统治集团自信的表现，相信自己治国安邦的才能超过前代，力图以各种努力，达到天下大治，形成太平盛世，让江南遗民，在事实面前，通过对比，淡忘对南宋的怀念，逐渐消除对立情绪，以接受元朝的统治。这种宽容与自信，为元杂剧创作提供了良好的氛围。元初的杂剧作家们，既可写历史题材，借古讽今，又可以写现实题材，大胆揭露社会的阴暗面。从现存的元初各家剧本来看，各类题材皆可写，不受任何限制；剧作家们的思想无拘无束，在纵横广漠的思维空间里自由驰骋，才时时迸发出创作灵感，产生《窦娥冤》、《救风尘》、《汉宫秋》、《梧桐雨》、《西厢记》、《赵氏孤儿》等别开生面的佳作。如果元初也像清前期偏后那样大搞文字狱，钳制思想，那么，可能将是另一番景象。

三

元初，蒙古族以及名为色目人的西域各少数民族大量迁入中原，出现中国历史上又一次民族大融合。这次较之五胡十六国、五代十国更为规模空前。这是中西游牧文明与中原农业文明的一又次大碰撞。在某种意义上说，元杂剧是这两大文化撞击时迸发的一朵光彩夺目的火花。

公元1218年至1260年，蒙古人金戈铁马，弩炮火箭，先后三次西征，灭花刺子模、巴格达；破康里、木刺夷；克钦察、波兰；平俄罗斯、叙利亚，使蒙古成为横跨欧亚大陆的大帝国。蒙古贵族挟军事上的胜利，把欧洲与西亚大批被征服者迁徙到黄河流域。这些移民中，有被俘的工匠，被遣发的平民，也有携家带族的部落首领，及经营商业的各方人士。其中最多的是原居葱岭以西、黑海以东信仰伊斯兰教的各族庶民。他们迁入之后，大多数从事农业、手工业，或充当职业军人与传教士，或依贸易为业。元朝官方称之为"回回"。根据周密《癸辛杂识续集》记载，元初的回回，"皆以中原为家"，并遍及江南各市，尤聚居于广州、泉州、宁波等东南沿海城市。非洲旅行家伊本·拔都他游历中国之后记述云："中国各城市中，都有伊斯兰教徒居住区，筑有清真寺，作为礼拜之所。"

元初所指的"西域"，范围很广，包括元的西北部以及窝阔台、察合台、钦察、伊利四大汗国，大致东起唐古特、畏兀儿，西至欧洲多瑙河流域与西亚高原。蒙古文字，原先采用畏兀儿字母。蒙古人入主中原之后，以汉语楷书和畏兀儿文作为通用文字。由于阿拉伯语与波斯语是中亚、西亚两种主要语言，为了加强与各汗国的联系，并与之进行文化、经济交流，至元二十六年，元世祖诏令成立回回国子学，招收贵族、官吏、富绅子弟入学，见习阿拉伯语和波斯语。随着西域人的移居和阿拉伯语、波斯语的传授，阿拉伯文化艺术纷纷传入中国。元朝王士点、商企翁编撰的《秘书监志》卷九"回回书籍"条目之下，列举至元十年北司收藏的阿拉伯文、波斯文书籍23种。

这次民族大融合的过程中，打破了汉族传统习俗，允许各民族习俗共存。至元十五年，"礼部议得：四方之民，风俗不一，若便一体禁约，似有未尽"。因此，"各从本俗不须禁约"。① 而中亚游牧文明的礼乐对中原农业文明的冲击更大。"元之有国，肇兴朔漠，朝会燕飨之礼，多从本俗。"即使至元八年许衡、刘秉忠始制朝仪之后，世祖成宗"大飨宗戚，赐宴大臣，犹用本俗之礼为多"。"若其为乐，则自太祖征用旧乐于西夏，太宗征金太常遗乐于燕京。"以后，"大抵其于祭祀，率用雅乐，朝会飨燕，则用燕乐"。② 演奏宴乐的乐器有兴隆笙、殿庭笙、琵琶、筝、火不思、胡琴、方响、觱篥、龙笛、羌笛、头管、纂、箜篌、云璈、戏竹、杖鼓、札鼓、和鼓、水盏等，许多是西域乐器，显然常常演奏的是蒙古贵族惯听的西域乐曲。这种礼乐习俗及审美趣味不能不影响到元杂剧。如果完全与之相违，元杂剧能在元初迅速成长繁

---

① 《元典章·礼部》。
② 《元史·礼乐志》。

盛么？明人王世贞洞察此情："自金、元入主中国，所用胡乐，嘈杂凄紧，缓急之间，词不能按，乃更为新声以媚之。"关汉卿、白仁甫等创作杂剧时，"但大江南北，渐染胡语"，因而"时时采入"。[①]

特别是在这次民族大融合的过程中，它冲击了汉代以来独尊儒术，以及宋代程朱理学一统的沉寂局面，解除了元初杂剧作家的许多精神桎梏，使他们可以大胆抒写真实感受。世祖成宗两大集团，思想比较开放，不把哪教哪派定为一尊，而让儒、道、释、伊斯兰、基督各教以及教中各派自由活动，几乎各教各派首领，先后都与两大统治集团关系密切，就连刚刚外来的基督教也是如此。1289年，基督教方济各会教士孟高维诺，携带东罗马教皇致元世祖的书信，经波斯，取海道来华。孟在大德八年底和九年初，两次致书克里米亚可萨利亚教士，津津乐道元成宗对他的信任，他可以定期入宫，宫中有他一个职位；他已在大都建造了第一座基督教教堂，前后有三万多人受洗礼；元成宗很喜欢听教堂儿童歌诗班唱圣歌，并希望欧洲不断派遣使者来华。世祖成宗两大集团，在本身中亚游牧文明的基础上，既接受中原的农业文明，又吸收外来的欧洲文明，这种兼收并蓄的胸怀，是滋生元杂剧精神的温床。政策的宽容，是元杂剧繁荣的催化剂。从现在留存下来的"前辈已死名公才人"的杂剧来看，题材广泛，没有禁区。剧作家们可以宣扬各家观点，可以倾泻内心郁抑，不受任何限制。

也许有人会以《元史·刑法志》"诸妄撰词曲"等条文来质疑，笔者认为，现存《元史·刑法志》中的条文，是元代中后期制定的。世祖时，改定金律，简除繁苛为《至元新格》，不可能有限制词曲创作的"繁苛"条文。后来，"仁宗之时，又以格例条画有关于风纪者，类集成书，号曰《风宪宏纲》。至英宗时，复命宰执儒臣取前书而加损益焉。书成，号曰《大元通制》"（《元史·刑法志》）。因此，这几段条文起码是《风宪宏纲》中才有的。试想，如果元初两朝，就在法律中规定："诸妄撰词曲，诬人以犯上恶言者处死。""诸乱制词曲为讥议者流。"那么，此期众多剧作家不就违反禁令吗？

[①] 王世贞：《曲藻》，见《中国古典戏曲论著集成》（四）。

然而，并未见有杂剧作家因之获罪，足见世祖、成宗两朝还没有这般律令。①

四

元杂剧为什么是四折一楔子的体制？一直众说纷纭。笔者认为，这种体制，是蒙古人、色目人游牧生活节奏与心理节奏的外化。这些游牧民族，其生活在逐水草而居的马背上。这与农业文明的田野耕作不同，更与江南水乡的慢悠摇橹有别。就是入主中原后的蒙古马队，心理空间仍然回响着"哒哒"的马蹄声。加之燕赵已久受女真人统治，蒙古人与西域色目人及金人也有诸多共同之处。这样，使元初的燕赵观众乐于观赏结构紧凑的四折杂剧，而难于接受南方连演几天几夜的"戏文"。南宋末年有人记录，蒙古"国王出师，亦从女乐随行。率十七八美女，极慧黠，多以十四弦弹大官乐，四拍子为节，甚低，其舞甚异"（孟洪《蒙鞑实录》）。其中所记"四拍子为节"和四折一楔子，有无内在联系呢？起码可以说明蒙古贵族喜听"四拍子为节"的乐曲，"四拍子"是与他们的心理节奏合律的。

善骑射、逐水草、能歌善舞的蒙古人与色目人，在长期的游牧生活中形成的生活方式和价值观念，显然与男耕女织的汉族人不同。这也导致二者的审美趣味和娱乐方式的差异。蒙古人出征，军中随带优伶，"先是破唆都时，获优人李元吉，善歌。诸势家少年婢子，从习北唱。元吉作古传戏，有四方王母献蟠桃等传。其戏有官人、朱子、旦娘、拘奴等号，凡十二人，着锦袍绣衣，击鼓吹箫，弹琴抚掌，闹以檀槽，更出迭入为戏"（《大越史记全书》卷七）。这类娱乐方式的弥漫，使元初文人，"凡所制作，皆足以鸣国家气化之盛，自是北乐府出，一洗东南习俗之陋。大抵雅乐不作"②。可知当时流行的乐府属于俗乐，曲家竞相制作，并使一代人的观念完全改变，鄙视原来雅乐盛行的东南习俗。

---

① 转引自沈福伟：《中西文化交流史》，上海人民出版社1985年版。
② 虞集：《中原音韵序》，《中国古典戏曲论著集成》（一）。

这时文化界人士的价值观念，也发生巨大变化，他们不屑于赋唐诗填宋词，而沉醉于元曲创作之中，认为"学今之乐府，则不然。儒者每薄之，愚谓：迂阔庸腐之资无能也，非薄之也；必若通儒俊才，乃能造其妙也"①。公然嘲笑儒生菲薄元曲为"迂阔庸腐之资无能也"，进而称颂元曲作者是"通儒俊才"。这并非因知识分子地位低下，才与优人为伍，从事元杂剧创作的。王骥德对胡鸿胪说："元时，台省元臣、郡邑正官，皆其国人为之；中州人每沉抑下僚，志不获展，如关汉卿乃太医院尹，马致远江浙行省务官，宫大用钧台山长，郑德辉杭州路吏，张小山首领官，于是多有用之才，寓于声歌，以纾其拂郁感慨之怀，所谓不得其平而鸣也。"而后他又断然反驳云："然其时如贯酸斋、白无咎、杨西庵、胡紫山、卢疏斋、赵松雪、虞邵庵辈，皆昔之宰执贵人也，而未尝不工于词。"②可见有些知识分子地位低下，并非元杂剧繁荣的主要原因之一。

更何况"前辈已死名公才人"，许多是不愿为官。元人述云："我皇元初并海宇，而金之遗民，若杜散人、白兰谷、关已斋辈，皆不屑仕进，乃嘲弄风月，留连光景，庸俗易之，用世者嗤之。三君之心，固难识也。"元初，世祖、成宗都多次吸收知识分子入仕，为什么此三人"皆不屑仕进"呢？从现存材料较多的白朴来看，他"幼经丧乱，仓皇失母，便有山川满目之叹。逮亡国恒郁郁不乐，以故放浪形骸，期于适意"，"栖迟衡门，视荣利蔑如也。"（王博文《天籁集序》）白朴另一友人说他"少有志天下，已而事乃大谬。顾其先为金世臣，既不欲高蹈远引以抗其节，又不欲使爵禄以干其身"（孙大维《天籁集序》）。白朴自己也在《沁园春》词中自叙："念一身九患，天教寂寞，百年孤愤，日就衰残。麋鹿难驯，金镳纵好，志在长林丰草间。"他以遗民自居，不愿出仕。

元初鉴于前代科举之弊，即仕人皆钻入书本，以诗词附庸风雅，倦于政事实务，因而不行科考，实行选举。"凡选举守令，至元八年，诏以户口增，田

---

① 罗宗信：《中原音韵序》，《中国古典戏曲论著集成》（一）。
② 朱经：《青楼集序》，《中国古典戏曲论著集成》（二）。

野辟，词讼简，盗贼息，赋役均五事备者为上选。九年，以五事备者为上选，升一等。四事备者，减一资。三事有成者为中选，依常例迁转。四事不备者，添一资。五事俱不举者，黜降一等。二十三年，诏：'劝课农桑，克勤奉职者，以次升奖。其迂于事者，笞罢之'。"①笔者认为：这种年年考核政绩，作为升降奖惩标准的选拔制，远较科举考试为益。如此选贤任能，成为元初迅速恢复生产，发展经济，安定社会的有效措施之一。

明人较为注重地域与民族造成的文化差别，王世贞把北杂剧与明传奇进行一番比较后发现："凡曲，北字多而调促，促处见筋；南字少而调缓，缓处见眼。北则辞情多而声情少，南则辞情少而声情多。北力在弦，南力在板。北宜和歌，南宜独奏。北气易粗，南气易弱。"并认为北曲的繁兴是一代审美风尚造成的，"词不快北耳而后有北曲"。②王骥德进行历史性考察之后说："入元而益漫衍其制，栉调比声，北曲遂擅盛一代；顾未免滞于弦索，且多染胡语"，"北国之乐，仅袭胡戎。"③何良俊具体论述道："排名如〔阿那忽〕、〔相公爱〕、〔也不罗〕、〔醉也摩挲〕、〔忽都白〕、〔唐兀歹〕之类，皆是胡语。"④这些曲牌，还证明元杂剧演唱中采用许多胡地音乐，因为它们都出自李直夫、关汉卿、王实甫的创作中。

这类胡地音乐，早在唐代就传入中原。但在大都一带盛行，显然是随着西域人与蒙古人的大批入居。西域各族人民擅长歌舞："在传统节日里，高昌王国的臣民通常在当地大寺院举行盛大庙会，会上演出多为佛教内容的戏剧，或通过连环画一类的形象，以生动的语言、手势演唱劝人从善的佛生前的故事，场面十分热闹。"(耿世民《维吾尔族古代文化和文献概论》)联邦德国突厥语学专家葛玛丽认为："对当时(内地)汉族人来说，古代新疆的说唱艺术、哑剧、舞剧、歌

---

① 《元史·选举志》。
② 王世贞：《曲藻》，《中国古典戏曲论著集成》(四)，中国戏剧出版社1959年版。
③ 王骥德：《曲律》，《中国古典戏曲论著集成》(四)，中国戏剧出版社1959年版。
④ 何良俊：《曲论》，《中国古典戏曲论著集成》(四)，中国戏剧出版社1959年版。

唱、乐队及原始戏剧具有很大的诱惑力。"①由金朝礼部侍郎乌古孙仲端去西域，见"其妇人衣白，面亦衣，止外其目，间有髯者，并业歌舞音乐。其织红裁缝，皆男子为之，亦有倡优百戏"②，到元初"世民风机巧，虽郊野山林之人，亦知谈笑，亦解弄舞娱嬉；而况膏腴阀阅，市井丰富之子弟，人知优伶发新巧之笑，极下里之欢，反有同于教坊之本色者"（胡紫山《紫山大全集》）；从高昌回鹘国王阿厮兰汗，接待汉使礼节为"张乐饮宴，为优戏，至暮"③，到元代宫廷的频繁演出活动，可窥视其内在的联系。元人入主后，如果没有以其习俗风尚冲击中原传统的诗教礼乐，能使元杂剧迅速发达昌盛么；如果没有以其马上生活节奏与审美趣味，影响大都、中州一带的勾栏演出，能迅速形成与南方戏文截然不同的四折杂剧么？

王骥德深思熟虑之后，猛然悟出元杂剧繁荣之谜："盖胜国时，上下成风，皆以词为尚，于是业有专门。"元初王、关、马、白等"胜国诸贤，盖气数一时之盛"④。此言信然。

笔者首肯王氏"气数"之说，认为元杂剧繁荣的谜底应为：元初社会相对安定，思想较为自由，创作不受限制，时逢民族大融合之际，中亚游牧文明冲击着中原农业文明而所致。由此可见，元杂剧这朵奇葩不是长在历史荒漠之上，而是根植于一方华夏文化沃土之中。

（原载《文艺研究》1989年5期）

---

① 葛玛丽：《高昌回鹘王国（公元850—1250）》，《新疆大学学报》1980年第2期。
② 《金史·宣宗本纪》。
③ 《宋史·高昌传》。
④ 王骥德：《曲律》，《中国古典戏曲论著集成》（四），中国戏剧出版社1959年版。

元代曲论研究

元代，由于各地杂剧、院本以及南戏、散曲等创作演出的繁荣，因此，随之带来了戏剧理论的兴起，无论对作家作品的评论研究，还是对演员表演的评论总结，都有相当成就，基本上是在诗论、画论的基础上，对杂剧创作与表演，做了开创性的理性思考和总结，很有特点。其历史贡献之大，尤为突出，值得系统总结。

一、胡紫山"九美"说的开创之功

胡祗遹（1227—1298），字绍山，号紫山，磁州武安人（今河北省磁县）。《元史》有传，记载他"少孤，既长，好读书，见知于名流"。刘赓《紫山大全集·原序》中说他年少"便能从诸生习，唯程文非所好"；"潜心伊洛之学，慨然以斯文为己任。一时名卿士大夫咸器重之"。元中统年间被召为员外郎，因其"直言正色，无所顾忌"，触怒权奸阿合马，被贬出大都，到山西、山东、湖北等地任地方官，"所至抑豪右，扶寡弱。以敦教化，以厉世风"。政绩突出，死后"追赠礼部尚书，谥文靖"①。他一生主要的戏剧活动，如与杂剧演员交往，给人作序时发表对戏剧表演的个人见解等均在大都。钟嗣成《录鬼簿》把他列为"前辈已死名公才人"。《金元散曲》收有他作的小令11首。朱权《太和正音谱》评"胡紫山之词，如秋潭孤月"。由其子编纂刊行的《紫山大全集》，被清人贬斥为"多收应俗之作，颇为冗杂，甚至如《黄氏诗卷序》、《优

---

① 《元史·胡祗遹传》。

伶赵文益诗序》、《赠宋氏序》诸篇。以阐明道学之人，作狎倡优之语，其为白玉之瑕，有不止萧统之讥陶潜者"①。然而，正是这三篇"狎倡优之语"，成为非常珍贵的元初戏曲专论，从中不仅可以了解当时的戏剧演出状况，而且可以洞悉胡氏对早期元杂剧表演的独特见解。

胡紫山生活在元初大都，这里，杂剧名作家辈出，杰作如林，演出众多，优秀演员济济。他喜欢看戏，与许多杂剧演员交往密切，除三篇序文的演员黄氏、宋氏、赵文益外，尚有散曲《沉醉东风·赠朱帘秀》，以珠帘喻朱帘秀"隔断落红尘土"，"挂尽朝云暮雨"。元人陶宗仪说他对朱帘秀"极钟爱之"②。正是他对元初杂剧有丰富的感性认识，以其广博的学识，对杂剧艺术进行了理论概括。他意识到元杂剧与当时社会的联系，总结为戏剧的认识功能、宣泄功能和娱乐功能："十二时中纷纷扰扰，役筋骸，劳志虑，口体之外，仰事俯畜。吉凶庆吊乎乡党闾里，输税应役乎官府边戍，十室而九不足，眉颦心结，郁抑而不得舒，七情之发不中节而乖戾者，又十常八九得一二。"杂剧"上则朝廷君臣政治之得失，下则闾里市井父子兄弟夫妇朋友之厚薄，以至医药卜筮、释道商贾之人情物理，殊方异域，风俗语言之不同，无一物不得其情，不穷其态"。戏剧演出能"解尘网，消世虑，嗥嗥熙熙，心畅然怡然"，"悦耳目而舒心思"。在元代初年，紫山先生就对戏剧所产生的功能，做出生动形象的表述，是有其先见之明和独到之处。

尤其令人称道的是他在《黄氏诗卷序》中对戏曲演员提出的"九美"标准："女乐之百伎，惟唱详焉。一、姿质浓粹，光彩动人。二、举止闲雅，无尘俗态。三、心思聪慧，洞达事物之情状。四、语言辨利，字句其明。五、歌喉清和圆转，累累然如贯珠。六、分付顾盼，使人解悟。七、一唱一说，轻重疾徐，中节合度，虽记诵娴熟，非如老僧之诵经。八、发明古人喜怒哀乐，忧悲愉悦，言行功业，使观者听者如在眼前，谛听忘倦，惟恐不得闻。九、温故知

---

① 《四库全书总目提要》集部别集类十九。
② 陶宗仪：《南村辍耕录》，文化艺术出版社1998年版，第278页。

新,关键词藻,时出新奇,使人不能测度,为之限量。九美既具,当独步于同流。"他提出的"九美"说,可大致概括为几方面:第一,注重戏曲演员的基本功,唱功"清和圆转,累累然如贯珠",念白"语言辨利,字句真明";唱念配合适当,节奏感强,"轻重疾徐,中节合度";做工"分付顾盼,使人解悟"。第二,强调演员的内在体验,"心思聪慧,洞达事物之情状",准确把握扮演角色的思想情感,"发明古人喜怒哀乐,忧悲愉悦,言行功业,使观者听者如在眼前,谛听忘倦,惟恐不得闻",收到良好的演出效果。第三,强调演员的艺术修养和外在表现,"举止娴雅,无尘俗态",达到"姿质浓粹,光彩动人"的美的境界。第四,要求演员在表演中不断创新,"温故而知新",产生"使人不能测度,为之限量"的浓厚而新奇之感。

紫山先生还在《优伶赵文益诗序》中指出,戏剧表演贵在"新巧",他比喻说:"醯盐姜桂,巧者和之,味出于酸咸辛甘之外,日新而不袭故常,故食者不厌。滑稽诙谐亦犹是也。"而表演中,"拙者蹈陈习旧,不能变新,使观听者恶闻而厌见"。认为只有"耻踪尘烂,以新巧而易拙,出于众人之不意,世俗之所未见闻者",才能赢得广大戏剧观众的"爱悦",产生强烈的演出效果。

胡紫山创造性地总结元初大都杂剧的表演经验,提出了自己的"九美"说,不仅强调杂剧演员唱念做方面的基本功,而且强调演员演出时必须不断追求新意,还注意到戏剧表演中演员的内在体验和外在表现的统一,既有独开先河的理论贡献,又与后世汤显祖、潘之恒、李渔等人的戏剧表演理论,有某些同工异曲之妙。然其开创之功,良不可没,值得深入发掘。

二、燕南芝庵《唱论》的理性探讨与描述

《唱论》,是我国现存的一部论述金元时代演唱的专著。作者燕南芝庵,姓名和生平皆不详。由于此书最初附刊在元人杨朝英编录的散曲选集《阳春白雪》卷首,据此可以考定元朝至正(1341—1361)年前已经完成。又据元人周德清作于元泰定甲子(1324)《中原音韵》中已转引《唱论》语句时称作者芝庵"古人"、"前

辈"可知，其比周德清早，应成书于周生年1277年之前。既已标出"燕南"的别署，可以说明"芝庵"先生的籍里在"燕南"。元末陶宗仪也把此书收入《南村辍耕录》之中。可见此书元代中后期已流传较广，且具权威性。

此书分为27节短论，较为系统地阐述了演唱技巧、方法与理论。其中既有一般的演唱评论，也有对演唱历史、风格、传承的论述，自然包括了元代杂剧舞台演出活动，杂剧演员装扮人物演唱内容。开篇列举出"古之善唱者"、"帝王知音律者"和"三教所唱"，随之以传统儒家学说中的忌淫声、续雅乐的观点，阐发"丝不如竹，竹不如肉，以其近之也"。又云："取来歌里唱，胜向笛中吹。"[①]这里崇尚演唱以人为本，把人体发出的歌声视为最佳效果，丝竹等器乐伴奏只能在演唱中起烘托作用的观点，是有理论传承功效的。

芝庵先生要求歌唱的格调"抑扬顿挫，顶叠垛换，萦纡牵结，敦拖呜咽，推题丸转，捶欠遏透"。并提出演唱节奏"停声、待拍、偷吹、拽棒、字真、句笃、依腔、贴调"，以及"声有四节"，声韵有"平、圆"，"声要圆熟，腔要彻满"，即对演唱的字、句、腔、调分层次提出要求，对声、腔也予规定。还对演唱之中的变声、敦声、换气、歇气等声气，"歌声变件"里的"慢、滚、序、引"等，以及"赚煞、随煞、隔煞"等尾声处理，做了非常精彩的论述。更令人称道的有以下几个方面：

其一，作者提倡歌唱者要熟悉歌词的内容，把握全篇的风格特色，以便准确表达演唱之际的感情色彩："凡歌者所唱题目，有曲情，铁骑，故事，采莲，击壤，叩角，结席，添寿；有宫词，禾词，花词，汤词，酒词，灯词；有江景，雪景，夏景，冬景，秋景，春景；有凯歌，棹歌，渔歌，挽歌，楚歌，杵歌。"

其二，要求歌唱者注重演唱环境，了解观众身份，进而确定其审美心态，以便以歌声打动听众："凡歌之所：桃花扇，竹叶樽，柳枝词，桃叶怨，尧民鼓腹，壮士击节，牛僮马仆，闾阎女子，天涯游客，洞里仙人，闺中怨女，江边

---

① 《中国古典戏曲论著集成》（一），中国戏剧出版社1982年版，第159页。以下引自书中《唱论》语句，不再注。

商妇，场上少年，阛阓优伶，华屋兰堂，衣冠文会，小楼狭阁，月馆风亭，雨窗雪屋，柳外花前。"

其三，对当时流行的六宫十一调的音乐风格做了生动简明的概括：

仙吕宫唱，清新绵邈；南吕宫唱，感叹悲伤；

中吕宫唱，高下闪赚；黄钟宫唱，富贵缠绵；

正宫唱，惆怅雄壮；道宫唱，飘逸清幽；

大石唱，风流蕴藉；小石唱，旖旎妩媚；

高平唱，条物荡漾；般涉唱，拾掇坑堑；

歇指唱，急并虚歇；商角唱，悲伤宛转；

双调唱，健捷激袅；商调唱，凄怆怨慕；

角调唱，呜咽悠扬；宫调唱，典雅沉重；

越调唱，陶写冷笑。

这种总体性的区分把握，为当时曲界所认可，成为共识，并为后来的学者所转录。

其四，提醒歌唱者自我审视，了解自身演唱过程的种种局限，以便扬长避短，发挥优势："凡人声音不等，各有所长。有川嗓，有堂声，皆合被箫管。有唱得雄壮的，失之村沙；唱得蕴拭的，失之乜斜；唱得轻巧的，失之闲贱；唱得本分的，失之老实；唱得用意的，失之穿凿；唱得打稻的，失之本调。"

其五，总括了当时歌唱过程的种种毛病，既有"唱得困的、灰的、诞的"等"歌节病"，也有"散散、焦焦、干干"等"唱声病"，还有"则他、兀那"等"添字节病"，指出造成毛病的原因是"工夫少，遍数少"，"文理差"，"无传授"等，这些分析是很有演唱实践意义的。

全文虽短，却蕴含丰厚。由于作者运用了一些金末元初演唱行家所流行的行话，有的行话术语已随时间推移而费解，因此，给后世的研究者带来一些麻烦，产生某些歧义。近年有学者把全篇浓缩成令人可理会的短文："善唱者，古已有之。今之唱，门户多矣，题目广矣，人皆爱唱而无处不歌。然调有声情，腔有正讹，句有定格，字有真伪，唱有高下之殊，辞有雅俗之别，辞章得乐府气味为尚，唱曲依字声传腔乃真。唱之为艺，尤贵会通：音律，文章，器品，兼之者可得而为曲唱矣。"①似乎还应续上：渺渺乾坤，时空无限。词山曲海，千生万熟。唱者如云，荣枯无数。得失漫评，续论短长。

三、夏庭芝《青楼集》的记载评述

《青楼集》是一部记载元代各类演员之书。作者夏庭芝，字伯和，一作百和，号雪蓑，别署雪钓隐，一作雪蓑渔隐，江苏华亭人。夏氏原是云间巨族，家中藏书很多，他的书斋名为自怡悦斋。元末张士诚起义，松江变乱之后，他家还残存图书数百卷。他隐居泗泾，书斋改名为疑梦轩。文学家杨维桢曾是他的家庭塾师。他"遍交士大夫之贤者"，当时的文人张择、朱凯、朱经、钟嗣成等人，都是他的同道友好。夏氏为人慷慨，"凡寓公贫士，邻里细民，辄周急赡乏"②。他曾创作许多散曲，"文章妍丽，乐府隐语极多"③。可惜今已失传。他的生年在元延祐年间，死于入明以后。

由于庭芝先生家庭富贵，"乔木故家，一生黄金买笑，风流蕴藉"④，"慕孔北海，座客常满，尊酒不空，终日商会开宴，诸伶毕至，以故闻见博有"⑤，因而有了写作此书的条件。夏氏自述写作过程及目的："我朝混一区宇，殆将百年，天下歌舞之妓，何啻亿万，而色艺表表在人耳目者，固不多也。仆闻青楼于芳名艳字，有见而知之者，有闻而知之者，虽详其人，未暇纪录，乃今风尘澒洞，群邑萧条，追念旧游，慌然梦境，于心盖有感焉，因集成编，题曰《青楼集》。遗忘颇多，铨类无次，幸赏音之士，有所增益，庶使

---

① 李昌集：《中国古代曲学史》，华东师范大学出版社1997年版，第126页。
② 张择：《青楼集叙》，《中国古典戏曲论著集成》（二），第6页。
③ 《录鬼簿续编》，《中国古典戏曲论著集成》（二），第285页。
④ 《录鬼簿续编》，《中国古典戏曲论著集成》（二），第281页。
⑤ 张择：《青楼集叙》，《中国古典戏曲论著集成》（二），第6页。

后来者知承平之日，虽女伶亦有其人，可谓盛矣。"此书完成于元至正十五年（1355）。

全书共记载了118位演员。她们之中，以擅长演唱杂剧者较多，也有以唱诸宫调、南戏、院本、慢词等名重一时者，有的演员，能唱多种，并能装扮多种角色。从夏氏记录里，可以确定一批主要演出活动在大都、名扬京师的女演员有：

张怡云	曹娥秀	解语花	朱帘秀	南春宴	周人爱
玉叶儿	瑶池景	天然秀	国玉第	玉莲儿	贾岛春
王玉带	冯六六	王榭燕	王庭燕	周兽头	刘信香
樊事真	赛帘秀	王巧儿	连枝秀	赵梅歌	一分儿	孙秀秀

另有大都秀、燕山景、燕山秀等，从艺名的地域性来看，也主要成名于大都，燕山秀还是"朱帘秀之高第"。她们只是众多女演员的代表，据《马可·波罗游记》所记，大都"有妓五万人"，可见当时各种演出活动之盛。而大都杂剧演出，占了相当大的比例，善演杂剧者占女演员的大多数。

夏氏对大都元杂剧演员的记录，描述了演员精湛的演技，反映出演员与文人士大夫的交往，透露了元代杂剧在大都演出兴盛的重要信息。例如，记载朱帘秀条："姓朱氏，行第四。杂剧为当今独步；驾头、花旦、软末泥等，悉造其妙。胡紫山宣慰，尝以〔沉醉东风〕曲赠云：'锦织江边翠竹，绒穿海上明珠。月淡时，风清处，都隔断落红尘土。一片闲云任卷舒，挂尽朝云暮雨。'冯海粟待制，亦赠以〔鹧鸪天〕云：'凭倚东风远映楼，流莺窥面燕低头。虾须瘦影纤纤织，龟背香纹细细浮。红雾敛，彩云收，海霞为带月为钩。夜来卷尽西山雨，不著人间半点愁'。盖朱背微偻，冯故以帘钩寓意。至今后背以'朱娘娘'称之者。"其中的冯海粟，乃冯子振（1257—1314），是散曲作家。朱帘秀是元大都著名的杂剧演员，擅多种行当，不仅与冯子振、胡紫山这类文人士大夫交往，而且与关汉卿等杂剧作家过从甚密，关汉卿曾有套曲〔南吕·一枝花〕《赠朱帘秀》："轻裁虾万须，巧织珠千串。金钩光错落，绣带舞蹁跹。似雾非烟，妆点就深闺院，不许那等闲人取次展。摇四壁翡翠深阴，射万瓦琉璃色浅。〔梁州〕宝贵似侯家紫帐，风流如谢府红莲，锁春愁不入双飞燕。绮窗相近，翠户相连，雕枕相映，乡幕相牵，拂苔痕满砌榆钱，惹杨花飞点如绵。愁的是抹回廊暮雨萧萧，恨的是筛曲槛西风剪剪，爱的是透长门夜月娟娟。凌波殿前，碧玲珑掩映香妃面，没福怎能够见。十里扬州风物妍，出落着神仙。[尾]恰便似一池秋水通宵展，一片朝云尽目悬。你个守户的先生肯相恋，煞是可怜，则要你手掌里奇擎着耐心儿卷。"此曲借咏"珠帘"而喻示朱帘秀杂剧表演技巧高超美妙，突出她歌喉珠圆玉润，舞姿袅娜蹁跹，扮相漂亮优雅。另一士大夫，散曲作家卢挚（约1243—1315）也有〔双调蟾宫曲〕《醉赠乐府朱帘秀》："系行舟谁遣卿卿，爱林下风姿，云外歌声。宝髻堆云，冰弦散雨，总是才情。恰绿树南薰晚晴，险些儿羞杀啼莺。客散邮亭，楚调将成，醉梦初醒。"此曲着重描写朱帘秀的教养和才艺，既有大家女子的"林下风姿"，风韵娴雅，又有"云外歌声"的艺术天赋，技艺高超。从朱帘秀有高第赛帘秀来看，朱帘秀曾教授一批弟子，高足以"赛"为艺名，可见朱帘秀在元大都交游之广，舞台的声誉之隆。

另外，此书记载顺时秀"杂剧为闺怨杂剧，为当时第一手。花旦、驾头、亦臻其妙"，表现当时著名演员戏路广，擅演几类角色的状况。又在周人爱一条记云："京师旦色，姿艺并佳。其儿媳玉叶儿，元文苑尝赠以〔南吕·一枝花〕曲。又有瑶池景，吕总管之妻也，贾岛春，萧才子之妻也，皆一时之拔萃者。王玉带、冯六六、王榭燕、王庭燕、周兽头，皆色艺两绝。又有刘信香，因李侯宠之，名尤著焉。"这一条记载。介绍了10位京师旦角演员的主要情况，信息量相当大，折射出元杂剧在大都演出活动的繁荣盛况。

四、钟嗣成的《录鬼簿》是简明的元曲史

《录鬼簿》作者钟嗣成在自序中写道："余因暇日，缅怀故人，门第卑微，职位不振，高才博识，俱有可录，岁月弥久，淹没无闻，遂传其本末，吊以乐章。复以前乎此者，叙其姓名，述其所作，冀乎初学之士，刻意词章，使冰寒于水，青胜于蓝，则亦幸矣。名之曰《录鬼簿》。嗟乎！余亦鬼也。使已死未死之鬼，作不死之鬼，得以传远，余又何幸焉？若夫高尚之士，性理之学，以

为得罪于圣门者,吾党且啖蛤蜊,别与知味者道。"作者讲明自己孜孜不倦、千方百计、四方搜罗元代杂剧作家作品的苦心,不仅要为元剧作家树碑立传,"得以传远",而且主要是有感于剧本创作的低迷,提出鼓励青年读书人投身杂剧创作之中,希望出现一个冰寒于水、青出于蓝的杂剧创作复兴局面。他还提出一个与创作风格有关的"且啖蛤蜊,别与知味者道"的"蛤蜊味"。蛤蜊本是一种个小而味道清纯的海产品,东南沿海平民百姓喜欢食用,味美而价廉。钟氏以平民大众化的食品来比喻元杂剧浓厚的平民风格,张扬"吾党"的平民意识,与当时主流社会的"高尚之士"、"性理之学"相对立,倡导离经叛道的通俗戏剧作品,以"蛤蜊味"作为总体美学格调的标志,既生动形象,又耐人寻味。钟氏的远见卓识,不仅有精彩的杂剧美学描述,而且为元杂剧保存了一份相当珍贵的作家作品名录,并分期加以评论,成为中国历史上第一本戏曲作家专论。

作者钟嗣成,字继先,号丑斋,生卒年不详。原籍大梁(即汴梁),后居杭州,早年曾师从名儒邓文原、曹鉴、刘濩,曾为江浙行省小吏,后"以明经累试于有司,数与心违,因杜门养浩然之志"[①]。他曾创作大量散曲,现存小令59首,套曲1首。小令中有一批是凭吊元散曲和元杂剧作家的作品,颇具史料价值。套曲《自序丑斋》,自我描述云:

〔梁州〕子为外貌儿不中抬举,因此内才儿不得便宜。半生未得文章力。空自胸藏锦绣,口唾珠玑。争奈灰容土貌,缺齿重颏,更兼着细眼单眉。人中短髭鬓稀稀。那里取陈平般冠玉精神,何晏般风流面皮。那里取潘安般俊俏容仪。自知。就里。清晨倦把青鸾对,恨杀爷娘不争气。有一日黄榜召收丑陋的,准拟夺魁。

〔隔尾〕有时节软乌纱抓搭起钻天髻。乾皂靴出落着簌地衣。向晚乘间后门立。猛可地笑起。似一个甚的。恰便似现世钟馗诡不杀鬼。

---

① 《录鬼簿续编》,《中国古典戏曲论著集成》(二) 第285页。

〔牧羊关〕冠不正相知罪。貌不扬怨恨谁。那里也尊瞻视、貌重招威。枕上寻思。心头怒起。空长三十岁。暗想九千回。恰便似木上节难镑刨，胎中疾没药医。

〔贺新郎〕世间能走的不能飞。饶你千件千宜，百伶百俐。闲中解尽其中意。暗地里自恁解释。倦闲游出塞临池。临池鱼恐坠。出塞雁惊飞。入园林俗鸟应回避。生前难入画，死后不留题。

〔隔尾〕写神的要得丹青意。子怕你巧笔难传造化机。不打草两般儿可同类。法刀鞘依着格式。装鬼的添上嘴鼻。眼巧何须样子比。

〔哭皇天〕饶你有拿雾艺冲天计。诛龙局段打凤机。近来论世态，世态有高低。有钱的高贵。无钱的低微。那里问风流子弟。折末颜如灌口，貌赛神仙，洞宾出世。宋玉重生，设答了馒的。梦撒了寮丁，他采你也不见得。枉自论黄数黑，谈说是非。

〔乌夜啼〕一个斩蛟龙秀士为高第。升堂室古今谁及。一个射金钱武士为夫婿。韬略无敌。武艺深知。丑和好自有是和非。文和武便是傍州例。有鉴识，无嗔讳。自花白寸心不昧。若说谎上帝应知。

〔收尾〕常记得半窗夜雨灯初昧。一枕秋风梦未回。见一人，请相会。道咱家，必高贵。既通儒，又通吏。既通疏，更精细。一时间，失商议。既成形，悔不及。子教你，请俸给。子孙多，夫妇宜。货财充，仓廪实。福禄增，寿算齐。我特来，告知你。暂相别，恕请罪。叹息了几声，懊悔了一会。觉来时记得。记得他是谁。原来是不做美当年的捏胎鬼。

这里，钟氏从"丑"字入手，谋篇独特，自嘲自慰，写得妙趣横生，隽永飘逸，意味别致。全曲诙谐新奇，仿佛一幅惟妙惟肖自画像，不仅描绘出外貌长相，而且展现了特殊才能和丰富思想，是难能可贵的史料。就是这位长相奇特的元代文人，独具慧眼，以超越世俗的胆识，为当时不受关注的杂剧作家树碑立传，留下了珍贵的《录鬼簿》。

他还创作杂剧《章台柳》、《钱神论》、《蟠桃会》、《郑庄公》、《斩陈余》、《诈游云梦》、《冯驩烧券》等，由于"皆在他处按行，故近者不知，人皆易之"。今均已失传。他所著的《录鬼簿》，完成于元至顺元年（1330），收录杂剧和散曲作家152人，作品名目448种。

钟氏是按照年辈顺序排列分类的：

1．前辈已死名公，有乐府行于世者31人。
2．方今名公10人。
3．前辈已死名公才人，有所编传奇行于世者56人。
4．方今已亡名以才人，余相知者，为之作传，以〔凌波曲〕吊之19人。
5．已死才人不相知者11人。
6．方今才人相知者，纪其姓名行实并所编21人。
7．方今才人，闻名而不相知者4人。

第一、二类为散曲作家，共收录41人。第三类为元初的杂剧作家作品，由于"余生也晚，不得须几席之末，不知出处，故不敢作传以吊云"，反映出作者严谨的学术态度，所简要记述作家籍贯、生平交游和作品名目，其中明确记载关汉卿、马致远、庾吉甫、王实甫、王仲文、杨显之、纪君祥、费唐臣、张国宾、梁进之、孙仲章、赵明道、李子中、石子章、李宽甫、费君祥、李时中17人为"大都人"，加上大都邻近地区以及北方区域出生的杂剧作家，主要戏剧活动是在以大都为中心的北方，勾勒出元初杂剧在大都兴盛的繁荣局面，这与其后和钟氏同时代的剧作家大部分是南方人，主要活动在以杭州为中心的江浙地区，形成鲜明的反差，从而，透露了元杂剧由北向南位移，杂剧创作活动中心从北方大都转向南方杭州的重要信息。

《录鬼簿》的分期分类，清晰明了，别具一格，从某种意义上来说，其分类与当今戏剧史上的分期，有同工异曲之妙。加上作者简明扼要的评述，更可以把此书视作一部简略的元代杂剧史。钟氏为元代杂剧的分期，不仅是最早的研究成果，而且是最具权威性的史料，因而得到近代以来王国维等戏剧史家的高度重视，作为元杂剧分期的重要依据，实在难能可贵。

作者敢为天下先，以太史公笔法，秉笔直书，为剧作家扬名作传，既为后世所推崇，也在当时赢得士大夫一片盛赞。其友人邵元长赠《湘妃曲》："高山流水少人知，几拟黄金铸子期。继先既解其中意，恨相逢，何太迟。示佳篇古怪新奇,想达士无他事,录名公半是鬼,叹人生不死何归。"周浩又题《折桂令》:"想开元朝士无多,触目江山,日月如梭。上苑繁华,西湖富贵,总付高歌。麒麟冢衣冠坎坷,凤凰台人物蹉跎。生待如何,死待如何?纸上清名,万世难磨。"朱士凯在《后序》里也称颂:"君之德业辉光,文行邑润,后辈之士,奚能及焉?"这些评语,都不是过誉之辞。钟氏有意为之、悉心收罗、呕心沥血的著作,超过了作者的自我期待,超越了时间空间,成为一部开戏剧批评先河的作家作品的论集,并为中华文明史、文学史、戏剧史、艺术史,留存了一份非常宝贵的资料与述评,"德业辉光",万世千秋。

五、周德清《作词十法》的理论价值

周德清(1277—1365),字挺斋,江西高安人,生于文人世家,一生困顿,未入仕途,晚年穷苦,但他"通声音之学,工乐章之词,尝自制声韵若干部,乐府若干篇,皆审音以达词,成章以协律"①。对北曲有深入的研究和创作体会,感于元代南北统一后北曲南移,盛行于长江两岸,遍及苏杭浙赣,使南方文士加入北曲创作行列,而南方人士受方言影响,"俱无阴阳之别矣。且上去二声,施于句中,施于韵脚,无用阴阳,惟慢词中仅可曳其声尔,此自然之理也。妙处在此,初学者何由知之!乃作词之膏肓,用字之骨髓,皆不传之妙,独予知之,屡尝揣其声病于桃花扇影而得之也"②。为了能使"四方出语不偏,作词有法",他广泛搜集,潜心研究,写成了中国音韵学上划时代的著作——《中原音韵》。

此书包括大都杂剧在内的北曲创作理论,集中在《中原音韵》后一部分《正语作词起例作词十法》之中,具体内容如下:1. 知韵;2. 造韵;3. 用事;4. 用字;5. 八声作平声;6. 阴阳;7. 务头;8. 对偶;9. 末句;10.

---

① 《中原音韵》,《中国古代戏曲论著集成》(二)。
② 同上。

定格。这里有一些具体字、词、句、篇的作法和评论,表面上看,微观的论述较多,但细而品察,其中有的议论,道前人之所未道。作者新提出一些理论命题,有鲜明的理论见解。

其一,提出了戏曲创作中"语意俱高为上"的美学命题。周德清在"造语"一节写道:"未造其语,先立其意;语、意俱高为上。短章辞既简,意欲尽;长篇要腰腹饱满,首尾相救。"并在"定格"第一首〔仙吕·寄生草〕《饮》后评曰:"命意、造语、下字,俱好。"又在〔双调·梧叶儿〕《别情》后评曰:"如此方是乐府。音如破竹,语尽意尽,冠绝诸词。"虽然未能进一步阐述,但从这两条评语中,可见其用意,即把"意"作意思、意境运用,提出"立意"在"造语"之先。尤其是提倡"意尽",这就有别于诗词的含而不露、露而不尽的创作鉴赏标准,无论散曲还是剧曲,是为演唱而创作,要当场让人听明白,就要求通俗、明白、晓畅,创作时必须"意尽"才妙。这一理论命题的确立,正抓住了曲论与诗论、词论的根本区别要点。

其二,突破文人士人观念,提倡平民意识。周德清在"造语"中还有一处精彩之语:"造语必俊,用字必熟,太文则迂。不文则俗;文而不文,俗而不俗。要耸观,又耸听,格调高,音律好,衬字无,平仄稳。"这里的"文",应有正面理解与反面诠释,因而从某种意义上可分为积极因素与消极因素的外延与内涵。从正面理解的积极方面,可解释为文人气质,曲文品味之"文"。如周氏举例所言:可作乐府语、经史语,以显其"文";不可作全句语、书生语、张打油语、双声叠韵语、六句三韵语,避免"不文"。

同样,这里的"俗",也有正面和反面内涵诠释,有通俗与粗俗、庸俗之别,他认为:可作天下通语,不可作俗语、蛮语、谑语、嗑语、市语、方语、构肆语。周氏提出的"文而不文,俗而不俗"的美学尺度,敏锐而精辟地阐述曲体创作和鉴赏的独特美学准则,不仅表现出对元代曲体的特殊认知与把握,而且显示其突破文人观念、提倡平民审美意识的理论信息。

其三,提倡以元代大都为中心的北方音韵为标准,规范江南至全国语言,要求严守音律,对中华民族语音规范,具有相当深远的历史意义。周氏云:"'作乐府,切忌有伤于音律',且如女真《风流体》等乐章,皆以女真人音声歌之，虽字有舛讹，不伤于音律者，不为害也。大抵先要明腔，后要识谱，审其音而作之，庶无劣调之失。"这里提出的严守音律的总体原则，只要"不伤于音律者"即可，进而要求在创作实际中"明腔、识谱、审音"，是有针对性和可操作性的，不是仅仅在纸上谈兵。他批评当时不守音律的现象："平而仄，仄而平，上、去而去、上，去、上而上、去者，谚云'钮折嗓子'是也，其如歌妓之喉咽何？入声于句子不能歌者，不知入声作平也；歌其字，音非其字者，用合阴而阳，阳而阴也。此皆用尽自己心，徒快一时意，不能传之，深可哂哉！深可怜哉！"周氏在此强调作曲必须考虑演唱，场下创作应当充分考虑场上表演，这是符合曲体创作规律的观点。

根据元末人所评："以余观京师之日，闻雅乐之耳，而公议曰：'德清之韵，不独中原，乃天下之正音也；德清之词，不惟江南，实当时之独步也。'然德清不欲予名于世，青原友人罗宗信能以具眼识之。"罗宗信在序中写道："国初混一，北方诸俊新声一作，古未有之，实治世之音也；后之不得其传，不遵其律，衬字多于本文，开合韵与之同押，平仄不一，句法亦粗。"[①]因此有《中原音韵》这一音韵学巨作应运而生。

周德清既是一位元代著名音韵学家，也是一位元曲作家，故而有传世的《作词十法》。此"十法"乃是他创作与研究的心得总结，不仅有理论价值，而且对后世曲体创作具有指导作用。他在《后序》中描述自己的一次作曲过程："举首回顾，螺山之色，鹭渚之波，为之改容。遂捧巨觞于二公之前，口占《折桂词》一阕，烦皓齿歌以送之，以报其能赏音也。明当尽携《音韵》的本并诸'起例'以归知音。调曰：'宰金头黑脚天鹅，客有钟期，座有韩娥。吟能既吟，听还能听，歌也能歌。和白雪新来较可，放行云飞云如何？醉睹银河，灿灿蟾孤，点点星多。'歌既毕，客醉，予亦醉，笔亦大醉，莫知其所云也。"这里可见周氏抒发心意的创作沉醉过程，进而加深对其曲体创作理论的理解。

---

① 《中原音韵》，《中国古典戏曲论著集成》（二）。

清代戏曲文化总体格局

清代的戏曲文化，在承继北宋杂剧、南宋戏文、辽杂剧、金院本、元杂剧、明传奇等戏曲文化的基础上，衍变发展而形成新的多元格局，影响深远。

清王朝建立了多民族统一的封建大帝国，逐渐调整民族政策。例如，入关之初，除继承明王朝的尊孔读经，以"四书五经"命题举行科举考试之外，还增加了"崇关"，清王朝最高统治集团一而再、再而三地给关羽增加封号，据徐珂《清稗类钞》卷六十四所记："本朝羁縻蒙古，实利用《三国志》一书。当世祖之未入关也，先征服内蒙古诸部，因与蒙古诸汗约为兄弟，引《三国志》桃园结义事为例，满洲自认为刘备，而以蒙古为关羽。其后入帝中夏，恐蒙古之携贰也，于是累封'忠义神武灵佑仁勇威显护国保民精诚绥靖翊赞宣德关圣大帝'，以示尊崇蒙古之意。是以蒙人于信喇嘛外，所最尊奉者，厥惟关羽。二百余年，备北藩而为不侵不判之臣者，端在于此。其意亦如关羽之于刘备，服事惟谨也。"另据《大清会典事例》卷四百三十八记录乾隆皇帝的"上谕"："朕惟关帝，历代尊崇，迨经国朝，尤昭灵贶。前于顺治九年，敕封'忠义神武关圣大帝'；至康熙、雍正年间，复爵晋所生，泽延世裔，典礼备极优隆。朕式展明禋，以神原谥'壮缪'，未孚定论，爰饬礼官，易谥'神勇'。是皆考行定名，俾彰义烈。若夫灵威默相，屡荷嘉庥，宜备懿称，益昭美报，可加封'忠义神武灵佑关圣大帝'。其官建祠宇、秩在祀典者，并依新号，敬谨设立神牌，以申崇奉。"这使关公与"至圣先师"孔子平起平坐，成为汉族与满、蒙、藏、苗、壮等许多少数民族共同顶礼膜拜的"千古正神"，使关庙遍及神州大地的各州、府、县、邑。

又如清朝历代帝王常去承德避暑及木兰围场秋猎、巡幸、宴会与接见蒙古、西藏、维吾尔上层集团，显示对其尊重与亲善，考察并确保这些上层贵族人士对清王朝的忠诚。为了表达对藏传佛教及其他宗教的尊敬，清王朝特地仿照拉萨布达拉宫修建了"小布达拉宫"等外八庙，以此笼络各个少数民族上层集团。这种思维方式及采取的策略与行为方式，加速了各族宗教等民族文化的交流与融合。

再如，在西南地区实行"改土归流"等政策，方便了各民族之间的交往与融合，从而也加速了各民族文化的交流，在交流中碰撞，经交流与碰撞，导致逐渐吸收融合，成为清代前期、中期的一种文化潮流，汹涌澎湃，波澜壮阔。这样，使康熙、雍正、乾隆和嘉庆几朝的文化丰富博大，绚丽壮观，宛如北京的雍和宫，把汉、满、蒙、藏的建筑熔为一炉，显得多姿多彩，雄伟壮丽，成为中国封建社会辉煌斑斓的文化晚霞。而道光年间鸦片战争的战败，使中国逐渐进入半封建半殖民地社会。西方文化的大量涌入，冲击了当时封闭的中华传统文化，加速了中西文化的交流、碰撞、融合，使之向现代文化转型。这个从清代后期绵延至现代、当代的中外文化交流、碰撞、融合的历史潮流，同样汹涌澎湃，波澜壮阔；同样使中华文化丰富博大，绚丽壮观。

清代与元代，都是中国戏曲重要的发展时期。这与两者都是入主中原、建立大一统王朝的少数民族贵族集团，有相当的关系。因为他们都是马上民族，粗犷豪放，喜欢歌舞、戏剧。但与元代统治集团对杂剧自生自灭、自由繁衍相比，清代统治集团，更加重视戏曲，有过一系列的文化政策导向。如顺治皇帝曾下诏改编《鸣凤记》。雍正皇帝下旨"禁八旗官员遨游歌场戏馆"、"禁外官蓄养优伶"，乾隆皇帝又重申"严禁官员蓄养歌童"等。仅乾隆一朝，皇帝下旨直接干预禁止戏曲者，达十余次之多。[①]每个社会横断面的各个方面，如社会稳定程度，经济发展水平，文明进化状况，风俗习惯的传承变化等，这些因素综合而构成社会的文化大环境。处在这个文化环境中的戏曲艺术及从业者和观赏者，就会深受影响，自觉和不自觉地发生某些变化。

清代戏曲文化是中国戏曲文化史长河中波涛汹涌、壮阔浩荡的一段江流。

---

① 王利器辑：《元明清三代禁毁小说戏曲史料》，上海古籍出版社1981年版，第30—49页。

以戏曲文化在清代的"流变"为基点，去考察267年的漫漫流程，既感到琳琅满目、五彩缤纷、大饱眼福，又觉得纵横交织、眼花缭乱、无所适从。这是因为戏曲文化发展过程丰富性和复杂性所致。戏曲文化史上，随着时光的流程而产生了艺术的更替，昨日的新，便是今日的旧；今日的新，又是明日的旧；而新与旧，不是评价艺术高下的标准，艺术质量最主要的标准是好与坏；人世的变迁、时间的流程中是后浪推前浪，而仔细考察戏曲艺术史的流程中，艺术现象的表层，似乎也是后浪推前浪，但在艺术美学精神，文化内涵等深层结构之中，后浪不一定推前浪，下一代艺术的质量，可能不如上一代。如清中、后期的传奇杂剧剧本创作质量，比前期相差很大。

在清代267年戏曲文化发展衍变的过程中，传奇杂剧、宫廷戏剧、地方戏曲、理论批评四大部分相互关联影响，相互繁衍生息，较难截然划分，是一个有机的整体，宫廷戏曲体现社会上层集团的审美趣味与文化导向；而地方戏曲反映民间的审美习惯，代表广大民众的意愿，体现草根阶层的意志力量；夹在二者之中的文人阶层，创作了大量的传奇杂剧，留存下一些理论总结和批评言论，属于戏曲文化中的精英文化。这样，四个部分相对独立，又相互交织而成为一幅清代戏曲文化动态流程的《清明上河图》，进而折射出时代的生活风貌，反映了社会各阶层的美学趣味，张扬着中华戏曲的文化精神。

清代，是中国戏曲文化的丰收时代，造就了众多的戏曲辉煌，一个接着一个，深刻而全面地影响着当今的戏曲格局与戏剧思维。清代前期，即顺治康熙年间（1644—1722），既是传奇创作演出成就卓越的黄金时代，又是戏曲理论硕果累累的蔚为大观的丰获时期。这一时期，全国尚处于战乱动荡之中，清朝统治集团的主要精力，集中在统一战争谋略之上，尚无过多精力注重戏曲文化建设，对戏曲采取的是少管与不管。戏曲众多从业者、喜好者的聪明才智，如火山爆发，岩浆冲天；似旭日喷薄，霞光万道。戏曲创作与理论批评相对自由，以顺治年间苏州剧作家群的创作为代表的大批剧作，到康熙年间"南洪北孔"的《长生殿》和《桃花扇》，使昆腔传奇创作走向了辉煌。

清代中期，即雍正乾隆年间（1723—1795），社会稳定，经济发展，统治集团加强了文化导向。一方面，强化文化专制，收书禁书，大兴文字狱，迫害汉族文人，颁布各种与思想文化有关的律令，压制不同的思想意识和文化思维。另一方面，加强文化建设，兴办书院，组织编纂《四库全书》，组织大型的庆典活动。如为太后60岁和80岁生日祝寿，之后又为乾隆80岁生日祝寿等举国上下的演出，客观上为各地方戏曲的交流与繁荣，起了推动作用。此期戏曲的亮点首先是宫廷戏剧，从创作宫廷大戏，到多种戏曲宫中演出，却是前所未有的。从乾隆二十五年（1760）留下的《穿戴题纲》，可知当时宫中除经常演出连台本《目连救母》、五十九出弋腔剧目、六十三出"节令开场"承应戏目、三十二出承应大戏之外，还演出三百一十二出昆腔杂戏。①

其次是各地方戏曲声腔剧种的兴起与衍变。持续几十年的"花雅之争"，表面上是戏曲文化内部雅文化与俗文化之争，实际上是民间草根文化与大众审美意向，挑战统治集团和文人士大夫集团审美文化的反映。清朝统治集团实行"崇雅抑花"。例如，当秦腔名演员魏长生轰动京师舞台之际，乾隆皇帝下令禁演："乾隆五十年议准：嗣后城外戏班，除昆、弋两腔仍听其所演唱外，其秦腔戏班，交步军统领五城出示禁止。现在本班戏子，概令改归昆、弋两腔。如不愿者，听其另谋生理。倘于怙恶不遵者，交该衙门查拿惩治，递解回籍。"（《钦定大清会典事例》）

禁令发布后，魏长生一度被迫加入昆、弋班，并毅然离京。然而他在扬州、苏州却大受欢迎，产生了轰动效应。苏州一带"乱弹靡然效之，而昆班子弟亦有背师而学者"（沈起凤《谐铎》）。江南一带"到处笙箫，尽唱魏三之句"（李斗《扬州画舫录》），秦腔不仅没能被禁止，还进一步扩大了影响。嘉庆三四年的禁令同样没起什么作用，不过一纸空文而已。由于清廷内外矛盾重重，危机四伏，黎民百姓陷入水深火热之中。花部乱弹以通俗易懂的语言和生动活泼的形式唱出了人民心声，表达了人民群众的愿望，倾听了人民群众的哀怨悲苦，因而深受欢迎。连皇族后代昭梿都对花部予以肯定，他在《啸亭杂录》中写道："近日有秦腔、宜黄腔、乱弹诸曲名，其词淫亵猥鄙，皆街谈巷议之语，易入

---

① 朱家潜：《故宫退食录》，北京出版社1999年版，第464页。

市人之耳；又其音靡靡可听，有时可以节忧，故趋附日众，虽屡经明旨禁止，而其调终不能止，亦一时习尚然也。"

清廷愈是禁止，花部乱弹愈是转相效法，四处流播，从北京到全国各地，"辗转流传，竞相仿效，即苏州、扬州，向习昆腔，近有厌旧喜新，皆以乱弹等腔为新奇可喜，转将素习昆曲抛弃"（《苏州老郎庙碑记》）。经学大师焦循从自己的亲身经历中感受到这种趋势，他在《花部农谭》中指出："彼谓花部不及昆腔者，鄙夫之见也。"

花部乱弹以厚重朴实的思想内容和清新刚健的艺术形式赢得观众的喜爱，使昆曲雅部相形见绌。当然，花部乱弹是一个庞大的家族，包容着很多声腔剧种，它们之间存在着密切的联系，但发展并不平衡。以秦腔的流播而兴起的梆子腔在各地扎根，繁衍出许多剧种，形成梆子声腔体系；徽班所唱的徽调（二簧为主）与汉调（西皮为主）在北京进一步融合，并吸收昆、弋、秦等艺术成分，形成京剧，成为全国性大剧种；流传各地的弋阳腔进一步地方化；弦索系统的剧种及花鼓、采茶、花灯、秧歌、道情等民间小戏也不断产生、发展。嘉庆年间，有所谓"南昆、北弋、东柳、西梆"之说。与此同时，各少数民族的剧种，如白戏（吹吹腔）、傣戏、侗戏、僮戏纷纷兴起，明中叶就出现的藏戏又有了新的变化，为庞大的地方戏系统增添了绚丽色彩。

就其主体而言，花部乱弹是民间的，包蕴较多民主性精华，雅部昆曲特别是宫廷戏剧则隐藏着不少封建性糟粕。但事物并非单一绝对的，事实上，花部乱弹菁芜并存，雅部中也有珍品。社会各阶层对待花部乱弹的态度也很复杂。譬如乾隆皇帝，在推崇昆曲雅部的同时，对花部诸腔也很感兴趣，南巡时从江南带回不少花部乱弹艺人，并让他们在宫中演出花部剧目。花部和雅部之间的区别是明显的，但并非水火难容。它们之间既有激烈的竞争，也有相互的交流和融洽。正是由于花雅两部不同声腔剧种之间的互相吸收、融合，不同剧种艺人之间的搭班串演，才出现了二合班、三合班，乃至四合班、五合班等组织形式，形成了包容众多的声腔剧种，使得清代戏曲舞台绚丽多彩，千姿百态。

花雅之争的结果，是花部战胜雅部，是广大民众的文化价值取向和审美意识的胜利，从而使中国戏曲文化精神更加贴近下层百姓。清中期的戏曲文化主要消费从宫廷王府和文人庭院，扩散弥漫到广阔的民间。下层百姓的戏剧狂欢，成为他们的精神盛宴。这种戏曲文化精神和审美意识的下移，众多会馆和民间戏台的演出，仿佛回归到元杂剧时代的勾栏瓦舍。各种地方曲调和方言，立体而真实地在各类舞台上展示，既传达出亿万民众的心声，又擂起了时代精神的鼓点；既有华夏各民族各种乐器交织的和声，又有各地方各阶层审美心理节奏构成的锣板。这里，蕴含着中华各族百姓对人生的体验，对生活的感悟，对历史的评价，对自然的认识。这里，体现了中华民族的集体创造力、集体审美意识和集体无意识。应充分肯定这一戏剧文化精神的回归，从而充分肯定"花雅之争"与最后花部取胜的历史意义。

从嘉庆至光绪后期（1796—1898），是地方戏曲繁衍昌盛时期。此期神州大地出现了规模空前的"造剧运动"。持续时间之久，参与人员之众，影响之深远，都是空前的。依据各地方言、民歌民俗，为适应各地民众的观赏趣味，一大批地方剧种形成发展，既有家族庞大的梆子系列、高腔系列，又有蜚声京师的皮簧戏，还有壮剧、白剧、侗戏等少数民族剧种，诸戏杂陈，蔚为大观，奠定了当时的剧种格局，延续至今。案头化越演越烈的文人传奇杂剧，已很少把新作搬上舞台了。经典性的昆腔折子戏，还能在舞台上演出，但其中的许多戏剧元素，并衍化为川昆、湘昆、粤昆等，确给各地方剧种以丰乳式的哺育，以致被称誉为"百戏之祖"。

道光年间，随着第一次鸦片战争战败，中国开始沦为半封建半殖民地社会。1900年的八国联军入侵，加重了百姓的苦难，清王朝内困外患，已步入苟延残喘。为唤起广大民众，推翻封建专制腐败的政权，戏剧文化成了时代的号角之一。但过多地承载社会功能，弱化了戏曲的审美功能，真正成为思想概念化的传声筒。然而，其时代性特征和积极意义，仍需充分肯定。

清代戏曲演出在内廷十分频繁，皇家实际将演戏纳入了朝廷的礼仪当中。每年举办的三大节日：元旦、万寿节（清帝和太后诞辰）和冬至的庆典，都离不开戏曲演出。其余的元宵、端阳、中秋等各大小节令，乃至皇帝大婚、册封后妃、皇子出生等重要活动，内廷都要演出与之内容相关的戏曲营造喜庆氛围，以示庆贺。尽管在上古时期祭祀活动中，就曾有戏剧的雏形巫觋表演出现，而据现今所掌握的史料看，将戏曲演出列入朝廷仪典，只见于清代。

演戏既满足了帝王后妃的文化生活需求，也可用以忠孝节义为主要内容的戏曲剧目，教化臣民，巩固其统治。作为最高层统治者看的戏，内容经过了严格审定。经常演出的仪典戏多为歌颂圣德的剧目，尤其是开团场戏（按：指开场戏和收场戏），大都没有什么情节，多为神道仙界载歌载舞，高歌皇恩浩荡的杂剧。能被清廷接受的元明清优秀传奇杂剧，如《西厢记》、《牡丹亭》、《长生殿》、《琵琶记》、《金雀记》等以及内廷编演的连台本大戏中的单折，在两个多世纪的时光里，一直是主要演出内容。民间时兴剧目也曾出现在内廷戏台上，例如嘉庆初年演出的《双麒麟》等戏。到了清末，京城中最新编演的各种乱弹戏，很快就能传进宫内。

乾隆时期规模恢宏的万寿庆典，导致了外地戏班向京城的流动，促进了各地戏班的交流。不同地区戏演唱的南腔北调纷纷进京，在街道两旁搭建的彩台演出，因此引发了京城观众对外省市带来的新腔新调的兴趣，这是乾隆末年徽班相继进京的重要原因。进入京城的乱弹腔戏，战胜了已在京城演出二百余年的昆、弋腔，形成了至今公认为国剧的京剧。

随着外班和民间戏班的艺人进入内廷演戏，宫内外演出的剧目得以交流。进宫演出的外班演出剧本也经过了整理，致使剧本较为规范，表演水平也相应有所提高。外间戏班不可能有充足的财力，将众多的名角汇集在同一舞台上演戏。扬州一带腰缠万贯的盐商嗜好看戏，也只能偶尔邀上些名角同台唱上几出戏而已。唯有皇家有无上的权势和经济实力，将所有最为优秀的艺人集中在一处，给京剧的形成提供了强有力的支持，将京剧艺术推向前所未有的高水平。

回首审视历史，应当客观地承认，清代帝王对于戏曲艺术的嗜好产生了导向作用。在君主专制的社会里，帝王的倡导有着无以替代的影响力。宫廷喜好看戏，民间则以演剧为时尚。孟夫子在两千多年前就曾说过："上有好者，下必有甚焉者矣。"清代戏曲文化的发展，从禁戏到徽班进京，都可以找到与清廷的直接关联。宫廷演戏不仅为清代地方戏曲艺术的蓬勃发展拓展了空间，也为凝集着古典戏剧艺术精华的全国性剧种京剧的诞生，创造了必备的条件。

明清易代之际，一批戏曲作家和理论批评家由明入清，带着明代戏曲研究的开拓精神，将戏曲理论批评推向新的发展高潮，由此朝着深入、系统研究总结戏曲创作和演出的实践经验和艺术规律的方向发展，先后在戏曲文学理论批评方面和表演艺术理论方面，取得古典戏曲理论批评发展的最高成就。然后古典戏曲理论批评衰落，到晚清式微，终于由王国维的戏曲研究，标志了我国的戏曲研究进入历史新阶段。

清代的戏曲理论批评，以其系统性、深刻性完成了古典戏曲理论的总结，诸如李渔的《闲情偶寄》、金圣叹的《第六才子书》、徐大椿的《乐府传声》、黄旛绰的《梨园原》，分别在戏曲文学创作理论、戏曲表演艺术理论、戏曲评论方面，取得了古典戏曲理论批评的最高成就。尤其是李渔《闲情偶寄》的曲论，成为古典戏曲理论的丰碑。而王国维的《宋元戏曲考》，又是开辟近代戏曲研究新路的里程碑。

清代戏曲文化的发展历程，威武雄壮，有声有色，潮起潮落，几多辉煌，几多风雨，影响深远。但从宏观层面放眼展望，一个时代的文学艺术，是"由文学的规范、标准和惯例的体系所支配的横断面。这些规范、标准和惯例被采用、传播、变化、综合以及消失是能够加以探索的"①。以下的论述试图截取267年清代戏曲文化发展过程中的一个个较为形象的点与面，由此窥斑见豹，反映出清代戏曲文化的丰富性与独特性。

---

① 韦勒克、沃克：《文学理论》，三联书店1984年版，第306页。

清前期传奇杂剧创作与演出

清代初年，是中国历史上一个天崩地解的特殊时期。清顺治元年（1644），李自成农民起义军攻入北京，明崇祯皇帝自缢于煤山。驻守山海关的明朝总兵吴三桂降清，引清军入关，打败并追剿了李自成的大顺军。此后，清军相继扑灭了各地拥立朱明王室后裔的福王、唐王、鲁王、桂王等各路军队，又荡平"三藩之乱"，其间共用了38年。

这38年，从海河流域、黄河流域、淮河流域，到长江流域、珠江流域、四川盆地、云贵高原，满目烽烟弥漫，血雨腥风。从李自成、张献忠等起义军与明王朝各地军队的持续厮杀，继而清朝军队与明廷军队的相互攻伐，到清军入关后的统一战争，给社会生产力带来极大的破坏。剑与火导致了百姓的流离失所，妻离子散；铁与血造成了尸骨遍野，千村萧条。

这38年，清王朝把主要精力花在军事战争和政权巩固上，连续采取了一系列重大措施。其间产生三大事件，对汉族文人士大夫很大的精神打击，也对这一时期的戏剧创作和演出产生较大影响：剃发令、丁酉科场案和奏销案。

"剃发令"是顺治元年公布的。顺治二年六月再次严令实施："遵依者为我国之民，迟疑者同逆命之寇，必置重罪。已定地方仍有明制，不遵本期制度者，杀无赦。"①一时间，"留头不留发，留发不留头"，成为清王朝一项绝对法令。而汉族自古以来就有"身体发肤，受之父母，不敢毁伤，孝之始也"②的传统观念。这就激起了各地汉民的强烈反抗，彼伏此起，连续多年。

---

① 《清世祖实录》卷一七。

② 《孝经注疏》卷一。

尽管遭受血腥镇压，但对文明的亵渎和人格的侮辱，长期在汉族士人心灵深处烙上沉重的创伤。

"丁酉科场案"发生在顺治十四年。清初为选拔各级官吏，也为笼络慰藉汉族士人，连年开科考试。丁酉年科场舞弊，被严惩查处。包括顺天、江南、河南、山西、山东五闱。从主司、房考，到考中的士子，清初名士如丁澎、陆庆曾、吴兆骞等，皆入案中，或斩决诛戮，或谪戍边疆，无以数计。清廷对科举的整顿，以此羁络汉族士人，巩固统治。致使戏剧作品中多次以科场舞弊为题材，宣泄不满情绪。

"奏销案"发生在顺治十六年。清王朝下令，凡江南士绅拖欠钱粮者，依照情节轻重，给予各种惩处。顺治辛丑，又严令催缴顺治十七年奏销钱粮，仅苏州、常州、镇江、松江四府，就有进士、举人、贡生、监生一万三千多人，以"抗粮"罪名，或革除功名，或降级调用，甚至议罪入狱。一时牵连甚广，江南许多名士，如吴伟业、翁叔元、叶方蔼、董含等，皆入此案之中。这不但使江南士人在经济上受到严重损失，再无实力供养家庭戏班，而且给予精神打击，使其社会地位一落千丈。这就激起汉族士大夫对明王朝怀念追思和对清王朝的恐惧怨恨。这种情绪也反映到戏剧创作之中。

从清军入关，到康熙平定"三藩之乱"，收复台湾，连年用兵后统一全国，至《长生殿》、《桃花扇》产生及康熙末年的70多年里，清王朝为恢复生产、复苏经济，也为笼络汉族士人，文化政策相对比较宽松，创作也比较自由。这为戏剧作品的大量产生，提供了宽松的政策空间。这里，把顺治、康熙两朝，统归之为"清前期"。

清初的改朝换代，激起了思想界的反思，产生了一股启蒙主义思潮。以顾炎武、王夫之、黄宗羲为代表的思想家，质疑封建伦理，反思封建秩序，批判封建皇权，张扬个性，给戏剧名作的产生，提供了具有深度和广度的思想空间。

清前期，大批文人投入传奇杂剧创作，形成了一个创作与理论批评的辉煌期。少数由明入清的剧作家，维持了创作余威，艺术手法更加老辣，如"苏州群"的许多作家。大多数后起之秀，承袭了前辈的创作经验，艺术手法更臻圆熟。改朝换代带来的生活波折，有的亲眼见"骨成堆，城堞夷毁，路无行人"，"县无宦，市无人，野无农，村巷无驴马牛羊，城中士宦屠杀尽矣"。①清朝贵族入主庙堂引起的思想震荡，作为敏感的一代汉族剧作家感受颇深，"世变沧桑，人多怀感"，在剧本中描述个人感慨："或抑郁幽愤，抒其禾黍铜驼之怨；或愤懑激烈，写其击壶弹铗之思；或月露风云，寄其饮醇近妇之情；或蛇神牛鬼，发其问天游仙之梦。"②这一时期剧作家人数众多，剧本数量多，质量高，反映社会生活有相当的深度和广度，成为中国戏剧史上一个创作丰收的辉煌时期。这一时期的剧作家及存有剧本，主要的名家如下：

李玉（约1573—1619），字玄玉，亦作元玉，号苏门啸侣，吴县（今苏州）人。崇祯年间举人。素喜词曲，作《清忠谱》、《麒麟阁》、《牛头山》、《风云会》、《太平钱》、《武当山》、《洛阳桥》等传奇20余种。其中著名的有"一、人、永、占"，于崇祯年间刊印流行。《一捧雪》描述义仆救主的故事；《人兽关》描述忘恩负义的小人恶有恶报；《永团圆》描述穷书生得志扬眉，一夫两妻；《占花魁》描述秦种与辛瑶琴曲折的爱情故事。

朱素臣（约明万历年间至清康熙初年），一字九仙，号笙庵。为人仗义，淡泊功名，平生所著传奇约20种，有《未央天》、《朝阳凤》、《龙凤钱》、《锦衣归》、《聚宝盆》、《文星现》等。其中有刊本流传的为《秦楼月》一种，写书生与名妓的爱情故事，落入才子佳人戏的窠臼。最享盛名的是《十五贯》（又名《双熊梦》），描述熊氏兄弟含冤入狱，被况钟所救。此剧今日仍搬演于舞台。

朱佐朝（生卒年不详），字良卿。作《双和合》、《五代荣》、《御雪豹》、《石磨镜》、《吉庆图》、《乾坤啸》、《缨珞会》、《夺秋魁》等传奇30余种。其作品以《渔家乐》最负盛名，至今脍炙人口。该剧描述东汉时的宫廷夺位斗争，人物众多，不按史实，舞台效果良好。

叶时章（生卒年不详），又名稚斐，字子章，又字英章，吴县人。所作传奇

---

① 丁耀亢：《出劫纪略》，清刻本。
② 邹式金：《杂剧三集小引》，《中国古典戏曲序跋汇编》，第464页。

著录在册的8种，多佚失，有《琥珀匙》和《英雄概》两种传世。《琥珀匙》二十八出，写胥坦与佛奴的曲折的爱情，当今川剧《芙蓉奴》便是据此改编；《英雄概》二卷三十二折，写黄巢起义时英雄李存孝的故事。

张大复（生卒年不详），又名彝宣，字星期、星其、心期、心其，号寒山子。精通曲律，著有《寒山堂南曲谱》。对佛学和释学有研究，所作剧本多倡导善恶报应。一生作多种传奇，现有《如是观》《醉菩提》《海潮音》《钓鱼船》《快活三》等11种存世。《如是观》是《精忠记》的翻案之作，写岳飞打破金兵迎徽宗、钦宗还朝，处死秦桧。

毕魏（生卒年不详），字万后。作传奇《红芍药》、《竹叶舟》、《呼卢报》、《三报恩》、《万人敌》、《杜鹃声》6种。《三报恩》二卷三十六出，描述鲜于同感恩报德和陈易名以怨报德的故事。《竹叶舟》二卷二十九出，写石崇在梦中经历人生荣华后又因祸杀身，梦醒后悟道出家。所作传奇唯有这两种留存。

丁耀亢（1599—1669），字西生，号野鹤，别署紫阳道人，木鸡道人，野航居士，山东诸城人。曾作传奇13种，今存四种：《化人游》十出，描述何野航寻访异代名家美人；《赤松游》三卷四十六出，描述汉代张良的一生；《西湖扇》二卷三十二出，描述南宋顾史与宋娟娟、宋湘仙的曲折爱情；《蚺蛇胆》二卷三十六出，描述杨继盛与严嵩集团的斗争。

叶承宗（1602—1648），字奕绳，号洓湄啸史，山东历城人。作剧本《四啸》、《后四啸》等多种。今存杂剧4种：《孔方兄》一折，通过书生金茎之口，批判拜金主义；《贾阆仙》一折，描写贾岛祭诗的故事；《十三娘》二折，描述侠女荆十三娘为友李正郎报仇斩奸的故事；《狗咬吕洞宾》四折一楔子，描述吕洞宾为度石介被狗所咬的故事。

来集之（1604—1683后），字元成，号倘湖，浙江萧山人。存杂剧6种。《冷眼》一折，描述蓝采和借批评戏剧讽刺世人；《英雄泪》一折，描述阮籍哭邻家新亡女；《侠女新声》一折，描述铁铉的两个女儿为父申冤；以上3种原刊本称"秋风三叠"。《女红纱》一折，描写两位女仙以红纱奖惩考生；《秃碧纱》四折，描述王播升官前后的世态；《小青挑灯》一折，描写广陵女子小青挑灯闲看《牡丹亭》之事。

傅山（1606—1689），原名鼎臣，字青竹，后改名山、真山，字青主、侨山、松桥、仁仲，号石道人、公之它、蔷庐山、五峰道人、朱衣道人等，山西阳曲人。存有杂剧3种：《红罗镜》六折，描述书生陆龙与妓女弱娟的恋爱故事；《齐人乞食》一折，借乞儿之口流露内心不平的激愤之情；《八仙庆寿》一折，借庄子、东方朔、寒贫、李正阳、幼伯子、女丸、麻姑、酒客8人之口流露出自己对现实的不满和对富贵功名、人伦道德的看法。

吴伟业（1609—1671），字骏公，号梅村，后署大云居士，江苏太仓人。存杂剧2种：《通天台》二折，描述南朝梁沈炯梦见汉武帝；《临春阁》四折，描写南朝陈亡后洗夫人入山修道。传奇1种：《秣陵春》二卷四十一出，借五代末南唐名臣后裔徐适入宋后的奇异经历，表现对明朝的故国之思和黍离之悲。

黄周星（1611—1680），字九烟，号圃庵。明亡后改名黄人，字略似，号笑苍子、笑苍道人、将就主人、汰沃主人，江右信丰人。存杂2种：《试官述怀》一折，以试官的嬉笑怒骂揭露封建社会考场弊端；《惜花报》四折，描写南岳魏夫人遇仙得道飞升。传奇1种：《人天乐》二卷三十六出，以生平自述表达对现实的不满。

李渔（1611—1679），字笠鸿，又字谪凡，号笠道人，晚号笠翁，人称李十郎，浙江兰溪人，移居金陵。著作大多收录在《李笠翁一家言全集》，戏曲创作和戏曲理论有大成就，作传奇《李笠翁十种曲》（《怜香伴》、《意中缘》、《凰求凤》、《比目鱼》、《巧团圆》等）和戏曲理论《闲情偶寄》。最著名的传奇作品为《风筝误》，一部由误会串联起来的才子佳人爱情喜剧。他还改编前人的曲本，如《琵琶记·寻夫》、《明珠记·煎茶》，曾经改《西厢记》为南曲。

郑瑜（1612—约1667），又名若羲，字玉粟、无瑜、伯昆，号西可、正谊、西神，江苏无锡人。今存杂剧4种：《鹦鹉洲》一折，描述东汉谋士祢衡死后与鹦鹉的对话，为曹操"歌功颂德"；《汨罗江》一折，描述楚国诗人屈原与渔父对饮，笑谈人生荣辱；《黄鹤楼》一折，描述吕洞宾重登黄鹤楼与柳树精互相问答之事；《滕王阁》二折，描述初唐文人王勃风送滕王阁故事。上述4种杂剧合称"郢中四雪"。

邱园（1616—1689），字屿雪，苏州人。擅长绘画，自成一家。著有《名教表征路》、《既耕堂草》、《梅圃诗解》、《竹溪杂兴》。所作传奇有《幻缘箱》、《岁寒松》、《百福带》、《闹勾栏》、《蜀鹃啼》、《虎囊弹》、《党人碑》7种，其中现存的有《百福带》、《党人碑》、《幻缘箱》3种。《百福带》二十七出，描述一场夹杂忠奸的斗争；《党人碑》二十八出，描述司马光等人与蔡京的斗争；《幻缘箱》二卷三十三出，描述方生与婉容、月娥之间曲折的故事。

尤侗（1618—1701），字同人、展成，号梅庵、艮斋、西堂老人，江苏常州人。存有杂剧5种：《读离骚》四折，描写屈原故事；《桃花源》四折一楔子，描述陶渊明的故事；《吊琵琶》四折一楔子，描写王昭君和番之事；《黑白卫》四折，描述唐代侠女聂隐娘故事；《清平调》一折，又名《李白登科记》，描写李白入长安后的故事。传奇1种：《钧天乐》二卷三十二出，揭露封建社会科考之弊，影射顺治丁酉年江南科场舞弊案。

龙燮（1619—1692），字二为、理侯、石楼，号雷岸、改庵、雷峰居士，望江（今属安徽）人。存有传2种：《江花梦》二卷二十八出，描写扬州才女袁餐霞、侠女施云姬与书生江霖的爱情故事；《芙蓉城记》七出，描写许廷辅、孙秀、武承嗣、元稹、李益转世的故事。

赵进美（1620—1692），字嶷叔、韫退，号清止，名楚。现存杂剧二种：《瑶台梦》一折，描写书生遇仙女的故事；《立地成佛》四折，描述一屠夫听佛法后放下屠刀出家的故事。

毛奇龄（1623—1716），字大可，号西河，浙江萧山人。存杂剧2种：《不卖嫁》，表扬女子利哥情愿侍奉双亲到老不嫁；《不放偷》，表扬孤介君子忽磵放偷之日不偷。

嵇永仁（1627—1676），字留山，号抱犊山农，江苏无锡人。存有皆为一折的杂4种：《刘国师教习扯淡歌》描述明初刘基教子弟演唱自编的《扯淡歌》；《杜秀才痛哭泥神庙》描述杜默在项羽庙中责备项羽；《和尚街头笑布袋》描述布袋和尚街头嘲笑世人；《愤司马梦里骂阎罗》描述西川士子司马貌酒醉，梦中指责阎罗是非颠倒，黑白不分。以上4种杂剧合称"续离骚"。传奇2种：《扬州梦》二卷三十二出，描述杜牧在扬州的风流韵事；《双报应》二卷三十出，描述善恶有报的两个案例。

徐沁（1627—1683），字冰浣、治公、野公，号野畦、荐山、若耶野老，浙江余姚人。曾作《曲波园七种》等，今存传2种：《载花舲》二卷三十二出，描述户部尚书之子荀䃲与妓女王朝霞的悲欢离合；《香草吟》二卷三十二出，描述桑寄生与红娘子的爱情故事。

蒲松龄（1640—1715），字留仙，剑臣，号柳泉，山东淄博人。存有皆为一折的杂3种：《考词九转货郎儿》描述一秀才在考场的窘况；《闹窘》描写一举子在参加乡试时的洋相百出；《钟妹庆寿》一折，描述钟馗之妹送胖鬼和小鬼为钟馗庆寿之事。

廖燕（1644—1705），初名燕生，字人也，号柴舟，广东韶关人。存有杂剧4种：《醉画图》一折，描述作者面对堂上所4幅画图饮酒对话；《诉琵琶》一折，描述作者自编自弹自唱；《续诉琵琶》二折，描述作者邀请师伯与酒仙逐去穷鬼之事；《镜花亭》一折，描述作者至水月村镜花亭为才女改诗之事。上述作品皆为作者自述之作。

裘琏（1644—1729），字殷玉，号蔗村，废莪子，浙江慈溪人。存有传奇1种：《女昆仑》二卷四十出，描述书生叶李在仙人隐娘帮助下，与梅小素成就百年之好。杂剧《明翠湖亭四韵事》：《昆明池》二折，描述唐中宗游昆明池，命上官婉儿评定群臣应制诗的优劣；《集翠裘》二折，描述狄仁杰与张宗昌比赛双陆，把赢得的集翠裘付与家奴之事；《鉴湖隐》四折，描述贺知章归隐鉴湖；《旗亭馆》三折，描述王昌龄、高适、王之涣在旗亭饮酒，听伶人演唱3人所作诗歌。

洪昇（1645—1704），字稗畦，钱塘（今杭州）人。擅长诗文词曲，精通音律。著有《稗畦集》、《稗畦续集》。所作戏曲有《长生殿》、《四婵娟》、《舞霓裳》、《廻龙记》、《沉香亭》、《锦绣图》、《天涯泪》等10种，现存的只有《四婵娟》和《长生殿》。《四婵娟》写谢道韫咏雪、卫夫人簪花、李清照斗茗、管夫人画竹；《长生殿》写唐明皇与杨贵妃的故事，蕴意深刻，艺术高超，广为流传，至今不衰，不仅是他本人的创作高峰，也是清代创奇的代表作品。

孔尚任（1948—1708后），字聘之，一字季重，号东塘，又号肯堂，自号云亭山人，又号岸堂主人。特授国子博士，任户部主事，擢户部员外郎。著有《阙里新志》、《岸堂文集》、《湖海诗集》、《会心录》、《节序同风录》等，作有《桃花扇》等传奇。《桃花扇》讲明末四公子之一的侯方域和秦淮名妓李香君的爱情，与朝政得失、文人聚散穿插融汇，写出历史兴亡。《桃花扇》匠心独运，旨意深刻，艺术造诣很高。

张潮(1650—?)，字山来、心斋，安徽歙县人。存有皆为一折的杂剧4种：《瑶池宴》描述穆天子绝域遨游之事；《穷途歌》描述阮籍穷途痛哭之事；《乞巧文》描述柳宗元扮女装乞巧之事；《拜石丈》描述米芾具袍笏拜石之事。以上4种合称"笔歌"。

曹寅(1658—1712)，字栋亭、子清，号荔轩，襄平(辽宁辽阳)人。存传奇1种：《续琵琶》二卷三十五出，描述蔡文姬生平故事。另杂剧1种：《太平乐事》十折，歌颂太平盛世。

黄之隽(1668—1748)，字石牧，江苏华亭人。著有皆为四折的杂剧《四才子》：包括演王维故事的《郁轮袍》，演杜牧故事的《梦扬州》，演张旭故事的《饮中仙》，演裴航故事的《蓝桥驿》，四种都以才子为主角。另有传奇1种：《忠孝福》二卷三十出，演后周殷旭忠烈和其子忠孝的故事。

张坚(1672—1754)，字齐元，号漱石，别号洞庭山人，江苏江宁人。创作4种传奇：《梦中缘》二卷四十六出，演钟心与文媚兰爱情故事；《梅花簪》二卷四十出，演徐艺与杜冰梅爱情故事；《怀沙记》二卷三十出，演屈原故事；《玉狮坠》二卷三十出，演黄埙与裴玉娥爱情故事。合刊集名《玉燕堂四种曲》。杨恩寿评说："四种中《梅花簪》、《玉狮坠》俱少余味，《怀沙记》衍屈大夫故事，组织《离骚》颇费匠心，稍嫌近里。惟《梦中缘》排场变幻，词旨精致，洵为昉思后劲，足开藏园先声，湖上笠翁不足数也。"①

马世俊(?—1666)，字章民、甸臣，号汉仙、士参、水湄生等，江苏溧阳人。存杂剧两种：《古其风留人眼小说》八折，描述贫苦读书人邵宏夫在主人家教书的苦难经历；《齐人记》四折，借《孟子》齐人故事，表达穷当益

---

① 杨恩寿：《词余丛话》，《中国古典戏曲论著集成》(九)。

坚之志。

万树（？—1687），字红友、花农，号山翁、三野，江苏宜兴人。存有传奇《拥双艳三种》：《风流棒》二卷二十六出，描述书生荆瑞草与两位才女的曲折恋情；《念八翻》二卷二十八出，描述书生虞柯与两位女子的曲折爱情；《空青石》二卷二十九出，描述书生钟青与两位女子的悲欢离合。

张韬（生卒年不详），字叔留，号紫微山人，浙江海宁人。存有皆为一折的杂剧《续四声猿》：《霸亭庙》描写杜默哭霸王庙之事；《蓟州道》描写梁山泊好汉戴宗去蓟州寻找公孙胜破妖法之事；《木兰诗》描写书生王播发迹前后之事；《清平调》描写李太白进长安赋《清平调》之事。

周如璧（生平里居不详），字芥庵。存杂剧2种：《孤鸿影》六折，描述官宦小姐温超超独择苏东坡为婿，事不成而亡；《梦幻缘》描述书生史珏与少女刘梦花梦中撮合幻成花烛之事。

徐石麟（生卒年不详），字又陵，号坦庵，江苏扬州人。存有杂剧4种：《大转轮》四折，描述司马貌断阴司狱之事；《买花钱》四折，描写南宋书生于国宝题诗酒肆屏风遇皇帝赏识之事；《浮西施》一折，描述范蠡将归国的西施沉江之事；《拈花笑》一折，描述封　妻妾争风吃醋之事。传奇1种：《珊瑚鞭》二卷三十二出，描述苏友白与白红玉、卢梦梨的爱情故事。

南山逸史，真名生平无考，曾作《啸斋曲十种》。今存杂剧5种：《半臂寒》四折，描述宋祁妻妾争相脱衣为夫御寒之事；《长公妹》四折，描述苏小妹三难新郎之事；《中郎女》四折，描述蔡文姬归汉之事；《京兆眉》四折，描述张敞画眉之事；《翠钿缘》五折，描述韦固与幼妻之事。

孙郁（生卒年不详），字雪崖，直隶大名人。存有《漱玉堂三种传奇》：《绣帏灯》二卷二十出，描述费直驯制悍妇之事；《双鱼佩》二卷二十四出，描述苏州学子柳应龙与花想容、乔衣云的恋爱波折；《天宝曲史》二卷二十八出，描述唐玄宗李隆基与杨玉环、江采苹的生死恋情。

范希哲（生卒年、里居不详），号四顾居士等。存传奇8种：《万全记》二卷三十出，描述卜丰一生富贵荣华之事；《十醋记》二卷三十六出，描写唐代郭子仪一生的故事；《四元记》二卷三十六出，描写北宋洛阳才子宋再玉中解元、两次会元、一次状元的故事；《鱼篮记》二卷三十六出，描述于楚与尹若兰的爱情故事；《补天记》二卷三十六出，描述刘备以身补天、诸葛亮以心补天、关羽以节补天、张飞以义补天、赵云以力补天、鲁肃以贞补天、周仓以气补天；《双瑞记》二卷三十六出，描述周处除三害之事；《双锤记》二卷三十六出，描述张良和大力士一生的故事；《偷甲记》二卷三十六出，描写《水浒传》中时迁盗甲之事。

汪光被（生卒年不详），字幼安，号苍山子等，安徽徽州人。存传奇2种：《广寒香》二卷三十三出，描述才子米遥与湘娥、端藩二女的悲欢离合；《芙蓉楼》二卷二十九出，描写才子孟珩与才女杜若兰、李清华的爱情故事。

朱英（生卒年不详），又名寄林，字树声，松江（今上海）人。今存传奇2种：《闹鸳鸯》全本二卷三十八出，描写花镜、素月易装相配之事，又名《倒鸳鸯》；另存《闹乌江》残本。

张匀（生卒年不详），字宣衡，号鹊山，浙江秀水（今嘉兴）人。存传奇2种：《长生乐》十六出，描述刘、阮天台山遇仙女之事；《十眉图》二十八出，描写状元辛茹与黄李娘、黄夜舒姐妹的爱情故事。

车江英（生卒年不详），江西人。存杂剧《四名家传奇摘出》：《蓝关雪》四折，《柳州烟》四折，《醉翁亭》五折，《游赤壁》五折，分别描写唐宋文人韩愈、柳宗元、欧阳修、苏东坡轶闻趣事。

李应桂（生平不详），字叶梦、孟芬，号蕊庵，浙江山阴（今绍兴）人。存传奇2种：《小河洲》二卷三十七出，根据清初小说《好逑传》改编；《梅花诗》二卷二十九出，描述石液与凌春、临莺的爱情故事。

许廷录（生卒年不详），又名逸，字升闻，号适斋，江苏常熟人。存有传奇2种：《五鹿块》二卷二十八出，演晋公子重耳为避骊姬陷害而出逃故事；《两种情》二卷三十出，演申纯与表妹娇娘爱情故事。杂剧1种：《蓬壶院》四折，演杨玉环死后与李隆基蓬壶院团聚故事。

此期存有1种剧本者尚多。杂剧如王夫之《龙舟令》，陆世廉《西台记》，邹式金《风流冢》，邹兑金《空堂话》，叶小纨《鸳鸯梦》，宋琬《祭皋陶》，堵庭芬《卫花符》，张源《樱桃宴》，沈玉亮《鸳鸯冢》等。传奇如余怀《温柔乡》，刘键邦《合剑记》，黄祖颛《迎天榜》，邹山《双星图》，顾彩《小忽雷》，吕履恒《洛神庙》，查慎行《阴阳判》，林以宁《芙蓉峡》，等等。并有许多无名氏作品传世。此期还有创作多种而不存剧本者，如吴绮曾创作传奇《啸秋风》、《绣平原》、《表忠记》三种，都不存。只有别号而存有传奇者，如惕三道人《云石会》，介石逸叟《宣和谱》，浣霞子《雨蝶痕》，逸民外史《虎口余生》等。

这一大批汗牛充栋的剧作，粗略可分之为四大类：

第一，历史演义剧：抑郁幽愤，抒其禾黍铜驼之怨。

这一时期创作的历史剧数量较多，思想和艺术成就都很高。如丁耀亢把自己50多年"目击时事发指眦裂者"，写入以杨继盛为主角的《蚺蛇胆》中，"今有《后疏》一折，借黄门口吻，指前代弊政，缙绅陋习"①；朱佐朝描述亡国太子四处流亡的《渔家乐》和《万寿冠》；陆世廉的《西台记》纵情讴歌文天祥、张世杰英勇抗元，兵败殉国；叶稚斐的《逊国记》，斥责明初建文帝逊位误国；孙郁反映李隆基和杨玉环故事的《天宝曲史》。

又如李玉的《清忠谱》、《万民安》、《千忠戮》，洪昇的《长生殿》和孔尚任的《桃花扇》，都是中国戏曲史上的扛鼎之作。尤其是《千忠戮》、《长生殿》，传达出兴亡之感，体现了时代精神，吐露了民众心声，迅速流传四方，有的唱段成为脍炙人口的流行歌曲，因而留下"家家收拾起，户户不提防"的记载（指《千忠戮》中"收拾起大好河山一担装"一段唱，《长生殿》里"不提防余年值乱年"一段唱）。

第二，人生寓言剧：愤懑激烈，写其击壶弹铗之思。

这一时期，"盖士之不遇者，郁积其无聊不平之慨于胸，无所发抒，因借古人之歌呼笑骂，以陶写我之抑郁牢骚；而我之性情，而盘旋于纸上，宛转于当场。……亦恒借他人之酒杯，浇自己之块垒"②。这批寓言剧，与历史剧根本不同之处是剧作者借剧中历史人物之口，抒发自己的胸臆。如吴伟业借《通

---

① 郭棻：《蚺蛇胆原》，《中国古典戏曲序跋汇编》，齐鲁书社1989年版，第1524页。
② 吴伟业：《北词广正谱序》，《中国古典戏曲序跋汇编》，第79页。

天台》里沈炯之口表白自己，丁耀亢在描绘汉初张良一生的《赤松游》中，最后部分虚构了《劝隐》、《三笑》、《修韩》、《祀石》、《归山》几出戏，表现张良听从妻女姬氏劝阻，激流勇退，在重修韩王陵墓、再访赤松、追祀黄石后，辞官归隐，实则剧作家自己的理想。又如尤侗的《吊琵琶》虚构蔡文姬对昭君墓的凭吊。薛旦的《昭君梦》，增加王昭君在匈奴思念故国，梦中回到汉宫，游访旧苑。又如尤侗的《钧天乐》，直接影射"丁酉科场案"。

这一时期创作的寓言剧，既有一些以历代文人怀才不遇暗寓自比的剧本，也有一些直接写屈原和命名《离骚》的剧本。如《续离骚》、《读离骚》等。甚至有剧作家直接登场的，如丁耀亢在《化人游》中，指明何野航就是自己。廖燕在《醉画图》中，直接写自己在家里二十七松堂壁上，挂杜默哭庙、马周濯足、陈子昂碎琴、张元昊曳碑四幅画，对图举杯，邀请画中人与自己同饮，直接发表议论。另如"秋风三叠"、"郢中四雪"、《续四声猿》等，也是借题发泄，吐露心声。

第三，才子佳人剧：月露风云，寄其饮醇近妇之情。

这一时期的才子佳人剧也不少，如《李笠翁十种曲》，龙燮的《江花梦》，王鑨的《秋虎丘》和《双蝶梦》，万树的《拥双艳三种》等，都有巧妙的戏剧情节的安排，多演才子与佳人的奇遇，故事曲折，文辞优美，适于演出。其中演书生柳应龙与美女花想容悲欢离合的《双鱼佩》和充满误会喜剧性的《风筝误》等，有相当的艺术成就。

第四，神佛道化戏：蛇神牛鬼，发其问天游仙之梦。

这一时期，一些剧作家以佛教道教为个人的精神家园，产生了一批神佛道化戏。例如，苏州作家群有专写神佛鬼怪、因果报应戏的张大复。他创作的《醉菩提》，描述济公和尚的故事；《海潮音》，描述观音大士修行成佛的故事；《钓鱼船》，根据小说《西游记》的刘全进瓜故事改编；《紫琼瑶》，描述仙子尹喜，因过失而被谪凡尘，能呼唤天兵天将，破敌妖术。又如薛旦存有传奇《齐天乐》和《续情灯》，都与得道升仙有关。再如张匀存有传奇《长生乐》，描述刘晨、阮肇天台山遇仙女的故事。赵进美的杂剧《瑶公梦》、《玄地成佛》等。

清代前期文人剧作的杂剧演出，已较为稀少，主要以文人创作的传奇演出为主。传奇角色行当齐全，一般有十门脚色，即生、小生、旦、老旦、贴、外、末、净、副、丑，以生、旦、丑为最重要。传奇剧本常以一生一旦为全剧之纲领，通过他（她）们的悲欢离合串联人物事件，反映社会生活。少数传奇突破了这种格局，如《清忠谱》全剧二十五出，生扮主角周顺昌，但以他为主的戏，在第十七出"囊首"就结束了。旦扮周妻吴氏，以她为主的戏仅"闺训"、"泣遣"、"表忠"三出，显然不符合一般生、旦规则。康熙后期，据高奕《新传奇品序》："传奇至于今，亦盛也。作者以不羁之才，写当场之景，惟欲新人耳目上，不拘文理，不知格局，不按宫商，不循声韵，但能便于般演，发人歌泣，启人艳慕，诉情动俗，描写活现，逞奇争巧，即可演行，不一而足。"①

在音乐方面，清传奇采用曲牌联套体音乐。至孔尚任创作《桃花扇》，考虑当时舞台演出实际情况而突破原有的剧本模式："每本传奇，每一长出，例用十曲，短出例用八曲。优人删繁就简，只用五六曲。去留弗当，辜负作者之苦心。今于长折，止填八曲，短折或四或六，不会再一同删故也。"②杨恩寿《词余丛话》转录和肯定了孔尚任这段精彩论述后，总结描述了剧坛所受的影响："自《桃花扇》、《长生殿》出，长折不过八支，不令再删，庶成真目。"③每个登场人物都可以唱，除独唱外还有对唱、齐唱。既用南曲曲牌，也吸收北曲曲牌，并运用"借宫"、"集曲"、"犯调"、"南北合套"等音乐手段和音乐形式，以增强表现力。清传奇绝大多数用昆曲演唱，少数用弋阳腔、京腔及其他声腔演唱。昆曲曲牌异常丰富，据乾隆十一年（1746）编成的《新定九宫大成南北调宫谱》统计，昆曲化的北曲共有568个曲牌，变体1670种。南曲共有1513个曲牌，变体2808种。无论南曲、北曲，每一个宫调皆统属着若干曲牌，并有一定的连缀方式和组织规律。南曲曲牌包括引子、过曲和尾声，而北曲仅有只

---

① 《中国古典戏曲论著集成》（六），第269页。
② 《桃花扇传奇凡例》。
③ 《中国古典戏曲论著集成》（九），第256页。

曲、尾声两类。

而这一时期的昆曲演出,出现了以家班固定演出盛行向职业戏班流动演出过渡的变化过程。为何出现这一重大变化呢?据当时张宸《平圃杂记》所言:"近世士大夫日益贫,而费用日益奢。世祖皇帝时禁筵宴馈送,当时以为非所急,及禁池,而追叹为不可少也。壬寅(康熙元年)冬,余奉使出都,相知聚会,止清席用单柬。及癸卯(康熙二年)冬还朝,则无席不梨园鼓吹……"①

其次,这一时期的职业戏班,除演出保留剧目之外,还排演一些新创作的剧本,主要是新创作的剧本颇有演出市场。从李渔戏班屡排自创新戏,至《长生殿》、《桃花扇》等新创剧本被众多职业戏班搬演,并能增加演出费,演出市场对新剧目的需求,反过来刺激了剧本创作。

再次,清前期职业戏班排演新创作的传奇剧本时,因嫌其长而往往改编缩短。如剧作家洪昇所言:"今《长生殿》行世,伶人苦于繁长难演,竟为伧辈妄加节改,关目都废。"他向戏班推荐朋友吴舒凫所改编的二十八折本,"分两日唱演殊快,取简便当觅吴本教习,勿为伧误可耳"②。

---

① 谢国桢:《明清笔记谈丛》,引虽县王大隆《庚展丛编》。
② 《长生殿例言》。

从思想文化反思到戏曲文化反思

明末资本主义生产关系萌芽与明清易代，对文人士大夫冲击极大。他们在切肤之痛之后纷纷深入反思，从封建伦理观念、思想意识到封建制度设计、官僚机构设置等，大胆批判，进而提出改革构想，成为一股启蒙思潮，影响深远。这种思想意识也贯穿到文人们戏剧创作之中，使这一时期创作的剧本颇具思想内涵与时代特色。

一、黄宗羲的深入批判与改革设想

黄宗羲(1610—1695)，字太冲，号南雷，人们称之为梨洲先生，浙江余姚人。他曾参加明末复社，被南明王朝逮捕入狱，清军攻陷南京才逃回家，又集合家乡子弟数百人，响应明吏部给事中熊汝霖等抗清号召，组建"黄氏世忠营"，失败后隐居著述，有70余种千余卷著作传世。清廷屡次征召，他坚持不出。他既受改朝换代的巨大冲击，又受到明末资本主义生产关系萌芽的较多影响，因而对封建专制体制有深刻的反思，提出了具有民主思想萌芽的反专制论、废除专制主义的"一家之法"而恢复"天下之法"和"工商为本"等主张，具有相对的时代高度和先进的古代民主观念。

首先，黄宗羲认为，封建君主是天下的大害，主张实行权力分治，以限制君权：

> 古者以天下为主，君为客，凡君之所毕世而经营者，为天下也。今也以君为主，天下为客，凡天下无地而得安宁者，为君也。是以未得之也，屠毒天下之肝脑，离散天下之子女，以博我一人之产业，曾不惨然，曰：

我因为子孙创业也。其既得之也，敲剥天下之骨髓，离散天下之子女，以奉我一人之淫乐，视为当然，曰：此我产业之花息也。然则为天下之大害者，君而已矣。(《明夷待访录·原君》)

盖天下之治乱，不在一姓之兴亡，而在万民之乐忧。是故桀纣之亡，乃所以为治也；秦政蒙古之兴，乃所以为乱也；晋宋齐梁之兴亡，无与于治乱者也。为臣者，轻视斯民之水火。即能辅君而兴，从君而亡，其于臣道固未尝不背也。

……

君臣之名，从天下而有之者也。吾无天下之责，则吾在君为路人；出而仕于君也，不以天下为事，则君之仆妾也；以天下为事，则君之师友也。

……

我之出仕也，为天下，非为君也；为万民，非为一姓也。(《明夷待访录·原臣》)

后之人主，既得天下，惟恐其祚命不长也，子孙之不能保有也，思患于未然以为之法。然则其所谓法者，一家之法，而非天下之法也。是故秦变封建而为郡县，以郡县得私于我也；汉建庶孽，以其可藩屏于我也；宋解方镇之兵，以方镇不利于我也。此其法何曾有一为天下之心哉，而亦可谓之法乎！（《明夷待访录·原法》）

黄宗羲思接千古，笔力千钧，纵横捭阖，上下几千年，横扫封建帝王一人至高无上的专制制度，大胆揭露秦汉以来封建帝王的罪恶，认为专制体制造成帝王"家天下"，视国为家，视官吏为仆人，视民众为草芥，自私自利，没有尽其为君的管理职责和表率作用，简直失去了位居上位的本意。而这种专制体制下的法令，只是为君王一人谋权势，而不是为天下民众谋利益。因此，造成明代的宦官得势，操纵权力：

自夫奄人以为内臣，士大夫以为外臣，奄人既以奴婢之道事其主，其主之妄喜妄怒，外臣从而违之者，奄人曰：夫非尽人之臣与，奈之何不尽敬也。人主亦即以奴婢之道为人臣之道，以其喜怒加之于奄人而受，加之于士大夫而不受，则曰：夫非尽人之臣与，奈之何有敬有不敬也！盖内臣爱我者也，外臣自爱者也。于是天下之为人臣者，见乎上之所贤所否者，在是，亦遂舍其师友之道而相趋于奴颜婢膝之一途。习之既久，小儒不通大义，又从而附会之曰：君父，天也。故有明奏疏吾见其是非甚明也，而不敢明言其是非，或举其小过而遗其大恶，或勉其近事而阙于古，则以为事君之道当然，岂知一世之人心学术为奴婢之归者，皆奄宦为之也。祸不若是其烈与？（《明夷待访录·奄宦上》）

其次，黄宗羲在反思明代长期宦官专权、宦官的奴颜婢膝，很容易传染给士大夫官员，从而形成奴隶政治，造成全社会管理体制混乱的基础上，指出其根本原因是宰相制度的缺失。他认为：

古者君之待臣也，臣拜，君必答拜。秦汉以后，废而不讲。然丞相进，天子御座为起，在舆为下。宰相既罢，天子更无与为礼矣。遂谓百官之设，所以事我，能事我者我贤之，不事我者我否之。设官之意既讹，尚能得作君之意乎？

……

或谓后之入阁办事，无宰相之名，有宰相之实也。曰：不然。入阁办事者，职在批答，犹开府之书记也。其事既轻，而批答之意，又必自内授之，而后拟之，可谓其有实乎。吾以谓有宰相之实者，今之宫奴也。盖大权不能无所寄。彼宫奴者，见宰相之政事坠地不收，从而设为科条，增其职掌，生杀予夺，出自宰相者，次第而尽归焉，有明之阁下，贤者贷其残膏剩馥，不贤者假其喜笑怒骂，道路传之，国史书之，则以为其人之相业矣。故使宫奴有宰相之实者，则罢宰相之过也。（《明夷待访录·置相》）

这里，他指出了宰相制度取消后，天子一人独自掌控权力，远在百官之上，视百官为家奴，可以肆意妄为，任用制度也随之改变，"能事我者我贤之，不事我者我否之"，以个人好恶任用官员，岂能选贤任能呢！处于这种任用制度下，拍马逢迎的小人得到重用，国家焉能不乱！他指出：

> 原夫作君之意，所以治天下也。天下不能一人而治，则设官以治之。是官者，分身之君也。孟子曰："天子一位，公一位，侯一位，伯一位，子男同一位，凡五等。君一位，卿一位，大夫一位，上士一位，中士一位，下士一位，凡六等。"盖自外而言之，天下之去公，犹公、侯、伯、子、男之递相去；自内而言之，君之去卿，犹卿、士大夫、士之递相去。非独至于天子遂绝然无等级也。昔者，伊尹、周公之摄政，以宰相而摄天子，亦不殊于大夫之摄卿，士之摄大夫耳。后世君骄臣谄，天子之位，始不列于卿、大夫之间，而小儒遂河汉其摄位之事。以至君崩子立，忘哭泣衰经之哀，讲礼乐征伐之治，君臣之义未必全，父子之恩已先绝矣。不幸国无长君，委之母后。为宰相者，方避嫌而处，宁使其决裂败坏，贻笑千古，无乃视天子之过高所致乎。（《明夷待访录·置相》）

黄宗羲敏锐地觉察秦汉以来的绝对君权制度所造成社会管理的诸多弊端，他引用孟子的语录，试图回复到周天子时代，以宰相的内阁制削弱君权，限制君主的无限权力，提高相权，遏制君权独裁，提高士大夫的行政参政地位，加强各级管理层的权力，进而改造社会管理机制的设想，是很有见地的。

第三，黄宗羲还主张扩大太学等学府的功能，使之参政议政并监督朝廷施政：

> 学校所以养士也。然古之圣王，其意不仅此也，必使治天下之具皆出于学校，而后设学校之意始备。非谓班朝、布令、养老、恤孤、讯馘、大师旅则会将士，大狱讼则期吏民，大祭祀则享始祖，行之自辟雍也。盖使朝廷之上，闾阎之细，渐摩濡染，莫不有诗书宽大之气。天子之所是未必是，天子之所非未必非，天子遂不敢自为非是，而公其非是于学校。是故养士为学校一事，而学校不仅为养士而设也。

> 东汉太学生三万人,危言深论,不隐豪强,公卿避其贬议。宋诸生伏阙捶鼓,请起李纲。三代遗风,惟此犹为相近。使当日之在朝廷者,以其所非是为非是,将见盗贼奸邪摄心于正气霜雪之下,君安而国可保也。乃论者目之为衰世之事。不知其所以亡者,收捕党人,编管陈欧,正坐破坏学校所致,而反咎学校之人乎?(《明夷待访录·学校》)

黄宗羲试图扩大太学的功能,不仅把太学作为培养士大夫阶层的基地,而且作为主持公议,议论朝政、监督朝政,进而影响施政方针和重要决策,有点儿接近近代西方议会的功能,实在是一项大胆而先进的政治改革构想,值得大书特书。

第四,黄宗羲进而提出了"授民以田"的改革设想:

> 世儒于屯田则言可行,于井田则言不可行,是不知二五之位十矣……
> 夫诚授民以田,有道路可通,有水利可修,亦何必拘泥其制度疆界之末乎?(《明夷待访录·田制二》)

> 吾意有王者起,必当重定天下之赋;重定天下之赋,必当以下下为则。夫三十而税一,下下之税也。(《明夷待访录·田制一》)

黄宗羲提出的"授田",即实行分田给耕田者,使耕田者有其田,是看到明中叶后土地兼并带来的社会不公平,引发了阶级矛盾的激化,造成社会大动荡而开出的"药方"。同时,他还提出减低赋税,从而缓解农民与政府的矛盾。这些改革建议,在当时历史背景下,是有积极意义的,对后世影响也很深远。

二、唐甄对封建君主制的揭露

唐甄(1630—1704),字铸万,号圃亭,四川达州人。他痛感明末封建君主的昏庸和专制制度的腐败,尖锐地批判这种腐朽制度。

> 自秦以来，凡帝王者，皆贼也……今夜有负数匹布，或担数斗粟而行于涂者，或杀之而有其布粟，是贼乎？非贼乎？……杀天下之人而取其匹布斗粟，犹谓之贼，杀天下之人而尽有其布粟之富，而反不谓之贼乎！（《潜书·室语》）

唐甄不仅把封建帝王谓之"贼"，而且把专制君主视为屠杀天下百姓的最大刽子手，是封建社会一切罪恶之源泉。

> 周秦以后，君将豪杰，皆鼓刀之屠人。父老妇子，皆其羊豕也。处平世无事之时，刑狱、冻饿，多不得毕命；当用兵革命之时，积尸如山，血流成河，千里无人烟，四海少户口。（《潜书·止杀》）

> 大将杀人，非大将杀之，天子实杀之；偏将杀人，非偏将杀人，天子实杀之；卒伍杀人，非卒伍杀之，天子实杀之；官吏杀人，非官吏杀之，天子实杀之。杀人者众乎，实天子为之大乎。
> 天下既定，非攻非战，百姓死于兵与因兵而死者十五六。暴骨未收，哭声未绝，目眦未干。于是乃服衮冕，乘法驾，坐前殿，受朝贺，高宫室，广苑囿，以贵其妻妾，以肥其子孙，彼何诚心，而忍享受之。（《潜书·室语》）

唐甄清楚地分析，封建帝王通过攻战屠杀，登上宝座。维护宝座，死人无数。封建宝座，是建立在旧骨成堆之上，漂浮在血流成河之中。而封建的官吏制度，是专制体制的支撑。而封建专制体制中的吏制，必然腐败。

> 彼为吏者，星列于天下，日夜猎人之财。所获既多，则有陵己者负篚而去。既亡于上，复取于下，转亡，转取，如填壑谷，不可满也。夫盗不尽人，寇不尽世，而民之毒于贪吏者，无所逃于天地之间。是以数十年以来，富室空虚，中产沦亡，穷民无所谓赖，妻去其夫，子离其父，常叹其生之

不犬马若也。(《潜书·室语》)

唐甄不仅指出封建帝王是杀人的总策划,是最大的刽子手,而且指出了改朝换代是"兴,百姓苦;亡,百姓苦"的历史循环,封建专制制度是造就罪恶的根源,从根本上否定了祸国殃民的专制制度。他认为,帝王一人高高在上,忽视民意,容易制造暴君。暴君是封建专制制度的产物。只有否定专制制度,才能尊重民意,改良生长暴君的土壤。"屠毒天下之肝脑,离散天下之子女,以博我一人之产业",这惊天动地的呐喊,如晴天霹雳,久久回荡在华夏大地的上空,震撼人心,成为迫切要求社会制度变革的先声。

三、顾炎武的反思与救世"药方"

顾炎武(1613—1682),字宁人,号亭林,江苏昆山人。他曾纠集义兵守吴江而成为清军俘虏。他在《日知录》中否定封建专制制度造成的君主的绝对权力,认为"国家"是一姓一家的王朝,"天下"则是万民的居所,严格区分这两个概念,改朝换代只是易姓改号和统治集团之间利益的再分配,与天下民众利益关系不大。万民生计应置于君臣一己私利之上。他明显跳出了长期以来士大夫阶层"忠君"的思维牢笼,不只忠于一姓王朝,而须着眼天下,为天下民众利益奔走。他还深入讨论"郡县"这一政治体制,写下了著名的《郡县论》。

> 知封建之所以变为郡县,则知郡县之弊而将复变。然则将复变之为封建乎?曰:不能。有圣人起,寓封建之意于郡县之中,而天下治矣。盖自汉以下之人,莫不谓秦以孤立而亡。不知秦之亡,不封建亡,封建亦亡,而封建之废,固自周衰之日,而不自于秦也。封建之废,非一日之故也,虽圣人起,亦将变而为郡县。方今郡县之弊已极,而无圣人出焉,尚一一仍其故事。此民生之所以日弱,中国之所以日弱,而盖趋于乱也。何则?封建之失,其专在下,郡县之失,其专在上。古之圣人,公心待天下之人,

胙之土而分之国。今之君人者,尽四海之内为我郡县,犹不足也。人人而疑之,事事而制之。科条文薄,日多于一日。而又设监司,设之督抚,以为如此,守令不得以残害其民矣。不知有司之官,凛凛焉救过之不给,以代为幸,而无肯为其民兴一日之利者,民乌得而不穷,国乌得而不弱。率此不变,虽千百年,吾知其与乱同事,日甚一日者矣。然则尊令长之秩,而予之以生财治人之权,罢监司之任,设世官之奖,行辟属之法,所谓寓封建之意于郡县之中,而二千年来之弊可以复振。后之君,苟欲厚民生,强国势,则必用吾言矣。(《亭林文集》卷一)

在清初对封建制度的讨论中,有人提出恢复到"分封八百诸侯"的三代之治时,顾炎武指出,这只是迷恋复古的美梦。郡县制只是在制度设计和操作中,出现了许多问题,急需解决。如今看来,他出的主意:"罢监司之任,设世官之奖,行郡属之法","寓封建之意于郡县之中",就能"复振"纠正"二千年来之弊",尽管也有某些合理的因素,但不便操作,实在是书生之见,但确也显得可爱,在当时呈现某些思想闪光之处。

四、王夫之论郡县制

王夫之 (1619—1692),字而农,湖南衡阳人。曾参与抗清斗争。他在《读通鉴论》中认为:

以天下论者,必循天下之公,天下非一姓之私也。
一姓之兴亡,私也;而民生之生死,公也。
古人之天下,人自为君,君自为国,百里而外,若异域焉。治异政,教异尚,刑异法,赋敛惟其轻重,人民惟其刑杀,好则相昵,恶则相攻,万其国万其心,而生民之困极矣,尧舜禹汤弗能易也。至殷之末,殆穷则必变之时,而犹未骤变于一朝。而周大封其同姓而益展其疆域,割天下之半而归之姬姓之子孙,则渐有合一之势;而后世郡县一王,亦缘此以渐统一于大同。然后风教日趋于画一，而民生之困亦以少衰。故孔孟之言治详矣，未尝一以上古万国之制欲行于周末。则亦灼见武王周公绥靖天下之大权，而知邱民之欲在此而不在彼。以一姓分天下之半，而天下之瓦舍者渐就于合。故孟子曰："定于一。"大封同姓者，未可即一，而渐一之也。（《读通鉴论》）

王夫之的眼光独到，认为由部落制到分封制，再到郡县制，是社会发展过程中的历史的进化。他进一步分析：

郡县之天下有利乎？曰：有，莫利否州郡之不得擅兴军也。郡县之天下有善乎？曰：有，莫善于长吏之不敢专杀也。诸侯之擅兴军以相侵伐，三代之豪衰也，密阮齐晋莫制之也；三代之盛，王者制之，而后不能禁也。若其专杀人也，则禹汤文武之未能禁也。而郡县之天下得矣。……汉承秦以一天下，而内而司隶，外而刺守，若严延年、陈球之流，亢厉以嗜杀为风采，其贪残者无论也。犹沿三代之弊而未能革也。宋孝武猜忌以临天下，乃定"非临军勿得专杀，非乎诏勿得兴军"之制，法乃永利而极乎善，不可以人废者也。嗣是而毒刘之祸以灭焉。（《读通鉴论》卷十五）

王夫之认为，分封制度下"擅兴"和"专杀"的惨剧，在郡县制度下就不会发生。因此，郡县制代替分封制，就是一种历史的必然。

五、颜元、李塨师徒的均田制构想

颜元（1635—1704），字浑然，直隶博野人。他深入考察分析明末农民大起义的原因，主要是广大农民没有土地，终年勤劳而不得温饱，提出打破土地私有制，将地主豪强占有的土地平均分配给从事耕作的农民。

天地间田，宜天地间人共享之，若顺彼富民之心，即尽万人之产而给一人，所不厌也。王道之顺人情，固如是乎？况一人数十百顷，或数十百人而不一顷，为父母者，使一子富而诸子贫可乎？……况今荒废至十之二三，垦而井之，移流离无告之民，给牛种而耕焉，田自更余耳。故吾每取一县，约其田丁，知相称也。(《存治篇》)

颜元所论述的道理，即土地本身是天惠之物，少数人用各种手段多占有，而大多数人失去了享受土地利益的机会，是极为不公平的。只有改变这种不公平的现象，天下才能太平。

颜元的学生李塨，继承了老师均田论。李塨（1659—1733），字刚主，号恕直，直隶蠡县人。他主张"制民恒产"，以消除土地兼并。

孟子以制民恒产为王政之本。然则民产不制，纵有善治，皆无本之政也。譬诸室基固者，即壁桷有损不倾，基不固虽极雕绘之观，一遭风雨，立覆矣。三代以下，百姓未尝无治安之时，乃多不过数十年，少则数年，即不得其所者，本不立也。自秦开阡陌，尽天下皆私田，人君何由制民之产，以立王政之本哉？(《平书订制田》)

李塨进而提出用均田达到制民之产。

非均田，则贫富不均，不能人人有恒产。均田，第一仁政也。但今世夺富予贫，殊为艰难。颜先生有佃户分种之说，今思之甚妙。如一富家有田十顷，为之留一顷，而令九家种九顷，耕牛子种，佃户自备，无者领于官，秋收还。秋熟以四十亩粮交地主，而以十亩代地主纳官。纳官者，即古什一之证也。地主用五十亩，则今日停分佃户也。而佃户自收五十亩，过三十年为一世。地主之享地利，终其身亦可已矣。则地余归佃户……无地可分者，移之荒之。(《拟太平策地官》)

这里，李塨提出用渐进的办法，将地主多余的土地，分给农民耕种，三十年后转移使用权，从而达到均田的目标。

总而言之，颜、李师徒，深入研究了明末农民大起义及历代农民暴动的根源，提出了以均田制达到农民有恒产的目的，既代表了广大农民的愿望，也不失为封建社会的稳定提出的一剂治世良方。

六、戏曲文化的反思

明朝末年资本主义萌芽已经在东南沿海城市出现，但是由于明末统治者腐朽贪婪，民不聊生，引发了明末农民大起义。李自成起义军的失败，导致满族八旗的入关，清王朝的建立。生产力相对落后的民族建立政权，更容易接受和推行保守的政治、经济、文化政策。清初的统治集团推行的是巩固小农经济、压抑商品生产和闭关自守的政策。这种统治策略引起了社会氛围、思想意识、民族心理变化与冲突，并在戏曲文化中迅速体现出来。历史的轨迹发展从来就不是直线发展的。明末资本主义萌芽带来的生活方式、社会心理、道德观念在清初受到打压禁锢，人们必须改良现存的生活方式、社会心理、道德观念、思维模式。这样，处于这种变化之中的人们就容易产生一种人生失落感。这种感觉引发人们对历史和现实的沉思、追问与探寻。

一部戏曲文化史就是一部民族心灵史。戏曲作品最终反映特定时期人们内心或隐或显的精神情感。在"亡天下"的明清易代之际，每一个文人士大夫都要对自己的人生道路做出选择，这种抉择又往往关乎身家性命与个人荣辱。当身逢社会剧变时，他们往往沉溺于对往昔的回顾与眷念，将自己封闭在自我营造的情绪氛围之中。故国之思不仅体现为一种道德自律和人生期待，有时也作为一种审美体验，自我陶醉而回忆玩味。这种普遍的心态在亡国之初格外强烈，使历史故事剧成为文人士大夫的精神寄托，成为反思现实的文化载体。《秣陵春》隐秘地表现了受恩于旧朝的仕者在新朝利害面前的内心矛盾与精神焦虑；《西湖扇》则是一部分士子文人逐渐摆脱遗民阴影，渴望知遇新朝而又心怀不甘的心迹；而《长生殿》则是立足于现实，以鲜活的人物形象反思历史，寄托哀思，以期提供史鉴。洪昇作为国子监监生，深入反思唐代由盛入衰的历史过程，三易其稿创作了《长生殿》。孔尚任作为孔子后裔，既有改朝换代之后振纲纪存道德的自觉担当，又有身处新朝，蒙受帝恩的感怀和耳闻目睹遗民黍离之感的复杂纠结。因此，《桃花扇》宏阔而深入地思考明清易代所昭示的社会哲理，使文人传奇的文化内涵得以向深度与广度推进。这4部传奇历史剧以其相近的离合故事，展示了清初不同历史阶段文人士大夫在新旧朝代更替之后的复杂情感：由眷恋与徘徊，接受与期冀到反思与史鉴的心路历程，真实地再现了明清易代在文人及广大汉族民众精神心理上的深刻投影。

汉族文人组成的清前期剧作家群体，在失落空幻之余，深入反思历史上的政治制度、思想意识、道德观念、人际关系等，掀起了一股戏曲文化反思浪潮。以李玉为代表的苏州剧作家群，以敏锐的眼光，深邃的思想，圆熟的手法，创作了一大批艺术质量很高的剧作，表现了戏曲文化反思的力度与成就。李玉创作了《牛头山》、《麒麟阁》、《昊天塔》、《风云会》及《清忠谱》等历史剧，借助历史人物与故事，表现强烈的爱国感情和浓厚的民族意识。例如，根据讲史和民间流传的岳飞抗金故事创作而成的《牛头山》，描绘北宋末年汴京失陷，南渡偏安，金朝侵占了半个中国。留守东京的岳飞连上奏章，劝皇上亲征。由于投降派汪伯彦、黄潜善在宋高宗面前进了谗言，岳飞被谪为河北招抚使张所标下旗牌，留守东京的印信交与奸臣杜充掌管。金兀术闻讯，即刻攻打汴京。杜充献城投降，汪、黄逃之夭夭。金军趁机南侵，直渡长江，皇帝赵构携宫妃潜逃。金军紧追不舍，危急之时，被前来救驾的岳飞救上牛头山。金兵将牛头山团团围住，妄图困死南宋君臣。岳飞之子岳云前来勤王，杀败金兵，护送赵构返回临安。故事在宋朝"中兴指日可望"的气氛中结束。剧本中所反映的南宋历史与南明小朝廷有着惊人的相似之处。此剧深情歌颂了民族英雄岳飞父子的壮志凌云和精忠报国精神，揭露谴责了南宋朝廷的昏庸和权相黄潜善等人的卖国行径。李玉创作此剧，并非发思古之幽情，而是借古喻今，抒发胸中块垒。剧中对忠孝两全、义勇盖世的岳飞的歌颂，曲折地表达了对史可法等人物的赞扬；对汪、黄的揭露，就是对马、阮之流的鞭挞。此剧通过岳飞抗金的故事，表明外患并不可怕，可怕的是昏君权奸误国。剧本最后借岳飞之口说道："临安非用武之乡，江左非偷安之地，祖业宜恢，国耻宜雪……渡江北伐，恢复中原。"这些豪言壮语无疑会起到缅怀先辈功绩、激励后人为保卫故国山河而斗争的作用。

　　李玉的《千钟禄》，运用对比的方法，着力描写了建文帝的流离惨痛和朱棣的残暴屠杀。在李玉笔下，建文帝朱允炆是个比较仁慈的亡国之君。他化装逃走，四处流浪。一路遇雪遇盗，挨饿受冻，躲避兵警，受尽了种种苦楚。他亲眼看到大批前朝臣子遭到杀戮流徙，家属遭到虐待，感到非常伤心，不禁叹道："咳！都为我一人，以致连累万口性命，是我累及他们了！"而新皇帝朱棣却是个暴君的形象。他杀戮异己，荼毒百姓，把建文朝的忠臣都当作奸党，"斩的剐的九族全诛"，许多无辜的妇孺也被作为叛属进行捕杀流放，就连那些隐居山林的弃职官员也不放过。第二十二出《索命》描绘的图景：

　　　　惨凄凄十族诛夷，惨凄凄十族诛夷，血淋淋鱼鳞醢酱。杀尽了男男女女村落荒，云阳市血汤汤……咳！乱纷纷万命遭殃，乱纷纷万命遭殃，痛煞煞千忠身丧。

　　剧中描述的"靖难之役"，不过是明王朝内部争夺皇权的斗争，是皇权与宗室王权矛盾激化的结果。李玉从正统观念和创作需要出发，贬斥了朱棣的叛逆和僭越，把他写成了一个反面人物，无非是要借此倾吐自己心中的愤慨。《千钟禄》在清初很容易使人产生联想，激发人们缅怀故国，敌视新王朝。对朱棣滥杀无辜和"靖难之役"残酷场面的描写，使人想起清军南下杀人如麻的暴行，想起"扬州十日"和"嘉定三屠"。剧中对贰臣贼子陈瑛的鞭挞，未始不是对恬颜事敌的汉奸吴三桂、洪承畴、孔有德之流的抨击。剧中建文帝已不只是个失位君主的形象，而是沦亡故国的象征。建文帝的流离痛苦，不能简单地理解为流亡天子的悲哀，而是含蓄委婉地表达了一种深沉强烈的亡国之痛。这与南明灭亡之后大批江南遗民的思想感情，是十分合拍的。特别是那脍炙人口的"八阳"，字字带血，声声含泪，唱遍了大江南北，在汉族百姓中引起了强烈的共鸣：

　　　　〔倾杯玉芙蓉〕收拾起大地山河一旦（担）装，四大皆空相。历尽了渺渺程途,漠漠平林,垒垒高山,滚滚长江。但见那寒云惨雾和愁织,受不尽苦雨凄风带怨长。雄城壮,看江山无恙,谁识我一瓢一笠到襄阳。

〔刷子芙蓉〕颈血溅干将尸骸零落暴露堪伤,又首级纷纷驱驰枭示他方。凄凉,叹魂魄空飘天际,叹骸骨堆埋土壤,堆车轫看忠臣榜样,铮铮自夸鸣凤在朝阳。

〔锦芙蓉〕裂肝肠痛诛夷盈朝丧亡,郊野血汤,好头颅如山车载奔忙,又不是逆朱温清流被祸,早做了暴嬴秦儒类遭殃。添悲怆,泣忠魂飘扬,羞杀我犹存一息泣斜阳。

〔雁儿落〕苍巷呼冤震响,流血泪千行万行。家抄命丧资千荡,害妻奴徙他乡。叹匹妇终作沟渠抛漾,真悲怆,纵偷生肮脏,到不如刀骈斩丧云阳。

〔桃红芙蓉〕惨听百哀号莽,惨见有俘囚状。裙钗何罪遭一纲,连抄十族新刑创。咳!纵然是天灾降,也消不得诛屠凭广,恨少了个裸衣挝鼓骂渔阳。

〔普天芙蓉〕为邦家输忠党尽臣成强项。山林隐甘学伴狂,俘囚往誓死翱翔。空悲壮,负君恩浩荡,拼得个死为厉鬼学睢阳。

〔朱儿芙蓉〕眼见得普天受枉,眼见得忠良尽丧,迷天怨气冲千丈,张毒焰古来无两。我言非戆劝寇囊罢想,倒不如射耕陇亩卧南阳。

〔尾〕路迢迢心怏怏,且暂宿碧梧枝上,错听了野寺钟鸣似景阳。

之后,洪昇的《长生殿》,以李隆基杨玉环帝妃之间的离合之情,反映了历史兴亡之感,受到康熙年间朝野的欢迎。剧中借李龟年的《弹词》,描述了唐代安史之乱以及由此的盛衰兴亡之感,并总结了历代人们对于唐代天宝年间"安史之乱",由盛入衰历史的反思,折射出历史沧桑感和人生空幻感。

〔南吕一枝花〕不提防余年值乱离,逼拶得歧路遭穷败。受奔波风尘颜面黑,叹衰残霜雪鬓须白。今日个流落天涯,只留得琵琶在。揣羞脸,上长街又过短街。那里是高渐离击筑悲歌,倒做了伍子胥吹箫也那乞丐。

〔梁州第七〕想当日奏清歌趋承金殿,度新声供应瑶阶。说不尽九重天上恩如海：幸温泉骊山雪霁，泛仙舟兴庆莲开，玩婵娟华清宫殿，赏芳菲花萼楼台。正担承雨露深泽，蓦遭逢天地奇灾：剑门关尘蒙了凤辇銮舆，马嵬坡血污了天姿国色。江南路哭杀了瘦骨穷骸。可哀落魄，只得把《霓裳》御谱沿门卖，有谁人喝彩！空对着六代园陵草树埋，满目兴衰。

〔九转货郎儿〕唱不尽兴亡梦幻，弹不尽悲伤感叹，抵多少凄凉满眼对江山。俺只待拨繁弦传幽怨，翻别调写愁烦，慢慢地把天宝当年遗事弹。

戏曲艺术形式，是思想文化精神的载体，承载着思想意识和美学精神，是集体文化精神与审美习惯的显现。当清代前期半个多世纪四方传唱昆曲经典唱段，出现"家家'收拾起'，户户'不提防'"之际，表明那段历史时期的反思与感伤，成为主流的社会文化思潮和艺术精神。

此外，如《桃花扇》中《余韵》一出，孔尚任借柳敬亭之口，痛快淋漓地抒发了历史沧桑与人生况味："俺曾见金陵玉殿莺啼晓，秦淮水榭花开早，谁知道容易冰消。眼看他起朱楼，眼看他宴宾客，眼看他楼塌了。这青苔碧瓦堆，俺曾睡风流觉，将五十年兴亡看饱。那乌衣巷不姓王，莫愁湖鬼夜哭，凤凰台栖枭鸟。残山梦最真，旧境丢难掉，不信这舆图换稿。诌一套哀江南，放悲声唱到老。"这种人生的放歌吟咏，既是作者心血眼泪凝结而成心声，也是作者深沉反思历史与现实之后的感慨，闪烁着哲理与智慧的光芒。

总之，"南洪北孔"的《弹词》和《余韵》，分别借剧中人之口，传达自己的感慨，仿佛两位穿越历史时空的哲人，深邃洞察人间沧桑，形象化描绘，哲理性总结，具有相当的深度与广度，妙语连珠，蕴含丰厚，是戏曲文化反思的经典段落，成为千古绝唱。

清初主观化戏剧美学思潮

清代初年，是中国历史上一个"天崩地解"（黄宗羲语）的特殊时期，给明代中叶以来繁盛的戏剧局面以极大的影响，由此，在戏剧创作上产生了一股主观化戏剧美学思潮。

一

顺治元年（1644），李自成农民起义军攻入北京，推翻了明王朝，驻守山海关的明朝总兵吴三桂降清，引清军入关，镇压了农民起义。此后直到清朝统治集团相继消灭各地拥立朱明王室后裔的福王、唐王、鲁王、桂王等割据政权，并扑灭三藩之乱的38年间，从黄河流域的中原大地，到长江流域、珠江流域、云贵高原，满目烽烟弥漫，血雨腥风。铁与血造成了尸骨遍野，千村萧条；剑与火导致了百姓的流离失所，妻离子散。改朝换代的持续战乱，李自成起义军和明王朝的战争，清朝军队与明廷军队的相互攻伐，给社会生产力造成极大的破坏。笔者这里的"清初"，试图界定为从清军入关，中经平定三藩之乱，至恢复生产、复苏经济、调整文化政策、限制创作自由的半个多世纪，下限为"南洪北孔"的代表作《长生殿》、《桃花扇》产生之时。

这一时期又可以平定三藩之乱为界限，划成前后两个阶段。前一阶段处于连绵不断的战火烽烟之中，长时间的战乱对生产和经济破坏很大，演戏活动难以为继。清朝通过"江南奏销案"等打击汉族士绅，使之无经济实力供养家班，戏班难以生存，纷纷解散，著名演员也发生生存危机。例如，当时的江南名伶苏昆生"不免为吴儿所困，比独身萧寺中"（吴梅村《同人集》卷四）。尤侗见之赠诗云："三十年前大将牙，张灯舞剑拨琵琶。相逢萧寺惊憔悴，红豆江南正落花。""九江漂泊九华归，楚尾吴头旧梦非。莫向蹲前歌水调，山川满目泪沾衣。"

此外，清军攻占江南之后，清廷下令剃发。这种突如其来的服饰装扮的大改动，对汉族士民心理伤害较大，引发了江南各地此起彼伏的反抗浪潮。尽管清王朝倚恃强大武力，残酷地镇压了这类反抗，然而，这种野蛮荒唐的强制方式，给社会心理笼罩上一重阴影。

后一阶段为大规模战乱平息之后，清王朝加紧文化建设，加强了思想统治，制造文字狱，消除思想上的异己。《长生殿》和《桃花扇》的作者遭到以康熙皇帝为代表的统治集团的巧妙打击，使剧作家们难以在作品中深寓胸臆，深刻反映社会生活，只能为统治者粉饰现实。由此导致剧本内容教忠教孝，空洞乏味。这种戏剧创作的大滑坡，延续时间相当长。

明末清初思想界的启蒙主义思潮，张扬人性，批判皇权，对封建伦理质疑，反思现行的封建秩序，是主观化戏剧美学思潮的思想基础。

二

笔者在本文提出的"主观化戏剧美学思潮"，是相对于"客观化戏剧美学思潮"而提出来的。本来，剧作家以作品反映社会生活，传达主体意识，展示艺术个性。若在社会相对安定时期，创作也相对自由，剧作家就会从容不迫地探索思考，通过精雕细刻的舞台艺术形象，抒发自我感受，反映客观世界。

而清初改朝换代带来的生活波折，异族入主庙堂引起的思想震荡，作为敏感的一代剧作家感受颇深，"世变沧桑，人多怀感"，他们来不及深思熟虑，急于倾吐个人的强烈感受，"或抑郁幽忧，抒其禾黍铜驼之怨；或愤懑激烈，写其击壶弹铗之思；或月露风云，寄其饮醇近妇之情；或蛇神牛鬼，发其间天的游仙之梦"（邹式金《杂剧三集小引》）。

清初的一代剧作家，一部分由明入清，饱受战乱之苦。如丁耀亢全家四处躲避清兵，弟弟一家死于城破之时。王鑨、徐士俊曾在兵荒马乱之中逃亡。这些剧作家的作品中透露出百姓颠沛流离的无限痛苦。王鑨的《秋虎丘》与一般才子佳人戏不同，女主人公桂娘在战乱中与丈夫失散，身陷贼中，被逼自杀，又被人救活，数经周折而团圆。王鑨在剧本开篇强调一个"秋"字："秋满洛阳朝复暮，闲来没个寻秋处，但见红叶即为秋，不知秋向虎丘去。常悲穷秋将人误，未得《离骚》秋里趣，宋玉爱定《秋虎丘》，须遇秋人知其故。"丁耀亢在《西湖扇》里描述战争时节"荒野里人民逃窜，村落里红烟燎乱，到处里尸横血溅，无处避流星掣电"。另一部分剧作家虽然出生在明清易代之际，主要生长在清初，但也深受民族意识的影响，作品中或者似孔尚任创作《桃花扇》直接总结南明王朝灭亡的历史经验，或者像洪昇写出《长生殿》间接发思古之幽情，却都是深刻的反思，深入的探索，深长的喟叹，深沉的失望，痛悼而惆怅。

这批剧作家大多数有生不逢时、怀才不遇之感，一些人或是自比为屈原，或是把自己的作品称为《离骚》，或者在作品中直接描写屈原。嵇永仁把剧作取名为《续离骚》；丁耀亢《化人游》中何野航被巨鲸吞食，在鲸鱼腹内与屈原相聚；尤侗在《读离骚》专写屈原故事；郑瑜的《汨罗江》，编演投水的屈原修文水府，混迹波臣，与一渔父相知，以《离骚》编成新曲，渔父吹笛相和，痛饮酣醉，枕藉舟中。孔尚任自评《桃花扇》时写道："《寄扇》北曲一折，《题画》南曲一折，皆整练出色之文，熟读熟吟，百回千遍，破人郁结，生人神智。《风》邪？《雅》邪？《离骚》邪？"他也自认为剧中有一些《离骚》之意。屈原的历史际遇，与他们所处的环境，有一些相似之处，心灵深处有某种相通的地方，因此，他们都要在笔下写出长歌当哭，含有《离骚》意蕴的作品，昭示人间。

剧作家们内心的矛盾冲突十分激烈，力图通过剧作鸣放心中的郁抑。例如邹式金在《风流冢》中描写柳永被黜落，"仕途险窄，怎如罢职的快活消遥。想我当初读书，凌云志气，及牢骚失意，变为词人，以文章自见，使名留后世足矣。何期被荐，顶冠束带，变为官人，浮沉下僚，终非所好。今奉旨黜落，自由自在，纵意诗酒，变为仙人……世界云翻雨覆，到如今休问，如脱鹰韝。放开双足恣遨游，是非不上眉儿皱。骅骝千里，丝疆早收。鲲鹏四海，虞人罔求，英雄岂入寻常彀？"又如嵇永仁在《续离骚·杜秀才痛哭泥庙》中写书生杜默,应试名落孙山,路过项王庙,入庙痛哭项羽的故事,凭吊自伤。有的迫不及待地新编故事,发表个人见解,例如来隽之的《秋风三叠》;《冷眼》写长安乡社,戏班表演,蓝采和借机批评戏剧,讽刺世人;《英雄泪》演阮籍得知近邻有一兵家之女新亡,前往哭悼。正如毛万龄在序中评曰:"来子以肮脏之怀,抉剔中骇,尔乃嘻笑怒骂,悲歌哭泣,而健袅,而凄怆,而怀恨,谓有得于清商之遗,则其中焚轮戟角,檄捷而变,诚有不得于此焉。"

三

清初这股主观化戏剧美学思潮,还表现在剧作家们急于借他人酒杯,浇自己块垒,剧作中常常闪现出剧作家自己的身影,一些剧中人物也有暗指。例如吴伟业的《通天台》,写梁亡之后,左丞沈炯旅居长安,一次到汉武帝通天台遗址,痛哭不止,即兴写了一篇奏文。醉后梦见梁武帝读了奏文,惜才欲用沈炯,而沈炯却推辞,要回江南,梁武帝设宴饯别。沈炯酒后醒来,却仍在通天台下的酒店里。剧中沈炯是作家自己的化身,并以梁武帝寓指明崇祯皇帝。而吴伟业在《秣陵春》中借用南唐故事,以金喻清,宣泄对民族压迫的愤慨之情。他在《北词广正谱序》中自白:"盖士之不遇者,郁积其无聊不平之慨于胸中,无所发抒,因借古人之歌哭笑骂以陶写我之抑郁牢骚,而我之性情爱借古人之性情盘旋于纸上,宛转于当场,于是乎热腔骂世,冷板敲人,令阅者不自觉其喜怒悲欢之随所触而生,而亦于是乎歌呼笑骂之不自已。"又如王夫之的《龙舟会》,本是写谢小娥为父亲、丈夫报仇的故事,却于其中寄托满腔悲愤:"莽乾坤只有个闲钗钏,剑气飞霜散。蟒玉锦征袍,花柳琼林宴。大唐家九叶圣神孙,只养得一伙烟花贱。"斥责锋芒直指降清邀宠的贰臣。

有的剧作家,直接把自己写入剧作,以便发表议论。如丁耀亢在《化人游》中,点明主人公何野航是作者自况,恰似宋琬在总评中所言:"世不可以庄言之,而托之于传奇。以为今之传奇无非士女风流,悲欢常态,不足以发我幽思幻想,故一托之于汗漫离奇,狂游异变也。知者以为漆园也,《离骚》也,神宗道藏语录也,太史公自叙也,斯可与化人游矣。"又如廖燕在《醉画图》

中直接演自己把杜默哭庙、马周濯足、陈子昂碎琴、张元昊曳碑四幅画悬挂在家中二十七松堂壁上，对图自饮，举杯邀画中人同饮，直抒胸臆。《续诉琵琶》演廖燕请酒仙与诗伯逐去穷鬼，忽然来一道人，赠与一诗，激励作者，使之决心上进，立志做天下豪杰。《镜花亭》演廖燕闲游水月村，遇水月道人，让其女文倩与之相见，拿出她的诗稿向廖燕请教。廖燕收她为女弟子，并在她的亭上题"镜花亭"匾额。

改朝换代，使这批作家们在政治上失意，经济上困窘，便以剧作表达内心的郁抑激愤。这类作品，只图痛快发泄，艺术上的精细琢磨不够。许多作品上承徐渭的《四声猿》，如嵇永仁《续诉离骚》自述道："仆辈遭此陆沈，天昏地惨，性命既轻，真情于是乎发，真文于是乎生。而填词不可抗骚，而续其牢骚之遗意。"范承漠跋后云："慷慨激烈，气畅理该，真是元曲，而其毁誉含蓄，又与《四声猿》争雄矣。"可见这批作品真情毕露，酣畅淋漓，虽短小精悍，而意旨丰厚，如来集之《秋风三叠》，郑瑜《郢中四雪》，洪昇的《四婵娟》等。由于当时舞台演出的萧条，剧作家知道自己的作品不一定能排演，因而也不考虑舞台性，使得戏剧创作案头化倾向愈演愈烈。

四

一部剧作的产生，与作为信息存在的客观现实和接受信息、处理信息、反馈信息的剧作家的主体意识相关。而一部剧作的成功，还需要接受主体的认同，即与观众的审美趣味相契合，才能引起共鸣。异族入主，下令剃发等，使汉族士大夫和百姓都产生了一种屈辱感，因而当《千忠戮》、《长生殿》问世，历史的深沉反思与感伤主义情调，与大众心态合拍而争相传唱，出现一道"家家收拾起"，"户户不提防"的亮丽风景，持续数十年。

最令人称道的是，主观化戏剧美学思潮有自己的扛鼎之作——前一阶段产生了苏州剧作家群的一大批剧本，而后一阶段产生的《长生殿》和《桃花扇》。后一阶段产生这两部力作，是对前一阶段的升华。前一阶段的作品也具有悲剧色彩与反思力度，以李玉为代表的苏州作家群的作品，很有思想内涵与反思深度。另如郑瑜《鹦鹉洲》,演祢衡死后魂游八极,再至鹦鹉洲,看见自己的坟墓和生前作赋的鹦鹉,鹦鹉的灵魂与祢衡灵魂对话,回忆过去经历,想象力丰富,有一定的反思力度。但以总体来看,此剧虽表现手法新颖,但浮光掠影;多悲愤悲怆,少蕴藉深厚的悲剧色彩;也有对历史和现实的反思,但力度深度不够。而后一阶段,有客观时代的积累,也有两位剧作家自身的创作道路和主观际遇,成就了这两部盖世佳作。

《长生殿》以杨太真和唐玄宗钗盒情缘为主线,铺开了唐代安史之乱前后的历史画面;《桃花扇》以桃花扇底,系南朝兴亡。两剧都是人物众多,场面恢宏,以离合之情,写兴亡之感。不仅《长生殿》在大江南北争相传唱,"户户不提防";而"长安之演《桃花扇》者,岁无虚日,独寄园一席,最为繁盛。……然笙歌靡丽之中,或有掩袂独坐者,则故臣遗老也。灯炧酒阑,唏嘘而散。"(《桃花扇本末》)

这两部巨著各有千秋:《长生殿》表现出帝妃之间理想化的爱情在现实生活之中由于主体和客体的变异而无法实现,但又于想象中的月宫天界里才得以实现,即通过理想与现实,天界与人世,幽思与欢娱,团圆与分离的鲜明对照,反映人间的谬误。而《桃花扇》直接写南明王朝,把离合之情与兴亡之感"融洽一处,细细归结,最散,最整,最幻,最实,最曲迂,最直接"(《桃花扇评语》),表明剧中相反相成的双重组合,真乃既对立又统一。历史事件错综复杂,登场人物各具性格,以历史的表象传达出历史的哲理。两部巨著有其共通之处,即以广阔的社会生活,表现深刻的历史意蕴,浩瀚恢宏中笼罩着苍凉,仿佛让人听到剧作家发自肺腑的历史浩叹。尤其可贵的是,两部作品都表现出对现实世界失望,对封建制度及理念的怀疑,感到封建末世的来临,都让人感到传统的沉重,黑暗的浓郁,罗网的广漠,深深地压抑人性。这同工异曲的两首挽歌回荡在华夏大地上空,才使唐代的帝妃故事,南明小朝廷的内部争夺,在清代康熙年间的舞台上引起轰动效应,深深地打动了各个层次的观众。

综上所述,由于清初的战乱,清朝统治集团忙于军事战场和政治斗争,没有顾及剧作家的个人牢骚宣泄,戏剧创作相对自由,让主观化戏剧美学思潮得以持续半个世纪,产生了一批具有独特艺术个性的剧作家和一批不同凡响的作品，尤其是产生了"秋风三叠"，"续离骚"，"郓中四雪"，"四婵娟"这批系列短剧及《清忠谱》，"一、人、永、占"，《长生殿》，《桃花扇》这样的鸿篇巨制，造就了中国戏剧史乃至世界戏剧史上的辉煌。

这类剧作是中国戏剧史乃至世界戏剧史上的颇具艺术个性之作，结构之巧妙，想象之丰富，手法之独特，形式之新颖，具有20世纪西方现代派某些剧作的意蕴，从某种意义上来看，属于夺人之先声。令人遗憾的是，由于接踵而来的文字狱，剥夺了剧作家的创作自由，即便案头之作，也不让写作了，使这类作品迅速消失，未能进一步发展，实在是中国戏剧文化的一大损失。

此外，也因学者对这类作品贬大于褒，除《长生殿》和《桃花扇》外，对其余剧作重视不够，未能发掘宣扬，致使蒙尘已久。加强对这类剧作的理论研究，迫在眉睫。笔者不揣浅陋，浅尝辄止，以求教于方家学者。

（原载《京华艺藻》，北京燕山出版社1996年版）

丁耀亢剧作剧论初探

一、生卒年与剧作时间

丁耀亢（1599-1669），字西生，号野鹤，别署紫阳道人、木鸡道人、野航居士，山东诸城人。他是明末清初的剧作家和剧论家。曾作传奇13种，今存《化人游》、《赤松游》、《西湖扇》和《蚺蛇胆》4种，并在《赤松游》卷首载有《赤松游题辞》和《啸台偶著词例》两篇戏剧理论文章以及《蚺蛇胆》中的批语。另外，他还存有小说《续金瓶梅》1种，诗集《逍遥游》、《椒邱集》、《陆舫诗草》、《江干草》、《听山亭草》6种、杂著《出劫纪略》和《家政须知》2种。根据《四库全书总目》和丁慎行《重刻西湖扇传奇始末》得知，他还曾作杂著《天史》十卷，诗集《漆园草》，传奇《非非梦》、《星汉搓》等，今皆未见传本。

关于丁耀亢的生卒年，众说纷纭，主要有三种：其一，鲁迅《中国小说史略》定之为"约一六二〇——一六九一"。孔另境编《中国小说史料》转引了此说。其二，《燕京学报》第二十四期，载郑骞《善本传奇十种提要》，根据丁耀亢手批明正德刻本《李杜合集》卷末跋："甲午赴容城，携为客筒。……感而书之。琅琊丁耀亢题于容之椒轩，时五十六"，加上《诸城县志》"卒年七十二"，甲午为清顺治十一年，因而推之为"生于明神宗万历二十七年（1599），卒于清康熙九年（1670）"。其三，谭正璧《中国文学家大辞典》则依据《诸城县志》"六旬后病目，……一更著《听山亭草》"。又按照《四库全书总目》"《听山亭草》一卷，起丁未，止己酉"而推之为"约一六〇七—约一六七八年"。庄一拂《古典戏曲存目汇考》沿用了此说。

笔者细查现存的丁耀亢诗文集，见到《归山草·自述年谱以代挽歌》一诗首句是"自余生明季己亥"；《椒邱集·燕中初度自寿戊戌二月十六日》中有"玄海龙眼忘甲子"，戊戌为清顺治十五年，他已年逾花甲，与"余生明季己亥"是完全相符的，因此，可以确定他生于明万历二十七年（1599）二月十六日。又见清康熙十二年癸丑菊月，其子丁慎行整理出版先父遗诗《江干草》时写的《乞言小引》中叙述丁耀亢"己酉年七十一，召余曹曰：'将逝矣，生平知己，屈指数人。惟龚大宗伯傅大司空，诸名公脱骖患难耿耿在怀。'因占永诀诗毕，合掌说揭而殁"。其子在家父逝世四年后追忆，当然比丁耀亢身后近百年他人编纂的县志准确得多，不是县志所记的"卒年七十二"，而应是"七十一"。丁慎行另收其父遗诗编成的《听山亭草》里最后几首诗，皆作于清康熙八年己酉之冬，诗中言及病入膏肓，据此可以确定，他病逝于清康熙八年（1669）己酉冬日。

现存的丁耀亢的4个剧本，其创作时间先后次序为：最先完成的《化人游》，写成于清顺治四年丁亥（1647）。第二个剧本是《赤松游》，于明崇祯十六年癸未（1643）动笔，延至清顺治六年己丑（1649）才完成。第三个剧本是《西湖扇》，成于清顺治十年癸巳（1653）。最后，丁耀亢于清顺治己亥（1659）受冯相国和傅司农举荐，奉顺治皇帝诏命，把《鸣凤记》改编成《蚺蛇胆》。

二、家世与生平

丁耀亢出生在山东诸城一个官僚地主家庭。其先人"族居武昌，当元之末，始祖讳兴者，以铁枪归太祖，从军有功，除淮安海州五百户。子贯世袭。自海州而徙琅琊"①。祖父丁纯夫，贡生，授长垣教谕。其父丁惟宁，明嘉靖四十四年（1565）进士，授清苑知县，升任四川道监察御史，侍经筵，巡按直隶。丁耀亢是其第五子。其母田氏，是继配，生有丁耀亢、丁耀心二子，

---

① 丁耀亢：《出劫纪略》。

二十六岁就守寡，活了八十来岁。

丁耀亢十一岁时，父亲病逝，只遗下薄田六顷，母子三人相依为命。其母很勤劳，七十多岁仍织纺不辍。他从小读"四书五经"，二十一岁时负笈南行求学，拜董其昌门下。丁受家庭以及老师董其昌的影响，年轻时负经世大略，企图在政治上有所作为，多次参加科举考试，但都名落孙山。三十岁时，发誓不再应考，入山编茅架茨，采薪汲谷，耕牧是资。三十四岁时，作《天史》十卷，记叙历代吉凶诸事。明崇祯十五年冬，清兵攻入山东。丁耀亢之弟丁耀心和侄儿丁大谷都是明朝举人，参与守卫诸城。清兵攻破诸城，二人战死。丁耀亢带全家妇幼四处逃难，乘船入海，躲避半年方归。回乡见房屋已被清兵焚毁，只好搭草棚暂居。甲申九月，清军入关南侵，他把希望寄予南明王朝，与"安丘刘太史入海而南，同行至淮，谒刘镇泽清"。陈以方略，建议南明政权联合山东的农民起义队伍和地主武装，壮大力量，牵制清军过黄淮，但不为采纳，失望而归。他仍然与王遵坦一道，八方奔走，做几支抗清武装之间的联合工作。

甲申十月，大顺农民军在陕西怀庆地区展开全线反击，吸引了清军主力。丁耀亢冒着严冬的霜雪，再次步行去淮，力劝刘泽清乘机出兵，收复山东河北。刘泽清和山东总督王永吉，立即派人去南京，向南明朝廷奏禀，请求出兵，却被弘光集团束之高阁，以致坐失良机。丁耀亢绝望了，料定南明王朝只是苟延残喘，便又潜回家乡，隐居奉母，收养亡弟之子。因仇家告发他弟弟和侄儿参加抗清之事，顺治二年十月，丁耀亢逃往北京。

逃到北京后，为生计问题，受山东老乡举荐，丁耀亢先后到镶红旗、镶白旗担任教习，开始了他的10年坐馆生涯。在京期间，他常常约请汉族士人宋琬、王铎、龚鼎孳、傅掌雷、赵进美等人来他的寓所陆舫饮酒赋诗，指评古今，排解内心的郁抑。

这10年，他在京研习曲律，创作了现存4个剧本里的3个，即"荒诞剧"《化人游》、历史剧《赤松游》、爱情剧《西湖扇》，表现了他对历史的反思，反映出他的艺术追求，流露出失望与迷惘。

顺治十一年(1654)甲午之春，他被任命为山东容城教谕，一去5年。在此期间，他奉旨改编《鸣凤记》，夙兴夜寐，刿心断须，经历数月而编成，缮写装潢，上交冯相国、傅司农。由于他在剧中猛烈抨击时政，冯、傅"乃欲令之引嫌避忌，顿焉自更"，而丁耀亢却不愿修改，"于是敛藻什袭，拟付名山。"他的刚直凛然，使之失掉了一次升迁的机会。而冯、傅二人后来又保荐秘书院中书舍人吴菡次奉诏改编《鸣凤记》，"谱成称旨，即以杨继盛官官之，时以为奇荣雅遇"[①]。

顺治十六年己亥 (1659) 十月，丁耀亢被授福建惠安知县；在他带全家老小南行赴任途中，重游年轻时阅历过的江南繁华之地，已时过境迁，友人陈古白已入黄泉，其子陈孝宽，已满头银丝，故人老僧也已化去。他猛然省悟到，清廷在他老病之际，令他南去穷乡僻壤的惠安，与发配有些近似。因此，他决计辞官，请求归田，而清廷迟迟不予批复。他思虑成疾，病卧西湖，等候了三个多月，创作小说《续金瓶梅》。由于批文久久不至，他只好带病南行，翻过了武夷山，才得到准许归田的旨令。他随即偕全家返回山东诸城，隐居度日。

然而，回家不久，康熙四年乙巳 (1665) 八月，以他著书含有反清意识而被逮入狱，受尽折磨。经友人多方营救，囚禁了120日的丁耀亢方被释放出狱。他深受冤狱之苦，在狱中双目失明。出狱后贫病交加，常卧床不起，康熙己酉冬日病逝于诸城乡间庐舍。

三、主体意识强烈外化

戏剧观，就剧作家个人而言，是其对戏剧内容和戏剧形式的审美追求。活动在明末清初的丁耀亢，在剧作剧论中透露出对戏剧审美意象的追求，表现出自我主体意识强烈外化的倾向。

从戏剧内容上看，首先，丁耀亢急于发表自己对现实的看法，抒写心中的愤懑，常常把剧中人物作为自己的直接代言人，讲述自己的观点，借他人酒杯，浇自己块垒。因而在几部剧作中，大都闪现着剧作家的影子。在《化人

---

① 陈康祺：《燕下乡脞录》卷一六。

游》中,剧作家通过自己的化身何野航粉墨登场,披露自己生活于改朝换代的动乱之中,处于逃难落魄之境的内心世界,表达自己对明清易代所致的社会大动荡的深切感受,对坎坷的人生道路以及纷纭复杂的历史环境的深入思考。何野航上场便自述道:"生来志不犹人,气能盖世。十年花笔梦江淹,徒愧知名鸡社;千里芒鞋寻马史,但令寄迹鸥盟。黄石林间秘授,竟失仙期;青萍幕下谈兵,堪羞吏隐。但世人本是迷糊糊的眼界,空劳遍访高人;天下无非一片乱昏昏的排场,何苦独寻乐地?只是怀古情深,恨不能起英雄于纸上;遂使愤时热肠,觉难容肮脏于人间。"愤世嫉俗之辞,溢于言表。《赤松游》中的主人公张良出场便唱道:"故国青门不改,乌衣紫燕空巢。海宇关心,江山洒泪,浩气直干云表。杜鹃恋魂啼残照,野鹿无情覆梦蕉,雄心惜佩刀。"接着又念白云:"风物萧疏故国荒,丘陵乔木郁苍苍。谁将游子山河泪,尽人英雄侠烈肠。空舞剑,一沾裳,中原王气卜行藏。他年遂得封侯志,拂袖白云出帝乡。"剧作家以剧中人张良之口,道出自己对"故国"朱明王朝的思念,寄托自己的封侯拜相,然后功成身退的人生理想。

其次,主体意识强烈外化的主要内容之一,是丁耀亢极力反对摹拟之风。丁耀亢对当时剧坛摹拟成风深恶痛绝,奋力鞭挞:"近见自称作者,妄拟临川之《四梦》,遂使梦多于醒;因摹元海之《十错》,又令错乱其真。不知自出机杼,总是寄人篱下",表现出他旗帜鲜明地反对戏剧创作中"寄人篱下"式的摹拟,嘲讽趋文袭章者"不知自出机杼"[①]。

丁耀亢在反对摹拟的同时,大力提倡创新。他完成的第一个传奇剧本《化人游》,具有浓烈的荒诞味道,被时人称为"渡世之寓言"。因为剧作家"以为今之传奇,无非士女风流,悲欢常态,不足以发我幽思幻想,故一托之于汗漫离奇狂游异变,而实非汗漫离奇狂游异变也"[②]。他为表达自己的"幽思幻想",而创造一种"汗漫离奇狂游异变"的表现形式,把自己对人生的况味寓

---

① 丁耀亢:《赤松游题辞》。
② 宋琬:《化人游总评》。

言化，对生活的感受意象化。

其三，丁耀亢在剧本中注入了批判意识，深沉反省封建社会的陈规教条，《化人游》中屈原曰："自遭上官之谗，得罪怀王，不忘故国，托志《离骚》，沉江鱼腹。谁想此中世界，大胜人间，徒使宋玉招魂，贾谊吊赋，岂知我之大乐在此。"丁耀亢笔下的屈原认为：黑洞洞的鱼腹比人间"大胜"。显然指人间比鱼腹更黑暗。屈原在人间遭到迫害，入鱼腹却有"大乐"，说明以封建秩序维持的人间多么肮脏。剧中的张丽华也愤愤不平道："俺想古今以来，倾城破国，俱由我辈尤人。后来国家难起，玉碎香残，还是我辈先受其祸。"这直接与封建统治阶级及卫道士高弹的"女人祸水论"针锋相对。特别难能可贵的是，丁耀亢在剧作中高扬了批判封建皇权的旗帜。他在《赤松游》中，指责汉高祖得天下后大杀功臣，并把彭越的肉酱分赐群臣品尝，进行恫吓，实在残忍。他把元代套曲《高祖还乡》改造为剧中沛县父老的对白："当初东村住的刘太公的儿子刘邦，一生不知做庄农，只是吃酒好嫖，狂口骂人，专说滔天大话。后来，他太公因他不守本分，着他县里投充了个亭长，做了官身。因他嫖风，人家女儿不肯招他，连媳妇也是没有的。""我记着刘太公小我两岁，俺一处结社，还让我上座。这皇帝老官，叫我伯伯。那年不收，借我二十石租粮，也不曾还，今年十八年了，我家收的他的手帖儿还在哩。"这活腾腾地剥去了封建皇权的神秘性，认为皇帝也是一般人，与当时惯于张扬的"君权神授"背道而驰。

在《蚺蛇胆》第六出《哭表》里，沈链哭道："那后主昏庸，黄皓乱权，武侯志在恢复，反被宦官阻扰，因此再上《出师表》。"借痛骂刘禅昏君，实指斥明季皇帝宠信宦官。在第十九出《醮警》和第二十九出《天变》中，借天神之口云："凡系国君错乱，即有天象示惩。"丁耀亢没有把杨继盛等人的死简单归罪于严氏父子专权，而把严嵩误国之因，归之为"国君错乱"，"嘉靖信邪喜佞，谗害忠良"。这种历史眼光是深邃的。第二十二出《后疏》一折，用黄门官之口，历数明朝皇帝的罪状，从永乐一直骂到嘉靖："各表那明朝的变政，错听了长乐钟声，天顺乃归正统。说什么兄终弟及，飞进了燕都旗帜，永乐袭了建文；说什么父业子传，杀忠臣的样子，于太保泣孤魂于西市。护定一统山河，宠阁宦的旧规，刘司礼奉卤薄于大同。……及至中季风俗，十羊九牧，不料袖手旁观。君臣的泰交，一纸表章，请马请饷请兵，只批个'知道了'；九边军务，说战说和说守，尽道是'查例行'。"这般酣畅淋漓地揭发明朝各代皇帝的丑事，即为争权夺位，骨肉相残，宠信宦官，残害忠良。他嘲讽明中叶的皇帝除了不理朝政外，还信奉鬼神："方相神开路，宽袍大袖，中间尽是空虚；纸画判糊墙，吓鬼装神，到底全无灵应。"这种尖锐的批判锋芒，奏出了明末清初进步的启蒙主义思潮交响曲中的一辉煌乐章。

当然，丁耀亢的批判意识是有局限的。他公开宣称自己作《蚺蛇胆》的用意是"妙在补天"[①]，尽力褒扬能振封建纲常的忠义，维护理想中清明的封建秩序。他斥责坏皇帝，希望出现圣明君主。他作为一名士大夫，受儒教理学的陶冶，创作传奇是想"可作名教之助"[②]，强调戏剧的教化作用，从而妨碍他那批判锋芒的进一步延伸。

在戏剧表现形式上，他的主体意识强烈外化则表现为一系列大胆的艺术探求。第一，丁耀亢尽力拓展想象的空间，打破时空限制，按照自己的创作意图大胆虚构，以便在剧作中包容更为深广的精神内涵。例如，在《化人游》中，剧作家像一位饱经风霜的哲人，不去完整地叨唠伤心旧事，而力图把自己对社会和人生的体验传达出来；不是再现社会生活的图景，演绎简单的结论，而是通过剧中主人公何野航的一串奇异怪诞的漫游，上下几千年，纵横几万里，一会儿泛舟大海汪洋，一会儿赴会仙山琼阁；一会儿歌舞欢宴，一会儿鱼腹访道。在丁耀亢的笔下，剧中出场的有：春秋人西施、易牙、成连；战国人屈原；汉代人王阳、东方朔、赵飞燕；三国人左慈、曹子建、刘公干；晋代人桃叶；南北朝人张丽华、莫愁；唐代人李白、杜甫、陆羽、薛涛、昆仑奴；而剧中主人公何野航，是剧作家的化身，属于明末清初的当代人，真乃集古今人物于一台。

[①] 丁耀亢：《蚺蛇胆批语》。
[②] 丁耀亢：《赤松游题辞》。

即使创作历史剧,丁耀亢也在尊重主要历史事件的情况下,为增强戏剧冲突和展示人物性格而虚构。例如,《蚺蛇胆》第十七出《枭鸾》,把历史上夏言弹劾而仇鸾遭戮,改为严嵩认为,仇鸾"这厮近来渐觉负心",因此密谋策划,置之于死地。如此改动,丁耀亢解释道:"鸾不枭,无以快桂洲与椒山之愤也。明史戮尸,不足以昭法,故使严用计行诛,亦以见小人之反复,权利不可久固耳。观者至此快心,当浮一大白。"①经过他的处理,此剧既以杨继盛在狱中的自为年谱和王世贞在杨继盛殉难后所作的墓碑铭为依据,不失历史真实,又注重艺术真实,运用戏剧艺术的基本规律,进行一番加工制作,对纷纭复杂的历史事件精心取舍,既在剧中表现出特定历史时期的政治氛围,又以敏锐的目光审度历史,注入了自己悲愤以及政治理想。

第二,为使主体意识强烈外化,丁耀亢选择与处理戏剧题材,也别具一格。他不满当时流行于舞台上的士女风流,悲欢常态,打破常规,在《化人游》中描述一个愤世嫉俗者的狂游异变,宣泄其内心的悲歌感慨。他以独特的艺术手法处理这一具有荒诞品格的戏剧题材,安排主人公一系列漫游,与千古历史人物相伴而行,以剧中主人公何野航的游历贯穿全剧。表面上看,他对众多历史人物是漫不经心地寥寥几笔,却能勾勒出每个人物的特征,时人称道此剧:"众客各开生面,世代年谱,一语写出,良工苦心矣"。②剧中同一类人物,各有所异。例如,异人有呼风唤雨的成连,点铁成金的王阳,精于幻术的左慈;忠臣有慷慨投江的屈原,烹子邀宠的易牙;文士有风流调倪的曹子建,文思敏捷的刘公平,豪放高元的李太白,沉郁低吟的杜子美;帝王美姬有不肯饶人的西施,冷嘲热讽的赵飞燕,满腔怨恨的张丽华;更有滑稽多智的东方朔,斗茶品茗的陆羽,仗义任侠的昆仑奴,可谓聚千年英俊名姝于一席。

即使他描写士女风流的《西湖扇》,也把一个南宋初年《宋娟题壁诗序》所讲述的悲欢常态的爱情故事,根据自己的创作意图,加入忠奸斗争的情节,

---

① 丁耀亢:《蚺蛇胆批语》。
② 陆玄升:《化人游批语》。

利用凄艳动人的生旦离合，反映政治迫害对人物命运的影响和处于战乱中的人物心理。剧中增添了与顾生肝胆相照的南宋太学生陈道东，不顾个人利害得失、集结一群太学生上书，弹劾权相秦桧。这般安排，把顾生牵入涉及江南黎庶苍生水火的忠奸斗争之中，给原来西湖月下的爱情故事染上了一层政治斗争色彩，使剧本能容纳更为深广的社会内容。

第三，丁耀亢在剧作中主体意识强烈外化，有别于明代那些赤裸裸的说教戏。他强调意象的美感作用，并探讨了感染观众的途径。他在《赤松游题辞》中论道："元曲必求共稳贴，要使登场扮戏、原非取异工文，必令声调谐合，俗雅感动。堂上之高客解颐，堂下之侍儿鼓掌，观侠则雄心血动，话别则泪眼涕流，乃制曲之本意也。故《琵琶》以白描难效，优伶以丹朱易摹。古云：丹青女易描，真色人难学。又曰：画鬼易，画美人难。岂非以真人莫肖，而假态能工乎？"这说明作创作剧本的目的，是让观众欣赏，"俗雅感动"，发挥戏剧的美感作用，吸引观众的注意力，并敲开观众的心扉，引起观众的强烈共鸣。

丁耀亢不仅注重戏剧的美感作用，而且探讨了感染观众的途径。他深知，要打动观众，剧中人物必须是立体的、惟妙惟肖的，要做到这样并非易事，因而掩卷感叹"白描难效"，"真色人难学"。这说明他对戏剧创造动人的舞台形象的甘苦，是经过备尝艰辛后，有深入体验的经验之谈。他反对当时士大夫中盛行的剧本案头化倾向："自元本久淹，《杀狗》、《荆钗》，既涉俗而无当于文人之观，故时曲日竞，越吹吴歙，仅纂组而止(只)可为案头之赏，较之元本，大庭矣。"①他非常推崇适合于舞台搬演的元本，批评"仅纂组而止可为案头之赏"的剧本。他进而提出自己的主张："凡作曲者，以音调为正，妙在辞达其意，以粉饰为次，勿使辞掩其情。既不伤词之本色，又不背曲之元音，斯为文质之平。"②即他要求写作剧本时，"妙在辞达其意"，充分描写人物

---

① 丁耀亢：《赤松游题辞》。
② 同上。

的情感，以便于舞台搬演。他在《啸台偶著词例》中的"作词十忌"，"作词七要"，也是以适于舞台演出来规范剧本创作的。

四、布局第一与喜以悲反

丁耀亢作剧论剧，都颇为注重戏剧结构。他在《啸台偶著词例》中的"调有三难"的排列顺序是："一、布局，繁简合宜难；二、宫调，缓急中拍难；三、修词，文质入情难。"在此，他把戏剧结构放在第一位。而在他之前的臧懋循，在《元曲选序》里，却是"情词稳称之难"，"关目紧凑之难"，"音律谐叶之难"，把文词放在戏剧创作的首要地位。而丁耀亢的布局第一，是要在剧中主次分明，"繁简合宜"地安排人物和情节，重点描写主要人物的思想感情，以便于剧作家主体意识强烈外化，充分表达剧作家的思想情感。

丁耀亢的戏剧理论与他的戏剧创作实践是统一的。他的戏剧理论，是对自己创作实践的总结。例如，在他奉旨改编《鸣凤记》之前，《鸣凤记》已经以其反严斗争的历史真实性和强烈的现实斗争性，震撼了一代观众，因此名扬剧坛。《鸣凤记》的结构安排，因为距离历史事件本身的时间太近，属于当时的"现代戏"，不可能与真实事件本身相差太多。所以，《鸣凤记》的作者，试图按照真实情况，把前后参与反严斗争的十个忠臣义士，都平分秋色地在舞台上予以褒扬，并在剧中设置杨继盛夫妇和邹应龙夫妇两生两旦，以至造成场上人物众多。由于没有集中笔墨刻画主要人物的性格，故而使剧中多数人物缺乏个性特征，人物之间有点雷同化。加之全剧情节冗长，头绪纷繁导致结构松散，剧中的人物和情节基本上还停留在原有历史事件的自然形态之中，未能很好地解决历史事件戏剧化和历史人物典型化这两个历史剧创作的关键问题。

丁耀亢洞察《鸣凤记》的短处："《鸣凤记》以邹林为正生者，以共卒收诛严之功，而以前后同劫八大臣附之，忠愍居首焉。苦于头绪多，故收拾结束，不能合拍，多致纷乱。"①他创作的《蚺蛇胆》，斩去了《鸣凤记》里的一些枝蔓，专以杨继盛为正生。《鸣凤记》四十一出，杨继盛上场的重头戏仅五出，占全剧的十分之一左右；而《蚺蛇胆》三十六出，直接表现杨继盛的就有十八出，占了全剧的一半。他在不违背重大历史事实的前提下，着力铺写杨继盛的生平事迹，展示杨继盛刚直不阿的性格特征，渲染杨继盛的浩然正气，多侧面地塑造了杨继盛为国为民而不顾个人利害得失，忠直刚烈的形象。

丁耀亢在集中笔力刻画杨继盛的同时，也分别挪用三两出的笔墨，勾勒出沈𬭎、夏言的轮廓，简略介绍沈、夏等人的反严斗争事迹。另用《盟义》一出，"略出邹、林，以凤洲为盟主，既有同心，至赴义后，始出结劾严之局，则线索清矣"②。这种略写，既烘托了杨继盛的斗争，展示了时代风貌与人物所处的环境，又能使全剧结构"繁简合宜"，详略得当，实现了丁耀亢自己提出的"词有七要"里的"要照应密，前后线索，冷语带挑，水影相涵"。这样前后照应，详写和略写相辅相成，能将表现历史事件的戏剧冲突集中，能让主要人物更加鲜明突出。并且在形象化地反映历史重大事件，展示历史人物性格的同时，逐渐把戏剧矛盾推向高潮。丁耀亢强调结构布局在戏剧中的重要性，在探索历史事件戏剧化与历史人物典型化的创作道路上，是有所建树的。

法国戏剧理论家狄德罗认为：历史家与剧作家对历史材料的处理，是完全不同的，"历史家只是简单地、单纯地写下了所发生的事实，因此不一定尽他们所能把人物突出，也没有尽可能去感动人和提起人的兴趣"。而剧作家创作历史剧，"就会写出一切他认为最感人的东西。他会想象出一些事件。他可以杜撰些言词。他会对历史添枝加叶。对于他，重要的一点是做到奇异而不失为逼真"。③丁耀亢创作历史剧，也在不失历史逼真的情况下添枝加叶，为完善戏剧结构而虚构。他创作历史剧《赤松游》，下卷写汉高祖和

---

① 丁耀亢：《蚺蛇胆批语》。
② 同上。
③ 《狄德罗美学论文选》，第160页。

吕后诛杀了韩信、彭越、英布,张良欲辞官归隐时,便虚构了《劝隐》、《三笑》、《修韩》、《祀石》、《访松》、《宴果》、《辞爵》、《辟谷》、《敕饯》、《归山》等出戏,以自己的主观想象创造了一系列情节。在这一大段里,既有张妻姬氏劝丈夫激流勇退,又有张良去祭扫韩国陵墓,吊古伤今;既有张良重访赤松,追祀黄石,又有黄石公、苍海君和已立地成佛的椎秦力士对张良的点化;既有张良辞官辟谷,还有萧何、陈平、樊哙、张苍诸人,郊外长亭送子房归山。这一系列的添枝加叶,剧作不仅符合张良辞相归隐的历史事实,而且扩大了剧作的思想容量。通过这一番精心布局,不仅反映了封建官场的险恶,而且反映了剧作家"人间快乐事,封侯拜相,拔宅升迁",然后功成身退,隐居乐道的人生理想。

丁耀亢除了注重戏剧结构单线式的主次分明之外,也不排除复线式的平行进展。但他认为,双线平行发展的关键是"要串插奇,不奇不能动人,如《琵琶·糟糠》即接《赏夏》、《望月》又接《描容》等类"①。他创作的爱情戏《西湖扇》,其下卷即生旦戏交替进行。例如,旦戏《悲扇》,表现流落异乡的宋娟娟,秋夜手执情郎所赠诗扇,思念意中人的情景,下接生戏《逢故》,描述顾生在异邦他乡的酒楼上,与友人陈道东相逢,陈道东问起宋娟娟,牵动顾生情思,两人相话苍凉。这样双线交替穿插,不仅能使两个不同时空的事件与人物得以分头展现,而且能维持剧中的悬念,引起观众浓厚的观赏兴趣,保持观众的欣赏注意力。

丁耀亢另一个戏剧结构原则是冷热调剂,喜以悲反。他在《啸台偶著词例》中提出"词有六反",即清者以浊反,喜者以悲反,福者以祸反,君子以小人反,合者以离反,繁华者以凄凉反"。此处的"反",意指反衬,以此形成鲜明对比,形成反差,由此衍化戏剧情节,逐一显示剧中人物的关系,展现人物的性格。"六反"原则既是传统审美观念的积淀,同时又是他主体意识强烈外化的理论产物。这种反衬的戏剧原则,可以更为鲜明地披露剧作家创作时

---

① 丁耀亢:《啸台偶著词例》。

的内心世界，表达其强烈的思想情感。

他把"六反"原则贯彻在自己的创作实践之中。例如，"六反"里有"君子以小人反"，他的《蚺蛇胆》第二出是描写杨继盛的《矢忠》，第三出则是表现为严嵩庆寿的《佞寿》，其后自释云："褒忠则必斥奸，有丑净而生旦始可传神。至忠孝节义之曲，尤忌板执，易使观众生倦，故必借以开笑口焉。且小人逢迎，有甚于此者。"又如，"六反"中有"喜者以悲反"。他在《蚺蛇胆》第十出《保孤》之后，马上接《辱佞》一出，又自释云："《保孤》令人悲，不接以快心之出，则神气不扬，故有沈青霞辱世蕃一案。"同样，他于第二十八出《赴义》之后，速接《天变》一出，也自释云："曲至《赴义》，曲终矣。观者扮者，色若死灰；堂上堂下，几无生气。鼓声哀而不起也。饮者涕而欲倾也。奈何是用？急以《天变》警之，满堂神鬼，即引忠憨归天，观者之神一变，乃急出邹、林，为诛嵩之结局，而座客始快。"这说明，他在剧本创作时，充分考虑到戏剧演出效果和观众的接受心理，以此作为安排戏剧情节的重要因素之一。他提出的"喜者以悲反"，即在悲剧中不排除喜剧性场面，喜剧里也蕴含着悲剧意味，首次对中国古典戏剧悲喜交错现象进行理论性总结，是很有理论建树的。

他在戏剧结构中，还注意全剧的冷热调剂。他在《蚺蛇胆·惊别》一出后批曰："久无旦角，连用'大江东去'与'易水不还'，苦为题缚。今照《鸣凤》旧本，出邹、林隐夏孤一段，以结夏局，以起邹义。"他继续让夏言之妻扮小旦上场做戏，既是为了全剧结构的需要，"以结夏局，以起邹义"，也是为了全剧冷热调剂的需要，因为"久无旦角"。他又在第九出《分唾》后批云："戏者，戏也。不戏则不笑，又何取于戏乎。本曲求耍甚难，故于世蕃香唾盂中取出，以供喷饭。"他认为，剧作中要有戏可做，要有供人忍俊不住的笑料，以便愉悦观众。即使是反奸褒忠的题材，他也力图写出"以供喷饭"的喜剧性段落。他创作的爱情剧《西湖扇》，其中专有一出《妒贞》，反映金将娄室怕老婆，以至丑态百出，推出连串笑料。另有《辽帐》一出，描写陈道东出使金邦，被金人羁留辽东，设帐授徒，上课时令金邦弟子解释《论语》，一弟子答云："昨日讲下的《论语》，说是德行颜渊闵子，是两个好人，因牵冉伯家的牛杀了，后来被人言语了几句，闵子便发咒誓说道：'我如杀了牛，就是宰我的一般。'不想他的儿子是个好人，就供出来，说我父亲明明牵了牛来。"《论语》的原文是："德行：颜渊、闵子骞、冉伯牛、仲弓；言语：宰我、子贡；政事：冉有、季路。"[①]丁耀亢公然以封建社会奉为经典的《论语》作为戏谑对象，利用逗读与谐音插科打诨。他在历史剧《赤松游》中，也设置了一些颇为精彩的喜剧性片段。如第十出《大索》，丑扮姓胡名图、号昏侯的县官，借搜捕椎击秦始皇座车力士而大肆搜刮民脂民膏。胡图上场自白云："休笑县官不济，自小曾充衙役。用钱钻干生员，又被宗师草退。幸喜恩例纳银，上茂布政通吏。考满使了百金，买缺又取官利。官帽员领皂靴，肚里许多闲气。平生识字不深，又好童酒盹睡。幸有书办扶持，免使上司惩治。"既以此影射清初许多出身行伍官吏的无能，又妙趣横生。

为使剧本结构适合舞台演出的需要，丁耀亢提出曲词道白与戏剧情节的安排"尤贵自然"的主张："至于白语关目，尤贵自然。近多开口即排，直至结尾，皆成四六者，尤为不情。如能忽散忽整，方合古今；半雅半俗，乃谐观听。""有好句而律苦难调，欲填词而语多伤弱。语曰：何以听？何以射？必如马上击毬，庭中滚弹，巧不伤格，俗可入古。"他不仅要求剧中念唱"忽散忽整"、"半雅半俗"式的自然，而且强调戏剧情节的自然发展，颇具真知灼见。

此外，丁耀亢重视贯穿道具在剧中的作用。例如，《西湖扇》依据《宋娟题壁诗序》所提供的情况，以西湖月下生旦定情诗扇作为贯穿全剧的线索，牵动男女主人公的悲欢离合，通过《题扇》、《忆扇》、《悲扇》、《窃扇》、《完扇》等出，引发一系列情节，把发生在染柳烟浓的西湖月下的文士佳人的风流韵事，织入朝廷忠奸斗争与社会战乱的经纬网中，以探讨社会环境对人生道路的影响。这个约早《桃花扇》半个世纪就在北京问世的《西湖扇》，对以后孔尚任的创作可能有影响。不仅两剧皆以扇为龙珠，"穿云入

[①] 朱熹：《论语集注·先进十一》。

雾，或正或侧，而龙睛龙爪，总不离乎珠"①。而且两剧许多细节都仿佛相似。例如，顾生因与太学生陈道东友善，参与反对奸相秦桧一党的斗争而受到追捕；侯朝宗因与复社文人交往，参加反对权臣马士英一伙而遭到通缉。又如，流落金国的顾生，在酒楼逢至交陈道东；逃亡在外的侯朝宗，于舟中遇故人苏昆生。再如，两剧结尾一出，分别是：顾生与宋娟娟完扇在云堂；而侯朝宗与李香君逢扇于道观。这对两个都是以诗扇结构，以离合之情，写兴亡之感的剧作，难道仅仅是巧合么？

五、历史际遇与忧心如捣

丁耀亢戏剧观的主体意识强烈外化的形成，是有多方面的因素，首先是时代氛围的影响。他所生活的明末清初，是一个烽火四起、天崩地解的大动乱时期，也是无数眼泪与鲜血交相迸流，各种社会矛盾纷纭汇集的特殊历史阶段。封建社会昔日的汉唐光辉已经黯然失色，封建制度的僵化腐朽充分裸露出来了。明中叶至明末，皇室贵族、宦官地主都不择手段地欺压百姓、兼并土地。朱明统治集团为满足骄奢淫逸，连兴土木，增加赋税徭役，加重了广大农民的负担。明末之际，水旱蝗灾连年不断，边关告急，狼烟不断，满族军队的铁蹄，几次蹂躏京畿一带。加上封建官僚政治的严刑峻法与贪赃枉法，崇祯集团饮鸩止渴地增收练饷和剿饷，结果造成赤地千里、人互相食的惨况。正如李自成讨明檄文所指："贿通官府，朝廷之威福日侈；利入戚绅，闾左之脂膏尽竭。""公侯皆食肉纨绔而恃为腹心，宦官悉龁糠犬豚而借其眼目。狱囚累累，士无报礼之思；征敛重重，民有偕亡之恨。"②这颇为生动的文字，勾画出朱明集团的腐化残暴。挣扎在死亡线上的农民，只好铤而走险，纷纷揭竿而起，以李自成为代表的明末农民大起义，敲响了朱明王朝的丧钟。随之吴三

---

① 孔尚任：《桃花扇凡例》。
② 《明季北略》卷二〇。

桂引清军入关，乘大顺农民集团的享乐主义以及内讧等隙，血腥地镇压了农民起义军和汉族人民的反抗，在鲜血和白骨上建立了清王朝。丁耀亢亲身经历了这为期数年的大动乱，亲眼目睹了诸城一带崇祯十三年（1640）饥荒中人互相食的事例。在明清易代的战乱中，他扶老携幼，四处逃亡，流离颠沛，眼睁睁地看着清军"三十骑至，掠马骡衣囊尽，杀一车夫而去"。清军所过之处，尽是"骨成堆，城堞夷毁，路无行人"，"县无官，市无人，野无农，村巷无驴马牛羊，城中士宦屠杀尽矣"。①面对如此惨不忍睹的现状，他感到强烈的震撼，入清后仍记忆犹新，故而在剧本小说中屡次出现战乱惨景。

此外，明中叶之后，资本主义因素逐步增长，启蒙主义思潮开始萌发。丁耀亢生长的明万历年间，"富者百人而一，贫者十人而九。贫者既不能敌富，少反可以制多。金钱司令，钱神卓地"②。"民贫世富，其奢侈乃日甚一日焉。"③社会生活及其生活观念的改变，即可导致在思想领域掀起波澜，左派王学应运而生，李贽的异端言论得以传扬，汤显祖的以情格理的《牡丹亭》赢得一片喝彩，由此揭开了中国早期启蒙主义的序幕。丁耀亢深受启蒙主义思潮的影响，非常推崇李贽的叛逆精神和汤显祖的戏剧创作，力图让自己这股涓涓细流，汇入滔滔的启蒙主义大江之中。

其次，他以审视的目光，透视纷纭复杂的现实环境，痛切地感受到了封建社会理念大厦的动摇，心理平衡被打破了。作为一员有抱负的士大夫，他具有巨大的社会责任感与深刻的历史感。他紧紧注视着社会动荡所发生的一切，寻觅着新的价值标准与解决办法。他对眼前的现实痛心疾首，转化为对人生对社会的深沉反思。第一，他在著述中真实记载了战乱之中，庶民百姓的深重苦难，控诉清军的残暴掠杀。他在《冬夜闻乱入庐山》里述云："乱土无安民，逃亡乐奔走。岂无擅粥资，急命轻升斗。自遭浩劫后，男妇无几口。日暮还空

---

① 丁耀亢：《出劫纪略》。
② 顾炎武：《天下郡国利痛书》。
③ 《吴江县志》卷三六。

村,柴门对古柳。白骨路纵横,宁辨亲与友。昨夜大兵过,祸乱到鸡狗。茅屋破不衿,出门谁与守,但见乱日长,零落空墟薮。"这是一幅多么令人惊心动魄的图景:清兵四下抢掠,百姓四处奔逃,道路白骨纵横,村庄空无一人。

丁耀亢在剧本、小说中,多次描写战乱场面的血雨腥风。《赤松游》里楚汉相争的中原战场上,遍地是"乱交加白骨残骸,血模糊髑髅断颈,乍有无磷火风青,惨黯黯魂悲月暝"。《西湖扇》中金兵过处,"荒野里人民逃窜,村落里红烟燎乱,到处是尸横血溅"。《续金瓶梅》里,金兵"侵入山东河北一带,破沂南、屠充东,杀得百姓倒街卧巷,不知杀了几十万"。"尸横血浸,鬼哭神号。……觅子寻爷,猛回头肉分肠断;拖男领女,霎时节星飞云散。半夜里青磷走火,无头鬼自觅骷髅;白日间黑狗食人,有嘴乌争衔肠肺。野村尽是蓬蒿,但闻鬼哭;空城全无鸣犬,不见烟生。"这是他在崇祯十二年亲眼所见情景的转述,清兵攻破济南屠城。"城中积尸十三万余。"[1]满族马队的铁蹄蹂躏了山东全境,"全齐皆灰,臭气遍野,血积盈衢"[2]。这次入关的清军,还在山东河北"俘获人口五十多万"[3],押往东北。他描写金兵在扬州的大屠杀,玉石皆粉,血流成河,不能不使人联想到顺治二年的"扬州十日","嘉定三屠"。他在作品中着力渲染金兵南侵滥杀狂掠,借以谴责清军的残暴野蛮。

第二,丁耀亢作为较为开明的士大夫中的一员,常常站在广大农民的立场上,反对苛捐杂税,表现农民生活的艰辛困苦。明清易代后,清朝统治者不让百姓休养生息,加派征徭赋税,严令催缴官粮。他在《田家》一诗直笔书云:"乱后有田不得种,蚕后有丝不及用。官家严令催军需,杂差十倍官粮重。县官皂隶猛如虎,荒田不售鬻儿女。门前空有十行桑,老牛牵连还军粮,何时巴望大麦黄。"诗中描述农民交不足官粮,售田无人要;只好卖儿卖女,还要空

---

[1] 《明崇祯实录》卷二。
[2] 《明季史料》甲编,第990页。
[3] 《清太宗实录》卷四五。

着肚子运送军粮，何等真切感人！他了解农民生活，同情农民疾苦，写有《良农苦》一诗："良农记岁功，终岁无暇日。半夜起饭牛，呼儿种小麦。""冰雹与蝗蝻，三年不逢岁。忽然值大有，米谷恣狼戾。县严催春粮，正月逼完税。斗粟钱数文，揭债利十倍。贫农终岁劳，只为富贵益。岁荒食不足，岁丰粮亦贵。安得缓征徭，饘粥常可继。"全诗几乎是以农民的口吻叙出，因为他自己一家战乱后的生活也较为艰难。他站在农民一边，反映农民的生活与呼声，作为一名士大夫，确是难能可贵的。

更令人称道的是，丁耀亢从青年时期至古稀之年，时常从事种竹、种柳、种松和耕作。他有诗云："陶令儿郎诸葛妻，妻能炊黍子蒸藜。一家命薄皆耽隐，十载形劳合静栖。"他对农民较为友善，常常一块儿喝酒漫谈。当老农纪大病逝，他亲作《挽老农纪大》一诗，称颂纪大勤劳朴实，并宣称"百年同志无贤愚，呼嗟老纪真吾友"。这在士大夫群中，更属罕见。

第三，丁耀亢目睹清初法治松弛，贪官酷吏比比皆是，滥刑、冤狱层出不穷。他在《出劫纪略》里记述了清初出身辽伍卒的倪县令，"严刑暴鸷，如仓鹰乳虎择人而食。邑宦甲科某，以人命事辄械送狱，不三日笞杀数十人。凡生儒入县，与死囚同桎梏，死生出入无时。以鹰犬甲马前驱，一邑无人声，不寒而栗。"以文盲县令的好恶定人生死，拿人命当儿戏，颇似人间地狱。

清初对逃亡奴仆处治的法律相当严厉，是民族压迫的具体表现之一。顺治九年法定：第一次逃亡的奴仆鞭一百归主，第二次逃亡正法。窝藏者一概杀头，家产入官。在清初的战争中，清朝贵族掳掠无数汉人当奴仆。残酷的虐待，逼迫他们冒死逃亡，以至造成"年来秋决重犯，半属窝逃"[①]。丁耀亢有诗《捕逃行》，哀叹逃亡的汉人奴仆"尔生不时遭杀掳，不死怀乡亦悲苦"，揭露"一捕十家皆灭门"的罪行。他自己也饱尝冤狱之苦，康熙四年八月因文字狱被捕入狱，他在《自述年谱以代挽歌》里义愤填膺："拘我文章，以成讪谤。……指其文辞，与妖作孽。指摘瑕疵，巧为毒螫，法当对簿，陷阱已列。

---

① 《清世祖实录》卷一〇七。

义当不辱,愤欲自决。多言取祸,一笑而绝。日月在上,覆盆莫伸。命与祸会,天迥其屯。于人何忧,我生不辰。"他在狱中欲以自尽抗议文字狱的迫害。他感叹自己生不逢时,痛恨自己生在这异族统治的岁月。

入清后,丁耀亢追忆往昔,以遗民的切肤之痛,怀念作为"故国"概念的朱明王朝。《赤松游》里借张良之口云:"故国青门不改","风物萧疏故国荒"。又用韩国遗老唱道:"园陵气黯,最堪恰故国沦亡夷珍,松柏摧残。无恙河山图鼎换,愁听麦秀歌,黍离怨笑。"而他年过花甲,病卧西湖创作的《续金瓶梅》,把《搜神后记》中丁令威的故事加以衍生。作者自称第一世乃东汉年间辽东丁令威,第二世是五百年后转生在南宋的西湖丁野鹤,第三世才是生于明末的丁野鹤——一只"朱顶雪衣"的仙鹤。由此产生一个奇特现象:一方面,丁耀亢公开声明自己是明朝遗民;另一方面,他又接受清廷委任的教谕、县令之职,奉顺治皇帝圣旨创作《蚺蛇胆》,这在清初汉族士大夫中,是一个引人注目的普遍现象,并成为后人评价一代历史人物功过是非的焦点之一。如何看待这一特殊的客观现象呢?

由明入清的一批汉族士大夫,既有强烈的思念朱明的民族意识,同时,又不拒绝清王朝的利诱,试图在清廷统治下施展匡时济世的才能。这是由于清王朝政策存在着二重性:一方面,吸取了金元两代的经验教训,入关后迅速汉化,政治体制上几乎全部承袭了汉民族的典章制度;另一方面,在某些具体政令及其实施过程中,又不可避免地带有民族压迫的色彩。从汉族士大夫自身来看,除了迫于生计之外,也有知遇而效命、受气而反抗的二重性。这两个二重性交织,就构成了这一时期包括丁耀亢在内的汉族士大夫的特殊心态:封建典章制度的遗留,使这批士大夫感受到依然是君君臣臣、父父子子,修身齐家治国平天下那一套,一旦清廷向他们敞开仕途大门,他们即会跻身官场,一展济苍生的宏图。但是,一遇仕途坎坷,遭到清朝贵族的歧视与迫害,又随时可以激起民族意识的满腔怒火。他们的屈从性与反抗性都是相对的,既不可对此过分赞扬,也不可过分挑剔,求全责备。

然而,从总体来看,明清之际的社会大动乱,对丁耀亢以及同代剧作家思想与创作影响很大:"生忧患之中,处落魄之境,自幼至长,自长至老,总无一刻舒眉。惟予制曲填词之顷，非但郁藉以舒，愠为之解，且尝僭作两间最乐之人，觉富贵荣华，其受用不过如此。未有其境之为所欲为，能出幻境纵横之上者。"①特别是明清易代，少数民族入主中华的客观现实，对其刺激强烈："世变沧桑，人多怀感，或抑郁幽忧，抒其禾黍铜驼之怨；或愤懑激烈，写其击壶弹铗之思；或月露风云，寄其饮醇近妇之情；或蛇神牛鬼，发其问天游仙之梦。"②由此可以看出，在丁耀亢进行戏剧创作活动的清初，一批剧作家在满族统治下深感压抑，极力抒写主观感受，因而形成一股主体意识强烈外化的创作思潮。吴伟业《秣陵春自序》云："余端居无聊，中心烦懑，有所彷徨感慕，仿佛庶几而目将遇之，而足将从之。若真有其事者，一唱三叹，于是乎作焉。"吴伟业的友人观看《秣陵春》演出之后评曰："字字皆鲛人之泪，先生寄托遥深。"③尤侗作《西堂乐府》，是因为"忧愁抑郁之思，终无自而申焉，既又变为词曲，假托故事，翻弄新声，夺人酒杯，浇己块垒。于是嬉笑怒骂，纵横肆出，淋漓极致而后已。"④廖燕的《醉画图》，以自己的姓名作为剧中的主人公，直接登场诉说自己的处境和内心的烦恼，"纯然自述之作，以负不羁之才，困顿风尘，抑郁无聊，故所作直抒其胸臆也"⑤。改朝换代，以及晚明文艺启蒙思潮的余波与传统观念的回潮交汇而成清初剧坛的大洄漩，从而导致丁耀亢等一批剧作家的主体意识强烈外化，在剧作中渗透了悲剧性的忧患意识和对历史与现实严峻的批判意识，是这历史大洄漩间的一道戏剧文化的波圈。

六、崇信老庄与三教俱空

丁耀亢生活在乱世之中，一生经历无数磨难。他幼年丧父，青年时代屡试

---

① 李渔：《闲情偶寄》。
② 邹式金：《杂剧三集小引》。
③ 冒襄：《同人集》。
④ 尤侗：《西堂杂俎》二集卷三。
⑤ 傅惜华：《清代杂剧全目》，第70页。

不第,忍受时人的白眼。在明末清初的战争中,他那唯一亲如手足的弟弟丁耀心守城战死。他带着一家老幼妇女,四处逃避,差点儿被清兵追上杀死。几次出海避难遭遇风暴,打坏船舷,载粮的小舟沉没,仅全家幸免,却饥寒交迫。入清后遭仇家告发,多次卷入诉讼,老年时还因文字狱被捕,出狱后又连丧二子一女,加上连年旱灾蝗灾,又遇地震,"房屋皆倾,墙壁倒竖,屋瓦皆飞,人不能立。余幸连倾未死,如有人扶掖而出。百里之内,民皆露处,三日地动未已"①。在接连不断的天灾人祸面前,他深感人对自己命运的无能为力,陷入感伤之中。苦闷彷徨之余,他转向老庄哲学,寻求精神上的一丝慰藉。

丁耀亢把自己的生命之舟,驶入老庄哲学的避风港,力图在频繁的天灾人祸打击之下,暂时超脱现实的痛苦。一方面,护他浪迹江海湖泊,漫游名山大川,足涉大江南北,纵身投入大自然的怀抱,企图把自身和静谧恬美的山川溪石融为一体。他面对高山大海,啸吟歌咏,仿佛似清风流云。轻盈闲适;如野鹤山鹿,自由自在,力求达到宠辱皆忘、心随景化的境界,以此淡忘人世间的动荡与苦难,抚慰自己心灵深处的条条伤痕。他把自己的第一个诗集命名为《逍遥游》。他不但发扬了庄子的不计利害得失,忘乎物我人己,超然于是非功过之上,力图在不自由的现实世界中求得精神个性绝对自由的人生哲学,而且把儒教的忠孝节义引入其中,扩大了"逍遥"的外延。他认为,屈原投江,伯奇卧冰,杞梁妻泣夫,渐离哭友,都是忘却了自身眼前的生死存亡,逍遥于天地之间的。此外,他还拓展了"游"的内涵,以"游"达到"忘",以"忘"贯通"境"、"情"、"道"、"天"和"万物",从内心逐层伸展,涵盖宇宙。褒贬历史人物则带有士大夫的理想色彩,即他企求的与世有所建树,治国安邦,而又识务,不留恋富贵显赫,及早归隐身退,枕山栖谷,溪涧悬钓,高台对月,幽室抚琴,禅榻高卧,赢得无拘无束的生存。他的"逍遥",是采取"宁游戏污渎之中自快,无为有国者所羁"②。其实质是"立足于自然之性的

---

① 丁耀亢:《听山亭草》。
② 司马迁:《史记·老庄申韩列传》。

个性对于以'礼'规划和制约人性的宗法社会的否定和抗议"①，并以此达到在乱世之中全身远祸的目的。

另一方面，他生性豪放爽直，粗疏旷达，入清后四顾茫然，从动乱现实产生的思想震荡，导致精神世界的"失重"，而人的精神能量是一个常数，如果既不能在向外进取中转化，也不能向内反省升华，就会以超出常人举止的怪诞方式发泄。根据时人记载："诸城丁野鹤耀亢，官椒邱广文，忽念京师旧游，策长耳驴，冒风雪，日驰三四百里，至华严寺陆舫中，召诸贵游、山人、琴师、剑衣、杂坐酣饮，笑谑怒骂，淋漓兴尽，策驴而返。"②"丁野鹤在椒邱，每宴起不冠，搦管倚树高哦，得佳句，呼酒秃发酣叫，旁若无人，间以示椒邱诸生，多不解，因抵地直上床蒙被而睡。"③邱海石、丁野鹤，皆江左诗人。"二君平生友善。一日，同饮铁沟园，论文不合，漫骂不已。邱拔壁上剑拟丁。丁急出，上马逸去。邱追不及，乃已。东人津津言之为佳谈。"④"徐东痴言，少时于章丘迷旅，见一农裤褶急装，据案大嚼，旁若无人。见徐年少，呼就语曰：'吾东武丁野鹤也，顷有诗数百篇，苦无人知，子为我定之'。因掷巨编示徐。"⑤其友人常言他性格"伉爽磊落"，"负奇才，放荡不羁。""襟期旷朗，读书好奇书、高谈惊坐，目无古人。"⑥由上可见，他以异于平常人的举止，宣泄积压的精神能量，惊世骇俗。他的性格所选择的反抗方式，具有一定的消极因素。因为支持他行为方式的思想基础是老庄哲学。他试图以庄子的相对主义审视人生及人类社会，崇信"朝菌不知晦朔，蟪蛄不知春秋"，"物无非彼，物无非是。自彼则不见，自知则知之"。他企求纯粹主观精神上的自由，因而有上述所记放荡旷达的举止。实际上，他那以相对主义

---

① 周勤：《论老庄的自由观和人生哲学》，《中国社会科学》85.1。
② 查为仁：《莲坡诗话》卷上。
③ 王晫：《今世说》卷七。
④ 阮葵生：《茶余客话》卷八。
⑤ 同上。
⑥ 王木咸：《秋灯丛话》。

为基础的怀疑论，迟钝了自己对现实事件的迅速反应判断，并对现状采取回避态度，对命运则采取虚无主义的漠视，最终仍然摆脱不了所处的历史境遇，只会陷入更为痛苦的泥淖之中。

为了从痛苦的泥淖中自拔，他又把感伤的目光，停滞在宗教的神坛上。于是，他一生热衷于参禅拜佛、谈经论道，常常寓居禅寺道观，静听悠悠钟声，面对神案上袅袅青烟，闭目凝思。他给剧中人安排的归宿多为升仙成佛，隐居乐道。《化人游》中的何野航经过一番狂游异变，"遍阅古今之美"，舟归蓬海。《赤松游》里的博浪沙椎秦力士，"遁迹远游，经流沙黑水而西，得遇象王，幸传释法，佛教虽隔中土，我乃先正菩提"。而度脱张子房的三人中，力士和沧海君属佛门弟子，赤松子却是道教师。超度后的张良云："论三家本是一亥，儒道释原同派。全了忠义人伦，才炼形魄，饮东溟沆瀣，超西域出莲胎。道家要一个有，佛家要一个无，儒家要一个现在，各臻绝顶，俱是长生。"把儒道释三教合于一体。三教合一，是从中唐以来的一种思想潮流，这股思潮一改从魏晋南北朝到盛唐三教鼎立的格局，使外来文化，经过一番消化吸收，重新融入中国文化思想大一统的框架内。三教合一，是以入世的价值观念与济苍生的人生理想为核心的儒教，加上佛教幽深清远的思维方式和苦心修炼的实践原则，道教的冤冤相报与轮回转世的恐吓手段，交织构成宋、元、明、清几代士大夫阶层思想以及行为的控制系统。人，都不能超越现实、超越生命，那几代的士大夫先后投身三教之境，试图通过宗教仪式和方法，给予他们耗散其功名利禄等欲望和满足心理需求。丁耀亢即是如此。

然而，他步入晚年，深感三教俱空。他的《续金瓶梅》第一回"要说佛说道说理学，先从因果说起，因果无凭，又从《金瓶梅》说起"。第四十三回云："一部《金瓶梅》说了个'色'字，一部《续金瓶梅》说了个'空'字，从色还空，即空是色，乃自果报，转入佛法。"并在第三十七回中，描述金兵攻占汴梁，把李师师旧宅改成大觉尼寺，"后因天坛道官并阖学生员争这块地，上司断决不开，各在兀术太子营里上了一本，说道这李师师府地宽大，其后半花园，应分割一半，作三教堂，为儒释道三教讲堂。……这些风流秀士，有趣文人和那浮浪子弟们，也不讲禅，也不讲道，每日在三教堂饮酒赋诗，倒讲了个色字，好个快活所在。题曰：'三空书院'，无非说三教俱空之意。"在丁耀亢亲历宦海沉浮、求仙访道之后，宗教的逃数未能把他从心灵的痛苦深渊中解救出来，进而省悟到的是"三教俱空"了。

从青年时代尊奉儒家的入世进取，屡试不第后崇信老庄，演进到奉从三教合一，晚年感到三教俱空，这就是丁耀亢个性主观精神发展变动的轨迹。

（原载1989年《戏曲研究》31辑）

精诚不散　终成连理

2007年4月30日，上海昆剧团在上海兰心大戏院首演了名为"全本"的《长生殿》，"……其选择宫调、分配角色、布置剧情，务使悲欢离合、错综参伍。扮演者无劳逸不均之虑，观听者觉层出不穷之妙！自来传奇排场之胜，无过于此"①。此后，剧组几番北上，几次在南方巡回演出，引起轰动，好评如潮，形成当代戏曲文化传播乃至艺术文化传播中的"长生殿现象"。观看这次演出式艺术享受，歌唱清俊婉转，舞姿优美细致，武功飘逸卓绝，表演情真意切，蕴含了诗词的深邃意境，表述了对历史往事的迷恋与追忆，反映了人世间多种况味，展示了人们对理想爱情的羡慕与渴求，余香满口，回味无穷。我为这精彩的表演、精致的场面，动听的演唱所折服，感动万分、感慨不已。这次全本演出，让"四射的艺术光彩"，"炫人眼目"，推动了昆曲这一"灿烂的历史文化的传承"（见《演出说明书》王文章致辞），成为昆曲发展史乃至戏曲文化史上的一件轰动之事。

2010年元宵之夜，遵循"三并举"方针，中国戏曲学会为之颁发学会奖，实至名归。在广州的"九艺节"，又荣获剧目综合大奖第一名，可喜可贺！

五十出的《长生殿》问世后，人们对后半部二十五出一直有争论，因为《埋玉》之后的戏剧情节相对简略，人物性格相对定型，社会现实生活中的外在戏剧冲突不如前半部分那么激烈复杂，由此遭到一些评论家的批评。如清代叶堂评云："于天宝遗事，撷采略遍，故前半篇每多佳制。后半篇则多出自稗

---

① 王季烈：《螾庐曲谈》，清刊本。

畦自立，遂难出色。"①今人孟繁树也云："下半部情节比较拖沓，关目比较冗杂，就是一个明显的缺点。"②而笔者认为，后半部也是《长生殿》的重要组成部分，是剧作家洪昇卓越才华、艺术想象力与创造力的极大发挥，应予充分肯定，理由如下。

第一，《长生殿》后半部的李、杨爱情戏，是有所根据的，并非"稗畦自立"。

李、杨爱情故事在流传的过程中，一直有得道成仙的传说，仅离天宝之乱较近的唐代中、后期，除常见的白居易《长恨歌》、陈鸿《长恨歌传》之外，还有其他人的记载。如李隐《潇湘录》："杨贵妃忽昼寝惊觉，见帘外有云气氤氲，令宫人视之，见一白凤衔一书，有似诏敕自空而下，立于寝殿前。……命宫嫔披读其文，曰：'敕谪仙子杨氏，尔居玉关之时，常多傲慢；谪尘寰之后，转有骄矜，以声色惑人君，以宠爱庇族类。……比当限满，合议复归。如其罪更愈深，法不可贷。专兹告示。且与沉沦，宜令死于人世。'"

李、杨爱情戏，在宋杂剧和金院本中已经出现，如永乐大典本《宦门子弟错了立身》中，提到了《马践杨妃》一剧。元代创作李、杨爱情戏更多："元人多咏马嵬事，自丹丘先生《开元遗事》外，其余编入院本者毋虑十数家。"③如今，有名目可考的余下7种，剧本只存白朴《唐明皇秋夜梧桐雨》。关汉卿曾创作了《唐明皇启瘗哭香囊》；而白朴另一剧目《唐明皇游月宫》，从剧目名称看，明显有李隆基去月宫寻找到杨玉环的情节，可惜散佚了。

明杂剧中有5部李杨戏：徐复祚《梧桐雨》，王湘《梧桐雨》，无名氏《秋夜梧桐雨》、《唐明皇七夕长生殿》和《明皇望长安》。明传奇吴世美《惊鸿记》以梅妃的惊鸿舞而得名，并以梅妃为剧中的正旦，把杨贵妃作为否定的对立面出现，安排了"寿邸恩情"、"洗儿赐钱"等关目，然而，当写道"七夕私

---

① 叶堂：《纳书楹曲谱》卷四目录，清刊本。
② 孟繁树：《洪昇及〈长生殿〉研究》，中国戏剧出版社1985年版，第198页。
③ 徐麟：《长生殿序》。

盟"、"马嵬杀妃"却一反常态,描写她对唐明皇的一往情深,在生死关头表现出深明大义,富于自我牺牲的精神,表现出前后性格的矛盾,明显表达剧作者对这一形象把握的双重性。

孙郁写成于康熙十年(1671)的《天宝曲史》,早《长生殿》17年,采用了《惊鸿记》二妃争宠为主线的戏剧结构,却以杨贵妃为正旦,梅妃降为配角,让她替唐明皇的失政承担更多政治责任。

第二,《长生殿》后半部的李、杨爱情戏,是洪昇"至情"、"情悔"理念和爱情理想的表现,悲剧色彩浓郁。

马嵬惊变《埋玉》之后,唐肃宗李亨在灵武即位,李隆基成了太上皇,退出了政治舞台,吴舒凫还有"杨妃三变"之说:"杨妃凡三变:马嵬以前,人也;《冥追》以后,鬼也;《尸解》以后,仙也。而神仙人鬼之中,以刻象杂之,又作一变。假假真真,使观者神迷目乱。"杨玉环成了鬼与仙,不再对现实社会产生影响,他们之间人鬼之恋、人仙之恋,能引起人们的同情。《长生殿》后半部承袭《长恨歌》的后半部,热情赞美"在天愿作比翼鸟,在地愿为连理枝"的理想爱情,委婉表达李、杨二人的情悔与反思,蕴含丰厚,凄怆悲凉,呈现独特的悲剧美感,动人心魄。如《雨梦》一出,以白朴《梧桐雨》为蓝本,曲词化用了白朴的不少原文,表现李隆基对于杨贵妃深切思念:

〔越调引子〕〔霜天晓角〕(生)愁深梦杳,白发添多少?最苦佳人逝早,伤独夜,恨闲宵。

不堪闲夜雨声频,一念重泉一怆神。挑尽灯花眠不得,凄凉海内更何人?朕自幸蜀还京,退居南内,每日只是思想妃子。前在马嵬改葬,指望一睹遗容,不想变为空穴,只剩香囊一个。不知果然尸解,还是玉化香消?徒然展转寻思,怎见他一面?今夜对着这一庭苦雨、半壁愁灯,好不凄凉人也!

〔越调过曲〕〔小桃红〕冷风掠雨站长宵,听点点都向那梧桐哨也。萧萧飒飒,一齐暗把乱愁敲,才住了又还飘。那堪是凤帏空,串烟销,人独坐,厮凑着孤灯照也,恨同听没个娇娆。(泪介)猛想着旧欢娱,止不住泪痕交。……

〔五韵美〕听淋铃,伤怀抱。凄凉万种新旧绕,把愁人禁虐得十分恼。

天荒地老，这种恨谁人知道。你听窗外雨声越发大了。疏还密，底复高。才合眼，又几阵窗前把人梦搅。……

〔哭相思〕悠悠生死别经年，魂魄不曾来入梦。

这段唱词，将剧作家坎坷不平的落魄人生感受，与剧中人物本身特定情境中的情绪结合，从而让观众有身临其境的感受，扣人心弦，具有很强的艺术感染力。清代梁廷枏在《曲话》中评价《长生殿》："钱塘洪昉思昇撰《长生殿》，为千百年来曲中巨擘。以绝好题目作绝大文章，学人、才人，一齐俯首，自有此曲，毋论《惊鸿》、《彩毫》空惭形秽，即白仁甫《秋夜梧桐雨》亦不能稳站元人词坛一席矣。如《定情》、《絮阁》、《窥浴》、《密誓》数折，俱能细针密线，触绪生情，然以细意熨贴为之，犹可勉强学步，铁拨琵琶，悲凉慷慨，字字倾珠落玉而出，虽铁石人不能不为之断肠，为之泪下！笔墨之妙，其感人一至于此，真观止矣。"又如文学顾问叶长海所言："后二十五出写唐明皇及社会各界对前段人生世事的追思，是刻骨铭心的心理象征剧，……后半部一段长久连绵的眷恋、追悔，给全剧抹上了一层苍凉感、失落感，一种深深的伤感与遗憾。"（见《演出说明书》）此剧由于具有浓郁的悲剧色彩而入选中国古典十大悲剧之中。

第三，《长生殿》后半部的李、杨爱情戏，是全剧故事情节和戏剧结构的需要。

此剧乃双线结构，剧中以李、杨爱情发生、发展、转折、升华为主线，又以唐代天宝年间政治腐败导致天下大乱为副线，交织发展。而李、杨之间的爱情戏，前半部围绕李、杨性格冲突，展示帝妃爱情的特殊性；而后半部则变为一边是李隆基为争取"重圆"与生死离别，深深怀念，找道士四方寻查，另一边是杨玉环自忆自悔，死后冥追，入了蓬莱仙院仍旧追忆，并求助牛郎织女双星，精诚不散，在双方积极争取下，得以"重圆"，终成连理。

全剧经纬巧织，结构独特而严密，恰如洪昇好友吴舒凫在最后一出《重圆》批语："钗盒自《定情》后凡八见：翠阁交收，固宠也；马嵬殉葬，志恨也；墓门夜玩，写怨也；仙山携带，守情也；璇宫呈示，求缘也；道士寄将，征信也；至此《重圆》结案。大抵此剧以钗盒为经，盟言为纬，而借织女之机梭以织成之。呜呼，巧矣！"后半部李、杨爱情戏，在整部戏的结构中，占有相当篇幅，举足轻重，从而决定了在全剧中的重要地位。

第四，《长生殿》后半部的李、杨爱情戏，是当年"曲本体"的表现。

洪昇创作《长生殿》的时代，人们尚处于昆曲"曲本体"之中，对唱曲有浓厚的兴趣，不仅有年年虎丘唱曲的盛况，而且有"家家收拾起，户户不提防"的流行。唱昆曲在当时是时尚，而昆曲之曲是当时的"流行歌曲"，而非后世及当代人们对昆曲看重表演之"戏"的戏剧观念。

近人吴梅激赏其音律，《长生殿跋》称："至于音律，更无遗憾，平仄务头，无一不合律，集曲犯调，无一不合格，此又非寻常科诨家所能企及者。如《贿权》折〔解三酲〕第五句，首支云'单枪匹马身幸免'，第二支云'言听计从微有权'，'幸'字、'有'字，皆用仄声。《春睡》折〔祝英台〕第六句，首支云'著意再描双娥'，第二支云'低蹴半弯凌波'，第三支云'一片美人香和'，第四支云'掠削鬓儿欹斜'，皆作平仄仄平平平。《疑谶》折〔集贤宾〕首句云'论男儿壮怀须自吐'，第七句云'听鸡鸣起身独夜舞'，皆作仄平平仄平平去上。《絮阁》折〔醉花阴〕首句云'一夜无眠乱愁搅'，作仄仄平平去平上；又〔尾煞〕云'重把定情心事表'，作平上去平平去上。〔合围〕折〔紫花拨〕一套，《侦报》折〔夜行船〕一套，一仿《邯郸》，一仿东篱《秋思》，而阴阳诸字，处处和协。其字法之严如此。他如《舞盘》中集曲，如〔八仙会蓬海〕、〔杯底庆长生〕、〔羽衣第二叠〕、〔千秋舞霓裳〕诸牌，《窥浴》折〔凤钗花落索〕，《仙忆》折〔清商七犯〕，皆出昉思自运，铢黍列刌，穷尽工妙，其律度之精又如此。"[①]吴梅从字法之严格和律度的精妙，高度评价了《长生殿》的音律，较之许多曲评家称赞《长生殿》音律的精妙却不能深论，吴梅先生正是《长生殿》的近代顾曲周郎。吴梅先生又在《〈长生殿〉传奇斠律》中，详尽阐释了他对于

---

① 王卫民编：《吴梅戏曲论文集》，中国戏剧出版社1983年版，第456、354页。

《长生殿》的"持律之严"和"守法之细"的观点。如论《禊游》折的[夜行船序]，吴梅先生评价："此出摹写戚里娇奢，可云妙肖。而独选此套曲者，取其便于同场演奏也。剧中凡庆贺游览，皆用合唱，而以唢呐和曲，此亦唢呐曲，取唐人《曲江》诗意，并入词中，极锦簇花团之致。至律度之细，尤不可及，如'纷纭'、'氤氲'二语，往往不能安妥，而'珠绕翠围'句，又为平仄仄平句，更难浑成。四字句以平仄仄平为最难，词中遇此，辄觉棘手，况在南曲。昉思信手拈来，都成妙语，此真才大处。"①

《长生殿》后半部有许多精彩的曲段，除《弹词》里的"不提防余年值乱离……"还有《冥追》、《神诉》、《闻铃》、《情悔》、《神诉》、《哭像》、《仙忆》、《见月》、《觅魂》、《寄情》、《补恨》、《得信》、《重圆》之中多段佳曲，情真意切，如泣如诉，感人肺腑，满足了当时的人群对唱曲的审美需求，"一时朱门绮席，酒社歌楼，非此曲不奏，缠头为之增价"②。此后，"《长生殿》至今，百余年来，歌场舞榭，流播如新。每当酒阑灯炧之时，观者如至玉席所听奏《钧天》法曲……"③

第五，《长生殿》后半部除了李、杨爱情戏之外，仍有多出戏剧性较强的现实生活戏，既展示了广阔的社会生活，抒发了历史沧桑感，又表现了人物复杂的内心世界，流露出人生梦幻感。

《长生殿》后半部二十五出有《献饭》、《骂贼》、《剿寇》、《刺逆》、《收京》、《看袜》、《弹词》、《私祭》等历史上的现实生活戏。如《骂贼》一出，通过乐工雷海青之口，指斥大臣平日里谈忠孝节义，危难之时却贪图富贵的无耻行径。

（外扮雷海青抱琵琶上）武将文官总旧僚，恨他反面事新朝。纲常留在梨园内，

---

① 王卫民编：《吴梅戏曲论文集》，中国戏剧出版社1983年版。第456页。
② 同上，第354页。
③ 徐麟：《长生殿序》。

那惜伶工命一条。自家雷海青是也。蒙天宝皇帝隆恩，在梨园部内做一个供奉。不料禄山作乱，破了长安，皇帝驾幸西川去了。那满朝文武，平日里高官厚禄，荫子封妻，享荣华，受富贵，那一件不是朝廷恩典！如今却一个个贪生怕死，背义忘恩，争去投降不迭。只图安乐一时，那顾骂名千古。哎，岂不可羞，岂不可恨！我雷海青虽是一个乐工，那些没廉耻的勾当，委实做不出来。今日禄山与这一班逆党，大宴凝碧池头，传梨园奏乐。俺不免乘此，到那厮跟前，痛骂一场，出了这口愤气。便粉骨碎身，也说不得了。且抱着这琵琶，去走一遭也呵！

〔北仙吕宫村里迓鼓〕虽则俺乐工卑滥，硁硁愚暗，也不曾读书献策，登科及第，向鹓班高站。只这血性中，胸脯内，倒有些忠肝义胆。今日个睹了丧亡，遭了危难，值了变惨，不由人痛切齿，声吞恨衔。

〔元和令〕恨只恨泼腥膻莽将龙座淊，癞蛤蟆妄想天鹅啖，生克擦直逼的个官家下殿走天南。你道恁胡行不堪？纵将他寝皮食肉也恨难剷。谁想那一班儿没掂三，歹心肠，贼狗男，〔上马娇〕平日里张着口将忠孝谈，到临危翻着脸把富贵贪。早一齐儿摇尾受新衔，把一个君亲仇敌当作恩人感。咱，只问你蒙面可羞惭？

〔胜葫芦〕眼见的去做忠臣没个敢。雷海青呵，若不把一肩担，可不枉了戴发含牙人是俺。但得纲常无缺，须眉无愧，便九死也心甘。

吴舒凫在〔上马娇〕旁有眉批："假道学能不汗下。"洪昇认为吴舒凫的眉批能够正确阐发《长生殿》的含义。洪昇借助雷海青的"骂贼"来表达自己的思想观念，描绘平日里高官厚禄、荫子封妻、享受荣华富贵的唐朝官员，到危难之时一个个贪生怕死、背义忘恩的形象。

又如第三十九出《私祭》，描述杨贵妃的侍女永新与念奴，天宝事变中逃难到金陵，在女观中做了道士，清明节去祭奠杨玉环，碰上了原熟识的宫廷乐师李龟年。劫后余生，社会地位角色及生活都有巨大变化，三人抚今追昔，满怀悲怆感伤不已。永新与念奴合唱："言之痛伤，记侍坐华清，同演《霓裳》。玉纤抄秘谱，檀口教新腔。他今日青青墓头新草长，我飘飘陌路杨花荡。蓦地相逢处各沾裳,白首红颜,对话兴亡。"李龟年也唱云:"追思上皇,泽遍梨园,若个能偿。那雷老呵,他忠魂昭日月,羞杀我遗老泣斜阳。便是朱门丽人都可伤,长安曲水谁游赏。蓦地相逢各沾裳。白首红颜,对话兴亡。"这里,展示出沧桑巨变后三人的人生况味,描绘出人间经历热闹繁华后友人相聚感慨无限的怆凉图景,动人心弦,促人反思。

另如《献饭》借郭从谨之口,当面指责唐明皇荒废朝政、任用奸臣,酿成安史之乱。还有《剿寇》、《刺逆》、《收京》、《看袜》等外在戏剧冲突较强烈的情节夹杂其间,也可起调剂作用,不会令观者感到拖沓单调。

由上可见,《长生殿》后半部分,仍是全剧的有机组成部分,吴梅在《长生殿跋》里指出:"后人以《冥追》、《神诉》、《怂合》诸折谓凿空附会,是未知传奇结构之法,无足深辩。"由此构成全剧的精彩,方有后世的激赏:"钱塘洪昉思昇撰《长生殿》,为千百年来曲中巨擘。以绝好题目作绝大文章,学人、才人,一齐俯首。自有此曲,毋论《惊鸿》、《彩毫》空惭形秽;即白仁甫《秋夜梧桐雨》,亦不能稳占元人词坛一席矣。"[1]

然而,这次演出,虽然宣称"全本",却因种种原因,实际只演出了四十三出,其中,某些出只是一部分内容。尤其是后半部,删去较多,只占全部演出长度的四分之一略强,实在令人遗憾。但愿能增加删去的内容,真正成为"全本"演出,以完整展示《长生殿》的全貌,让今人及拍成录像使后人能够欣赏乃至传承、研究这一戏曲文化史上的杰作。这在重视非物质文化遗产传承的当今,尤为重要与迫切。

---

[1] 梁廷枏:《藤花亭曲话》卷三,清道光十年刻本。

吴舒凫生平考
—— 与刘辉先生商榷

吴舒凫是清初一位颇为重要的戏曲理论家和戏曲活动家，然而，人们对他的生平事迹了解甚少。近日拜读《戏剧艺术》1987年第1期上刘辉先生的大作《论吴舒凫》（以下简称"刘文"），对我们了解吴舒凫是很有益的，但是，有的地方也需要进一步探讨。笔者不揣浅陋，提出来向刘辉先生以及方家学者请教。

一

刘文中认为：王晫的《芝坞居士传》和祝贺吴舒凫寿辰的《吴吴山五十》两则材料，均把吴舒凫的生年搞错了10年，转而旁征博引，试图推翻这两则材料。其实，这两则材料是可靠的。

王晫，初名斐，号丹麓，自号松溪子，别号木庵，浙江仁和人。他与吴舒凫交往过密，友情甚笃。王晫《兰言集》中收有吴舒凫诗词《简王丹麓》、《九日舟泊黄浦怀王丹麓》、《蝶恋花·酬王丹麓晚过》。王晫在《吴吴山五十》中云："古来相好贵知心，百千人中难得一。如君肝胆惟认真，三十余年如一日。若以远归必顾我，我有作必请君益。无论断句与长篇，丹黄甲乙惟君择。"二人既是"三十余年如一日"的知心好友，怎么可能在为吴作传和为友祝寿时，屡次搞错挚友的生年呢？

其次，王晫撰《芝坞居士传》和赋《吴吴山五十》的时候，吴舒凫都在世，多次见到这两篇诗文。例如，王晫收有这两篇诗文的《墙东杂钞》，吴舒凫亲自读过，并为之作评。吴舒凫《墙东杂钞评》中云："松溪王先生著书满家，向刻《霞举堂集》，予为之论定行世。"而王晫的《霞举堂集》也收有

《芝垞居士传》。如果真像刘文结论的那样，王晫在为吴舒凫写传记和致寿诗时，都把吴的生年搞错了10年，那么，吴舒凫自己多次见到了王晫撰写的传记和寿诗，怎会置之不理？大约更不可能吴舒凫也忘记了自己的生年！

刘文中对吴舒凫生年提出了四点可疑之处，试逐一析之：

可疑者一中，列举了王嗣槐《斐园宴会序》里一段，抓住其中"年少"二字进行一番辨析后又说："如果说王嗣槐及斐园与会者，均年长，故称吴'年少'，这样理解自然也勉强说得过去。"事实上，斐园与会者虽不是"均年长"，但却是大都年长，特别是序文作者王嗣槐自言"余年浸衰，精力耗亡"，并称二十多岁的吴舒凫"年少"是不足为奇的。

可疑者二中，引用了吴舒凫给张潮的信里的"仆少失学，长困于游，三十年载籍之林，涉猎而已。近以风木之感，息影苦芦……"又转引《杭州府志》说吴舒凫"髫年入太学，名满都下"，并把"仆少失学"与"髫年入太学"混为一谈，刘文以信中"仆少失学"，"三十年载籍之林"，"近以风木之感"三个不太确定的时间概念，经过一番推论，去否定王晫《芝垞居士传》所记的"丁亥之岁，八月壬辰，生居士于钱塘之松盛里"和《吴吴山五十》中"康熙丙子之八月，吴子行年已半百"这两条确切的时间，恐怕不太说得过去吧？

可疑者三中，转引王晫的《芝垞居士传》里的材料有误。查《芝垞居士传》中这段记载是："十岁时，塾师命讲《论语》知及之，居士曰：'……'。师怒其畔注曰：'……'。时兄心庵成进士，才弱冠，或誉居士神童，益当早贵，居士抚然曰：'能贵人且非良况……'。"显然，这里记吴舒凫十岁时讲解《论语》，引起"师怒"，与后边"时兄心庵成进士"，旁人或誉居士，"居士抚然曰"，完全是两回事。而刘文把两者合而为一，这种"可疑"能成立么？

可疑者四中，列举洪昇长女洪之则在《还魂记跋》中"吴山四叔"语，进而根据作者在《戏曲研究》第5辑上的《洪昇生年考略》（以下简称《考略》）定洪昇生于顺治十四年丁酉，以此来推算吴舒凫生年，把吴舒凫生年也定在顺治十四年，只小洪昇一个月。洪之则作于康熙三十四年乙亥的跋中有"忆大龄时"，吴舒凫住洪寓讨论《牡丹亭》，其后"忽忽二十年，予已作未亡人"。

可知当时她已二十六岁左右，应于康熙八年左右出生。如果按《考略》中洪昇生年，那么，洪昇应在十二岁前完婚，十三岁时就生长女洪之则，这可能吗？又如《考略》中叙云："笔者在一九六六年秋，去杭州，颇费周折，看到了丁丙的《武林坊巷志》稿本。发现这个稿本不仅时间晚出，而且颇多错舛，间又零乱。八〇年秋，又再次仔细看了这个稿本……原文竟是'康熙甲辰，二月初度。根本不是二十初度'。"然而，这则材料的全文应是："稗畦生于七月一日。妻黄兰次，其中表妹也，迟生一日。康熙甲辰，二十初度，友人为赋《同生曲》。"如果依照"二月初度"，洪昇夫妇均生于七月，为什么二月会有友人为赋《同生曲》呢？作者为何不从上下文意思里看出是"月"字有误？何况作者自言所见稿本"颇多错舛，间又零乱"！《考略》中认为：张竞光的《同生曲》和柴绍炳的《贺洪昉思新婚》，都是洪昇十三岁缔结婚约时友人所作，正式完婚是在康熙十三年甲寅洪昇十八岁时。可是，读一下几首《同生曲》，就会发现《考略》的推断不太符合实际。如张竞光《宠寿诗堂集》卷二十《同生曲·为洪昉思作》：

  高门花烛夜，公子受绥期。
  里闬传光彩，宾阶吐妙词。
  仙郎重意气，静女整容仪。
  舍思连理树，定情合卺卮。
  扇摇扬比翼，衾锦织双丝。
  共饮一流水，相看并本芝。
  鸳鸯隐绣幕，鸾凤逐重帷。
  眷恋无穷已，绸缪有烛知。
  永怀从此夕，初度竟何时。
  岁月无先后，芙蓉冒绿池。

又如诸匡鼎《说诗堂集·橘苑诗钞》卷四《同生曲·为洪昉思赋》：

> 七夕争传巧，先期尔俱降。
> 同心把莲子，携手对兰缸。
> 菡萏元相并，鸳鸯本自双。
> 闺中行乐处，乌鹊近纱窗。

仅举这两首诗，稍有一点儿文学鉴赏力者，可能不会认为这是祝贺友人订婚之作。如果依照《考略》的结论，洪昇十三岁订婚时有众多友人赋诗奉贺，那么，十八岁完婚时，肯定贺诗会更多。然而，在康熙甲寅却查不到一首这种贺诗，岂非咄咄怪事！并且友人赋《同生曲》明明在康熙三年甲辰，《考略》没有对此做任何说明，便把赋《同生曲》的时间往后挪动五年，以避康熙三年甲辰时，年仅八岁的洪昇"鸳鸯隐绣幕，鸾凤逐重帷。眷恋无穷已，绸缪有烛知"之嫌，不令人感到费解吗？本文不专考洪昇生年，故不赘述。总之，用《考略》中所定的洪昇生年，去推断吴舒凫的生年，以否定王晫的确切记载，能够成立么？实际上，我们可以用王晫关于吴舒凫生年的两条确定的时间材料，去推知洪昇的生年，即可得出：洪昇生年不应晚于顺治四年丁亥八月。

二

刘文的第二部分吴舒凫年谱中，同样有一些失实之处。仅略举一二：

其一，吴舒凫康熙甲戌自刻的《三妇合评牡丹亭》卷首自序云："吴人初聘黄山陈氏女同，将昏而没。感于梦寐，凡三夕，得倡和诗十八篇。人作《灵妃赋》颇泄其事，梦遂绝。"吴舒凫续妻钱宜眉批曰："陈姊没于乙巳，谈姊没于乙卯。"如果依照刘文年谱，那么，陈同没时，吴舒凫才九岁。九岁稚童怎能对未婚妻的逝世"感于梦寐，凡三夕，得倡和诗十八篇"，并"作《灵妃赋》颇泄其事"？也许有人会怀疑钱宜眉批的准确性，可是又从序文中得到补证：钱宜记有"此夫子丁巳七月所题"之中吴舒凫云："又念同孤塚香，奄冉十三寒暑，而则敢身女手之卷，亦已三度秋矣。"从丁巳上推十三年正是乙巳，上推三年又是乙卯，可谓不谋而合，证明"陈姊没于乙巳，谈姊没于乙卯"是确切的。

其二，刘文年谱康熙八年己酉，吴舒凫兄吴复一逝世。十三岁的吴舒凫"为兄录《游仙记传》"，十三岁的洪昇为之作《吴元符进士游仙诗》，细读之，不像少年之语，倒似青年之言。

因此，笔者认为：确切可考的吴舒凫年谱应为：

顺治四年丁亥(1647)，出生钱塘。根据王晫《芝坞居士传》(以下简称《传》)："以丁亥之岁，八月壬辰，生居士于钱塘之松盛里。"又据王晫《吴吴山五十》："康熙丙子之八月，吴子行年已半百。"

顺治六年己丑(1649)，三岁。侍兄侧读书，随后入塾。《传》云："居士三岁余，好立两兄侧听读书……兄言之父，遂授书，日识数百言，九岁遍《十三经》。"

顺治十二年乙未(1655)，九岁。读完《十三经》。

顺治十五年戊戌(1658)，十二岁。与诸名士聚于毛先舒寓。

顺治十八年辛丑(1661)十五岁。入国子监，洪昇作《吴璨符北征赋此赠别》。

康熙三年甲辰(1664)，十八岁。其兄吴复一中进士。

康熙四年乙巳(1665)，十九岁。未婚妻陈同病逝，作《灵妃赋》悼念。并得陈同评点《牡丹亭还魂记》上卷。据吴舒凫《还魂记序》云："吴人初聘黄山陈氏女同，将昏而没。感于梦寐，凡三夕，得倡和诗十八篇。人作《灵妃赋》颇泄其事，梦遂绝。……人许一金相购，姐欣然携至，是同所评点《牡丹亭还魂记》上卷……"钱宜眉批曰："陈姊没于乙巳。"

康熙八年己酉(1669)，二十三岁，其兄吴复一卒，年仅三十一岁。吴舒凫录《游仙记传》，洪昇为之作《吴元符进士游仙诗》。

康熙十二年癸丑(1673)，二十七岁。娶谈则为妻。据钱宜眉批："谈姊没于乙卯。"《还魂记或问》中吴舒凫答有："谈也三岁为妇，炊白避征"。

康熙十四年乙卯(1675)，二十九岁。父丧，妻谈则亡。《传》云："乙卯丧父……父丧半月，妻亦亡"。

康熙十六年丁巳(1677)，三十一岁。为亡妻谈则评《牡丹亭》作记。秋，去奉天作姜定庵幕僚。路过北京，寓洪昇处，与之讨论《牡丹亭》。据洪之则《还魂记跋》，洪跋前面尚有"乙亥春日冯娴跋"，由此可知，三妇合评本虽由甲戌冬暮刻成，但没有装订，因此方有冯娴、李淑、顾姒、洪之则几人乙亥作跋。方象瑛《健松斋集》卷十八丁巳诗《赠吴璨符赴姜京兆幕》。

康熙十九年庚申（1680），三十四岁。秋，以奉天返故里，路过北京，洪昇作《送吴舒凫之徐州》。

康熙二十年辛酉（1681），三十五岁。营宅于青芝坞。《传》云："居士同产七人，小妹下殇，两兄、仲嫂、嫁姊妹相继夭亡。……辛酉，营宅于青芝坞，同日葬五棺。"

康熙二十七年戊辰（1688），四十二岁。续娶钱宜为妻。洪昇《长生殿》行世。据李淑《还魂记跋》云："四哥故好游，谈嫂没十三年，朱弦未续……母氏迫之，始复娶钱嫂，尝与予共事笔砚"。

康熙三十二年癸酉（1693），四十七岁。冬，钱宜将《三妇合评牡丹亭》抄录成付本。据《还魂记或问》吴舒凫曰："癸酉冬日，钱女将谋剞劂，录副本成……"

康熙三十三年甲戌（1694），四十八岁。春，林以宁为三妇合评本作序。冬，三妇合评本峻刻。据钱宜《还魂记纪事》云："甲戌冬暮，刻《牡丹亭还魂记》成……"

康熙三十四年乙亥（1695），四十九岁。春，冯娴、李淑、顾姒、洪之则纷纷为三妇合评本作跋，随之装订行世。

康熙三十五年丙子（1696），五十岁。八月，王晫作诗《吴吴山五十》祝寿诞："康熙丙子之八月，吴子行年已半百。桂花香散满庭秋，酌酒与君溯畴昔。少年豪宕喜交游，转眼升沉不相识。风回山水生波澜，湖海人情况难测……"

康熙三十六年丁丑（1697），五十一岁。春，赵执信自粤来钱塘，洪昇、吴舒凫陪赵游西湖。见《怡山诗集》卷八《答洪昉思、吴舒凫》。

康熙三十九年庚辰（1700），五十四岁。夏，往北游燕。秋，返回钱塘。冬，母病逝。《传》云："庚辰夏，居士适燕，心忽怦怦，遄命驾返。秋中，问母安，无恙。入冬，母病噎，竟不起……"

康熙四十年辛巳(1701),五十五岁。初,葬母青芝坞,在墓旁建庵而居,直至逝世。王晫为之作《芝坞居士传》。据《传》云:"追葬(指葬母),将庐墓青芝坞终焉……论曰:嗟夫!予松溪老矣,亦居士不欲复出芝坞……"

笔者认为:吴舒凫可能在母丧后守制的三年内逝世,当卒于洪昇之前。《传》云:"或曰:居士丧母,旬日间黑头须尽白,号泣日闻于里,里废相歌,皆称为老孝子。"一位五十五岁的老者,如此哀伤,怎能不伤身体,加速衰亡呢?此年后,目前尚未发现确切的材料,证明吴舒凫在世。此外,康熙四十二年癸未,孙凤仪在钱塘吴山上招伶演出《长生殿》,邀请洪昇等一大帮文人士大夫前往观戏。如果吴舒凫在世,定会受到邀请,并会前往观看。因为不但吴舒凫改编并评点过《长生殿》,钱塘文人士大夫皆知晓,而且吴舒凫三年守制已满,可以看戏,加之吴山上有吴舒凫寓所吴山草堂。查吴山观戏者名单无吴舒凫,所以,结论当是:吴舒凫已于守制三年中逝世于青芝坞。

三

刘文的第三部分,专门考证三妇合评本的真伪:"笔者过去亦撰文,断言《牡丹亭》为三妇所评。现在看来,这个结论过于武断了。"接着,他进行了考证质疑,认定三妇合评本属伪作。我认为,证据不充分。

首先,《三妇合评牡丹亭》行世时,吴舒凫和续妻钱宜在世,与其夫妇交往甚密的文人才女们都异口同声称赞之,均无半点怀疑。除刘文提到的王晫、张潮、洪之则外,还有林以宁、顾姒、冯娴、李淑等人。林以宁、顾姒、冯娴是"蕉园七子"中的"三子"。"蕉园七子"是中国文学史上第一个女子文学社团。她们结社唱和,为中国女性文学的发展推波助澜,驰名大江南北,被当时艺林传为佳话。"蕉园七子"的首领林以宁在《还魂记题序》中云:"予家与吴氏世戚,先后见评本最早,既为惊绝,复欣然序之。"这位既是洪昇的亲戚,又是吴舒凫亲戚的文坛风云人物,她不仅深知吴氏三妇的情况,而且具有很高的文学造诣,因此,她的序言不能不具有可信性。另外,为三妇合评本作跋的李淑,既是吴家的亲戚,又是钱宜的老师,她在《还魂记跋》中云:

"吴山四哥聘陈嫂,娶谈嫂,皆早夭。予每读其所评《还魂记》,未尝不泣然流涕,以为斯人既没,文录足传,而谈嫂故隐之,私心欲为表章,以垂诸后。四哥故好游,谈嫂没十三年,朱弦未续……母氏迫之,始复娶钱嫂,尝与予共事笔砚。洲花啸月之余,取二嫂评本参注之,又请于四哥,卖金钏、雕版行世。"说明李淑在吴舒凫续娶钱宜之前,已经见过陈同、谈则二人的评本,并且亲自看见钱宜评点,钱宜筹资刊刻时卖首饰,这难道也是刘文所说的"小说家言"?李淑的"又请于四哥",显然指吴氏夫妇的《还魂记或问》之事。李淑还说:"由此观之,俞娘之注《牡丹亭》也,当时多知之者,其本竟湮没不传。夫自有临川此记,闺人评跋不知凡几。大都如风花波月,飘泊无存。今三嫂之合评独流布不朽,斯殆有幸有不幸耶?然《二谈》(指张元长《梅花草堂二谈》)所举俞娘俊语,以视三嫂评注,不翅瞠乎?"由此可见,在三妇之前,评点《牡丹亭》的女子不少,只是没有流传下来。在封建社会里,深受封建礼教戕害的女性们,对高扬反叛旗帜的《牡丹亭》无比钟爱,是可以理解的。奇幻无比的《牡丹亭》,洋溢着强烈而炽热的情感,杜丽娘由情而死,为情而生,出生入死地追求理想爱情的精神,震撼了受封建气氛压抑的几代女性,引起她们强烈的情感共鸣。怎不会三妇相继而评,"卖金钏,雕版行世"呢!又据洪之则跋中所云,在20年前,吴舒凫与洪昇讨论《牡丹亭》时,"以陈、谈两夫人评语,引证禅理,举似大人,大人叹异不已。予时蒙稺无所解,惟以生晚不获见两夫人为恨。"这与李淑所言很早见过陈、谈评本相符。由此可知,吴家亲朋好友,很早就知道陈同、谈则评点《牡丹亭》之事。难道吴舒凫早就别有用心地蓄意制造"小说家言",以便后来刻本行世,欺世骗人么?那么,怀疑三妇合评之事起因何在?据吴舒凫《还魂记序》"则既评完,抄写成帙,不欲以闺阁名闻于外,间以示其姊之女沈归陈者,谬言是人所评。沈方延老生徐文野君潭经,徐丈见之,谓果人评也,作序诒人。于时远近闻者转相传访,皆云吴吴山评《牡丹亭》也"。这就是李淑跋中"而谈嫂故隐之"。谈则为何要说是丈夫所评呢?原因不明,不妄推论。肯定为三妇合评本作序跋的林以宁、顾姒、冯娴、李淑、洪之则诸才女知道此事内情而不疑,其中李淑见过陈、谈评本,洪之则亲自聆听吴舒凫向洪昇列举陈、谈两夫人评语。所以,可靠性大。

其次，三妇有评点的能力么？回答是肯定的。《昭代丛书》载杨复吉丙申夏《三妇评牡丹亭杂记跋》云："临川《牡丹亭》数得闺阁知音，同时内江女子因慕才而至沈渊。兹吴吴山三妇复先后为之评点校刊，岂第玉箫象管出佳人口已哉！近见吾乡某氏闺秀又有手评本，玉缀珠编不一而足，身后佳话，洵堪骄视千古矣。"由此可见，《牡丹亭》得到许多闺秀的喜爱，"某氏闺秀"能手评，陈同就不行么？谈则，曾经著有《南楼集》，更具有评点的才能。而钱宜，婚后经过李淑三年教诲，文艺素养也不错，曾赋诗云："蓄遇天姿岂偶识，濡毫摹写当留仙。从今解释春风面，肠断罗浮晓梦边。"又画杜丽娘像，冯娴《还魂记像跋》云："今观钱夫人为杜丽娘写照，其姿神得之梦遇，而侧身敛态，运笔同居中法，手搓梅子，则取之偶见图第一幅也。"从诗画可知，钱宜也具有鉴赏《牡丹亭》的能力和修养。根据生理学、心理学常识，女子比男子早熟早慧，何况三妇合评的是一部使青春女性魂销梦断的《牡丹亭》！

第三，三妇的评语，流露出女性细腻的心理情感和对爱情的理想。例如："儿女之情最难告人，故千古忘情之人必于此处看破。然看破而不至于相负，则又不及情矣。"又如："先展消，次对镜，次执笔，洗扫乎？轻描乎？描思不定，复与镜影评，然后先画鼻，故见腮斗也。次樱唇，次柳眼，次云鬟，次眉黛，最后点睛，秋波欲动，又加眉间翠钿桩饰，徘徊宛转，第次如见。"再如："此记奇不在丽娘，反在柳生。天下情痴女子，如丽娘之梦而死者不乏，但不复活耳。若柳生者，卧丽娘于纸上而玩之、叫之、拜之；既与情鬼魂交，以为有精血而不疑；又谋诸石姑，开棺负尸而不骇；及走淮、扬道上，苦认妇翁，吃尽痛棒而不悔，斯洵奇也。"有今人评此段云："可能是由于评论者系妇女，故而特别注意对男子的观察，并通过对剧中一个痴心男子的评论，寄托她们对男子忠于情爱的期望。正是在她们对柳生过分赞美的字里行间，我们可以看出封建社会里没有地位的妇女的内心隐痛。"[①]此言是中肯的。

当然，三妇中，除陈同外，谈则和钱宜，在婚后朝夕相处中，有意无意地

[①] 叶长海：《中国戏剧学史稿》290页，上海文艺出版社1986年版。

受到丈夫吴舒凫的影响,是在所难免的,但不要因此而剥夺三妇的著作权。

细而思之,吴舒凫何苦费尽心机,制造"小说家言",欺世欺人呢?他评点《长生殿》,为何不标三妇一语?

笔者学识肤浅,以此冒昧请教于刘辉先生以及方家学者,不胜惶恐。

(原载《戏剧艺术》1988年第2期)

吴舒凫的戏剧美学观

清康熙二十七年戊辰（1688），洪昇创作的《长生殿》问世，引起了极大的轰动，"一时朱门绮席，酒社歌楼，非此曲不奏，缠头为之增价"[①]。吴舒凫在序中也说："蓄家乐者攒笔竞写，转相教习，优伶能是，升价什佰。"[②]

吴舒凫（1647—?），本名仪一，又名人，字舒凫，又字璨符，号吴山，别署芝坞居士，浙江钱塘人。他是洪昇的亲戚兼朋友，当时与洪昇并以诗文词曲驰名于江浙一带。他为《长生殿》做了3件有益之事：一是愤于"伧辈妄加节改，关目都废"，为了方便演出，把原作五十出改编成二十八出，受到洪昇的首肯，并亲自向伶人戏班推荐吴舒凫的改编本；二是主持刻印了《长生殿》，为此剧的流传做出了贡献；三是为此剧作序，并详细地评点了全剧，成为最早的《长生殿》研究专家。

由于吴舒凫是洪昇的亲戚兼朋友，年龄又相差不多，交往密切，常一起谈诗论剧，据洪昇之女洪之则所记，二人曾经讨论《牡丹亭》。他又曾评点洪昇早年所作的传奇《闹高唐》、《孝节坊》，即对洪昇的创作思想了解深入，因而所传世的《长》剧序言575条评语，是他深入研究后的真知灼见。如他对作品的思想内涵有精彩的阐述："虽传情艳，而其间本之温厚，不忘劝惩。""孤忠悻悻，馋口嚣嚣，皆是有以致之，故孔圣论谏，以讽为上。"有对作品"言情"主旨的解说："积业未除，所重在悔。既能知悔，则志忘情者自得逍遥，有情者亦谐夙愿。观剧内二番玉敕，可得人定胜天之理。""无情者欲其有情，有情

[①] 查为仁：《莲坡诗话》，清康熙刻本。
[②] 吴舒凫：《长生殿序》，清康熙刻本。以下引吴序和评语不注。

者欲其忘情。情之根性者，理也，不可无；情之纵理者，欲也，不可有。"并对题材剪裁、结构布局、人物刻画、唱词语言、舞台表演等方面，进行了系统的论述。因此，吴舒凫的评点，得到了剧作家的首肯，称道"发予意涵蕴者实多"①。更难能可贵的是，这些精彩的评点，透露出吴舒凫的戏剧美学观，从而丰富了中国古代戏剧美学宝库。

一、"芟其秽嫚"、"无中生有"——戏剧历史题材美学原则

安史之乱，是大唐帝国由盛入衰的转折点。李杨故事，在流传中增改润色，成为脍炙人口的佳话。从杜甫的《丽人行》，到白居易的《长恨歌》；从陈鸿的《长恨歌传》，到白朴的《梧桐雨》；历代文学家戏剧家把李杨故事着意渲染，作而又作。《长生殿》之前，写这一题材的有十多种。如明代屠隆的《彩毫记》，比洪昇略早的清初戏剧家尤侗和张韬，写了同名杂剧《清平调》，也是搬演李杨故事的，但剧中的主要人物都是李白。洪昇执著地研究这一历史题材，经过漫漫十年，三易其稿，完成了《长生殿》这一杰作。而他处理题材的经验何在？吴舒凫在序言中透露：洪昇"采摭天宝遗事，编《长生殿》戏本。芟其秽嫚，增益仙缘。亦本白居易、陈鸿《长恨歌传》，非臆为之也"。这就指出了洪昇处理历史题材的原则。作为历史剧，既要有史实依据，又不能拘泥于史实。洪昇把同一类人行为集中到一个人物身上，减少上场人物数量，使人物性格更为鲜明生动。"贿赂禄山，本李林甫事，剧中恐多枝节，移置国忠，亦因其召乱而文致之。所谓君子恶下流，勿疑与正史相反也。"吴舒凫的解析是恰当的。吴舒凫很欣赏洪昇的戏剧虚构，"无中生有"。他在《尸解》一折首批云："此折描写情种愁魂，能于无中生有。太白仙才，长吉鬼才，殆欲兼之。"作为魂旦杨玉环魂游旧地，"遥望殿阁几重，不知何处。西宫是宴息之地，一到自然认得，游魂不能自主，浑与梦境一般"。而场上的景

---

① 洪昇：《长生殿例言》，《中国古典戏曲序跋汇编》，齐鲁书社1989版，第1580页。

物则"心思所到，随处忽现旧景，皆是幻化，非真境也，场上铺设，俱从参悟得来"。从这三段批语来看，他很赞赏洪昇的大胆想象，肯定剧作家运用浪漫主义创作方法。然而，"无中生有"地进行想象虚构的依据是什么？吴舒凫认为，是剧中人物的性格发展以及人物心理轨迹。在《雨梦》一折中，有这样一段梦中唱白：

末（陈元礼）：臣乃陈元礼，陛下快请回宫。

生（唐明皇）（怒介）：陈元礼你当日在马嵬驿中，暗激军士逼死贵妃，罪不容诛。今日又待来犯驾么？君臣全不顾，辄敢肆狂骁。

末：陛下若不回宫，只怕六军又将生变。

生：陈元礼，你欺朕无权柄闲居退朝，只逞你有卿威风卒悍兵骄。法难恕，罪怎饶。叫内侍，快习把这乱臣贼，首级悬枭。

小生、副净（内侍）：领旨。

〔作拿末杀下

吴舒凫对此作眉批云："陈将军忠烈活国，少陵已有定评。然为明皇极写钟情，不得不痛恨元礼。而在蜀之时欲杀不敢，回銮之后欲杀又不能。故于梦寐中见之。观者勿疑为髦荒快意，颠倒是非也。"这种虚构的戏剧情节，展示出人物心灵深处的隐秘，强化了剧中的人物性格。

二、线索牵缀、经纬巧织——戏剧结构美学原则

《长》剧以其结构的缜密精巧，不露刀痕斧迹而引人赞誉。吴在《楔游》一出总批："此折高力士、安禄山、王孙公子、三国夫人、村姑丑女杂沓上下，几如满地散钱，而以春游贯之，线索自相牵缀。尤妙在描注三国夫人，一意转折。先从高、安白中引出三国、王孙公子，首曲亦然；次曲三国登场；三曲禄山窥探；四曲国忠嗔阻；五曲村姬辈寻拾簪履，总为三国形容佚丽；六曲三国再见；结尾又归重虢国，起下《傍讶》、《幸恩》诸折。虽

满纸春光缭乱,而渲花染柳,分晰不爽,直觉笔有化工。"一个繁华热闹的曲江春游场景,人物众多,场面宏大,要在剧本的一折中表现出来,确是不易。而剧作家匠心独具,一番巧妙构置,做到了层次井然,"渲花染柳,分晰不爽",说明了洪昇戏剧场面经营的水平高超,同时,也能看出吴舒凫审美鉴赏力的非凡。

剧中《闻乐》一出中月中仙女奉嫦娥之命,请杨玉环去月宫消夏时唱〔渔灯儿〕一曲,吴舒凫批曰:"追凉销炎,处处照合时景,后即以仲夏转入月宫,草蛇灰线,绝无形迹。"即称赞剧中情节发展,既前后照应,"草蛇灰线",贯穿其中,又连接自然,"绝无形迹"。

他重视戏剧结构,充分理解剧作家的戏剧构思:"钗盒自定情后凡八见:翠阁交收,固宠也;马嵬殉葬,忘恨也;墓门夜玩,写怨也;仙山携带,守情也;璇宫呈示,求缘也;道士寄将,征信也;至此重圆结案。大抵此剧以钗盒为经,盟言为纬,而借织女之机梭以织成之。呜呼,巧矣!"在以李杨爱情的发生、发展、转折、升华为主线的《长》剧中,作为定情物的钗盒,成为全剧的贯串道具,李隆基交给杨玉环之后,八次出现在剧中,成为二人爱情跌宕起伏、悲欢离合的写照。这一爱情见证物的每次出现,都照应了前面情节,推动了情节的发展,对男女主人公性格的刻画,也起了极为重要的作用。

吴舒凫非常重视主要情节在全剧结构中的重大作用:"剧中钗盒定情,长生盟誓,是两大关节。钗盒自殉葬一结,又携归仙境,分劈寄情,月宫复合,盟证则是证仙张本,尤为吃紧。"吴提出的"以钗盒为经,盟言为纬",巧织而成的戏剧结构美学总结,是精辟的。

他在批语中多次称道剧本结构严谨,如在《禊游》称"章法缜密,断而不乱";《私祭》云"文心细密"、"处处有针线"等,与同代的戏剧理论家李渔的"结构第一"、"立主脑"、"密针线",剧中无"断续之痕"等戏剧结构美学原则有同工异曲之妙。

尤其难能可贵的是,作为洪昇亲戚和挚友的吴舒凫,在评点中也不是一味的吹捧,全盘肯定,而是敢于批评,能指出剧中结构的不足。他认为,钗盒定情、长生盟誓两个主要情节展示充分之后,就应当立刻"收束全剧",对《寄情》一出后的《得信》、《重圆》二出，颇有微词，指出"申衍其义"太多，显得拖泥带水，有画蛇添足之嫌。从剧本结构看来，他的批评是公允的，符合实际的。

三、"呼之欲出"、"虚处传神"——戏剧人物塑造的美学原则

优秀的古典剧本，大都要通过人物的生活和命运，引起观众的审美注意，因此刻画出鲜明突出的人物形象，人物语言唱词的个性化，尤为重要。吴舒凫仔细分析了《长》剧中人物形象塑造，留下了许多精彩的评语。如在《楔游》一出三国夫人合唱"朱轮碾破芳堤，遗饵坠簪，落花相亲荣，分戚里从宸游，几队宫装前进"旁批云："语语夸荣，女子口吻逼肖。"又在《贿权》一出批云："胸中已极许，言下故作推托，写机变人情事酷肖。"他高度赞扬剧中人物的生动性："描摹冶丽，如杨玉环，呼之欲出。""前后摹诸态，罗列行间，几如吴道子写生，吹气欲活。"这里的"呼之欲出"、"吹气欲活"，形象地说明剧中人物的鲜活，不就是对戏剧人物塑造成功的最高评价么！

吴舒凫又在《楔游》一出批了这样一段话："行文之妙，更在侧笔衬写，如以游人盛丽，映出明皇、贵妃之纵佚；以遗钿堕钗，映出三国夫人之奢淫，并禄山之无状，国忠之阴险，皆于虚处传神。观者当思其经营惨淡，莫徒赏绝妙好辞也。"这里总结了剧作家侧笔衬写，以表现人物，收到了"虚处传神"之功效，是刻画人物的又一戏剧美学原则。

在吴评中，有一些关于人物侧面描写、事件侧面交代的论述。如《傍讶》一出有："所谓佳人难再得，生别死离，其致一也。力士与永新傍观闲论，不直贵妃，亦映出明皇有情耳。"又如《窥浴》一出"华清赐浴一事，不写则为挂漏，写则大难著笔。作者于册立时点明，此复用旁笔映衬，而写明皇同浴，永、念窃窥，以避汉成故事，真穷妍尽态之文"。再如《雨梦》一出："梦境中大水数见不鲜，却以曲江衬出，将欢娱旧地变成荒凉，又洪水中幻出猪龙，为禄山结案，岂是寻常思议所及……不知剧中纯用侧写，文章灵妙法门，无一呆

板笔墨。"这些说明,他不仅注重剧中人物的侧面描写,而且也注重剧中景物的映衬,事件的侧面交代,这样可使剧中塑造人物手法的灵活变化,避免呆板雷同,是很有美学意义的。

四、"着意模拟"、"尽情""传神"——戏剧表演美学原则

吴舒凫在评点中,表达了他对戏剧舞台表演的美学见解:"一语一呼,声情宛转,自以至〔扑灯蛾〕曲,写一幅醉杨妃图也。搬演者须着意摹拟醉态入神,若草草了之,便索然也。"(《惊变》评语)"惊恐隐忍之状,各在科介中,演者皆须摹拟尽情。"(《埋玉》评语)"以上科介,俱细细传神,演者切莫潦草。"(《尸解》评语)

这里,仿佛是导演给演员说戏,集中反映了他"着意摹拟"、"尽情""传神"的戏剧表演美学原则。一方面,他强调戏剧表演对生活的依赖性,强调舞台表演的形似,要求演员表演时必须"着意摹拟"生活真实,舞台上的一招一式,都需认真细致,"切莫潦草"。另一方面,又强调表演的内在神似,要求"入神"、"尽情"、"细细传神",摹拟是手段,关键是要"尽情"、"传神",即在戏剧舞台上通过演员装扮表演,传达出人物的心理活动,折射出人物的感情世界,让观众明白剧中人物的行动依据,理解人物的喜怒哀乐。

中国古代的戏剧评点,最初是个人研读剧本的读书心得,逐渐发展为戏剧理论批评的一种有效形式。吴舒凫为《长》剧所作的大量评点及序言,有相当的理论性,反映了他的戏剧美学观,从对戏剧历史题材的处理、戏剧结构、戏剧人物塑造、戏剧表演等方面,提出了自己的美学观点,在清代康熙年间是比较丰富的、精彩的,有承上启下作用,应该进一步研究,为民族戏剧美学体系的建设、中华戏剧在21世纪的发展而继承这一丰厚的戏剧美学遗产。

清中期传奇杂剧创作与演出

清雍正、乾隆两朝，是传奇杂剧的中期。经过康熙集团60年的励精图治，巩固了政权，稳定了社会秩序。雍正皇帝即位后，加强了文化专制，制造了一系列骇人听闻的文字狱，并下达了严禁八旗官员进入歌场戏馆、外官蓄养优伶和各地演戏等谕旨，使戏曲活动深受其限，传奇杂剧的创作演出受到严重干扰。

乾隆皇帝继位后，由于他本人有很高的文化素养，又爱好声色娱乐，相对放宽了对戏曲文化的限制，虽也重申了雍正朝的禁令，但实施中很松弛，如官员剧作家唐英蓄养有家班。二百四十出宫廷大戏的创作演出，皇太后和皇帝本人的祝寿活动，剧演盛况空前，客观上刺激了戏曲艺术的发展、衍变和传播。

清中期的首都北京，已成为全国戏剧演出的中心，各地戏班纷纷来京演出，舞台上诸腔纷呈，争奇斗艳。除明后期已入京进宫廷的昆腔、弋腔之外，尚有山陕梆子腔和山东柳子腔等，长时间在北京舞台上演出，故而有"南昆北弋、东柳西梆"之说。乾隆时期前一阶段北京舞台的热闹，折射了全国演戏状况，随之出现了"花、雅"争胜的盛况，诸多地方新兴剧种与昆曲互相交流、吸收、融合，舞台技艺日益精进，加上清宫节庆及祝寿等盛大演出活动的导向作用，从而使戏曲进入表演艺术发达时代。乾隆时期后一阶段的花雅之争，经过几个回合，最后花部取胜，影响深远。雅部全本演出逐渐减少，折子戏演出越来越多，出现了《缀白裘》折子戏选集。此期传奇杂剧主要剧作家和作品，数量质量大幅度下降，都不能与清前期同日而语。主要尚存有：

夏纶（1680—1753后），字言丝，号惺斋，别署惺斋臞叟，浙江钱塘人。他于乾隆年间，创作6种传奇，各二卷三十二出，1753年合刻为《新曲六种》：即褒忠的《无瑕璧》，为明初建文帝殉节忠臣铁弦之女安排了一个美满婚姻的结局；

阐孝的《杏花村》，写孝子王武杀贼报父仇好运连连；表节的《瑞筠图》，述明代章纶继母守节教子；劝义的《广寒梯》，写王香谷助人善报；式好的《花萼吟》，写姚居全受诬陷而遇清官侠士；补恨的《南阳乐》，写诸葛亮完成恢复汉室的理想，以补"出师未捷身先死"之恨。

吴震生（1662—1752后），字长公，号可堂、玉勾词客，别署南村、祚荣、弥俄、弱翁、鳏叟，安徽歙县人。他康熙末年作有传奇《地行仙》，又名《后昙花》四十六出，写蜀国李常和临淮孔岂然游仙学道，与仙女结婚事。之后又创作了12种传奇，合刻为《太平乐府》：《换身荣》十四出，写战国蜀人郑藐变成女子，受蜀王宠幸；《天降福》，写汉宣帝时苟宾娶宫嫔之母王氏为妻，被封侯爵；《世外欢》，写三国时蔡瑁因妻经商致富而不求仕进；《秦州乐》，演李金源因义妹入宫而得宠，升任秦州刺史；《乐安春》，述后魏徐纥因附权贵竟出将入相；《牛平足》，演李廷哲父子归顺北周，加官晋爵；《万年希》，演柳誓因受隋炀帝召见，遂得功名；《闹华州》，演唐德宗时李园士击败叛军之事；《临濠喜》，演五代时刘崇俊因祸得妻与杨行密任濠洲知府；《人难赛》，演宋真宗升张耆为节度使之事；《三多全》，演明太祖女婿赵辉集福、禄、寿于一身。后11种皆为十三出。

石琰（约1700—1770后），号吴人、恂斋。存《石恂斋传奇四种》。《天灯记》三卷三十八出，演杨殿臣遇难入地狱后发生的种种奇事；《忠烈传》三卷三十六出，演狄青、韩琪、裴济平定西夏李元昊之事；《锦香亭》三卷三十五出，演钟景期与葛明霞的爱情故事。

崔应阶（1700前—1776后），字吉升，号松圃、研露楼主人，湖北江夏人。他著有杂剧2种：《烟花债》四折，演冯梦龙"三言"中单符郎全州佳偶之事；《情中幻》四折，渔唐人小说《任氏传》郑六遇妖狐之事。另有传奇《双仙记》二卷三十六出，演无双、古押衙节义故事，与《明珠记》情节相仿。3个剧本都是改编之作。

杨潮观（1710—1780），字宏度，号笠湖，江苏金匮（今无锡）人。他创作的《吟风阁杂剧》由三十二个单折短剧组成，剧目名称如下：《新丰店马周独酌》、《大江西小姑送风》、《李卫公替天行雨》、《黄石婆授计逃关》、《快活山樵歌九转》、

《穷阮籍醉骂财神》、《温太真晋阳分别》、《邯郸郡错嫁才人》、《贺兰山谪仙赠带》、《开金榜朱衣点头》、《夜香台持斋训子》、《汲长孺矫诏发仓》、《鲁仲连单鞭蹈海》、《荷花荡将种逃生》、《灌口二郎初显圣》、《魏徵破笏再朝天》、《动文昌状元配瞽》、《感天候神女露筋》、《华表柱延陵挂剑》、《东莱郡暮夜却金》、《下江南曹彬誓众》、《韩文公雪拥蓝关》、《荀灌娘围城救父》、《信陵君义葬金钗》、《偷桃捉住东方朔》、《换扇巧逢春梦婆》、《西塞山渔翁封拜》、《诸葛亮夜祭泸江》、《凝璧池忠魂再表》、《大葱岭只屦西归》、《寇莱公思亲罢宴》、《翠微亭卸甲闲游》。

金兆燕（1717—1789），字钟越，号棕亭，全椒人。存有传奇2种：《旗亭记》二卷三十五出，演唐代诗人王之涣、王昌龄等人故事；《婴儿幻》三卷三十出，演《西游记》唐僧过火焰山一段故事。

夏秉衡（约1723—1784后），字平千，号谷香子，江苏华亭人。存有传奇2种：《双翠圆》二卷三十八出，演金重与王观两个女儿的悲欢离合故事；《八宝箱》二卷三十出，据《杜十娘怒沉百宝箱》改编。

曹锡黼（约1730—约1758），字诞文、旦雯，号菽圃，上海人。存有5种杂剧：其中，《桃花吟》四折，演崔护遇谢婷婷谒浆之事；后4种总名《四色石》，由4个单折短剧组成：演翟以罢官与复官前后人情冷暖的《张雀网延平感世》；根据王羲之《兰亭序》敷演而成的《序兰亭内史临波》；描述王勃风送滕王阁作序的《宴滕王子安检韵》；演杜甫以诗歌寄托感慨的《寓同谷老杜兴歌》。

徐曦（约1736—1860后，）字鼎和，号榆村、镜缘子，吴江人。存有传奇《镜光缘》二卷十六出，演余义与妓女李秋蓉的爱情故事。另有记述自己生平及感慨的《写心杂剧》，现存两种版本，十六折本为《游湖》、《述梦》、《游梅遇仙》、《痴祝》、《青楼寄困》、《哭弟》、《湖山小隐》、《悼花》、《醉魂》、《醒镜》、《祭牙》、《月下谈禅》、《虱谈》、《觅地》、《求财卦》、《入山》。十八折本少了《觅地》、《求财卦》两折，加入了《问卜》、《原情》、《寿言》、《覆墓》四折，共计二十折。

爱新觉罗·永恩（1727—1805），字惠周，号兰亭主人。袭封康亲王，复称礼亲王。存有演韩愈被贬潮州的《度蓝关》。另有传奇"漪园四种"：《五虎记》

二卷四十六出,演秦琼、尉迟恭、罗士信、王君廓、段志元唐朝开国元勋五虎上将的故事;《四友记》二卷五十五出,把元人吴昌龄《张天师断风花雪月》与《东坡梦》合二为一,穿插敷演而成;《三世纪》二卷四十一出,根据王士禛《池北偶谈》中《郡进士三世姻缘》增润而成;《双兔记》二卷四十出,则演木兰从军故事。

桂馥(1736—1805),字未谷、冬卉,号老苔,山东曲阜人。存有仿明代徐渭《四声猿》杂剧的《后四声猿》:包括演白居易遣去家妓樊素的《放杨枝》;演陆游与唐婉的《题园壁》;演苏东坡谒见府帅陈希亮的《谒帅府》;演黄居难将李贺诗稿投入溷内的《投溷中》4种短剧。

沈起凤(1741—1796),字桐威,号蘋渔、红心词客,江苏吴县人。曾创30多种剧本,现仅存4种传奇:《报恩缘》,又名《攀桂图》,二卷三十八出。演一受护白猿,助书生与白丽娟等3位女子联姻的报恩故事;《才人福》二卷三十二出,演穷书生张籹与秦晓霞、李灵芸二女子的爱情故事;《文星榜》二卷三十二出,根据《聊斋志异·胭脂》增润而成;《伏虎韬》二卷二十九出,根据袁枚《子不语·医妒》改编。

孔广林(1746—1813后),字幼髯,山东曲阜人。存有《东城老父斗鸡忏传奇》四卷四十二出,根据唐人小说《东城老父传》增润而成;《王璇玑锦杂剧》四折,写苏蕙织回文锦感动丈夫窦滔之事;《女专诸杂剧》,摘取《天雨花弹词》中一段增减而成;《松年长生引》二折,祝寿之作。

汪柱,字石坡、铁林,号洞圃主人,江苏袁浦人。生卒年不详。乾隆年间刊刻《砥石斋二种曲》,包括2种传奇3种杂剧:《诗扇记》二卷三十二出,根据小说《人中画》改编;《梦里缘》二卷三十二出,虚构才子佳人梦中相会,好事多磨,终结良缘故事。《林和靖妻梅子鹤》一折;《心幽品》四折,每折写一位名人,即《楚正则采兰纫佩》、《陶渊明玩菊倾樽》、《江采苹爱梅赐号》、《苏子瞻画竹传神》;《破牢愁》四折,演一书生吴中访道求仙之事。

钱维乔(1749—1798后),字竹初,江苏武进人。存有2种传奇:《乞食图》二卷三十二出,演才子张灵与崔莹的爱情悲剧;《鹦鹉媒》二卷四十出,演孙荆与王宝娘的爱情故事。

王筠（1749—1819），女，字松坪，号绿窗野史，陕西长安县人。存有2种传奇：《繁华梦》二卷十五出，写才女王氏梦中变为男子，建功立业之事；《全福记》二十八出，写高官之子文彦与李云杰的友情及二人各自的爱情故事。

　　这一时期，除杨潮观创作的《吟风阁杂剧》和传奇《雷峰塔》影响较大之外，唐英和蒋士铨的剧作，成为戏曲文化的两大亮点。

　　唐英（1682—1755），字俊公，又字叔子，号蜗寄居士，一号陶人，人称古柏先生。清奉天（今沈阳）人，隶属汉军正白旗。曾任内务府员外郎兼佐领，先后奉命监督景德镇窑务十余年，积累了相当丰富的制陶经验。又曾兼理淮关、九江关、粤海关税务。他除有卓越的管理才能之外，诗、书、画功夫不错，著述颇丰，现存诗文集《陶人心语》五卷、《陶人心语续编》九卷、《可姬传》一卷；编有字典《问奇典注增释》六卷；辑刻《琵琶亭诗》一卷。他创作戏曲剧本很多，今存剧作有：《清忠谱正案》一出，《长生殿补阙》二出，《女弹词》一出，《笳骚》一出，《虞兮梦》四出，《芦花絮》四出，《三元报》四出，《梅龙镇》四出，《面缸笑》四出，《梁上眼》八出，《巧换像》十二出，《无缘债》二十出，《双钉案》二十六出，《转天心》三十八出，共17种。除后3种较长之外，大部分作品短小精悍，适于场上演出，这是由于他写剧本，主要为自养家班演出而创作之缘由，在文人创作剧本案头化越演越烈的当时，可作为他所作剧本的特点之一。

　　特点之二，他创作的剧本翻改地方戏曲剧本较多，保留了民间戏剧原作的鲜活性，喜剧性观赏性很强。如把梆子腔《双钉案》、《巧换缘》、《面缸笑》、《十字坡》等，改编为昆曲剧本演出，保存了原作中许多戏剧性强的鲜活内容。《面缸笑》里，腊梅串唱的梆子腔："婆惜老公真好汉，暗龟明贼黑三郎。"这显然是借用《杀惜》中的唱词。而《笳骚》里唱的《胡歌》，与一直活跃在舞台上的《小放牛》中的唱词雷同。可能是《小放牛》、《杀惜》等，在当时舞台上，演出效果很好，唐英借用过来，以增强观赏性。

　　特点之三，他在剧本中塑造了一批生动鲜活的人物形象，折射出当时社会现实。无论帝王将相、后妃才女，还是贩夫走卒、妓女乞丐，皆各具个性。例如，《转天心》中描绘书生吴明，由于久试不第，牢骚满腹，在玉皇庙中题诗指控天地不公。《巧换缘》透露灾荒之年，贱卖妇女的悲惨场景，在喜剧笑声中让人心酸。《面缸笑》反映封建吏治的腐败。《天缘债》以书生李成龙及结义兄弟张骨董借妻之恩宏扬重义的友道，对照口是心非的假道学，颇具批判力度。

唐英作为清廷官员，为了政基巩固和社会稳定，在剧作中极力教忠劝孝，弥漫着空洞说教的陈腐之气。他在《清忠谱正案》中描述周顺昌死后，受封苏郡城隍，审罚魏忠贤一伙，虚构了一系列情节，以补恨解气。又在自己创作最长的《转天心》中，虚构玉帝罚书生吴明，使其转世为其子吴定，让吴定沦为乞丐，再以吴定的孝义感动天神，参军立功，一门受封。虽然第一出副末开场诗"贵贱穷通有命，前因后果由天。怨天拗命定招愆，劫数轮回可叹！"但通过行善助人，仍可改变命运，即"立忠行孝，勿论人品之高低；仗义建功，端在行为之诚恪"。①"天心可转"的理念，认为"存心为善，天地无权。乞子回头，膏粱不及"②。这些，既号召人们仗义行善，助人为乐，也明显地宣扬信命守志、善恶相报，以劝教人心，稳定当时社会已有的秩序。

蒋士铨（1725—1785），又名中子，字辛畬、莘畬、心畬、辛予、心余、星渔，又字苕生，号清容、藏园、定甫、定庵，别署离垢居士、铅山倦客、藏园居士，江西铅山人。其先人本姓钱。其祖静之避难铅山，过继蒋姓。士铨幼年聪颖，喜好读书，乾隆二十二年（1757）中进士，改庶吉士，后散绾授编修，充武英殿纂修，复任顺天乡试同考官。任职8年，声誉日隆，某显宦欲罗致门下。他为躲避而乞假养母，拔棹南归，应聘为绍兴蕺山书院、杭州崇文书院、扬州安定书院主讲。日久，移归南昌，构筑藏园，奉母家居。其母逝后，复入京师，充国史纂修，记名御史。不久，因患风痹，再乞归养。3年后卒。

他文思敏捷，长于诗文，当时与袁枚有"两才子"之誉，并与赵翼合称"三大家"。著有《忠雅堂诗集》、《忠雅堂文集》、《评选四六法海》等。他兼攻南北曲，曾创作戏曲剧本30余种，现存16种：即杂剧《康衢乐》、《忉利天》、

---

① 王永健：《中国戏剧文学的瑰宝——明清传奇》，江苏教育出版社1988年版，第276页。
② 陈芳：《乾隆时期北京剧坛研究》，文化艺术出版社2001年版，第243页。

《长生箓》、《升平瑞》（以上四种合称《西江祝嘏》）、《一片石》、《第二碑》、《四弦秋》、《庐山会》8种。传奇《空谷香》、《桂林霜》、《雪中人》、《香祖楼》、《临川梦》、《采樵图》、《冬青树》、《采石矶》8种。后十二种合称"红雪楼十二种曲"，又称"清容外集"。

他的剧作，数量较多，质量也较高，是这一时期代表剧作家之一。其现存剧作，有人以题材内容分为历史剧、时事剧、爱情剧，神仙道化剧四类。[①]有人根据写作目的和主题思想，分为祝颂、教化、抒怀三类。[②]因前者分法，使《采石矶》和《四弦秋》不易归类，因此，笔者倾向于后者分法。

一是承应祝颂。此类剧目，为承应祝贺所作，有《庐山会》和《西江祝嘏》。《庐》剧虽然场面热闹，词采华丽，但内容平淡，空洞无物，属作者比较差的作品。而《西江祝嘏》4剧，尽管也属承应祝颂一类，但强化诙谐生动的民间特色。虽也人物众多，但各具个性，讨人喜爱；虽也讲究排场，但景物壮观，赏心悦目。尤其是曲调富于变化，4种十六折中所用曲牌毫不重复，一折之中，或南或北，或南北合套，或杂人弋腔、高腔、梆子腔，真可谓丰富多彩。且场景也变化多端，琳琅满目。如《忉利天》中的散花场景；《升平瑞》中的戏中戏，以梆子腔演唱女八仙；《长生箓》中麻姑唤起鱼龙起舞、毛女表演扑蝶身段，何仙姑捞出明月照冰颜等，皆别开生面。清人梁廷柟称"征引宏富，巧切绝伦"[③]。

二是劝惩教化。此类剧目，既有赞扬志士爱国的《冬青树》、《桂林霜》，又有表彰节义的《一片石》、《第二碑》、《采樵图》、《香祖楼》、《空谷香》、《雪中人》等。蒋士铨强调儒家倡导的"修身、齐家、治国、平天下"，宣扬对朝廷的"忠、义"。《桂林霜》以康熙年间"三藩之乱"为背景，突出广西巡抚马雄镇忠于清王朝，坚持不降吴三桂，被囚禁4年，全家39人被害，表彰满门殉节

[①] 梁廷柟：《曲话》卷三，《中国古典戏曲论著集成》（八）。
[②] 同上。
[③] 《蒋士铨戏曲集》，中华书局1993年版。

的壮烈。《冬青树》树立南宋末年文天祥被俘后，大义凛然的光辉形象，弘扬士人身处乱世的气节。作者在《自序》中写道："窃观往代孤忠，当国步已移，尚间关忍死于万无可为之时，志存恢复，耿耿丹衷，卒完大节，以结国家数百年养士之局，如吾乡文、谢两公者。"①

仿照洪昇对李隆基、杨玉环帝妃感情故事作而又作，蒋氏对明宁王朱宸濠与王妃娄氏故事，也是如此。他先创作了四折杂剧《一片石》，通过剧作家的化身薛天目寻访娄氏残废荒冢，从侧面描述娄氏得知丈夫朱宸濠欲谋反之际，极力劝阻，陈述利害，未被采纳，愤而投河自尽的悲壮故事。而《第二碑》仍有薛天目上场，改为争取重修了娄氏坟墓的过程。而现实中，剧作家本人四方奔走，几经波折，重修了娄氏墓。后来，作者再次创作了十二折的《采樵图》，从娄氏出阁到渔父为她收尸埋葬，描述了其生平故事，突出了娄氏在一幅《采樵图》上题写"昨夜雨过苍苔滑，莫向苍苔险处行"，劝谏丈夫，而其夫不听劝阻，一意孤行，谋反败落后娄氏投江自尽。作者对已定为叛妇的娄氏翻案和表彰，用心良苦。

三是抒发感慨。这类借他人之酒，浇胸中块垒之作，有《临川梦》、《采石矶》、《四弦秋》等。如《四》剧谱写白居易《琵琶行》"江州司马青衫泪"故事而有"台谏皆藏舌，宫坊强出头。才高官不利，谪贬去江州"。"何须青史，冤鼓未烦过。是非黑白，愚贱口不争差"等语，正说反说，均为牢骚。又如《采》剧中李白受陷害被绑赴法场时唱："平生我向刀头飘然一过，收拾才人浑未妥，人皆欲杀，长庚寿亦无多，将这朵青莲开向火，欲生无怎般附和。"愤懑之语，溢于言表。有感于千里马常有而世缺伯乐，蒋氏在《雪中人》里频频呼唤伯乐的出现，既反映出作者对人世人生的思考，也折射出对人生价值的体验。

蒋氏以资深的诗人创作剧本，能闪烁在乾隆时期剧坛上，最突出的特点是描绘了一系列鲜活的人物形象。如《雪中人》"写吴六奇频上流毫，栩栩欲

---

① 《蒋士铨戏曲集》，中华书局1993年版。

活"（梁廷柟《曲话》）。又如《采樵图》中的娄氏，明理识势，苦口婆心劝阻野心膨胀的丈夫，描绘出一位见识不凡、慧巧刚烈的巾帼女子。再如《空谷香》中的梦兰与《香祖楼》中的若兰，同为遭遇不幸的女性，但性格各异，清人杨恩寿对此评云："作者偏从同处见异。梦兰启口便烈，若兰启口便恨。孙虎之愚，李蚓之狡，吴公子之憨，扈将军之侠，红丝之忠，高驾之智，王夫人则以贤御下，曾夫人则因爱生怜。此外，如成、裴诸君，各有性情，各分口吻。"[①]作者通过这批各具个性的戏剧人物，反映了时代的价值判断。

而蒋氏剧作也存在一些问题，如戏剧性不太强、有的情节欠生动等。作者往往直露地表达个人主观意识，过多使用佛道设教，将人事托言鬼神。例如，《桂林霜》中的《平寇》、《灵台》，《冬青树》中的《梦极》、《神迓》、《饿殉》、《西台》、《勘狱》等。有的剧目中，神道情节的设置，与剧中主要人物和事件，关联不大。如《采樵图》中，结尾《学道》一场，表现本是平叛主帅的王守仁看破红尘，出世入道，有画蛇添足之感。

---

① 杨恩寿：《词余丛话》，《中国古典戏曲论著集成》（九），第251页。

神话剧《雷峰塔》

这是一部优美动人的神话传奇剧，描写蛇仙白素贞思凡，偕同侍儿小青下山，在杭州西湖邂逅许宣，结成佳偶。然而，这项婚姻受到以金山寺法海禅师的干预，导致了悲剧性结局。作品以引人入胜的戏剧情节，强烈起伏的戏剧冲突，鲜明典型的人物形象，成为乾隆年间昆曲舞台上的一枝奇葩。

一、白蛇故事的流传衍变

中国最早的蛇女神女娲，是一位人首蛇身的女性神。她创立了婚姻制度，是一位爱神；她发明了笙簧，又是一位音乐之神。有的传说中，她与伏羲是一对以兄妹为夫妻的人类始祖；有的传说中她死后化为天地万物；有的传说则说女娲在九重天上过着"不彰其功，不扬其声"的隐居生活。[①]

中国是龙的故乡，龙的原型是蛇，龙蛇崇拜传统对中国蛇女形象的影响是巨大的。蛇女善良、勤劳、勇敢，从女娲到龙女及白娘子都具有献身精神。这种精神在中国几千年中升华，使蛇女终于从神话与童话中走入人间，成为中国妇女的艺术象征。集蛇女故事之大成的《雷峰塔》，对中国文化乃至世界文化，产生了巨大影响。

白蛇变人的传说，由来已久。北宋李昉等人编辑的《太平广记》，收有唐代短篇小说《李黄》，其中有两段白蛇化为白衣妇女，引诱迷惑世间男子的故事。

明人洪楩《青平山堂话本》，选有宋元话本《西湖三塔记》，描述南宋孝宗

[①] 袁珂：《中国神话传说》上卷，四川人民出版社1986年版，第108页。

淳熙年间，奚统制之子奚宣赞游西湖，遭遇獭、乌鸡、白蛇三妖，几被白蛇精变成的白衣女子所害，后得真人相救，三妖也被真人镇于湖中石塔之下。清代刊印的《南宋杂事诗》，收有陈芝光咏西湖雷峰塔，诗中有"闻道雷坛覆蛇怪"，并在注释中引明人吴从先《小窗自记》："宋时法师储白蛇，覆于雷峰塔下。"

明人田汝成《西湖游览志》叙述雷峰塔时道："俗传湖中有白蛇、青鱼二怪，镇压塔下。"田汝成又在《西湖游览志余》中有介绍，明代嘉靖年间，以《雷峰塔》为曲目的白蛇故事，已是民间说唱的重要节目。明末，冯梦龙《警世通言》里有《白娘子永镇雷峰塔》较大地丰富了这个神话故事，描述白娘子与许宣在西湖相遇定盟；许宣因白娘子所赠银子而得祸，第一次被发配；白、许在苏州成亲，道人赠符，白娘子逐道士，许宣因盗案第二次被发配；白、许重逢于镇江，许宣到金山寺拈香，白前往寻许，因慑于法海禅师法力而逃遁；许回杭州姐丈家，再遇白、青若干妖怪纠缠，许请戴先生捉妖，受白娘子严斥；最后法海出面，以钵储白蛇、青鱼二妖，镇于雷峰塔下。这篇小说情节曲折。其中的许宣，是位对爱情不忠实的庸俗小市民，与大胆追求爱情幸福，尚未脱离妖气的白娘子，形成矛盾冲突，集白蛇故事在民间流传发展之大成。

清初，短篇小说集《西湖佳话》里的《雷峰怪迹》，经过作者墨浪子改写，只是比《白娘子永镇雷峰塔》的情节简略一些。陆项云《湖壖杂记》谈到雷峰怪迹时，洪昇附记："杭州旧有三怪，金沙滩之三足蟾，流福沟之大鳖，雷峰塔之白蛇。隆庆时，鳖已被屠家钓起，蟾已为方士捕得，惟白蛇之有无，究不可得而知也。小说家载有白娘子永镇雷峰塔事，岂其然乎。"[①]

二、白蛇故事戏曲创作的演变

明代陈六龙创作《雷峰记》，把白蛇故事搬上了戏曲舞台，可惜原剧已失传，只留下祁彪佳的评语："相传雷峰之建，镇白娘子妖也。以为小剧，则可；

---

① 以上均见《小说考证·白蛇传》。

若全本，则呼应全无，何以使观者意？且其词亦效靡华赡，而疏处尚多。"以此推论，似乎陈六龙没有见过《警世通言》里的话本小说，才致"呼应全无"，"疏处尚多"。祁彪佳只把此剧列入品位较差的"具品"中。

于今所存剧本，以黄图珌看山阁刊本《雷峰塔》最早。黄图珌，字容之，别号蕉窗居士、梅窗主人、守真子，江苏松江人，生于清康熙三十九年（1700），雍正年间曾任杭州、衢州同知，乾隆中卒。著有《看山阁集》、《看山阁闲笔》，作有《雷峰塔》、《栖云石》、《梦钗缘》、《解金貂》、《梅花第》、《温柔乡》、《百宝箱》7种传奇，合称《排闷斋传奇》。黄氏自述所作此剧："出神入化，超尘脱俗，和混元自然之气，吐先天自然之声，浩浩荡荡，悠悠冥冥……"[①]虽有自誉之嫌，确也多处精彩纷呈。

黄本《雷峰塔》刊于乾隆三年（1738），三十二出。从全剧的情节内容来看，作者是根据话本《白娘子永镇雷峰塔》直接改编而成的。黄本对白蛇故事登上昆曲舞台，是有贡献的。他不仅按照舞台艺术的需要，完成了整个舞台布局与场次安排，而且为刻画白娘子和许宣，也做了努力。与话本相比，黄本渲染了白娘子作为女性的细心与多情，减弱了妖气。例如，盗扇事犯，白娘子为营救许宣，遭蟹龟二精送还原物，二精发现缺少珊瑚扇坠，白娘子隐瞒赠许被缉实情，只说"物甚细微，遗失了也还不妨"。又如，话本原写许遇赦还杭，白、许再逢，白威助许："若生外心，教你满城皆为血水，人人手攀洪波，皆死于非命。"黄本改为白娘子仍委婉辩解，曲意求和，直到许宣找来戴道士捉蛇之后，才愤怒痛斥许宣。黄本还表现了小市民许宣对白娘子挂念多情。从总体看，黄本发挥话本的色空观，让许宣看破红尘，皈依佛祖。作者《自引》："白娘，蛇妖也，而入衣冠之列，将置己身于何地邪？"[②]并反映黄图珌仍以封建正统观念，对白、许婚姻加以否定。

乾隆中叶，产生过陈嘉言父女演出本《雷峰塔》。陈嘉言是当时著名昆丑。

---

① 蔡毅：《中国古典戏曲序跋汇编》，第119页。
② 蔡毅：《中国古典戏曲序跋汇编》，第1822页。

李斗《扬州画舫录》记载徐班诸伶时有："三面以陈嘉言为最，一出鬼门，令人大笑，后与配体同入洪班"。今存梨园旧抄本其间注有表演身段，但讹误甚多，极有可能为陈嘉言父女演出本的转抄本。梨园旧抄本删去了黄本《回湖》、《彰极》、《忏悔》、《赦回》、《捉蛇》等出，增添了《端阳》、《求草》、《水斗》、《断桥》、《合钵》等出，把白蛇故事加工发行为戏剧冲突集中的舞台剧本。

乾隆三十六年(1771)，水竹居刊本《雷峰塔》问世。作者方成培，字仰松，号岫云词逸，徽州人，生卒年不详。著有《香研居词麈》、《香研居谈咫》、《方仰松词矩存》、《听奕轩小稿》等。他在《雷峰塔自叙》中描述剧本改编过程："岁辛卯(1771)。朝廷逢璇闱之庆(皇太后生日)，普天同忭。淮商得以恭襄盛典，大学士大中丞高公语银台(明、清称通政司为银台)李公，令商人于祝嘏新剧外，开演斯剧，祗候承应。余于观察(清代对道员的尊称)徐环谷先生家，屡经寓目，惜其按节氍毹之上，非不洋洋盈耳，而在知音翻阅，不免攒眉，辞鄙调讹，未暇更卜数也。因重为更定，遣词命意，颇极经营，务使有裨世道，以归于雅正。"①

三、方本中的人物形象和戏剧冲突

方本通过一系列创造性改编，在旧抄本的基础上，对白素贞的独特性格进行了多方面多角度的深入描绘。首先，进一步去掉白素贞"蛇妖"成分，充分地"人化"，展示其美丽善良的人性。她向往人间生活，"忽忆凡尘春色好，出岫休迟"。突出了她追求爱情理想的顽强斗争，为爱情勇于自我牺牲的大无畏精神。白素贞端午节酒后现出原形，吓死了许宣。为了救活自己挚爱的夫君，她毫不犹豫地涉足险境，去仙山盗草，由于法海的干预，点化许宣，让其躲入金山寺，她又弃自己怀孕之体和死亡威胁而不顾，毅然决然地投入了争夺爱情幸福的水漫金山之战。她对爱情的追求和对幸福的向往，虽九死其犹未悔，达到了不计利害得失、勇于献身的崇高境界。直到金山之战惨败，仓皇地

---

① 蔡毅：《中国古典戏曲序跋汇编》，第1940页。

逃到西湖断桥，她仍未忘情于许宣，对其是爱与恨交织，显示出这一艺术形象的丰富性。

方本中塑造的男主角许宣，是一位鲜活的小平民形象。他奔波于市井之中，显示出市井商人的思维方式和行为准则，既对封建秩序有所不满，试图追寻一些个性化的东西，但又胆小自私，具有较深的自我保护意识。尤其是他既爱白娘子的如花似玉，但又不得不相信道士和法海的警告，惧怕其"蛇形"。他不能理解白娘子的叛逆行为。这种复杂的小市民性格，导致他在白娘子与法海的殊死较量中，逐渐地自觉地协助法海，既毁灭深爱自己的白娘子，也毁灭了自己的幸福生活。在毁灭别人的同时，也毁灭了自己，从而加深了悲剧的深刻性。

方本中的青儿，是一位具有侠义性格的义仆式丫环形象，她不仅聪明伶俐，极力促成了白娘子与许宣的婚配，而且侠肝义胆、赴汤蹈火，为白娘子奉献出真挚友情，达到了自我牺牲的程度。并又洞察人情物理疾恶如仇，不能容忍薄幸动摇的许宣，大胆斥责："我娘娘何等待你？……也该念夫妻之情，亏你下得这般狠心！"试图动手教训。面对法力无边的法海，她毫不惧怕，冲杀在前，而在最后《炼塔》一出中，青儿声泪俱下，通过对比手法斥责许宣，"你喜滋滋地将他的宗嗣绵，他恶狠狠地把连理枝割断。你前生烧了断头烟，遭他把你来凌贱。辜负你修炼千年，辜负你嵩山冒险，辜负你望江楼雅操坚，几时再见亲儿面。罢、罢，看俺与你报仇怨。"这就突破了杂剧传奇中一般侍女丫环的陈旧模式，塑造出一位鲜明独特的女性义仆形象，光彩照人。

而方本中的对立面人物代表法海，既法术高强，又描绘其老谋深算，他与白娘子的激烈斗争，不仅采取《水斗》那般殊死恶战，而且表现在他对许宣的"点悟"争取上，争取了许宣，也就分化了对立阵营，达到了分而治之的目的，充分显示了法海阴险狡猾的一面，也使这一反面人物更为有血有肉，真实可信。

方本中所展示的戏剧冲突，既激烈又深刻。不仅有法海与白素贞、青儿的暗斗明争，而且有白素贞、青儿与许宣的矛盾冲突。剧中生动描述了白素贞一颗未被法海的金钵和雷峰塔征服的女性心灵，却因许宣的动摇负情，造成了难以弥补的心灵创伤的全过程,并以这一悲剧命运所产生的震撼力量,深化了剧本的思想内涵,也使人物形象更加真实可信,独特生动,从而丰富了中国古代戏剧人物画廊。

当然,方本有时代局限。例如,承继旧本中因果报应,从《付钵》到《炼塔》把白素贞与许宣的人蛇相恋故事,纳入"了宿缘"的轮回报应框架之中。又如,最后的《佛圆》,乃是为大团圆结局而布置"感教行的慈悲佛忏度蛇妖",归结为佛、道、儒三家一统的理想道德规范之内,暗淡了追求幸福与爱情的理想光芒。

四、方本对地方戏曲的影响

方本较为成功的改编,思想性更加卓越,艺术性达到了相当高度,成为中国戏剧史上一部名篇。其中许多折,都成了昆曲折子戏,盛演不衰。尤其是乾隆、嘉庆之后的许多地方剧种,相继移植搬演了这个剧目。说明方本对后世影响之深远。

有些地方剧种移植时,根据剧种特色和观众需求,进行了某些改编。如川剧强化了戏剧冲突,从"扯符吊打"、"扳楼惊变"经"闯阵盗草"、"水漫金山"到"断桥重逢"、"合钵",使戏剧冲突兔起鹘落,跌宕起伏,汹涌澎湃。并在全剧表演中运用了川剧许多武功身段和武术技巧,丰富了"盗草"、"水斗"等折的舞台表现。又增入靴尖开眼、吐火、窜火圈等特技,展示了白素贞的愤怒、青儿的善战、王道士的害怕、法海的法力。即使在抒情成分浓厚的"断桥重逢",因剧中改变为男性的青儿几次变脸,突出其情绪的变化,使文戏也变得风狂雨骤,惊心动魄,从而增强了舞台表现力和观赏性。

1952年演出的田汉改编的京剧《白蛇传》,获得成功,成为京剧舞台的保留剧目,剧中"进一步突出了白娘子与法海的矛盾,强调了白娘子追求自由、幸福的正义性与合理性。……最后虽然遭到了被镇压在雷峰塔底的悲剧结局,但她以无私的爱使许宣由动摇趋于坚定,却取得了胜利……将白娘子这个神怪人物的美丽性格发展到一个新的高度"①。

五、《雷峰塔》在国外

日本江户时代，作家上田秋成依照明代冯梦龙《白娘子永镇雷峰塔》与清初《雷峰怪迹》而改写为《蛇性之淫》的物语故事，把白素贞改名为真子，许宣改名为丰雄，小青改名为磨矢。真子爱恋丰雄，不顾一切，近乎疯狂，狰狞可怕。这篇物语故事收入雅文小说集《雨月物语》之中。日本现代作家林房雄又根据冯氏小说等改写成小说和电影故事片《白夫人的妖恋》、动画片《白蛇传》。②

日本歌舞伎里有《蛇妻》、《蛇别》，故事内容与传奇《雷峰塔》里的"游湖借伞"、"断桥重逢"的情节相似，只是结局有所差别，改为蛇妻留下蛇子，飞升而去。据日本戏剧家千田是也所言，还有《鹤妻》一剧，是根据《蛇妻》改编而成，仙鹤化为少女，用羽毛织锦，故事更曲折，凄美动人。③

印度与我国西藏接壤的卡塔卡里地区的舞剧中有《蛇变少女》一剧，故事中有新郎故意灌醉新娘，使她现出蛇形，与传奇《雷峰塔》中"端阳酒变"的情节相似。

朝鲜古代戏剧中，《仙姬》是描述蛇变少女的故事。另有《蛇郎与少女》一剧，只是把蛇女改为蛇郎，而悲欢离合的内容大致相似。

至于欧美，1834年，法国有书提到玉山主人的传奇《雷峰塔》。1863年，英国出现《雷峰塔》故事的介绍。1869年，《雷峰塔》由英国人翻译成了英文。1946年，美国纽约出版了英文版剧本《白蛇传》。1952年后，田汉改编的京剧《白蛇传》多次在欧美各国演出，影响更大。④

---

① 《中国大百科全书·戏曲曲艺卷》，第392页。
② 见《文化译丛》1985年第5期。
③ 见沈祖安：《戏曲〈白蛇传〉纵横谈》，《〈白蛇传〉论文集》，浙江古籍出版社1985年版。
④ 转引自贺学君：《中国四大传说》，浙江教育出版社1995年版，第72、73页。

清代《聊斋》传奇初探

《聊斋志异》以蕴藏丰厚的思想文化内涵,众多栩栩如生的艺术形象,离奇曲折的故事,起伏多变的情节,从问世流传之后,受到剧作家的广泛关注。清代康熙之后特殊的文化政策,如加强文化领域的管制,大兴文字狱,迫害汉族文人,使剧作家们不敢贸然涉足历史和现实题材。而《聊斋》或谈狐说鬼,或描述离奇人物事件,皆生动有趣,既可避开历史和现实的某些忌讳,又可抒发心中郁积的情感,因此受到剧作家的青睐,成为重要的戏剧题材之一。仅传奇而言,从现存已见的剧本来看,清代就有许多改编之作,既丰富了传奇题材内容,又对《聊斋》故事的流传及《聊斋》文化的传播,推波助澜。更重要的是在戏剧史上的重大意义,即传奇《聊斋》戏的改编,具有开创性与试验性,对后来各地方剧种改编《聊斋》戏,起到了示范作用,提供了可供参考借鉴的内容。

一、乾隆年间的创作

《聊斋志异》小说产生后,在相当一段时期,是以抄本传世,局限了流传的范围。乾隆三十年,湖南王氏刻本问世,四方流传,引起传奇作者的关注。乾隆三十三年,就有钱维乔改编的《鹦鹉媒》剧本问世。接着,乾隆三十八年,有蒋士铨《雪中人》产生。此后,又有沈起凤所作《文星榜》、《报恩缘》等。这几位都是那个年代的写戏高手,出手不凡,使《聊斋》戏一产生,就有很高的艺术成就。

《鹦鹉媒》,两卷四十一出,根据小说《阿宝》改编。剧中增加女主人公王宝娘因梦观音付之鹦鹉,言良缘系之,遂买一只鹦鹉,并自绘《调鹦图》,

托人装裱。男主人公孙子楚至裱店见画，喜欢上作画之人，托人说媒。其中有孙子楚化成鹦鹉，飞入绣楼探访，宝娘誓以姻盟，鹦鹉口衔绣鞋飞走的情节。从作者自述创作意图里，"是故情之至也，可以生而死之，可以死而生；可以人而物之，可以物而人之。……或有疑其幻者，则夫蜀魄楚魂，至今不绝，又况千年化鹤，七日为虎，漆园蝶栩，天下境之属于幻者多矣，何不可作如是观耶？临川曰：'第云埋之所必无，安知情之所必有？'信已"①。可见其继承发扬了《牡丹亭》"至情"的精神，是一部想象丰富、蕴含丰厚的佳作。

《报恩缘》，一名《报因缘》，又名《攀桂图》，上、下两卷，每卷十九出，共三十八出。根据《小翠》的某些情节改编。剧中描绘白猿因受书生之保护，一心图报恩，助他成就功名，并增加还为其牵红线，使之与紫箫、绿琴、白丽娟三位佳人联姻等情节。剧作家有感世风日下，人性败坏，号召知恩相报，若受恩不报，禽兽不如，激愤之情，溢于言表。吴梅在跋中分析此剧："或谓通本白多曲少，情文稍逊。余意由虽不多，而语语烹炼，且登场搬演，又适得其中，为观场者计，还不必浪费才情也。"②从剧中故事情节的展示，如第十四出《捕询》，描写裁缝出身的县丞胡圈，道白句句皆是裁缝口吻。又如王寿儿、李狗儿等净旦角色的插科打诨，加入这部人猿传奇之中，使正剧添些喜剧性色彩，加强剧场搬演效果。

《雪中人》，十六出，根据《大力将军》改编。剧中描述查伊璜劝助乞丐吴六奇。吴建功立业后，查家遇难，吴尽力报恩的故事，表现了千里马需伯乐赏识的意旨。全剧结构精巧，形象鲜活。梁廷枏《藤花亭曲话》极为推崇："写吴六奇颊上添毫，栩栩欲活。以《花交》折结束通部，更是匠心独巧。"③此处所言《花交》折，指剧中查夫人得知丈夫与吴六奇相交始末，将此撰为新曲，被之管弦，辅以歌舞，并以百花盛开，仙蝶飞舞场面迎接丈夫归来，结束

---

① 《中国古典戏曲序跋汇编》，齐鲁书社1989年版，第1954页。
② 同上。
③ 转引自《古本戏曲剧目提要》，文化艺术出版社1997年版，第544页。

全剧。青木正儿在《中国近世戏曲史》中也倍加赞赏："不独其事痛快，见人物描写亦生动。余甚喜此剧。"①

《文星榜》，两卷三十二出，根据《胭脂》改编。剧中改换了人物姓名，鄂秋隼改名为王又恭，胭脂改名卞芳芝，宿介改名杨仲春，王氏改名薛鸾姐，毛大改名王六讧，施愚山改名方鲁山，并增加了甘碧云和向采萍两位女子。即在剧中先叙苏州书生王又恭父母在世时，已聘甘碧云为妻。王又恭在父母双亡后勤学苦读，以第一名考中秀才，受到向采萍的倾慕，女扮男装拜访，愿效法娥皇女英，与甘家小姐同嫁于王。医家女卞芳芝，也爱慕王又恭，被邻居焦道士之妻薛鸾姐查知，愿与之撮合。后面情节，大致与《胭脂》相似。最后又增三女同嫁王又恭的大团圆结局。剧作家把一个公案素材，加入惩恶警世的内容，即新加本应金榜题名的杨仲春，因行为恶劣，被逐出文星榜，受剐惩罚的情节。全剧虽人物众多，情节曲折，头绪纷繁，但经过剧作家巧妙安排，层次分明，详略得当，艺术成就很高。如吴梅《文星榜跋》评曰："观其结构，煞费经营，生旦净丑外末诸色皆分配劳逸，不使偏颇，而用意之深如武夷九曲。《嫌姻》、《骂婚》二出，非慧心人不能作，通本遂玲珑剔透矣。"②从《昆曲大全》中存有此剧《怜才》、《露情》、《戏泄》、《失帕》四出曲谱，可知此剧当时搬演较多，流传较广。

二、乾隆之后的创作滥觞

乾隆之后，随着《聊斋志异》刊本的增多，流传更为广泛，创作滥觞，瑕瑜互现。

（一）黄燮清的《脊令原》和《绛绡记》

《脊令原》，两卷三十四出，道光十四年根据《曾友于》改编。全剧劝孝

---

① 转引自《古本戏曲剧目提要》，文化艺术出版社1997年版，第544页。
② 《中国古典戏曲序跋汇编》，齐鲁书社1989年版，第1947页。

教悌，情节曲折，文辞朴实。与作者相友好的陈用光在《序》中评云："情文朴挚，类皆布帛粟菽之谈，元人与《琵琶》近。"①

《绛绡记》，根据《西湖主》改编，原作九折，其中《诨筵》一折，有眉批"此折删去"。致使有的抄本，只有八折。剧中对小说有所增删，但剪裁得法，文辞生动，被后世改编为京剧《西湖主》和滇剧《洞庭配》。

（二）李文瀚的《胭脂舄》

《胭脂舄》，两卷十六出，道光二十二年根据《胭脂》改编。全剧本于小说，只是更为详细合理一些。由于作者任过县官与知府，查办过公案，对指证设计，定讞程序，都有增改，因而《自序》有"补《聊斋》所未圆之说，非与《志异》操戈"②之语。

（三）陈叔明的《喜梅缘》、《负薪记》和《错姻缘》

《喜梅缘》，两卷十六出，根据《青梅》改编。剧中借程青梅与张介受的悲欢离合之情，谱写人生聚散、世态炎凉之感。

《负薪记》，八出，根据《张诚》改编。当时有俞廷瑛《序》评曰："剪裁有法，翰采灿然。……吾知此剧一出，梨园小部必且竞相肆习。"③

《错姻缘》，八出，根据《姐妹易嫁》改编。当时俞樾《序》评价云："不独词曲精工，用意亦复深厚。异日红氍毹上，小作排当，聚而观者……"④由俞廷瑛和俞樾《序》中可知，陈叔明创作的剧本，当时很快就会被搬上舞台。

（四）许善长的《胭脂狱》

《胭脂狱》，十六出，也是根据《胭脂》改编。剧作者在创作的《绛供》、《提鞫》两出中，详细地描述了官员施闰章耐心细致地访查案情，展示反复推求思索的心理活动，正如作者《自叙》："特申明蒲志未详之意旨云。"⑤

---

① 《中国古典戏曲序跋汇编》，齐鲁书社1989年版，第2190页。
② 同上，第2122页。
③ 同上，第2315页。
④ 同上，第2475页。
⑤ 同上。

（五）刘清韵的《丹青剑》、《天风引》和《飞虹啸》

这位清代多产的女剧作家，共创作了24种剧本，由于遭受水灾，14种传奇稿本淹没在泥淖瓦砾之中。幸存下来的10种，就有3种《聊斋》剧。若那14种传世，极有可能还会有一批《聊斋》戏。

《丹青剑》，十二出，根据《田七郎》改编。剧中首尾增加了情节，即第一出《梦谶》里孔融发现边隅荒凉之地，竟有田七郎和武承休这样的伟岸人才。第十一出《寻亲》和第十二出《奠基》，增入大团圆旌表的结局。

《天风引》，九出，根据《罗刹海市》改编。剧中强化了小说中离奇情节，即海外罗刹国中美丑颠倒，美男子马龙媒到此地，只好戴假面具。今人周妙中认为："在传奇中尚未见有这类题材，曲白文字也很可观，若有机会演出，必会收到良好效果。"[①]

《飞虹啸》，十出，根据《庚娘》改编。剧中情节基本上与小说相同。正如俞樾对这位女剧作家作品的总体评价："余就此十种观之，虽传述旧事，而时出新意，关目节拍，皆极灵动。至其词则不以涂泽为工，而以自然为美，颇得元人之味。"[②]今读这三种《聊斋》剧本，知不是过誉之辞，当属确论。

另有陆如钧根据《连锁》故事改编的《如梦缘》，存同治年间抄本，笔者无缘一见。还知存目的有《钗而弁》、《紫云回》、《恒娘记》、《盉簪报》、《颠倒缘》5种，而剧本皆佚，作者阙名，实为憾事。

综上所述，从笔者目前所能读到的清代十几种传奇《聊斋》剧本来看，乾隆时期的剧作家主观意念太强，对《聊斋》小说的故事人物增减较多，改编幅度较大。后来，改编《聊斋》的剧作家减弱了主观色彩，比较忠实原作，改编幅度较小。尤其是女剧作家刘清韵，以女性的视角，不仅对人物故事安排编织，突出对情感因素的显现，而且洞悉人物心理，裸呈人物内心隐秘，别具一格。有的对某一些题材作而又作的，如有3种《胭脂》改编本，而李文潮的《胭

[①] 周妙中：《清代戏曲史》，中州古籍出版社1987年版，第349页。
[②] 见石印本《小蓬莱仙馆传奇》开篇。

脂舄》和许善长的《胭脂狱》，比较忠实原作，后世的京剧、川剧、秦腔、越剧等地方戏，又依据这两种剧本改编，搬上舞台。这些，在中国戏剧文化史上和《聊斋》文化传播中，都有重要影响，值得研究总结。

（原载《戏文》2004年第4期）

中国戏剧文化的一大嬗变
—— 试论从剧作家中心制到演员中心制嬗变的根本原因及过程

一般认为，以京剧为代表的现代中国戏曲是以演员为中心的，即演员名气大，剧作家围绕演员写剧本。然而，在京剧形成之前的相当长时期内，如元代统治舞台的元杂剧是以剧作家和演员共同组成"中心"，因而有《录鬼簿》和《青楼集》传世。而明代中叶后统治舞台的昆山腔传奇却是以剧作家为中心的，即剧作家名气大，而演员湮没无闻。什么原因导致中国戏剧文化的在京剧盛行时期，发生由剧作家中心制转变为演员中心制的重大嬗变？细而察之，原因是多方面的。例如昆山腔传奇剧本的案头化倾向、传奇由昆弋腔演唱的雅化现象等。但案头化、雅化又是如何产生与强化的？笔者认为，在当时经济基础没有重大变化的情况下，清王朝的文化专制政策，是其中的根本原因，由此对京剧的形成与早期京剧的发展，产生了一系列重要影响。

一

清朝贵族入主中华之后，为了巩固其统治，除赤裸裸军事镇压之外，逐步推行了一系列文化专制政策，加紧对汉族士大夫的拉拢腐蚀与思想钳制。一方面，清王朝承袭并发展了明代八股取士制度，对士子笼络驱使。尽管科举制也为清政权选拔了一些人才，并在清代初期，在促进清朝奴隶主贵族集团封建化方面，起过一定的作用，但从整体而言，与唐代统治集团以科考发现人才、选贤任能，从出发点到实施过程，已有本质区别。清朝统治集团"非知八股为无用，然驱策志士，牢笼英才，舍此莫属"①。在科举的诱导下，读书人纷纷投身八股文中。乾隆时期擅长词曲的作者徐灵昭写了一首俚曲："读书人，最不济；烂时文，烂如泥。国家本为求才计，谁知变为欺人计。三句承题，两句破题，摆尾摇头，便道是圣门高第。可知晓《三通》、《四史》是何等文章？汉祖唐宗是哪朝皇帝？案头放高头讲章，店里卖新科利器。读得来肩臂高低口角唏嘘，甘蔗碴儿嚼了又嚼，有何滋味？辜负光阴，白白昏迷一世。"此曲较为生动地指出八股取士的弊端。清王朝在科举考试过程中玩弄种种花招，侮辱士子人格，多方面摧残读书人的身心，而许多士子追名逐利，甘愿奔走其间，恰如《儒林外史》等作品描述的那般执迷不悟，热衷到了疯狂的程度。乾隆五十一年，广东考生谢启柞，九十八岁才中举。他得意忘形地称自己是老姑娘出嫁："照镜花生命，光照雪梳头。"像他这般把自己的毕生精力耗费在科举上的读书人比比皆是。

另一方面，清王朝采取了高压手段。清朝最高统治集团极力推崇孔孟之道和程朱理学，把其余学派视为异端邪说，加以限制打击，只准士大夫注经释典，不允许理论争鸣与学术探讨；在思想限制的同时，又大肆制造文字狱，血腥残害士大夫，进行肉体摧残与消灭，造成人人自危的恐怖气氛。从康熙年间肇始，到雍正、乾隆时期更加勃兴发达的文字狱，以各种"莫须有"的罪名，加在一些稍具个性、略有反抗与反思意识的汉族士大夫头上，轻则罢官入狱，重则满门抄斩，株连九族及上下左右，一桩桩一件件接连不断，借口之荒唐，手段之暴戾，持续时间之长久，可谓世界历史之最。

与笼络和高压相结合，清王朝又大肆组织士大夫编撰典籍，把大批文人引入浩若烟海的历代书籍的故纸堆中，以各种名利拉拢腐蚀他们，既可消磨他们的自由意志，又可剔除历代书籍中对清朝统治不利的东西，欺世盗名，为维护自己的统治服务。《四库全书》、《皇朝通志》等正因此得以汇编问世。

这种软硬兼施的文化专制政策，经康熙、雍正两朝越演越烈，到乾隆、嘉

---

① 《清史稿·选举志》。

庆时期达到登峰造极。为了逃避严酷的现实，保存身家性命，这几代士大夫文人不再谈论时政，若寒蝉噤口。他们一头扎进故纸堆，注释古籍，甘心陷入烦琐考据的泥潭不愿自拔，由此产生了以考据著称于世的乾嘉学派。乾嘉学派的形成与昌盛，折射出当时士大夫阶层对清王朝文化专制的畏葸心理。在这种状况下，士大夫阶层逐渐背离了原先尊奉的经世致用的原则，丢掉了为国家为民众利益杀身成仁的气节，丧失了刚直敢言与追求真理的风骨。士林中的优秀人物，如才高八斗的曹雪芹、吴敬梓等世道难容，穷途潦倒；文名卓著的袁枚、蒋士铨与世相违，为避祸及早归隐。而平庸之辈反倒平步青云，卑劣小人窃据高位，不可一世。例如，以买官受贿、草菅人命而臭名远扬的理学名臣李光地反而加官晋爵；乾嘉学派中的重要人物王鸣盛做官后公开贪污，并不以为耻，反以为荣，自鸣得意。

清王朝的文化专制政策，对外闭关自守，阻断了东西方正常的文化交流，严重地阻碍了科学技术以及整个思想文化的发展；对内又实行愚民政策，影响了中华民族的智慧发挥，钝化了士大夫阶层的理性思维，甚至愚人导致愚己。乾隆年间，举国上下都不相信五大洲之说，连《四库全书》的总裁纪晓岚也认为五大洲之说纯属荒谬之论，并武断地把传教士南怀仁所作的《坤舆图说》定为他来华之后，读了中国古书，仿照衍化而成的。满朝文武官员对西方国家的地理、政治、经济、军事、历史一无所知，却盲目自大，口头禅是"谅没有什么稀罕！"史称"英明""十全老人"的乾隆皇帝把英国使臣马嘎尔尼访华，当成是英国国王的"倾心问化"，还发出一道圣旨，命令英国国王"永远尊奉"清王朝，视英国为自己的藩属国。[①]

乾嘉时期，乃是京剧的孕育期。清王朝的文化专制政策，使这一时期的不少士大夫从浩然磊落之士变为谨小慎微的古书蠹虫，从高标气节的谦谦君子沦为不择手段追名逐利之徒。这几代遭受文化专制扭曲的士大夫，恰如龚自珍所比喻的，仿佛一片片被摧残的"病梅"。堕落的士林风气影响了一代文风，无

---

① 《乾隆英使觐见记》下卷，中华书局民国五年版。

病呻吟之作，附庸风雅之作，歌功颂德之作充溢文坛。

二

在戏剧文化领域，清王朝的文化专制的具体手段是改戏与禁戏。改戏，就是完全按照清王朝的需要，把戏剧文化纳入为封建统治服务的轨道。顺治十一年春，顺治皇帝为培训臣下的愚忠，下令改编《鸣凤记》。冯相国等人举荐剧作家丁耀亢。丁奉旨后夙兴夜寐，历时数月编成，名为《蚺蛇胆》，上交冯相国审查。冯发现剧本中有抨击时弊、寄托孤愤的"违碍之语"，"乃欲令之引嫌避忌，顿焉自更"，而丁耀亢不愿完全按封建专制政治需要削足适履，"于是敛藁什袭，拟付名山"。①丁耀亢不仅没有得到任何好处，而且后来被逮捕入狱。冯相国又保举中书舍人吴菌次改编。吴吸取了丁的教训，完全按照上面的意图写作，删除《鸣凤记》中杨继盛敢于直言犯上、抨击朝政的激烈言辞，专门褒扬杨继盛誓死效忠封建君王的举动，取名为《表忠记》，"谱成称旨，即以杨继盛官官之，时以为奇荣雅遇"②。两个剧作家由于不同的创作态度，受到清王朝两种截然不同的待遇。由此造成几代剧作家只能看上面的脸色行事，创作个性受到压制。

阉割戏剧作品的丰富内涵，强调戏剧演出为巩固封建统治服务的现象，在康熙、雍正两朝得到强化，至乾隆年间更盛极一时。好大喜功，沉湎声色的乾隆皇帝，为满足自己的骄奢淫逸，宣扬自己的文治武功，显示天下太平，注重戏剧演出活动。为适应演出的需要，派大臣图明阿"勘办剧本"，"凡有关涉本朝字句，及宋、金剧本扮演失实者，应遵旨删改抽掣"。又令巡盐御史伊龄阿、全德在扬州设局修改剧本，剔除不利于清王朝统治的"违碍"之处。③同时，乾隆皇帝又加强力量，搜罗御用文人改编创作剧本："命张文敏制诸院本

---

① 郭芝仙：《蚺蛇胆弁言》。
② 陈康祺：《燕下乡脞录》卷十六，清刊本。
③ 《清实录》卷一千一百十八。

进呈，以备乐部演习，凡各节令皆奏演。其时典故，如屈子竞渡、子安题阁诸事，无不谱入，谓之《月令承应》；其于内庭诸喜庆事，奏演祥征瑞应者，谓之《法宫雅奏》；其于万寿令节前后，奏演群仙神道，添筹锡禧，以及黄童白叟，含哺鼓腹者，谓之《九九大庆》；又演目键连尊者救母事，析为十本，谓之《劝善金科》；……演唐玄奘西域取经事，谓之《升平宝筏》。""其后又命庄亲王谱蜀汉《三国志》典故，谓之《鼎峙春秋》；又谱宋政和间梁山诸盗及宋金交兵，徽、钦北狩诸事，谓之《忠义璇图》；……又抄袭元明《水浒》、《义侠》、《西川图》诸院本曲文。"①这些宫廷大戏，抽掉了小说和民间故事中民主性精华与新鲜活泼的东西，塞进了大量宣扬清王朝需要的封建忠孝节义的成分。这种完全以封建最高统治集团的意志改戏编戏的逆流，像浓浓的迷雾笼罩京华舞台，甚至弥漫到大江南北、长城内外的民间草台上空，流毒甚广，影响深远。

与之相对应的是禁戏。清王朝承袭明代"禁止搬做杂剧"的律条，又屡屡颁布禁戏诏令。乾隆、嘉庆时期，朝廷禁戏条文种类繁多，仅从嘉庆三年发布禁止乱弹、梆子、弦索、秦腔等的诏文，至嘉庆十八年共15年期间，粗略统计，朝廷颁发的禁戏条文有："嘉庆四年禁止官员蓄养优伶"，"禁止内城演戏"，"嘉庆七年禁止内城开设戏园"，"禁止城市乡村夜间演戏"，"嘉庆八年禁止官吏改装潜入戏园看戏"，"嘉庆十一年禁止旗人赴戏园听戏"，"禁止旗人演唱戏文与登台演戏"，"嘉庆十二年禁止在斋戒日期并祈雨、祭日演唱戏剧"，"嘉庆十三年四品官员椿龄因出城听戏被充军伊犁"，"嘉庆十三年重申禁止官员蓄养优伶"，"嘉庆十六年重申禁止官员入戏园看戏及在内城开设戏园"，"嘉庆十八年禁止民间搬演好勇斗狠之戏"等十几种。②从朝廷这些的禁令可以看出，一方面，清王朝视各类戏剧演出活动为洪水猛兽，极力予以禁止；另一方面，禁止官员看戏以及蓄养优伶，阻断了满汉官员及士大夫与戏剧演出活动的接触，

---

① 昭梿：《啸亭续录》卷一，清刊本。
② 见《元明清三代禁毁小说戏曲史料》。

从而影响这个阶层对戏剧的鉴赏与创作活动。

在清王朝改戏与禁戏的直接干预下，乾嘉时期的戏剧舞台出现了两种奇特现象：一种是根据封建统治阶级需要的演出活动的繁盛。例如，重大的庆祝活动，演出规模相当壮观。乾隆十六年庆贺太后六十寿辰，全国各地文武官员及外国使臣云集北京，从西华门至西直门外高亮桥十里长街，每十余步搭一戏台，南北戏剧歌舞，各自登台献技，热闹非凡。乾隆三十六年，为庆祝太后八十大寿，又如法炮制了一通。乾隆五十五年，乾隆皇帝自己八十寿辰，更加大规模地庆贺了一番。其戏剧演出活动倍于上两次。这种盛况空前的全国戏剧"会演"，增进了戏剧文化的相互交流与广泛传播。特别是乾隆五十五年那次全国各类戏班进京祝寿演出，致使徽班进京并羁留京华舞台，为京剧形成留下一大契机。

另一种现象是民间草台演出的繁荣。朝廷禁戏的诏令，主要是在大、中城市传达实施，而广大农村以及小城镇，山高皇帝远，很难真正贯彻执行。农民以及一些市民尤其是商人们对文化娱乐与交流的需求，使众多江湖戏班得以生存。这段历史时期，戏剧文化在庙堂之上受到排斥压制，一返回到滋生与养育自己的民间，迅速繁衍发达，成为全国开花的花部乱弹，从而迅速生成各地方剧种，影响深远。这个全国性通俗化的戏剧思潮，乃是全国亿万百姓对清王朝文化专制的反抗。他们迫切需要戏剧文化传达出自己阶层的心声，反映自己的喜怒哀乐与审美欲求。清朝统治集团洞悉其间，又严令禁止。如乾隆四十五年江西巡抚复奏查办地方戏曲，乾隆五十年颁发禁止来京都的秦腔戏班的演出[1]，嘉庆三年又下圣旨，令"乱弹、梆子、弦索、秦腔等戏，概不准再行唱演。所有京城地方，着交和珅严查饬禁，并着传谕江苏安徽巡抚、苏州织造、两淮盐政，一体严行查禁"[2]。但花部仍旧以自己强大的生命力，拓展着生存空间，并得到发展，至道光年间，不仅在全国铺开，而且占领了京都舞台："近

---

[1] 见《钦定大清会典事例》。
[2] 见《苏州老郎庙碑记》。

日有秦腔、宜黄腔、乱弹诸曲名，其辞淫亵猥鄙，皆街谈巷议之语，易入市人之耳；又其音靡靡可听，有时可以节忧，故趋附日众，虽屡经明旨禁之，而其调终不能止，亦一时之时尚然也。"①这里的"时尚"，是当时民间普遍的社会心理，即人心思变，要求冲破清朝贵族的野蛮专制的牢笼，流露出昂扬的自我意识与反抗情绪。焦循总结道："花部原本于元剧，其事多忠孝节义，足以动人；其词直质，虽妇幼亦能解；其音慷慨，血气为之动荡。"②其中的"忠孝节义"，是广大百姓所理解与认可的道德规范，与清王朝倡导的忠孝节义是有所区别的。花部的"其词"、"其音"以及"其事"中的积极因素，是广大百姓普遍的期望和要求的体现，并与清中叶以来全国各地此起彼伏各类反抗情绪及后来的农民起义风潮，有千丝万缕的内在联系，在思想情感与心理节奏上有共鸣之处，是合拍的。

三

元代与明代朝廷，虽然也偶尔颁发一两种禁戏条文，实际上很少像清代那样真正去贯彻实施。这两代的士大夫看戏和创作剧本，几乎不受什么限制，如果写出好剧本，就会受到文人集团的重视，顿时身价百倍，闻名遐迩。他们纷纷投入戏剧文化活动，或参加剧本创作，或介入评论争鸣。他们既可把自己创作的剧本提供给戏班演出，也可以蓄养家班自编自导。随着这几代读书人加入剧作家队伍，元代前期至元大德年间和明代中叶之后万历、隆庆年间出现了中国戏剧史上两个黄金时代。

清初的顺治、康熙年间，戏剧文学创作活动仍然是发达的。明清之际的社会大动荡，晚明文艺启蒙思潮的余波与传统观念回潮，交织而形成清初剧坛的大洄漩。特别是改朝换代，对顺治、康熙两朝剧作家的思想与创作影响很大，

---

① 昭梿：《啸亭杂录》。
② 焦循：《花部农谭》，《中国古典戏曲论著集成》（八）。

他们"生忧患之中，处落魄之境，自幼至长，自长至老，总无一刻舒眉，惟于制曲填词之顷，非但郁藉以舒，愠为之解，且尝僭作两间最乐之人，觉富贵荣华，其受用不过如此。未有其境之所欲为，能出幻境纵横之上者"[①]。而少数民族贵族集团入主中华的现实，对一代士大夫刺激强烈："世变沧桑，人多怀感，或抑郁幽忧，抒其禾黍铜驼之怨；或愤懑激烈，写其击壶弹铗之思；或月露风云，寄其饮醇近妇之情；或蛇神牛鬼，发其问天游仙之梦。"[②]这种急于倾吐内心抑郁，寄托一腔愤慨的剧本创作思潮，使清初传奇和杂剧剧本创作出现案头化倾向。而这种戏剧文学创作与舞台演出脱节的现象，主要是清王朝的文化专制的扩大蔓延所导致的。一种情况是朝廷以各种手段，不允许发泄牢骚和具有民族意识的剧本上演，只能刊刻在一定范围内阅读，失去了在排演过程根据舞台演出的需要进行加工修改的机会。另一种情况是剧作家知道自己创作的剧本在当时根本不可能公开上演，也就在笔下尽情发泄一番，借剧中人的酒杯，浇自己的块垒，不再考虑剧本是否适合舞台演出的需求。

值得格外注意的是，清朝最高统治集团不仅不奖励优秀剧本的作者，而且以种种借口打击迫害他们，例如，康熙集团对"南洪北孔"的态度即可说明。康熙二十八年八月，洪昇招伶人在自己的住宅中演出自己的新作《长生殿》，邀请京城许多汉族士大夫前往观摩。康熙皇帝知道后，以孝懿皇后病逝期间演戏为"大不敬"的罪名罗织文字狱，下令刑部逮捕洪昇，并拘审戏班伶人。前去看戏的汉族士大夫50余人都受到严厉处分。例如侍读学士朱典、赞善赵执信、台湾知府翁世庸、翰林院检讨李澄中等均受到革职罢官，监生查慎行、陈奕培以及洪昇，都被国子监除名，受此牵连者达五十几人，酿成了轰动一时的演《长生殿》之祸。后来有人感叹道："一夕闻歌浅，诸贤获累深。当筵人散尽，谁是最知音？"[③]同样，孔尚任也因为创作了蜚声南北的名剧《桃花

---

① 李渔：《闲情偶寄》，《中国古典戏曲论著集成》（七）。
② 邹式金：《杂剧三编小引》。
③ 王弘泽：《鹤岭山人诗集》卷十一。

扇》，引起了康熙皇帝的反感，遭到罢官并遣送回家的惩罚。①这两个充满感伤情调的剧本，基本上没有直接对清朝贵族"大不敬"，只不过有些剧作家反思历史之后的独特见解。清朝最高统治集团根本不允许臣下有什么新鲜想法，只要求臣民盲目地绝对服从。清王朝以各种借口直接处分剧作家，迫使他们不敢深入发掘戏剧题材内涵，不敢贸然写作探索创新的剧本。创作自由的丧失，造成传奇创作脱离现实，从而缺乏生动活泼和内蕴丰厚之作。延至乾隆年间，剧本创作的危机更为加深，"盖藏园（蒋士铨号）标下笔关风化之帜，而其余作者皆慎重下笔"②。

四

在清王朝文化专制的笼罩之下，昆山腔传奇逐渐被清朝贵族所规范限制，传奇艺术自身的一些弱点不仅没有在发展过程中加以克服，反而得到加强，更加突出地暴露出来，并且在艺术上的普遍弱点面前没有引起足够的重视。例如，传奇的雅化问题，题材偏重于才子佳人的问题等。当洪昇、孔尚任受到处分的时候，清王朝最高统治集团传达出的信息是，即使写爱情题材，也不准以离合之情，写兴亡之感。这样，几代剧作家为保险起见，只可能去写浅薄庸俗的男女之情以及朝廷提倡的教忠教孝、劝节褒义的题材。因此，产生了张坚的《玉燕堂四种曲》、万树的《拥双艳三种》、夏纶的《新曲六种》等一大批平庸之作。

随着宫廷大戏的涌现，皇家强大的政治权力和雄厚的经济实力，使昆山腔传奇演出的服装道具日趋华美，表演技巧日益精细。清朝最高统治集团一方面不允许官吏进入戏园看戏，不准蓄养家班；另一方面又攫取昆曲艺术为己用，既为自己的统治服务，又娱乐自己。乾嘉时期的传奇创作，失去了昔日的思想

---

① 杜朝光：《孔尚任罢官考》，《西南师院学报》85.2。
② 吴梅：《霜崖曲跋》。

底蕴，内容干瘪无味，只有在表演以及服装道具上下功夫，已经出现了由剧作家中心向演员中心转变的趋势。

这种趋势，自然影响到这一时期蓬勃兴起的花部以及由此衍化而成的早期京剧（即皮簧戏）。乾隆时的花部乱弹，"其词曲悉者皆方言俗语，鄙俚无文，大半乡愚随口演唱，任意更改，非比昆腔传奇，出自文人之手，斠厥成本，遐迩流传，是以曲本无几，其缴到者亦系破烂不全的钞本"①。没有士大夫阶层加入编剧队伍。花部大都"随口演唱，任意更改"，使演出质量受到一定的影响。四大徽班中的三庆班，比较注重排演新的时事剧，"每日撤帘之后，公中人各奏尔能，所演皆新排近事，连日接演，博人叫好，全在乎此。所谓下里巴人，举国和之。未能免俗，聊复尔尔"，即注重抓新近人们关注的热门题材，以此吸引观众，但由于没有较高文化素养的士大夫阶层参与编剧，未能留下传世之作。其他三个戏班，把重心放在表演方面。四喜班"先辈风流，饩羊尚存，不为淫哇，春牍应雅，世有周郎，能无三顾"，擅长"曲子"，即以"清歌妙舞"的唱功戏征服观众。和春班以"把子"为能事，"每日亭午，必演《三国志》、《水浒》诸小说，名'中轴子'，工技击者各出其技。佝偻丈人，承蜩弄丸；公孙大娘舞剑器浑脱，浏漓顿挫，发扬蹈厉，总干山立，亦何可一日无此"，即以武功戏招徕观众。而春台班却以"万紫千红"的年青小旦取悦观众。总而言之，为追求票房价值，大多数戏班在表演和穿戴上狠下功夫，"多搭小旦，杂以插科，多置行头，再添面具，方称新奇，而观众益众"②。几个著名戏班的演出剧目也多，但思想内涵丰厚者少，"三庆演连台《取南郡》，为排本戏之嚆矢。四喜之《五彩舆》、《雁门关》，春台之《铡判官》、《混元盒》，皆步其后尘。而最多莫如福寿，如《粉妆楼》、《福寿镜》、《荡寇志》、《施公案》、《十粒金丹》、《儿女英雄》等戏，日新月异，层出不穷，虽足

---

① 《史料旬刊》22期。
② 蕊珠旧史：《梦华琐簿》。

以号召一时，究不若旧剧之能持之"①。

这一时期的观众心理，受到封建社会晚期世风日下的影响，出现异常的审美趣味。广大庶民百姓处在封建皇权的威压之下，精神能量得不到正常的转换，精神抑郁得不到正常抒发，产生了一系列的畸形变化，如普遍对娶妾狎妓玩小脚津津乐道，对低级趣味的东西再三把玩，由此导致一种变态的戏剧观赏的逆流："近时豪客观剧，必坐于下场门，以便与所欢眼色相勾也。而诸旦在园见有相知者，或送果点，或亲至问安，以为照应。少焉歌管未终，已同入酒楼矣。"戏班演出也受到这股逆流的操纵，上演一些淫戏："近日歌楼老剧冶艳成风，凡报条有《大闹销金帐》者，是日坐客必满。魏三《滚楼》之后，银儿、玉官皆效之。又刘有《桂花亭》，王有《葫芦架》，究未有银儿之《双麒麟》，裸裎揭帐，令人如观大体双也。未演之前，场上光设帷塌花亭，如结青庐以待新妇者，使年少神驰目润，罔念作狂。淫靡之习，伊胡底欤？"②这股淫靡之风，在道光、咸丰年间更加风靡舞台。当时的观众热衷于捧旦角。就连嘉庆年间的四大徽班，每班小旦多至百余人，特别是春台班，"方紫千红，都非凡艳"。只有如此，才能赢得当时的观众。久而久之，使逐渐衍变形成的京剧也染上一些陋习。从早期京剧的演出剧目到表演，可以窥斑见豹。

清王朝的文化专制，也使早期京剧文学创作人才奇缺。据现存最早的皮簧剧本《极乐世界》的作者观剧道人在自序中透露出人才危机的信息："二簧陋矣，而吾谓非二簧之陋，作者之陋也。"他大声疾呼，号召"锦绣才子"加入编剧队伍，"以掩梨园所演之陋"。他又身先士卒，把《聊斋志异》里的《夜叉国》、《罗刹海市》和《织成》三个故事糅合交织，敷衍成一部八卷八十二出的皮簧剧本。笔者认为，1840年《极乐世界》的编成，标志京剧的正式形成。面对观剧道人呼吁文人士大夫创作皮簧剧本，当时一片"病梅"的士大夫置若罔闻。偶然也有像余治这种读书人加入了早期京剧文学创作的行列，然而，余

---

① 钱泳：《履园丛话》，中华书局1979年版。
② 安乐山樵：《燕兰小谱》。

治写作皮簧剧本，虽然也注意通俗流畅，自己写诗云："头衔自诩班头署，脚色谁为独脚信。但得国中多属和，巴人一笑即登台。"①他洞悉戏剧舞台演出对观众的潜移默化作用，认为"以乡约之法出之以戏，则人情无不乐观，必有默化潜移之妙，此真极好劝善局面"。并且可以"不费一钱"，较之乡约之功，何啻百倍"②。但从他集毕生精力所创作的《庶几堂今乐》里的28种京剧剧本来看，作品思想内容比较陈腐，大致属于诋毁农民起义、宣扬忠孝节义与因果报应，以封建伦理道德劝诫世人之作占大多数，艺术结构上也比较呆板，反映出封建社会晚期在清王朝文化专制主义的摧残下，大多数文人士大夫思想僵化，对现实的反应迟钝，创作灵感丧失，热衷于教忠教孝，成为封建卫道士，变成一堆可怜又可悲的应声虫。

五

京剧的衍变发展过程，咸丰、同治、光绪几朝宫廷的喜好，起了推波助澜的作用。特别是慈禧太后和光绪皇帝，酷爱京剧，让戏班的著名演员"内廷供奉"，按月发给一定数量的银子。皇帝后妃以及王公贵族们对京剧的偏爱，招引演员进入皇宫王府演出，一方面赏赐丰厚，创造了演员潜心钻研表演艺术的物质条件，并且多置行头砌末，修造富丽堂皇的三层戏台，为京剧表演艺术的发展，提供了一定的物质基础。另一方面，由于最高统治集团的喜爱，使京剧身价百倍，许多昆曲、秦腔等班社也改唱皮簧戏，吸引了一大批优秀的戏剧表演人才，刺激了京剧舞台艺术的发展。另外，宫廷中也不乏艺术的知音者，例如慈禧太后、光绪皇帝、大太监李莲英等，这批特殊观众对京剧演出的严格要求，对京剧舞台艺术的发展及规范化，起了一定的促进作用。

然而，其中的消极因素也相当明显。首先，晚清宫廷对京剧的青睐，是在

---

① 余治：《庶几堂偶吟》。
② 余治：《尊小学斋文集》卷三。

闭关自守的局面被西方列强的洋枪舰炮打破，农民起义风起云涌、此起彼伏，内外交困、走投无路的情况下，宫廷上下，无论主子还是奴才，深感日暮途穷，为填补精神空虚而形成的。例如，光绪二十六年八国联军入侵，七月二十日帝后西逃，八月初六就有帝后看戏的记载。①这群特殊的京剧观众，除少数像慈禧太后、光绪皇帝这般懂戏的鉴赏者外，大多数是看热闹。从总体来看，宫中的嫔妃、太监、宫娥等，文化层次较低，听京剧比昆曲容易懂，并且其中丑角的插科打诨以及滑稽表演，给沉闷呆板的宫廷生活带来一点儿生气，提供一些茶余饭后的谈资与笑料。其次，这群特殊观众，为消磨百无聊赖的光阴，观戏是看热闹，不可能把注意力集中在演出的思想内涵方面，而是注重演出形式的新颖奇特、服装的华丽精美、道具的精工制作、表演技巧的精湛娴熟等方面。例如，有人记载热河行宫演出规模："有时神鬼毕集，面具千百，无一相肖者。神仙将出，先有道童十二三岁者，作队出场，继有十五六岁，十七八岁者。每队各数十人，长短一律、无分寸参差。""又按六十甲子扮寿星六十人，后增至一百二十人。又有八仙来庆祝，携带道童，不计其数。"②又有人记述宫廷戏台与机关布景的："戏台共有五层，上三层是作贮藏和张幕用的。第一层就是普通戏台，第二层是筑成庙宇的形式，作为演神戏剧时候用的。"演《蟠桃会》时，"当这天使正从天上降下的时候，就在戏台中央就有一座宝塔升起"③。由此可见当时宫中演戏机关布景的场面。当时处于封建社会的晚期，朝野内外普遍对前途感到渺茫，从达官贵人到市井小民，都流行一种世纪末的心态，在惶恐困惑之余，急需排遣内心的郁抑苦闷，充满及时行乐的享乐心理。因此，京师内外观众的社会心理是对戏剧舞台的热闹花哨充满浓厚兴趣，尤其酷好丑角的滑稽谐谑："丑以科诨见长，所扮备极局骗俗态，拙妇俊男，商贾刁赖，楚休齐语，闻者绝倒。""惟京师科诨皆以官话，故丑以京腔

---

① 《清升平署档案》。
② 《檐曝杂记》。
③ 德龄：《清宫二年记》。

为最。"①这种现象从18世纪末一直持续到20世纪初叶。

为了宫中演出符合自己统治的需要，曾经由慈禧亲自主持，把宫廷大戏《昭代箫昭》昆曲剧本改成皮簧剧本，"系将'太医院'、'如意馆'中稍知文理之人，全数宣至便殿，分班跪于殿中，由太后取昆曲原本逐出讲解指示，诸人分记词句。退后大家就所记忆，拼凑成文，加以渲染，再呈进定稿，交由本家排演，即此一百零五出之脚本也"。"亦可称慈禧太后御制"本。②掌握着最高权力的慈禧太后直接参加早期京剧剧本的改编，实在是京剧史以及整个戏剧史上的一件大事，应该引起戏剧研究者的充分重视。

由于慈禧太后为代表的同治、光绪集团对早期京剧的偏爱和修改，在某种意义上讲，仍然是文化专制的延续，只不过是另一种方式，即攫取与利用。然而，文学史艺术史上的一因多果和一果多因的复杂现象屡见不鲜。清代后期封建最高统治集团的偏爱，提高了早期京剧的声誉，吸引了一大批优秀的人才从事早期京剧舞台艺术的创造活动，促进了早期京剧舞台艺术的迅速发展，涌现出一大批表演艺术精湛的京剧演员。以"同光十三绝"蜚声京师内外为标志，中国戏剧文化由剧作家中心制完全过渡到了演员中心制。

社会存在决定社会意识，是马克思主义唯物史观的基本原理之一。清王朝的文化专制，是当时的社会存在，由此极大地影响了当时的社会意识。从整体的文化氛围到戏剧舞台演出，从剧作家的创作心态到观众的审美意识，都打上了深深的烙印，并导致了戏剧文化的某些根本性变化，从剧作家中心制转变为演员中心制就是其中之一。这些对京剧的形成与早期京剧的发展产生的具体影响主要有三点：

其一，在乾嘉时代，戏剧文化产生了两极分化的现象，即昆曲的雅化与花部的俗化。而京剧脱胎于花部，又逐渐受昆曲影响，受到宫廷王公贵族们的规范，因而从总体艺术品格来看，介于花部与雅部之间，既吸收了花部中许多新

---

① 李斗：《扬州画舫录》。
② 《〈昭代箫韶〉之三种脚本》。

鲜活泼的艺术元素，又承袭了昆曲中许多精华，以其独特的艺术品位，赢得了京师朝野的喜爱。

其二，由于宫廷对京剧艺术的攫取，演出内容偏重于教忠教孝，剧目的主要来源是改编昆曲和花部中适合清王朝胃口宫廷特殊观众群的内容，新编剧目主要是当时流行的武侠公案小说，如《施公案》、《三侠五义》等。虽然也曾改编上演过《庆顶珠》等一批优秀剧目，但从总体来看，演出剧目的思想内容比较陈腐。

其三，早期京剧把重点放在演出形式的创新出奇上面，这对作为特殊传播方式的戏剧文化，特别是对作为世界三大戏剧体系之一的中国戏剧体系，有卓越的贡献。早期京剧表演注重形式美，在程式等方面的创造之功，应予充分肯定。但由于剧本创作较弱，没有像同一历史时期小说诗歌界那样，出现曹雪芹、吴敬梓、龚自珍、黄遵宪之类的大家，创作出那种反映民众呼声、表现时代精神的杰作。这些状况是令人遗憾的。

（原载《文艺研究》1990年第6期）

清代内廷演出弋腔戏研究

清代内廷的戏曲承应，根据奏折、谕旨、《戏目档》、《唱过戏帐》、《月戏档》、《恩赏日记档》等留存的大量档案中所记载，可以管窥清代各个时期演出弋腔剧目的状况。

一、李煦奏折

康熙三十二年(1693)十二月，内府包衣出身的苏州织造李煦上奏道："切臣庸愚陋贱，叠荷恩纶，揣分难安，益深惶悚。昨蒙佛保传谕温旨，倍加歉仄。念臣叨蒙豢养，并无报效出力之处，今寻得几个女孩子，要教一班戏送进，以博皇上一笑。切想昆腔颇多，正要寻个弋腔好教习，学成送去，无奈遍处求访，总再没有好的。今蒙皇恩特着叶国桢前来教导，此等事都是力量作不来的，如此高厚洪恩，真谒顶踵未足尽犬马报答之心。今叶国桢已于本月十六日到苏，理合奏闻，并叩谢皇上大恩。容俟稍有成绪，自当不时奏达。谨奏。"

李煦的妹夫就是《红楼梦》一书作者曹雪芹的祖父曹寅，他们的家族与康熙帝有很深的关系。虽然"织造"一职品级并不高，但负有监视江南地方官吏、密报当地民情的特殊使命，能够专折直接向皇上奏事，是康熙皇帝安插在江南的耳目。如果不是深知康熙所好，懂得当时宫内并不禁止女伶唱戏，他决不会贸然提出弄一班弋腔女伶送进宫里。当时内廷演唱昆腔的艺人较多，李煦费尽心思挑选了一批女孩子学习弋腔，学成之后送进宫去。他已经就此事上奏，见康熙不但允诺，还特地从京城下派弋腔教习叶国桢到苏州教戏，更是受宠若惊，立即诚惶诚恐地上折谢恩。而康熙只是简单地在奏折上朱笔批曰："知道了。"

李煦奏折里的"送进"和"学成送去",都说明要将学会唱弋腔戏的一群女伶送到北京内廷,供康熙皇帝及后妃观赏。康熙帝在宫中观看女伶班演戏,已见其他史料尚有记载。至今完好保存在中国第一历史档案馆的李煦奏折原件和康熙的亲笔朱批,是相当重要的可信史料。

二、康熙谕旨

《掌故丛编》一书,收录了部分藏于懋勤殿的康熙谕旨,编者（故宫博物院原掌故部）称其"为实录、圣训、东华录所不载者,年月皆无可考"。书中有针对宫廷伶人演出昆、弋戏而言的"圣祖谕旨",称"魏珠传旨,尔等向之所司者,昆弋丝竹,各有职掌,岂可一日少闲,况食厚赐,家给人足,非常天恩,无以可报。昆山腔,当勉声依咏,律和声察,板眼明出,调分南北,宫商不相混乱,丝竹与曲律相合为一家,手足与举止睛转而成自然,可称梨园之美何如也。又弋阳佳传,其来久矣,自唐霓裳失传之后,惟元人百种世所共喜。渐至有明,有院本北调不下数十种,今皆废弃不问,只剩弋阳腔而已。近来弋阳亦被外边俗曲乱道,所存十中无一二矣。独大内因旧教习,口传心授,故未失真。尔等益加温习,朝夕诵读,细察平上去入,因字而得腔,因腔而得理"。

这段谕旨说明当时弋腔在内廷的重要地位。弋腔在清代内廷的地位与民间不同。对于弋腔的历史沿革,康熙帝将其列入了唐代歌舞、元人杂剧之后正宗传承的艺术种类,谴责了民间弋腔被"俗曲乱道",这当是指流入京城的弋腔,已经依照京城人士的语言、习俗和审美观念,逐步"京化",广为流行的现象。清宫档案里从没有把弋腔称为京腔。康熙帝愿意看到弋腔演出保持原有韵味,要求"益加温习,朝夕诵读"。细细品味鉴察音韵中的"平上去入",进而"因字而得腔,因腔而得理",指导很细致,由此可见康熙帝很高的鉴赏水平,同时对内廷因弋腔教习的口传心授,故未"失真",给予充分肯定。

三、高士奇《蓬山密记》

另据高士奇《蓬山密记》所述,康熙四十二年(1703)四月,高士奇年迈离京归乡之前,康熙皇帝特请他入内廷观看女优演戏时说:"今日止可尽欢,弗动悲戚,内中女优令尔一观。"

第一折上演的是弋腔《一门五福》。(表现梁灏八十二岁才中状元,为母亲陈氏请得封诰,曾孙梁材也同年高中,其子梁固、其孙梁栋也因此受封,同门五代人一齐拜谢天恩。)

第二折演的是昆腔《琵琶上寿》。

第三、四折又是弋腔《目连救母》中的折子戏《罗卜行路》与《罗卜描母容》。康熙帝称赞演出:"此女唱此处甚得奥妙,但今日未便演出关目,令隔帘清唱,真如九天鸾鹤,声调超群。"

第五折又演昆腔《三溪》。

第六折再是弋腔《琵琶盘夫》。

第七折再演昆腔《金印封赠》。

这次演出的七折戏中,四折唱弋腔,并据康熙皇帝的赞语,乃是女优主演《目连救母》中的两折戏。①

四、乾隆年间的记载

清乾隆三年(1738),乾隆皇帝听说有传言"内廷须用优童秀女,广行购觅者,并闻有勒取强买等事",自行辩解。当时任苏州织造的海保,曾经送进二女子与一班弋腔艺人,女子中的"一人已拨回",弋腔艺人"因其平常,拨出外者二十余名,……"这里明显提到海保送入内廷一班弋腔艺人。②

清乾隆四年(1739),海保由于"购买优人,皆以供奉内廷为名",便"于

---

① (清)高士奇:《蓬山密记》,转引自李德龙、俞冰主编《历代日记丛钞》第18册,学苑出版社2006年影印本,第272—273页。

② 《清高宗实录》卷六八。

苏、扬各处任意搜剔"，却将优伶自己蓄养，"歌弹吹唱，达旦连朝"，署内女优妓妾数十名等数种劣迹被举报查证落实，从而受到惩处。①

清乾隆四十二年(1777)，乾隆皇帝在《古今体五十三首》丁酉四《上阳白发人愍怨旷也》诗前有一段自述："我朝女乐初亦历代沿，康熙年间其数不盈千，想彼贞观幽闭出有三千众，其尚存者，何止一半焉。以今喻古多少之数天渊悬。雍正其数更减十之七。乾隆无一女乐，逮今四十年。"②

这段记述说明，清代康熙年间内廷女乐（包括弋腔女优）不足千人，孙辈的弘历帝以此与唐太宗贞观时相比，少了两千人。父辈雍正朝"更减十之七"，只剩下三百女优。并自称在乾隆初年已全数裁撤了女优，已有40年。有研究家推论，引乾隆初年海保事件，"或许是在朝野的质疑声中，乾隆帝裁抑了全部女优"③。

五、《穿戴题纲》中的弋腔戏

故宫博物院藏有清代管理内廷演戏及乐舞演出机构南府的档案，两大本的《穿戴题纲》就是其中之一。这是一部衣箱管理者当年的档册，封面上写着"《穿戴题纲》，二十五年春日新立。"由于没有书写年号，只有根据所记剧目推断。资深老专家朱家溍从中记载的《目连大戏》各出角色，是"旧本"而不是乾隆中期改编为二百四十出的《劝善金科》，断定"这两本《穿戴题纲》是乾隆二十五年南府所记载的"④。

《穿戴题纲》第一册封面横写"节令开场、弋腔、目连大戏"。第二册封

---

① 《清高宗实录》卷一百二。
② 《高宗纯皇帝御制诗四集》卷四四，中国人民大学出版社1993年版。
③ 丁汝芹：《清宫演剧再探》，见故宫研究所编《清代宫廷戏曲学术研讨会论文集》，第4页。
④ 朱家溍：《故宫退食录》，北京出版社1999年版，第646—647、619页。（虽然后来朱先生在有人质疑、断定为道光二十五年，他曾改称嘉庆二十五年，但朱先生晚年编个人文集《故宫退食录》时，只收入乾隆二十五年的考证，可见朱先生认为这是自己最后的认定。）

面直写"昆腔杂戏"。两册中详细记载了当年内廷演出时，每出戏中人物的行当、服装、道具、扮相的名称，是一份内容相当丰富的戏曲史料，尤其是直接反映了弋腔戏在内廷的演出状况。

（一）"节令开场"

第一册里记有六十三出"节令开场"承应戏目：元旦：喜朝王位、岁发四时、椒柏屠苏、放生古俗、五位迎年、七鼚献岁、文氏家庆、喜溢寰中。立春：早春朝贺、对雪题诗。上元：悬灯预庆、捧爵娱亲、东皇节令、敛福锡民、紫姑占福。燕九：圣母巡行、群仙赴会。花朝：千春燕喜、百花献寿。寒食：追叙棉山、高怀沂水。浴佛：六祖讲经、长沙求子、佛化金身、光开宝座。端阳：灵符济世、采药降魔、祛邪应节。赏荷：玉井标名、御筵献瑞。中元：佛旨渡魔、魔王答佛。中秋：丹桂飘香、霓裳献舞。颂朔：花甲天开、鸿禧日永。赏雪：寻诗拾画、僧寮寒社、梁苑延宾、兔园作赋、柳营会饮、玉马归朝、谢庭泳絮。冬至：玉女献歪、金仙奏乐、瀛洲佳话、彩线添长、太仆陈仪、金吾勘箭。腊日：仙翁放鹤、洛阳赠丹。祀灶：太和报晨、司命锡禧。除夕：藏钩家庆、瑞应三星、升平除岁、彩炬祈年、南山归妹、贾岛祭诗、德门欢晏、迎年献岁、如愿迎新。

（二）"承应大戏"

第一册里记有三十二出"承应大戏"戏目：佛国赞扬、红蝠云臻、金莲呈瑞、长生祝舞、万寿呈欢、福寿征祥、平安如意、喜溢寰区、三寿作朋、祥征仁寿、群芳献舞、天官祝福、吉曜承欢、祝福呈祥、万福云集、添筹称庆、寿征无量、勾芒展敬、福寿双喜、芝眉介寿、一门五福、遭仙、三代、仙园、群仙导路、学士登瀛、边臣进石、翰苑献诗、神霄清跸、群仙拱护、纯阳祝国、四海升平。

以上两种戏目演出时，或唱昆腔，或唱弋腔，故而有许多属于弋腔戏。

（三）"弋腔剧目"

第一册里完整记载有五十九出弋腔剧目：万里封侯、怒斩丁香、孟良求救、灏不服老、金主行围、请美猴王、逢人拐骗、张旦借靴、廉蔺争功、负荆请罪、瞎子拜年、十朋祭江、拷打红娘、剪卖发、江流撇子、宫花报喜、姜女哭城、击鼓鸣冤、长亭嘱别、蒙正逻斋、龙生解帕、浪暖桃香、草桥惊梦、蒙正祭灶、达摩渡江、敬德钓鱼（新）、敬德钓鱼（旧）、敬德赏军、回回指路、河梁赴会、缝靴拐骗、下海投文、懒妇烧锅、勘问吉平、六国封相、五娘描容、牛氏规奴、虎撞窑门、勤劳机杼、糟糠自咽、骂阎醒梦、功宴争花、单刀赴会、敬德闯宴、敬德耕田、敬德探山、醉打山门、夜看春秋、计说云长、秉烛待旦、小宴却物、灞桥钱别、古城相会、华容释曹、雪夜访贤、大战石猴、遭戍拜月、平章拷姬、玉面怀春。

（四）"目连大戏"

第一册里，还有一部全本"目连大戏"。从所记各种角色来看，仍是旧本《目连大戏》，而不是后来经过改编的《劝善金科》。当时，旧本《目连大戏》的演出是昆、弋杂唱，并以弋腔为主。就连后来改编为《劝善金科》，演出仍是昆、弋杂唱。

此外，从记载的"穿戴"中，可以看出对后来演出穿戴的影响。例如，《请美猴王》，题纲里记有："悟空，钻天帽，黄通袖，虎皮裙"，后来京班演出《安天会》，就继承了"钻天帽"、"虎皮裙"的扮相。又如，《大战石猴》题纲里记有："悟空：白猴帽，黄袄，彩裤，鸾带（盗丹）。"当年昆弋不挡的郝振基演出《安天会》则继承了"白猴帽、黄袄"的扮相。再如，《大战石猴》第一场记载："悟空，黄蟒，靶鞓带，王帽，雉鸡翎。"则成为后来京剧舞台上齐天大圣的扮相。

六、光绪、宣统年间内廷演唱弋腔概况

到了光绪中、后期，以皮簧为主的乱弹已大量进入内廷演唱，但仍有一定数量的昆、弋剧目演出。

根据光绪十八年《月戏档》记载：正月初一乾清宫承应，演出剧目共16出，乱弹6出，昆腔8出，弋腔《兰殿呈祥》、《喜溢寰区》2出。

初二颐年殿承应，共11出，乱弹7出，昆腔1出，弋腔《吉曜承欢》、《春台叶庆》、《虞庭集福》3出。

初五颐年殿承应，共11出，乱弹7出，昆腔2出，弋腔《万花争艳》、《万象春辉》2出。

十二日涵元殿承应，共10出，乱弹6出，昆腔1出，弋腔《万花向荣》、《御苑献瑞》、《虞庭集福》3出。

十三日乾清宫承应，共10出，乱弹5出，昆腔2出，弋腔《景星协庆》、《灯月交辉》、《寿山呈瑞》3出。

十五日颐年殿承应，共7出，乱弹4出，昆腔2出，弋腔《东皇布令》1出。

十六日乾清宫承应，只演了弋腔《海不扬波》、《太平王会》2出。

另据光绪二十二年《戏目档》和《恩赏日记档》记载，由升平署内学班演出过弋腔剧目除以上提及者外，尚有《祝福呈样》、《圣母巡行》、《五瘟魔障》等。

宣统三年二月初一，在光绪去世27个月后，内廷释服唱戏，至八月十六日辛亥革命发生的半年多时间里，据《唱过戏帐》统计，包括重复，共演出过542出戏，乱弹518出，昆腔11出，弋腔13出。

七、醇亲王府改唱弋腔《千金记》

昆腔、弋腔戏合演，是清代内廷演戏的传统。例如，《绒花记》原本封面楷书："绒花记，八出，总本。"一至四本是"昆腔"，五、六两出是"弋腔"，七、八两出又是"昆腔"，直到光绪四年仍是按原本演出。又如，演杨家将故事的宫廷大戏《昭代箫韶》，乾隆和嘉庆年间演过多次，多数场次唱昆腔，有一小部分场次唱弋腔。[①]

根据百岁昆剧演员侯玉山先生回忆："我学戏那会儿，直隶省几乎所有的昆班内都有弋腔，而且剧目以弋腔为主。人们评价一个戏班时，往往先看是否昆弋齐全。评价一个演员时也往往得问是否昆弋不挡。拿无极县孤庄村刘洛东成

---

① 朱家溍：《故宫退食录》，北京出版社1999年版，第646—647页，619页。

立的那两个戏班来说，大班和丰与小班和翠，都要求演员得'能昆能弋'，否则便是半拉演员，不够搭班资格。这两个戏班是每年从腊月二十三送灶之日起封箱，开年阴历正月初六启箱，并举行隆重的仪式，烧香放鞭炮，然后揭掉上年贴的那张'封箱大吉'的封条，换上新写的'新春大喜'的红纸条子，还要在本村正中心搭一大戏台，为村民义演四天以庆祝春节。这四天戏是和丰、和翠两班合演，所以临时起班名叫丰翠合，每天的头一出戏必须先唱弋腔。打通也得用弋腔点子打，接着才能昆弋合演。

"昆弋演员因为长期同台，在演唱风格及演唱剧目方面，由于相互影响相互学习，日久天长也就自然而然地昆弋兼能了。有的戏某某主要演员使用昆腔唱，而其他的演员则可以使用弋腔唱，还有的是，在一出戏里某些角色唱昆腔，某些角色却唱弋腔。比如《安天会》中'偷桃'、'盗丹'两折，猴王唱的是昆腔，'派将'、'擒猴'时天王则唱的是弋腔。《青石山》中'拜寿'、'上坟'、'洞房'等折唱昆腔，而'关公显像'、'捉妖'等折则唱弋腔。有些戏如《庆寿》'捉妖'等折则唱弋腔。有些戏如《庆寿》、《闻铃》、《华容道》等，既能用昆腔唱，又能使弋腔唱。此外《千金记》、《闹昆阳》等也属于这一类剧目。唱时演员在台上不用变唱词，只须临时换一下曲调即可。相传，光绪年间有个戏班在醇王府演唱《千金记》，开始是用昆腔曲子唱，醇亲王在台下听戏，忽然灵机一动想要听弋腔，便差人到台上传话，让改唱弋腔，演员立即一变腔调就成了弋腔，连一个字都未动。"[①]

醇亲王的正室是慈禧太后的亲妹妹，他是慈禧的亲妹夫；光绪皇帝是他的亲儿子，位高权重，醇王府中的演戏，可作为内廷演戏的延伸。由以上记载可知，当年在醇王府中演戏过程中，戏班能马上从昆腔改唱弋腔。这种戏班也常进内廷演戏，可从一个侧面反映出清代后期内廷昆、弋改唱的状况。

---

① 刘东升：《优孟衣冠八十年》，中国戏剧出版社1989年版，第52—54页。

八、从以上清代内廷有关弋腔的档案及醇王府演戏的传言，可以得出以下结论：

（一）清代268年，内廷一直有弋腔戏上演。

（二）清代内廷曾有弋腔女戏班演出。

（三）清初进入内廷的弋腔戏，向雅化方面发展。与在民间演出相比，有较大的变化。在以康熙为代表的上层人士眼中，弋腔已属于雅部，而非花部。

（四）清代后期的直隶京师，昆班的演员都"能昆能弋"、"昆弋不挡"，并可临时根据需要改唱。由此可见弋腔在北京的普及与影响。

晚清社会与谭鑫培盛名

晚清，是中国历史上一个特殊时期。两千年封建社会的腐朽性充分暴露，国际列强的纷纷入侵，封建大厦千孔百疮，摇摇欲坠。正如马克思所言，帝国主义的大炮轰开了闭关自守的中国，迫使中国开放市场。封建主义的僵尸，在新鲜空气下迅速腐化。

晚清，朝野上下、广大民众，从昏睡中不断觉醒，觉醒后感到惊诧惶恐与屈辱，进而寻求变革与反抗：对外，反抗殖民主义的奴役；对内，要求改良变革。在这个大动荡时期，旧的正统的封建理念受到冲击，迅速崩溃瓦解；而新的理念尚未形成，民众的精神处于超重和失重的危机之中，普遍心态是茫然失措、跌宕起伏。这种社会思潮影响下的广大观众的戏曲审美心理迫切需要直抒胸臆、宣泄郁闷、反思观照。广大观众，尤其是京师观众既不再满足于生旦之间悲欢离合的爱情戏，也不再满足于打情骂俏、诙谐调侃的玩笑戏，更厌恶诲淫诲盗的淫秽戏。人们不再沉溺于清歌曼舞、轻松调笑，逐渐趋于沉郁幽深、蕴藉丰厚。这一时期正是京剧重要发展时期，京剧老生戏大量涌现，广受青睐。

晚清，现实世界纷纭复杂，山重水复，人们急迫需要历史观照，缅怀历史的辉煌，呼唤历史精神，通过反思历史，以揭开复杂现实的神秘面纱，展望未来发展方向。京剧老生戏大多数是历史剧或历史传奇剧，例如，《谭鑫培唱腔集》里选有《空城计》、《武家坡》、《李陵碑》、《击鼓骂曹》、《琼林宴》、《汾河湾》、《群英会》、《桑园寄子》等，它们正适合当时普遍的审美需求，所以受到普遍欢迎，老生演员声名鹊起，在各戏班挂头牌。不仅道光、咸丰年间成名的"前三鼎甲"程长庚、余三胜、张二奎如此，而且同治、光绪年间成名的"后三鼎甲"谭鑫培、孙菊仙、汪桂芬也是如此。

以上六位是晚清时期京剧众多老生里的代表人物，艺术上各有千秋，其中的程长庚和谭鑫培二人名气最大。有人分析谭鑫培成功的原因："孙、汪二人比他（谭），也不能说弱多少，但孙、汪气足声洪，不是随便可以学的，戏界所谓没有那个本钱，就不能学。"而谭鑫培"声不甚高，声不甚壮，腔调又专靠悠扬蕴藉，清脆流利，自然是好，但较为容易仿效，所以学他的人就特别多，他的名气自然也就跟着大起来了。这也就如同从前之程长庚、张二奎、余三胜三人之中，长庚名气最大的情形，是一个道理。张、余都徒弟很少，而长庚在三庆班多年，一直带收徒弟，徒弟自然要恭维老师，徒弟多，则恭维老师的人便多，则知道教师的人，当然也就多"（齐如山《谈谈谭叫天》）。

谭鑫培甚至比程长庚更享盛名一些，这主要是谭"彼时极得西太后的赏识"。楚王好细腰，宫人多饿死。"西后好观剧，亲信人员焉得不提倡戏剧呢？"慈禧太后"除恒传（谭）进宫演戏外，并于便中见各王以及内府大臣，时常夸奖他。各王公大臣，为得西后之欢喜，每于府中家中演堂会戏时，必有谭之戏。也就是为的看过之后，于便中见西后时，有话说。因此各王府宅门，对于谭，都要另眼相看。如此一来，谭的声望，一天比一天高，架子也一天比一天大。所以彼时有谭贝勒的外号。按亲贵的爵位，贝勒之分，仅亚于王爵，则彼时之情形可知矣。"（《谈谈谭叫天》）然而，为什么西太后如此喜欢谭鑫培呢？过去人们认为谭鑫培极其聪明，善于察言观色，又能揣摩西太后的个性，方能在各种场合，应答自如。加之谭鑫培艺术造诣高深，无论唱、念、做、打皆臻于完美，并时常有新的招式，让人耳目一新。此外，笔者妄加推断，可能还有以下几方面的因素：

其一，慈禧太后垂帘当政时期，国家一直处于多事之秋，内部与外部压力都很大，限于她的个人素养，不可能于琴棋书画之中消遣，也不可能像清朝其他男性最高统治者那样，驰马狩猎，更不能像乾隆那样，几下江南巡游，明察暗访，风流逍遥。因此，她的主要消遣方式，只好投向于观看通俗易懂的京剧上。咸丰皇帝病逝时，慈禧才27岁。年轻寡妇慈禧，由于尚有慈安太后在其右，又要面对诸多的皇亲国戚、满汉大臣，她要保持自己的尊严和形象，故而也不可能像中国历史上另一位女皇武则天那么放肆，所以不能在看戏时多点生旦爱情戏，以防止皇室亲贵的闲言碎语，只有多点历史剧或历史传奇剧，这些戏主要是以老生为主角或以武生为主角的戏。武生戏尽管很热闹，但没有老生戏那样深沉幽远、意味深长，久而久之，慈禧喜欢上了京剧老生戏。

其二，慈禧作为一位女政治家，丈夫咸丰皇帝逝世后，经过几番争斗，终于夺得权力，垂帘听政。她的主观愿望，还是想把大清江山治理好，但从总的来说，她的文化素养、思想修养较低，不如男子从小进学，熟读经史子集，熟悉治国韬略。她把持最高统治权力之后，尽力学习效仿，力争有所作为，并且企图在看戏娱乐之际，多看一些历史剧，在娱乐轻松中受到历史的启迪，以求对安邦治国有所帮助和裨益。

其三，慈禧太后作为女性，异性相悦，对男性演员有一种天然好感。谭之后，她喜欢看杨小楼的戏。如果是一位男性主持朝政，情形可能大不一样。根据齐如山记载的："而亲贵中之恭王，向不看叫天之戏，此事从前戏界人人知之。据人传说：醇王曾对恭王说过，佛爷既夸奖叫天，当然不错。恭王说：我若听叫天，还不及听青衣呢！"按此推论，如果恭亲王处在慈禧太后的地位，定要捧红一位京剧旦角演员。由此可见，最高当权者性别差异，对艺术时尚的影响。

慈禧太后既然喜欢老生戏，而程长庚已不在世，谭鑫培是当时老生演员的顶尖人物之一，并且"聪明过人，一味逢迎西太后，他揣摩着西太后喜欢什么，他就怎么个演法，所以极得西后之称赞"（《谈谈谭叫天》）。慈禧宠谭鑫培，有许多佳话，"奉旨抽烟"就是一例："庚子之役，两宫回銮后，朝政革新，力行禁烟，犯者科以重刑。谭因烟瘾已深，不能戒去。某日传差，谭竟请病假未至。慈禧问谭所得何症，宫监奏曰：鑫培在戒烟，精神衰，不能唱戏。慈禧闻奏不悦曰：他是一个唱戏的，也不管国家大事，抽烟有什么关系，传他抽足了进来吧。并命内务府传话地方官，以后谭抽烟，不得干预。是日谭进宫，谢恩毕。慈禧特赏大土五只。自此之后，鑫培乃奉旨抽烟，无论何人，都不敢干预焉。"（刘菊禅《谭鑫培升平署承值记》）从这个事例，可见慈禧为了让谭为自己唱戏，不顾国法新政，乱发号令的淫威，也透露了她对谭的不屑一顾的真实态度。

静而思之，京剧老生戏在晚清的兴盛，是幸事，也是不幸之事。由于前面所分析的社会原因，造就了一批京剧老生戏，从京剧剧目建设，到京剧反映时代的呼声，传达时代的美学精神，折射封建社会日薄西山、暮气黄昏等方面来看，可谓"幸事"。然而，京剧在自己发展的初期，就以老生戏著称，显得那么老气横秋，那么苍凉凄清，那么圆熟凝重，有点过于早熟，仿佛少年的"老成持重"，缺乏朝气蓬勃、勇于进取开拓的精神，从艺术发展史的角度上，可谓"不幸之事"。

京剧老生戏进入宫廷，受到慈禧为代表的统治者的青睐，是幸事，也是不幸之事。入宫演出，赏赐丰厚，解决了京剧演员的生计问题，不再疲于奔命式地走村串镇，演出挣钱，养家糊口，而能够静下心来，琢磨艺术，对表演艺术的提高，乃至京剧舞台艺术的发展，较为有益。最高统治集团的重视，更使京剧老生戏得以扬名，对早期京剧的发展和流传，是有举足轻重的作用的，可谓"幸事"。然而，京剧老生戏在宫廷演出时，形式上有创新发展，而在思想内容上，要适应统治集团的胃口，不可能有较突出的批判腐朽社会现实的民主性内容，更不可能反映时代发展的曙光性前卫思想，可谓"不幸之事"。

作为一代老生演员杰出代表人物的谭鑫培，受到慈禧的宠爱，既是幸事，也是不幸之事。慈禧的推崇，使他名声大噪，对谭派艺术的形成，并且成为京剧发展史上老生戏的里程碑，这是"幸事"。然而，他感慈禧的知遇之恩，一味地逢迎慈禧，适应了以慈禧为代表的上层特殊观众群，而逐渐失掉中、下层观众。尤其是他受宫廷宠爱后，脾气变大了，不易合作，名声受影响。例如，从他到上海的三次演出情况可知他的变化。第一次光绪五年（1879），他33岁，在金桂舞台演出50余日，乘船离沪时有戏剧界300余人送行。光绪十年（1884），他38岁，第二次来到上海，在新丹桂剧场演出两月，离开时"送行者较前更众"。光绪二十七年（1901），他56岁，第三次到上海演出，在沪、杭两地共住了8个多月，离开上海时"送行者仅沈韵秋父子二人"。为什么？总的一句话："向钱看"，认钱不认人，不顾观众，不顾与剧场老板的协议，先后与上海四个剧场中三个，即丹桂、天仙、三庆合作，"且俱不欢而散"（周剑云《谭鑫培南来沪上演出之回溯》）。当然，这只是谭的白璧微瑕而已，总的来看，他以自己的勤奋，执著追求艺术，对京剧有卓越的贡献，应该充分肯定。

（原载《中国京剧》1998年第3期）

简论王国维戏曲美学范畴

"王国维的《宋元戏曲史》和鲁迅的《中国小说史略》,毫无疑问,是中国文艺史研究的双璧。不仅是拓荒的工作,前无古人,而且是权威性的成就,一直领导着百万的后学。"(郭沫若《鲁迅和王国维》)郭沫若1946年的评价,充分肯定了王国维戏曲研究的学术高度和深度。笔者认为,其中重要贡献之一,是他借鉴与化用西方理论,继承发展中国古代论、画论、诗论、曲论,明确提出了"自然"、"意境"、"悲剧"和"喜剧"几个戏曲美学范畴,并以此作为理论阐述和美学评价的基点,极大地丰富了中国戏曲美学乃至整个中国美学的宝库。

一

王国维在《宋元戏曲考》(即《宋元戏曲史》)中,多次运用"自然"一词:"古代之文学之形容事物也,率用古语,其中俗语者绝无,又所用之字数亦不甚多。独元曲以许用衬字故,故辄以许多俗语或以自然之声音形容之。此自古文学上所未有也。"

"往者读元人杂剧而善之,以为能通人情,状物态,词采俊拔,而出乎自然。盖古所未有,而后人所不能仿佛也。"

"……摹写胸中之感想,与时代之情状,而真挚之理,与秀杰之气,时流露于其间。故谓元曲为中国最自然之文学,无不可也。若其文字之自然,则又为其必然之结果。抑其次也。"

"元曲之佳处何在?一言以蔽之,曰:自然而已矣。古今之大文学,无不以自然胜,而莫著于元曲。"

"元剧自文章上言之,优只以当一代之文学。又以其自然故,故能写当时政治及社会之情状，只以供史家论世之资者不少。"

从以上几段看，王国维在用"自然"一词，应有不同含义。第一段的"自然"是说元杂剧的语言的"以自然之声音形容之"，他列举了《西厢记》第四折、《黄粱梦》第四折，《倩女离魂》第四折里的曲文为例说明，又举例"用叠字，其数更多"的《货郎旦》第三折："我则见黯黯惨惨天涯云布，万万点点潇湘夜雨。正值著窄窄狭狭沟沟堑堑路崎岖，黑黑暗暗彤云布，赤留赤律潇潇洒洒断断续续，出出律律忽忽鲁鲁阴云开处，霍霍闪闪电光星注。正值著飕飕摔摔风，淋淋渌渌雨，高高下下凹凹答答一水模糊，扑扑簌簌湿湿渌渌林人物，却便以一幅惨惨昏昏潇湘水墨图。"他进一步论述云："元剧实为新文体中自由使用新语言，在我国文学中，于《楚辞》、《内典》外，得此而之。然其源远在宋金二代，不过至元而大成。其写景抒情述事之类人，所负于此者，实不少也。"而第二、三、四、五段的"自然"，意义基本相近，主要是阐明元剧形象化地反映生活，并在戏剧性规定情景下艺术地表现生活的深度和广度，才应属于戏曲的美学范畴。

"自然"一词是中国古典文论、诗论、画论中的一个重要美学概念。例如，刘勰要求文章"即体成势"，"譬激水不漪，槁木无阴，自然之势也"（《文心雕龙·定势》）。

王国维论画，研究"肇自然之性，成造化之功"（《画学秘诀》）。李白的自然之义为："清水出芙蓉，天然去雕饰。"（《经乱离后天恩流夜郎忆旧游书怀》）

司空图《诗品》里专有"自然"一节，提倡"俯拾即是，不取诸邻。俱道适往，著手成春，如逢花开，如瞻岁新。真与不夺，强得易贫。幽人空山，过雨采苹。薄言情语，悠悠天钧"。

苏轼论画云"道子画人物，如以灯取影，逆来顺往，旁见侧出横斜平直，各相乘除，得自然之数，不差毫米"（《书吴道子画后》）。

王国维把古代文论、诗论、画论中的"自然"这一美学概念引入戏曲美学之中，综合文论的"自然之势"，诗论的"尤贵自然"（吴雷发《说诗管蒯》），画论的"自然之性"、"自然之数"，认为剧作家摹写人情物理，要情真意切，使剧作蕴含"真挚之理"，"秀杰之气"，表达出了"胸中之感想，与时代之情状"，就是"最自然之文学",元杂剧的佳处就是以"自然胜",这对在一定的时空内通过戏剧人物装扮表演,与观众共同认可戏剧的假定性的艺术形式,明确地把"自然"这一范畴作为戏曲最高的美学标准之一,是很有理论建树的。

二

王国维在《宋元戏曲考》中,运用了"意境"这一美学概念:"然元剧最佳之处,不在其思想结构,而在其文章。其文章之妙,亦一言以蔽之,曰:写情则沁人心脾,写景则在人耳目,述事则如其口出是也。古诗词之佳者,无不如是。元曲亦然。明以后其思想结构,尽有胜于前人者,唯意境则为元人所独擅。"

他举例有《谢天香》第三折:"我常在风尘,为歌妓,不过多见了几个筵席,回家来仍作个自由鬼,今日倒落在无底磨牢笼内。"《任风子》第二折"添酒力晚风凉,助杀气秋云暮,尚兀自脚趔趄醉眼模糊;他化的我一方之地都食素,单则俺杀生的无缘度"。并认为这两个例子"语语明白如画,而言外有无穷之意"。

这里,王国维把"意境"作为自己对戏曲又一评判的美学标准之一,既是对中国古代文论、诗论、画论以及戏曲理论中"意境"说的借用和发展。古人论诗词,常以"意境"为重要理论标准。明清两代的曲论,也常以"意境"为重要的评判标准。这也是他在《人间词话》中词论的美学范畴的借用和发展。他在《人间词话》中说:"词以境界为最上。有境界则自成高格,自有名词。""境非独谓景物也。喜怒哀乐亦人心中之一境界。故能写其景物其感情者,谓之有境界,否则谓之无境界。"他这里用"境界"作为词的最高评判标准,而在《〈人间词话〉乙稿序》里,变成了"意境",认为有没有意境以及意境之深浅,是衡量一切文学作品艺术性的标准"文学之工于不工,亦视其意境之有无,与其深浅而已"。

他把诗论词论中美学范畴的"意境"引入曲论中,并且不是机械地搬用,除"写情"、"写景"两点与词论相同外,关键是加入了"述事"这一点,抓住了戏曲文学的要点，是很有理论卓识的。

三

王国维在《宋元戏曲考》中，还提出了"悲剧"、"喜剧"两个美学范畴："明以后，传奇无非喜剧，而元则有悲剧在其中。就其存者言之：如《汉宫秋》、《梧桐雨》、《西蜀梦》、《火烧介子推》、《张千替杀妻》等，初无所谓先离后合，始困终亨之事也。其最有悲剧之性质者，则如关汉卿之《窦娥冤》，纪君祥之《赵氏孤儿》。剧中虽有恶人交构其间，而其蹈汤赴火者，仍出于其主人公之意志，即列之于世界大悲剧中，亦无愧色也。"

众所周知，"悲剧"和"喜剧"，是西方常用的两个戏剧美学范畴。王国维深受西方理论的影响，尤其推崇叔本华的悲剧理论。叔本华在《意志和表象的世界》里有许多有关悲剧的论述，例如，"悲剧的喜感，不属于美感，而属于崇高感，甚至是最高级的崇高感。……在悲剧的灾难中，我们甚至抛弃了生存意志。在悲剧里面，人生可怕的方面被展示给我们"。

王国维接受了叔本华的悲剧理论，在《红楼梦》中论云"《红楼梦》者，悲剧中之悲剧也。其美学上之价值，即存乎此"，并搬用叔本华"解脱"之说，作为评价《红楼梦》美学标准之一。

在戏曲研究领域，王国维明显地贬低"先离后合，始困终亨"、惯用大团圆结局的明清传奇，认为此类大团圆的"喜剧"无足道也；褒扬"悲剧"。他不仅引用西方"悲剧"、"喜剧"两个美学范畴，丰富了中国戏曲美学，而且以此为美学标准，把《窦娥冤》和《赵氏孤儿》列入"世界大悲剧中"，是很有理论贡献的。

四

由于历史的、时代的原因，加之王国维写作《宋元戏曲考》时正客居日本，许多资料不能见到，没有进一步研究明清传奇等因素，致使他的戏曲美学范畴也有美中不足的局限。

首先,他的"意境"这一戏曲美学范畴,明显地带有研究词的痕迹。尽管有"述事则如其口出"的发展,但仍没有进一步脱出明清文人论剧时以诗论、词论作为主要理论基点的窠套。

其次,他把"喜剧"定义为"先离后合,始困终亨",未能对中国式的大团圆结局做较为深入的分析研究,并且他认为明以来戏曲无足道,可能是他没有看见《鸣凤记》、《娇红记》、《清忠谱》、《千钟禄》、《桃花扇》等明清传奇,更没有对汤显祖的"临川四梦"等深入研究,就得出"传奇无非喜剧"的结论,显得有点仓促。

从总体来看,他对戏曲美学的贡献是巨大的,"局限"仅属白璧微瑕而已。

(此文乃1999年参加"王国维研讨会"而撰写的论文)

附录

宫廷北京概论

北京历史悠久，文化灿烂，是享誉世界的历史文化名城。

北京背枕燕山，西凭太行，东临渤海，北有山海关、松亭关、古北口、居庸关、紫金关五关之险，蔽障着沃野千里的华北大平原。战国时代，燕国据此建筑都城名蓟，汉代称幽州。唐代诗人陈子昂随军出征，来到幽州，登台远眺，百感交集："前不见古人，后不见来者。念天地之悠悠，独怆然而泣下！"这就是著名的《登幽州台歌》。幽州台即蓟北楼，遗址尚存。"蓟门烟树"，乃燕京八景之一。

燕昭王曾在燕都蓟城筑台，置黄金于台上，礼聘天下豪杰。陈子昂曾在遗址怀古：

南登碣石馆，遥望黄金台。
丘陵尽乔木，昭王安在哉？
霸图今已矣，驱马复归来。

李太白也有诗云："燕昭延郭隗，遂筑黄金台。剧辛方赵至，邹衍复齐来。""金台夕照"一直是燕京八景之一，北京至今尚有"金台路"的地名。

北京的地位显赫，是辽、金、元、明、清王朝的都城。其中辽、金、元、清都是游牧文明吸收农耕文明而逐渐衍化的。游牧文明与农耕文明是两种存在根本差异的生产生活方式，由此产生的一系列物质和意识，是泾渭分明的。两者接触、迸发出的火花，显得那般激越美丽，那般鲜亮光彩，甚至有点刺眼，是另一种生动，仿佛内在涌动的岩浆，冲破地壳阻隔后的外在喷发，突出地展现出一种奇特瑰丽。人类历史进程中种族文化碰撞接触，是一大奇观，扑朔迷离，千姿百态。

由于辽、金、元、清等北方游牧贵族统治集团在北京建都，在北京宫廷文化发展流变的历史长河中，游牧文明与农业文明之间相互撞击、相互融合，更集中体现在都城之内、朝堂之上，故而留下丰富多彩而又韵味独特的宫廷文化。

辽、金、元三代宫廷文化之间，是既有所承袭，又吸收与之并列的北宋、南宋宫廷文化，衍化流变的。而辽、金、元及两宋的宫廷文化，相对独立，具有各自的凝聚力（或称向心力），仿佛几个或同时、或先后投入河面上大小不同的石块，激起几个一圈圈向外荡漾起伏而扩展的涟漪，波圈与波圈之间激荡，冲撞出一环环水花。各个宫廷文化波圈之间起伏跌宕，回环影响，构成一种动态的流程。

宫廷，专指帝王主持朝政和起居玩乐之处，最能体现家庭与国家相结合的"家天下"的实质。历朝宫廷都占据都城最佳地势和相当面积，坐北面南，前殿后寝，左祖右社，建筑规模宏大，殿阁楼台云集。为处理政务，有金碧辉煌的大殿；供游玩享乐，有景致优雅的苑林。作为都城的北京，也是如此。

这里，是帝王家族的生活居所，从不向士民开放的禁地，令人神秘莫测。

这里，专供帝王家族学习、生活、娱乐，有一套专门的礼仪制度，形成特色鲜明的宫廷文化。

宫廷文化具有相当大的影响力和辐射力。"宫廷的存在能使君主所统治的所有居民对首都保持着向往和期待，大量的居民会云集于此，密集地生活在天子脚下，在朝臣们所构成的内圈之外，再集结成一个大圈。首都是围绕着宫廷而建的，而它的屋宅建筑又是典型的效忠模式，而国君又通过大量的风姿绰约的、富丽堂皇的殿宇，气度恢弘地向万民致意。因此，宫廷是大众聚合的一个很好的范例。通过宫廷和首都，各自拥有不同动机的人们迥然不同地聚集到了一起，但相对于外在的世界，作为统治者身边的朝臣们又表现为一个单一而同类的团体，共同向四方散发出忠诚的光芒。"[1]这里，也有臣民对宫廷文化的向往和期待，致使宫廷文化光芒四射，照射和穿透四面八方，无形而深刻地影响着社会文化。

北京的宫廷文化，承袭了前面许多王朝的宫廷规制，经辽、金、元三代至明清两朝，逐步演进完善，形成一套完整的宫廷制度。

一、历代稍异的后妃制度

在民间流传中，皇帝后宫私人生活，常称"三宫六院七十二嫔妃"，甚至传言"后宫佳丽三千"、"三千粉黛"，以形容帝王后妃众多，从而也说明，在封建专制时代，帝王"家天下"的后果，是对异性随心所欲的大量占有。这样，既可满足帝王毫无节制的性欲，也有制造众多子嗣、便于挑选优良者继承皇位的功能。于是，各个朝代都有后妃制度。

作为游牧民族建国的辽、金、元三代，初始阶段，民族习惯较浓，后妃制度都没有确立。后来，逐渐仿照中原农业文明高度发达的宋王朝的典章制度，在本民族习俗基础上，较为粗略地制定了某些后妃制度。到了明代，明太祖朱元璋鉴于历代后宫后妃太多，秩序混乱，干预朝政，后患无穷，因此，大举整饬，规定了六宫定制。清代初期，也与金、元两朝相仿，但康熙之后，进一步完备了后妃制度。

综观历代宫廷的后妃制度，不仅嫔妃众多，对大多数入选女性压迫摧残，使深宫高墙内，留下无尽怨叹、几多血泪，而且也腐蚀了帝王本身，有的帝王懒于朝政，延误邦国人事；有的帝王因纵欲过度，伤身早夭。如明代许多年轻

---

[1] [德] 埃利亚斯·卡内提：《群众与权力》，中央编译出版社2003年版，第283页。

继位的皇帝，嫔妃如云，纵欲无度，长寿者稀。此外，嫔妃众多，使宫闱之内嫉妒争宠，倾轧互斗，波及朝堂之上，导演出一幕幕秽闻丑行，进而使整部封建官僚机器蕴含着潜在的巨大危机。

二、逐渐完善的太监制度

太监在古代典籍中有诸多名称，如宦官、内侍、内臣、阉人、中涓、内竖、中贵等。太监作为男奴，劳力上优于宫女，可供役使，而又不会同女主人或宫女发生性爱关系。太监在宫廷中服侍皇帝皇后而产生的亲近关系，有时成为一种特殊的政治势力，活跃在君主专制的宫廷舞台上，在历代王朝复杂的政治斗争和腐朽的宫廷生活中，都起过引人注目的重要作用。

太监制度，产生于奴隶社会，留下了统治者政治上专制、道德上野蛮、人性上"灭绝"的种种劣迹。

封建时代保留了太监制度。太监主要来源是以购买、贡献的民间幼童，送往专门阉割太监之处，做去势手术，稍加训练，送进宫廷做内侍。新太监入宫以后，要学习宫规礼节，拜老太监为师，进一步调教训练，然后分配宫内各处当差。

太监的组织机构，经过历代不断调整，到明清时期已相当完备。如明代分为十二监、四司、八局，总称"二十四衙门"，把皇帝的政事、生活全部杂役包揽无遗，并参与政务，如任监军，成立特务机构东厂、西厂、内行厂。明代宦官组织庞大、人数众多，至崇祯时，从宫内到外围行宫，约十万人。李自成攻入北京，仅从宫中就驱逐出数万名宦官，当时百姓称之为"打老公"。

太监因年资辈分，有高低贵贱之别、禄位尊卑之差。占大多数的下层太监，只管各宫陈设，洒扫庭院，守夜坐更，服役于膳房、茶房、药房各处当牛做马。而上层太监，可以接近皇帝，管理各部门的来往文书，甚至掌管帝王印玺，代皇帝传旨，因而历史上常有宦官专权，扰乱朝纲。例如，明代有宦官魏忠贤擅政，号称"九千岁"，在全国各地建立生祠。清王朝接受前代教训，颁布《钦定宫中现行规则》，对太监的行为准则，进行了详细规定。例如，太监行路时不准手舞足蹈和高声喧哗；不准在宫中赌博；不准打架斗殴；不准私藏武器；不准外传宫内各事；遇主人问话要跪拜回奏；遇王公大臣进宫，必须起身恭立等。另列有一系列处罚规定：轻者罚俸责打，重者交有关部门惩处。若太监逃跑，第一、二次自行返回者，处分较轻，责打之后，罚做苦力；若被擒获或逃跑三次以上者，绑交内务府慎刑司，枷号示众，然后发往黑龙江等边远地区，配给兵丁为奴，永远不准返回京城。

三、不断变迁的宫女制度

历代宫廷，要选用女婢，侍候帝王后妃的生活起居。她们被称为宫女，又称宫人、宫婢等，年纪稍长者可称宫媪。

辽、金、元三代，宫女都是选自民间，也有从攻占城乡中掳掠的少女充作宫女。而选进与放出宫廷的时间，皆不固定。至明朝，每代皇帝都要选进数批宫女入宫，但放出制度却不相同。开始只进不出，偶尔也释放一批年龄较长者。到了嘉靖年间，由于连续选入大批宫女，人数太多，就分次把年纪稍大者放出。

清代宫女，主要选自内务府包衣之家，凡年龄满13岁，每年选择一次。并详细规定，宫女服役至25岁，即可出宫回家。

四、承祚延续的祭祀制度

历史上，帝王的宫廷，一般是"左祖右社"，为的是祭祀祖宗和社稷方便。并由礼部制定了一套祭祀天地和祖宗的礼乐制度。这套祭祀制度，虽然在每个王朝的发展过程中有所不同，但从总体来看，为显示正统合法，承应天命，几乎都是后承前代，承祚延续，内容有别，而形式大同小异。

五、丰富多彩的庆典制度

帝王之家，生日嫁娶、欢度节日、内廷活动众多，与民间大不相同。各朝代不同时期。有不同的内廷庆典活动。许多朝代，为展示皇家礼仪，大举操办，奢侈靡费，浩繁浪费。诸如皇帝大婚、太后生日，都要举国欢庆，歌舞演戏，声势浩大，场面壮观，以显示皇家气派与升平盛世。

这些宫廷制度化，构成了北京宫廷文化的重要内容。

由于在北京建都的几代王朝，除明王朝之外，辽、金、元、清，都是少数民族首领称帝，因此，这四朝都有一个汉化的过程，其宫廷制度及宫廷文化，也有一个少数民族粗略简单的宫廷文化与汉族比较精致完备的宫廷文化融合发展的过程，并留存着少数民族宫廷文化的某些特点。这是一个多民族国家宫廷文化多样性的表现，也使北京宫廷文化更为复杂多样，更加绚丽斑斓。

北方昆曲艺术风格的形成与传承

21世纪初,作为人类审美范型的昆曲,以蕴含丰富的艺术含量,被联合国确定为首届"人类口头和非物质遗产代表作"第一名,由此带来了昆曲传承发展的新机遇。历史上昆曲从南方传入北方后,所形成的北方昆曲,与江南昆曲总体艺术风格上有无差异?回答是肯定的。这种差异是怎么形成的?

第一,北方的地理环境、气候、民族、民俗等因素与南方有所不同,逐渐产生了与南曲相对差异的北曲。昆曲北传后,受到北曲影响,加速了昆曲音乐的"南北合套"。

北方气候比南方寒冷,地理上是绵延苍莽的高山和一望无际的大平原,与江南小桥流水不同。北方是多民族杂居之地,生活习俗和语音歌舞也与南方有所差异,逐渐形成了北曲。明代王骥德《曲律》从历史衍变的轨迹,生动形象地总结出北曲与南曲的差异:

> 以辞而论,则宋胡翰所谓:晋之东,其辞变为南、北,南音多艳曲,北俗杂胡戎。以地而论,则吴莱氏所谓:晋、宋、六代以降,南朝之乐,多用吴音;北国之乐,仅袭夷虏。以声而论,则关中康德涵所谓:南词主激越,其变也为流丽;北曲主慷慨,其变也为朴实。惟朴实,故声有矩度而难借;惟流丽,故唱得宛转而易调。吴郡王元美谓:南、北二曲,"譬之同一师承,而顿、渐分教;俱为国臣,而文、武异科"。"北主劲切雄丽,南主清峭柔远。""北字多而调促,促处见筋;南字少而调缓,缓处见眼。"北辞情少而声情多,南声情少而辞情多。"北力在弦,南力在板。北宜和歌,南宜独奏。北气易粗,南气易弱。"此其大较。康北人,故差易南调,似不如王论为确。然阴阳、平仄之用,南、北故绝不同,详见后说。(《曲律·总论

南、北曲第二》)

  南、北二调，天若限之。北之沉雄，南之柔婉，可画地而知也。(《曲律·杂论第三十九上》)

  北方历来是各民族融合的前沿，战争频繁，燕赵多慷慨悲歌之士，形成了北人尚武的习俗，影响到北方民众的审美心理，具体表现为比较喜欢观看武戏。马祥麟先生在《谈北昆简史》中回忆，清代中后期至民国年间，昆曲在河北城乡演出，开场武戏，中轴武戏，大轴也是武戏。武戏所需要的节奏和音乐也与善于表现爱情戏的江南昆曲不同，只有吸收北曲为代表的北方音乐，"南北合套"应运而生，丰富了昆曲音乐表现生活与刻画人物的能力。故而江南昆曲传入北方之后，各方面深受北曲的影响，逐渐形成具有北曲风格粗犷豪放、慷慨激昂、壮美苍凉的北方昆曲，与南方昆曲清丽细腻、柔媚婉约、优美精致形成鲜明的对照。

  第二，北方昆曲剧目，善于反映朝堂上下的忠奸斗争，如《鸣凤记》等。即使创作的爱情戏，也多与朝廷的政治斗争有关，如《西湖扇》、《长生殿》、《桃花扇》等。这与南方昆曲剧目大多善于直接表现爱情生活的才子佳人戏，有所不同。

  昆曲北传后，先是创作了直接反映当时朝廷中正直朝臣杨继盛等与严嵩父子一伙奸臣的忠奸斗争时事戏《鸣凤记》，引起了轰动。接着，李开先又根据自己在朝中为官的亲身体验，依附于水浒中的林冲故事，加入林冲与高俅忠奸斗争内容而创作的《宝剑记》，反响强烈。以《鸣凤记》和《宝剑记》两出新创作的描绘朝廷忠奸斗争戏的问世，明显与江南昆曲多编演才子佳人戏有所不同，标志北方昆曲艺术风格的形成。

  清初顺治年间，产生了反映北宋末年至南宋初年，因政治黑暗导致战乱，从而引发爱情悲剧的《西湖扇》。康熙年间，《长生殿》以唐明皇与杨贵妃爱情为主线，反映李唐王朝由盛而衰；描绘南明王朝败亡的《桃花扇》，以离合之情，写兴亡之感。尤其是"南洪北孔"在剧中厚重的历史感、浓郁的人生况味和感伤情调，引起了清初广大观众的强烈共鸣，使两剧轰动剧坛，迅速传遍全国，人人传唱其中的名段，有"户户不提防"之誉，成就了北方昆曲之历史辉煌，方能与江南昆曲遥相对峙。

第三，昆曲明清两代长期进入宫廷演出，受到皇帝为代表的统治上层的喜爱，进而受到规范影响，应重视其积极的因素。

这种规范影响，使剧本词曲的吐字发音、表演动作及装扮道具、声腔乐谱及伴奏场面等方面，都与江南昆曲有许多差异。如剧本曲词，为了使京师及北方观众能听懂唱词念白，不再只是吴侬软语，而逐渐采用了"中原音韵"为代表的北方官话，促进了昆曲在北方、西南、西北地区的广泛传播。为昆曲成为全国性剧种，贡献巨大。后来，有的戏曲史家称之为"京朝派昆曲"，亦称"北方昆曲"。

明代中叶，在江南风靡一时的昆曲，逐渐北传，传入北京，并进入了宫廷。据《天启宫词》等记载，明熹宗不仅观看过《岳忠武传奇》、《疯魔和尚骂秦桧》、《金台记》等昆剧，自己还装扮赵匡胤，与"高永寿辈演出《雪夜访普》"。明思宗也多次观看昆曲演出。

清初，顺治皇帝下令改编《鸣凤记》。先令丁耀亢改编成《蚺蛇胆》。因剧本中多有"违碍之语"，主持此事的大臣不敢进呈，转由吴绮改为《表忠记》，突出朝臣为皇帝尽忠的内容，符合了顺治皇帝要求臣僚刚直敢谏的旨意，受到褒奖，"以杨继盛官官之"。康熙皇帝多次看过昆曲演出。乾隆皇帝更是昆曲的倡导者，曾令周祥钰、张照等改编近10种宫廷大戏，使宫中节庆常常连续演出昆曲连台本戏、单本戏和折子戏。昆曲传入京城并进入宫廷，受到明、清两朝许多皇帝的重视和喜爱，上有所好，下必效之，在封建皇权笼罩下尤为如此。这既为昆曲在北方、西南及全国的传播，进而成为全国性剧种功效显著，又为昆曲舞台艺术的华美精致，表演的典雅的规范，提供了经济和艺术的支持，为昆曲艺术成为中华戏曲的审美范型，后来演化为"百戏之祖"，推波助澜。

第四，清代，北方及宫廷中既演出昆腔戏，同时也演出具有北方风格的弋腔戏，把更多的北弋风格，注入到北方昆曲之中，成为影响北方昆曲艺术风格的一个重要因素。

清代，宫廷中演戏，常常是弋腔戏和昆腔戏交替演出，促进了两种风格剧种的交流影响。北方戏班的演员，大都能唱这两种戏。康熙喜欢弋腔戏，使之进入宫廷，与顺治年间已进入宫廷的昆腔戏同台演出。据《昆弋源流志》所云："乾隆时，昆弋臻于极盛，宫中私邸，每有宴会，莫不以昆弋为佐觞资。"（胡忌、刘致中《昆剧发展史》，第556页）又据百岁北昆大师侯玉山先生回忆："我学戏那会儿，直隶省几乎所有的昆班内都有弋腔，而且剧目以弋腔为主。人们评价一个戏班时，往往先看是否昆弋齐全。评价一个演员时也往往得问是否昆弋不挡。…昆弋演员因为长期同台，在演唱风格及演唱剧目方面，由于相互影响相互学习，日久天长也就自然而然地昆弋兼能了。有的戏某某主要演员使用昆腔唱，而其他的演员则可以使用弋腔唱，还有的是，在一出戏里某些角色唱昆腔，某些角色却唱弋腔。"（《优孟衣冠八十年》，第52—54页）

这样，不仅弋腔戏的音乐，影响了北昆演唱风格，而且弋腔戏的剧目，移植进了北昆，使北昆剧目，多了北方观众喜欢的内容，如三国、说唐、水浒、杨家将等英雄故事剧、战争题材剧、侠义故事剧。

第五，北方昆曲的绵延与坚守。

清代中期，花部乱弹在花雅之争中胜出。清代后期，梆子和皮簧兴盛，昆曲衰落，已没有专演昆曲的职业戏班在京城长期活动了。民国初年，京师出现了专演昆曲的职业戏班。至1917年冬，河北的昆、弋合班方入北京广兴园演出。荣庆社也于1918年初来京，在天乐园演出昆、弋戏。1928年，荣庆社韩世昌等20人赴日本演出四场昆、弋戏，这是继梅兰芳率皮簧班访日之后又一次有影响的戏曲出国演出活动。荣庆社在京、津、华北、江南及湖南等地坚持演出至1940年，时间之长，范围之广，影响之深远，对北方昆曲传承绵延，功勋卓著。其间，1919年，荣庆社曾赴江南演出之后，激发了江南有识之士传承昆曲的热情，促成了"苏州昆曲传习所"的诞生。

第六，北方昆曲剧院的成立，具有划时代的意义。

1957年6月22日，集中了韩世昌、白云生、侯永奎、马祥麟、侯玉山等北方老一辈昆曲艺术家的北方昆曲剧院在京成立，成为迄今为止中国北方唯一的专业昆曲表演艺术团体。经过50周年的发展建设，北方昆曲剧院承继了昆曲在北方数百年的艺术传统，在建院以后各个历史时期，创作了一些剧目，改编了大量的艺术经典，形成了独具特色的北方昆曲剧院艺术风格，并培养了李淑君、丛兆桓、侯少奎、洪雪飞、蔡瑶铣、杨凤一、王振义、史红梅、魏春荣等第二代、第三代昆曲艺术传人。三代北方昆曲艺术家承上启下，创造了北方昆曲历史上的一段辉煌。

第七，新世纪的历史机遇与北方昆曲风格的传承。

目前，南方尚有6个昆曲院团，而北方仅有北方昆曲剧院，成为传承北方昆曲的重镇。如何保持北方昆曲的艺术风格，已义不容辞地摆在北昆人面前。笔者认为，首要的是对具有北方昆曲风格剧目的传承。第一，不仅要传承仍活在北昆舞台上的《夜奔》、《嫁妹》、《单刀会》等，而且应发掘《安天会》、《闹昆阳》、《闹江州》等北方昆曲传统的武戏剧目。第二，应该继续像改编《长生殿》、《琵琶记》、《宦门子弟错立身》等北方传统名剧那样，把《汉宫秋》、《鸣凤记》、《宝剑记》、《桃花扇》等北方名剧，改编演出。第三，可像改编《村姑小姐》、《夕鹤》那样，将外国名著中适合北方昆曲风格者，予以改编，在全球化的时代，拓展北方昆曲表现人类精神世界的深度和广度。第四，像近年创作《南唐遗事》、《贵妃东渡》、《关汉卿》那样，再创作一批表现北方昆曲风格的新剧目，以适应当代观众审美需求和价值判断。其次，注重人才培养，继续培养造就一批艺术尖子人才、使北方昆曲后继有人，生生不息。

总之，只要抓住剧目传承与人才培养这个"纲"，就能使传承北方昆曲风格这个"目"张起来，进而形成北方昆曲剧院的艺术风格，再造北方昆曲之辉煌。

京剧百年启示录

上一个世纪之交，是中国社会的多事之秋。1898年戊戌变法失败，六君子血洒菜市口，光绪帝被囚禁瀛台孤岛，慈禧欲废掉光绪，不仅逃到海外的康有为梁启超组织保皇党，国内的一些封疆大吏反对，而且西方各国驻华使节也一致反对。慈禧等后党1900年利用义和团，6月17日攻占西什库教堂，6月20日义和团与清军围攻东交民巷西方使馆，6月21日匆匆对外宣战给西方列强入侵中国以口实。7月，八国联军攻入天津，7月28日与8月11日，慈禧以"离间"罪，杀吏部侍郎许景澄和兵部尚书徐用仪等五大臣，8月14日，八国联军攻入北京，慈禧等逃往西安。慈禧集团，又一次把中华民族引入了灾难的深渊。

这一时期，也是京剧的多事之秋。从乾隆五十五年（1790）开始入京演戏，历时108年，曾为京师第一大戏班的三庆班报散。1900年义和团围攻外国使馆之际，火烧前三门，大栅栏内广德园、三庆园、庆乐园、门框胡同同乐轩、粮食店中和园受到波及，全被烧毁。同庆班、玉成班、福寿班等戏班纷纷停演。一二流角色许多到外地演出，三四流角色及从业人员，有的去天桥摆场子练武，有的散在各处清唱，有的改行摆摊做小买卖糊口。如京胡琴师、梅兰芳的伯父梅雨田摆摊修钟表谋生。

1900年7月，八国联军占领天津后逼近北京，由于谭鑫培与田桂凤、陈德霖等人借东四八条元明寺戏台，临时演唱《四郎探母》、《桑园寄子》、《战宛城》、《宝莲灯》、《双铃计》、《碰碑》等戏，因而狄楚青《庚子围城感事词》里有诗句："国有兴亡谁管得，满城争说叫天儿。"

八国联军占领北京近一年，其间市面萧条。1901年3月，孙菊仙离京去沪，历时百年的四喜班解散。6月，谭鑫培也去上海演出。这一年，北京各戏班只好多在天和馆、燕喜堂等处临时搭班演戏糊口，因每次演出角色拼凑，演出地点也生疏，为招徕观众，把角色姓名、演出日期与剧目、地点写出，贴在大街醒目之处，这样，贴戏报与演出广告在京城应运而生。

辛丑条约签订，年底慈禧等人回京，迫于内外压力，1902年后进行了某些改革，如允许自由办报办书局等。此时，京剧剧目及演出形式与新的时代之间的矛盾日渐显露出来，一些理论家、戏剧家都试图在理论上和实践上解决这一矛盾。柳亚子、陈独秀等人发表激烈言论抨击京剧的陈腐。京剧界一批有识之士，血气方刚，独具慧眼，看破国家衰败之红尘，致力于京剧改良的实践，以特殊方式，表达自己救国救民的愿望。代表人物有汪笑侬、夏月珊、潘月樵等诸公。

辛亥革命后西方各种思潮涌入中国，"五四"前后倡导科学与民主，促使有识之士对传统的京剧艺术进行反思。1918年前后对以京剧为代表的戏剧文化的讨论，相当热烈，否定方代表人物是傅斯年、欧阳予倩和胡适等人，将京剧为代表的戏曲称之为"旧剧"，作为封建文化予以彻底否定，号召引进西方戏剧，以取代京剧。如何对待民族艺术，如何看待西方戏剧，京剧向何处去，在一片纷纷议论声中莫衷一是。随之而来，以余上沅、赵太侔为代表的一批从欧美留学回国的青年戏剧家，怀着一个宏大的戏剧构想，即在华夏大地建立一个遍及神州的新的戏剧模式，开辟一条民族戏剧新的道路，掀起了一场"国剧运动"。这场运动尽管有一些不足之处，但其对京剧的影响，功不可没。与20世纪之初陈独秀等人和"五四"前夕胡适等人的剧论相比，对以京剧为代表的戏曲的内在艺术规律的自省确认方面，有长足进展，刺激了京剧的发展。几次戏剧思潮的潮起潮涌，对京剧艺术直接产生了几方面的重要影响：

第一，注意观众审美变化，革新艺术表现手法。"五四"前后人们眼界大开，求新意识日增，不同层次的观众对京剧提出了千差万别的新要求。例如女观众的大量涌现，有了新的审美需求。据梅兰芳回忆："从前的北京，不但禁演夜戏，还不让女人出来听戏。社会上的风气，认为男女混杂，有伤风化。民国以后，大批的女观众进入剧场，于是引起整个戏剧界急遽的变化。过去是老生、武生占领舞台优势，因为男观众听戏的经验，已有悠久的历史，对于老生戏的艺术，很普遍地加以欣赏和评断。女观众刚刚开始看戏，自然比较外行，无非来看个热闹。于是要挑漂亮的看……旦的一行，就成了她们爱看的对象。不到几年工夫，青衣戏有了大量的观众，一跃而居戏曲行当的重要地位，这后来参加的这一大批新观众也有一点促进的力量。"（《舞台生活四十年》第1集，第113页）各戏班主演为争取更多的观众，锐意改革，大胆创新，相互之间展开艺术竞争，使京剧舞台别开生面、争奇斗妍。如四大名旦之间竞争，梅兰芳上演新编戏《红线盗盒》，马上就有程砚秋的《红拂传》，尚小云的《红绡》、荀慧生的《红娘》。梅排演《太真外传》，立即就有程的《梅妃》，尚的《汉明妃》，荀的《斩戚妃》。四大名旦都演《玉堂春》，但根据自身特点各有高招，各有自己演法，绝不雷同。在这种艺术竞争中，大大丰富了京剧旦行艺术。

第二，注重剧目的当代性，思想意识前卫。京剧创作人士注重教育功能与认识功能，纷纷编演批判封建专制、宣扬民主意识的新戏。例如，梅兰芳在"五四"前后编演了《邓霞姑》、《一缕麻》、《宦海潮》、《孽海波澜》、《童女斩蛇》等具有反对封建专制与揭露官场黑暗，反对封建迷信与封建婚姻的时装新戏。

第三，强调文学性与戏剧性，吸引了一批文人学者投向京剧事业，提高了京剧队伍的文化素质和创新实力。如四大名旦，与文人剧作家密切合作，对形成和发展本流派，作用重大。留欧学生齐如山和留日学生李释勘，先后为梅编写剧本40多种，其中的《黛玉葬花》、《霸王别姬》、《天女散花》、《太真外传》、《洛神》、《凤还巢》等，都成了梅派代表剧目。罗瘿公、金仲荪、翁偶虹等为程砚秋编写的《青霜剑》、《红拂传》、《荒山泪》、《春闺梦》、《锁麟囊》等，也是程派代表剧目。溥绪和李寿民与尚小云合作编写剧本《汉明妃》、《谢小娥》、《林四娘》、《摩登伽女》、《花蕊夫人》、《双阳公主》等，成为尚派代表剧目。而陈墨香为荀慧生编了50余种剧本，其中《钗头凤》、《香罗带》、《荀灌娘》、《杜十娘》、《勘玉钏》等，也是荀派代表剧目。这些文人当编剧，新编剧本注重文学性，结构严谨，情节生动，合情合理，人物鲜活，具有个性，戏剧性强，有冲突和悬念，语言优美，一改以前有些京剧剧目唱词文理不通，情节粗疏，故事简单重复，有的违反基本历史知识的状况，促进了京剧艺术品位提高，使之成为"国剧"。

20年代中后期，京剧以燎原之势，遍及神州大地，出现了"四大须生"、"四大名旦"、"南麒北马关外唐"，流派纷呈，剧目众多，演出繁盛，蔚为大观,"国剧"之名,名副其实。

30年代后期,在抗日烽火之中,抗战京剧兴起,成为团结人民,打击敌人的武器之一。毛泽东作为一个京剧爱好者和戏曲改良的目击者,在延安平剧院1942年成立时,手书了"推陈出新",表达了京剧改革的构想。这一方针在50年代"戏改"中发挥了作用,也在此期出现了一批京剧新剧目,如《穆桂英挂帅》、《将相和》、《杨门女将》等。50年代后期至60年代中期,"左"倾越演越烈,导致"文革"10年,8亿人观看8个样板戏的奇怪时代。1979年至1999年20年改革开放,先后产生一系列新剧目,如《徐九经升官记》、《曹操与杨修》、《画龙点睛》、《骆驼祥子》等剧目。但由于"全球化"和科技发展,电视、电脑文化与交响乐等艺术种类增多,社会生活节奏加快等诸多原因,京剧又陷入深深的危机之中。

为使京剧在21世纪发扬光大,笔者认为:首先是建立创新机制。50年代的"改制",剧团全部国营,长期计划经济,养懒一帮剧团人员。近20年改革,仍然没有根本改动,尤其是省、市级大剧团。剧团剧目生产能力下降,几百人的剧团,每年排演三两出新戏都很困难。与以前名演员挑班相比,实在是天壤之别。例如,从1915年4月至1916年9月1年多,梅兰芳排演了11出戏,其中有时装戏《邓霞姑》、《一缕麻》、《宦海潮》;古装新戏《牢狱鸳鸯》、《嫦娥奔月》、《黛玉葬花》、《千金一笑》;昆曲传统戏《春香闹学》、《佳期·拷红》、《思凡》、《风筝误》里的数折。欧阳予倩1916年前后1年多,新编演出近10出京剧:《晚霞》、《宝蟾送酒》、《馒头庵》、《鸳鸯剑》、《黛玉焚稿》、《王熙凤大闹宁国府》、《摔玉请罪》、《鸳鸯剪发》、《青梅》、《仇大娘》等,其中7出是根据《红楼梦》小说改编的。所以,各种出人出戏的新机制,如制作人制、名人明星挑班制等,创新机制急需提倡发扬,大力扶持。

其次,丰富京剧艺术本体,以适应新时代的观众审美心态。京剧除追求"美善之质"(梅兰芳语)外,也应追求"真",即真理真意真情。《庄子·渔父篇》里有一段话:"孔子愀然曰:请问何谓真?客曰:真者,精诚之至也。不精不诚,不能动人。故强哭者虽悲不哀,强怒者虽威不严,强亲者虽笑不和。真悲无声而哀,真怒未发而威,真亲未笑而和。真在内者神动于外,是所以贵真也。"艺术的主要目标是追求真善美,真是第一位。而当今一些新剧目,为追求得奖,立意浅薄,对许多重大事件和大众关心的热点问题视而不见,或避而不谈,仍是老一套,仍抱着《纪念白求恩》中指出的"狭隘的民族主义和爱国主义"不放,且人物脸谱化,内容概念化,形式僵化,程式老化,怎能打动当代人?怎能引起观众共鸣?

第三,提供一个宽松的适合京剧创作演出的社会环境。各级政府主管部门应采取切实可行的措施,鼓励出人出戏,如减免税收,减少国营剧团数量,增大资金投入;增加民营剧团数量,给予扶持奖励。领导支持,有充足资金只是一个方面,不能完全保证出人出戏。例如:一次在成都的大会演,某市出百万抢排一出新京剧。结果因天气热,时间紧,把男主演累死了,而因剧目内容和形式等问题,什么奖也没有,也不能加工成为保留剧目,人财两空,教训深刻。

其四,营造一个良好的文化环境。可以说目前的京剧文化环境相当宽松,但也应看到其中的不足,例如创作思想的陈腐,批评方式的陈旧,理论界的自我封闭,评论界的陈词滥调,为圈内外人士侧目。我们应该沉下心来,去掉浮躁,平心静气地研究京剧在21世纪生存发展的问题,总结历史的经验,展望未来,用精诚的态度,热爱京剧事业,说些真心话,献对京剧发展有益之策,而不是套话、假话甚至无聊的吹捧、肤浅的肯定。只有发挥创作主体的能动性,发挥理论批评主体的公正真诚之功用,创作与理论批评携手共建,水乳交融,共同推动京剧健康发展。

"大凡一国的文化最忌'老性'。'老性'是'暮气',一犯了这种死症,几乎无药可医。百死之中,只有一条生路:赶快用打针法,打进一些新鲜的'少年血性'进去,或者还可望却老还童的功效。"(胡适《文学进化观念与戏剧改良》1918年9月)"五四"前后京剧被注入了"少年血性","却老还童",成为全国第一大剧种,成了"国剧"。但愿21世纪初,经过上下齐心,圈内圈外齐心协力,又注入"少年血性",让京剧这一中华民族的艺术奇葩,老树新枝,又绽花蕾,灿若云霞,再现奇观。

(原载《中国京剧》2000年第3期)

中国戏曲现代理论大厦百年建设

中国戏曲，源远流长。伴随着戏曲的发生发展，有关的戏曲理论论述开始出现。如伴随元杂剧而出现了胡紫山的"九美"说，夏庭芝的"色艺两绝"，钟嗣成的"蛤蜊味"等论点。伴随明清传奇出现了明代王骥德的《曲律》、清代李渔的《闲情偶寄》等专著，及其大量的序跋、评点，构成古代戏曲理论"园林式建筑"。而中国戏曲现代理论大厦的建设，则出现在20世纪之交。

一、20世纪初叶的戏曲改良理论

继1897年严复《〈国闻报〉附印说部缘起》中提出，《三国演义》、《水浒传》、《长生殿》、《四梦》之类小说戏曲，是广大民众喜闻乐见的五点理由，可成为"使民开化"的重要工具之后，20世纪初叶，梁启超、柳亚子、陈独秀等人，重视戏曲艺术的群众性，重视戏曲演出在现实生活中的影响，强烈要求戏曲成为开启民智、宣传社会改良的工具。如梁启超认为，小说戏曲之影响，"范围所及十倍于新闻纸，百倍于演说台"，"演说其力量仅及于中上社会"，"至于戏曲则无上无下，无老无少，无尊无卑，罔不受其感动力也"。①陈独秀以"三爱"的笔名发表了《论戏曲》："戏曲者，普天下人类最乐睹、最乐闻者也，易入人之脑蒂，易触人之感情。故不入戏园则已耳，苟其入之，则人之思想权未有不握于学戏曲者之手矣。使人观之，不能自主哀，忽而喜，忽而悲，忽而手舞足蹈，忽而涕泗滂沱，虽些少之时间，而其思想之千

---

① 《论戏曲改良与群治的关系》，《申报》1906年8月，第二版。

变万化，有不可思议者也……由是观之，戏园者，实普天下人之大学堂也；优伶者，实普天下之大教师也。"①在这些理论主张的刺激下，汪笑侬、夏月珊、冯春航等勇于艺术变革，大演反帝反封建剧目，为戏曲改良推波助澜。这一时期，王国维引进西方理论思想研究元杂剧文本，提出了悲剧、喜剧概念，很有创新性。虽然这一时期的戏曲改良理论经常带有狭隘的功利性等许多缺陷，但与古代戏曲理论相比，表现出现代性，带有鲜明的时代色彩，揭开了戏曲理论向现代转型新的一页。

二、"五四"前后关于"旧剧"优劣的论争

"五四"运动前夕，在反对旧文化、旧道德声势浩大的新文化浪潮中，钱玄同、刘半农、胡适、傅斯年等一批文化激进派，以《新青年》为基地，发动了强大的舆论攻势，将戏曲作为封建文化予以彻底否定，并提倡全盘引进西方戏剧，以取代京剧等"旧剧"："如期要中国真有戏，这真戏自然是西洋派的，绝不是那'脸谱'派的戏。要不把那扮不像人的人，说不像话全部扫除，尽情推翻，真戏怎样能推行呢？"②刘半农把武戏中的把子称之为"二人对打，多人乱打"③，傅斯年把戏曲称之为不过是"'百衲体'把戏"④，陈独秀则认为脸谱与把子"完全暴露我国人野蛮之真相，而于美感的技术立于绝对相反之地位"⑤。而胡适运用历史进化论的观点，认为戏曲的乐曲、脸谱、嗓子、台步、把子等，不过都是一类文明"遗形物"而已。⑥对于戏曲中的唱腔，他们一致的观点则是要"废唱而用说白"，并主张用西洋戏剧代替这个戏曲："旧

---

① 见阿英编：《晚清文学丛钞·小说戏曲研究卷》，中华书局1960年3月版，第52页。
② 钱玄同：《随想录》，1918年7月《新青年》五卷一号。
③ 刘半农：《关于旧剧的通信》，1918年6月《新青年》四卷六号。
④ 傅斯年：《戏剧改良各面观》，1918年10月《新青年》五卷四号。
⑤ 陈独秀：《关于旧剧的通信》，1918年6月《新青年》四卷六号。
⑥ 胡适：《文学进化观念与戏剧改良》，1918年10月《新青年》五卷四号。

戏本没一驳的价值；新剧主义，原本是'天经地义'，根本上绝不待别人匡正。"[1]"至于建设一面，也只有兴行欧洲式的新戏一法。"[2]欧阳予倩也在《予之改良戏剧观》说道："吾敢言中国无戏剧。"[3]

参与论争的另一方，前以北大学生张厚载及冯叔鸾为主，先后发表了《新文学与中国旧戏》、《戏曲改良论》等。如张厚载在1918年10月《新青年》五卷四号发表了《我的中国旧戏观》，系统阐述了他的中国戏剧观。文章从三个方面概括了中国旧剧的主要特点：即中国旧戏是假象的；有一定的规律；音乐上的感触和唱功上的感情。显然，前两个方面基本类似后世理论界概括的戏曲的虚拟性、程式性；而第三方面，他论述了音乐在中国旧戏中的作用。中国戏曲产生的一个重要源头就是歌舞，歌舞也始终是戏曲发展中一个主要的组成部分。"中国旧戏是以音乐为主脑，所以他的感动力量，也常常靠着音乐表示种种的感情。"唱功在戏曲中占据着核心位置，意图让中国戏剧废唱而纯用说白，"我以为拿现在戏界的情形看，是绝对不可能。将来如何，要看诸位提倡的力量如何，那是不能预言的"[4]。

后来，到西欧留学归国的宋春舫也参加了论争。此人实际上是当时对于中外戏剧真正都有深入研究的唯一专家。他在自己的《改良中国戏剧》等文中，用世界的眼光、科学的态度，旗帜鲜明地阐述了自己的戏剧改良主张："歌剧与白话剧（新剧）是并行不悖的。"[5]歌剧与白话剧各有其不同的优势。"歌剧生存的理由，是'美术的'，美术可以不分时代，不讲什么'Isme'（主义），无论如何，吾们断断不能完全废除歌剧。"[6]他又指出，反对旧剧的人之所以言论偏激，"大抵对于吾国戏剧，毫无门径，又受欧美物质文明之感触，遂致因噎

---

[1] 傅斯年在《再论戏剧改良》，1918年10月《新青年》五卷四号。
[2] 周作人：《论中国旧戏之应废》，1918年10月《新青年》五卷四号。
[3] 1918年10月《新青年》五卷四号。
[4] 张厚载：《我的中国旧戏观》，1918年10月《新青年》五卷四号"通信"。
[5] 宋春舫：《改良中国戏剧》，《宋春舫论剧》（一集），上海中华书局1923年版，第280页。
[6] 宋春舫：《改良中国戏剧》，同上书，第264页。

废食，创言破坏"①。这些见解，确实切中了激进派的根本要害，即他们虽然慷慨激昂，却往往缺乏对外国戏剧和戏曲艺术的深入研究。此外，宋春舫又从艺术上进一步论证了旧剧之价值，认为旧剧是象征主义的艺术，其地位是不可替代的，而西方戏剧家也可从中吸取艺术养分："吾国旧剧虽经持新学者之丑诋，然多含象征派的观念。中国戏台向无布景即其明证。美小说家Garland之语曰：'今日欧美戏剧毫无生气，杂以象征派之中国剧或可另开生面而引起观者之兴趣。'其言虽过火，然亦可见近时文学家对于戏剧之趋向象征主义，既日占优势，自然主义之失败固在吾人意料之中也。"②他能够站在世界戏剧的大视野中，较为客观地理性地审视中国戏曲，不妄自菲薄、一味否定，捍卫了中国戏曲在世界戏剧格局中应有的地位，很有理论眼光和艺术见识。

三、"国剧运动"的理论建树

"五四"激进派的言论在知识界造成了思想上的一些混乱。如何对待"旧剧"，如何看待西方戏剧，中国戏曲向何处去，在一片纷纭的议论中莫衷一是。1925年前后，以余上沅、赵太侔为首的一批从欧美留学归国的青年戏剧家，怀着一个宏大的戏剧理想，试图在中华大地上建立起一个新的戏剧模式，开辟一条新的戏剧发展途径，倡导发起了"国剧运动"，给沉闷的戏曲界带来了新的生机。在此期间，他们系统地介绍了西方的戏剧理论和舞台技术，对传统戏曲艺术进行了科学的分析，试图解答戏曲界面临的迫切问题，从而为建立他们新的戏剧模式在理论上做好准备。他们主要从下列几个方面阐释了传统戏曲的价值。其一，与西方写实戏剧不同，中国的戏曲是写意的。赵太侔的《国剧》中有明确的论述，"西方艺术偏重写实，直描人生；所以容易随时变化，却难得有超脱的格调，它的极弊，至于只有现实，没有了艺术。东方的艺

---

① 宋春舫：《戏剧改良评议》，《宋春舫论剧》（一集），上海中华书局1923年版，第280页。
② 同上。

术，注重行意，意法甚严，容易泥守前规，因袭不变；然而艺术的成分，却较为显豁"①，较为客观地分析了两种戏剧体系的特点与优劣。其二，中国戏曲的演剧形态趋向于纯粹的艺术。比如戏曲的程式化，"挥鞭如乘马，推敲似有门，叠椅为山，方布作车，四个兵可代一支人马，一回旋算行数千里路"②等，"中国旧剧的程式就是艺术本身。它不仅是程式化，简直可以说是象征化了"③，进而认为旧剧中的程式是绝对应该保存的。此外，他们还认为戏曲是一种完整的艺术，其乐、歌、舞三方面融为一体，不能分开。"这个联合的艺术，在视觉方面，它能用舞去感动肉体的人；在听觉方面，它能用乐去感动情感的人；在想象方面，它能用歌去感动知识的人；而三者又能同时感动人的内外全体。这样一个完整的艺术当然可以成立，不必需求其他艺术的帮助。"④唯其近于纯粹，所以才与众不同，才有独一无二的艺术效应。其三，戏曲舞台的假定性更加契合戏剧的本质特征。因为"在舞台上模仿自然，是终归失败的。艺术表现的价值，全在告诉人它是什么，不在它是假充的什么——这是一切艺术的根本问题"⑤。他们认为，由于中国戏曲具有上述审美特征，自然是不会在短期内迅速消亡的，其顽强的艺术生命力和强烈的艺术感染力，必使其在世界戏剧之林中独树一帜，传承绵延。

为了赢得一个实验性的基地，他们还为筹建"北京艺术剧院"奔走呼吁。他们对西方戏剧理论的介绍，对传统戏曲艺术规律的科学分析，提出了"写意的"、"程式化"等戏曲艺术特征，远远超出了辛亥革命前后戏曲改良的先驱者们。对"五四"运动前夕胡适、钱玄同、傅斯年等人的全盘否定戏曲，则是一个历史性的纠正。尽管他们还受到主观认识和客观条件的种种限制，在艺术实践方面没有取得多少实绩，但对戏曲艺术自身规律的研究方面，成绩显著，为

---

① 赵太侔：《国剧》，《国剧运动》，第10页。
② 赵太侔：《国剧》，《国剧运动》，第14页。
③ 赵太侔：《国剧》，《国剧运动》，第16页。
④ 余上沅：《旧剧评价》，《余上沅戏剧论文集》，第152页。
⑤ 赵太侔：《光影》，《国剧运动》，第141页。

中国戏曲现代理论大厦的建构，具有非凡的拓荒意义。

四、"剧学"本体研究与民族戏曲理论的初步认识

"国剧运动"之后，在20世纪30年代初，伴随戏曲各剧种创作演出的繁盛，一批有识之士，有意识勾勒戏曲理论大厦的蓝图，如南京戏曲音乐研究院北平分院1932年创刊的《剧学月刊》，在《述概》开篇："（一）本科学之精神，对于新旧彷徨、中西糅杂之剧界病象、疑难问题，谋得适当之解决。（二）用科学方法，研究本国原有之剧艺，整理而改进之，俾成一专门之学，立足于世界艺术之林。"并提出研究"关于戏剧所涵容之学问，如心理、历史、社会、哲学、宗教、音乐等皆是"。这一阶段，仅北平就成立了一批专门研究戏曲的机构，如李石曾、齐如山为首的中华戏曲音乐学院；梅兰芳、齐如山为首的北平戏曲音乐学院；李石曾、金仲荪为首的南京戏曲音乐学院北平研究所；梅兰芳、余叔岩为首的北平国剧学会；溥西园发起的中国剧学会等。众多研究戏曲者，可分为三类："一类是以齐如山、徐凌霄等为代表的，学通中西，兼擅场上案头，但主要体现传统文士特点的学人；一类是以梅兰芳、程砚秋为代表的，重视文化修养与艺术探索的京剧艺人；一类是以欧阳予倩、田汉为代表的，重视和强调戏剧艺术推进社会变革任务的'左翼'学人。"[①]这突破了以王国维为代表的"文学本体"，吴梅为代表的"曲学本体"，发展到了"剧学本体"，对戏曲的编剧、导演、表演、舞美等"场上之作"，全方位研究，有一系列的理论成果，如梅兰芳认为："中国旧剧有其固有之精彩与好处，不能加以丝毫改变。余年前赴欧洲各国及苏俄，观剧多次，西洋戏有西洋戏之妙处，但与中国旧剧，不能合二为一，此敢断言者。至中国旧剧，原则是不利用布景，若利用布景，反减去剧中之精彩，譬如旧剧中之登楼，系作一种姿势，即可完全表示登楼之状，且甚美

---

① 张一帆：《"国剧"内涵与"剧学"本体的确立》。

观,若依布景言,则剧中布景楼梯,演者一步步上楼,非仅有着衣不合宜,且不好看,转失剧中精彩。不过旧剧应改革者,舞台应改革。关于光学、声学之讲求,以及戏园之清洁,悉应加以注意。"①

又如程砚秋去西欧考察后认为:"要知道从民族的经济生活和政治制度或与戏剧上,这是犹之乎小孩儿吃奶,是本能的,用不着去学别人。而且,作风之不同,不但随国家或民族而异,并且是随作者的生活与心境而各异的,自然与人相同事无妨的,勉强去学别人徒然是束缚自己,消灭自己而已。"②

然而,随着1937年"七七"事变抗日战争的全面爆发,为战乱的动荡生活而奔波,为民族危亡而全力拼斗,冲击了包括中国戏曲理论探索等文化建设。

五、"推陈出新"等戏曲改革理论

20世纪以来,传统戏曲如何与时俱进,即如何与随生产力和科技发展及社会生活变化而变化,成为不可回避的理论问题与实践问题,一直是百年来的艺术难题。戏曲理论界和实践者都有意无意地试图破解这一难题,只是或多或少、或深或浅而已。

1942年,毛泽东为庆贺延安平剧院成立而题词"推陈出新",成为此后戏曲改革的总方针,影响巨大而深远。

中华人民共和国建立之后,引进了斯坦尼和布莱希特等戏剧理论,对比研究中国戏曲理论,有一些初步成果,如阿甲《戏曲表演论集》等。其间有意识让一批著名的戏曲演员,讲述自己编演的创作体会,整理出版,成为后来建构戏曲理论大厦难能可贵的优质"建材"。

但在20世纪50至60年代的"戏改"过程中,受到了机械唯物论的影响,过分注重戏曲的政治教化功能,否定了以梅兰芳为代表的京剧艺术家在京剧改革

---

① 《久别故乡之梅兰芳昨偕其夫人自沪飞来》,《群强报》1936年9月3日"北平新闻"。
② 《程砚秋赴欧考察戏曲音乐报告书》下章。1933年5月10日,《程砚秋戏剧文集》,文化艺术出版社2003年版,第81页。

中"移步不换形"的渐变理论与实践，越来越凸显出否定继承戏曲艺术传统的理论倾向与带有急躁及盲目性改革的艺术实践。

六、戏曲理论大厦的奠基期

真正建构中国戏曲理论大厦的工程，却是改革开放以来这30年。随着思想的逐渐解放，经济的快速发展，对外的逐步开放，中国戏曲理论工作者焕发出前所未有的工作热情，纷纷从不同角度，对建构戏曲理论大厦添砖加瓦。从时序和实际进展状况，大致可分为奠基期、初建期。

十一届三中全会后，中国戏曲理论界逐步摆脱原有"左"的僵化理论之束缚，由于"戏剧观的讨论"和中西戏剧思维的对比，迸发出长时间思考的创造激情，至80年代末10余年间，一批有分量的戏曲理论成果不断涌现，如张庚《戏曲艺术论》，王朝闻《一以当十》、《中国大百科全书·戏曲曲艺》卷，高宇《古典戏曲导演学论集》，张赣生《中国戏曲艺术》，苏国荣《中国剧诗美学风格》，沈达人《戏曲与戏曲文学论稿》，祝肇年《古典戏曲编剧六论》、叶长海《中国戏剧学史稿》，王朝闻作序的《戏曲美学论文集》及《戏剧美学思维》，王正主编"戏剧文化探索丛书"中的孟繁树《中国戏曲的困惑》、吴乾浩《戏曲美学特征的凝聚变幻》、李春熹《作为演出艺术的戏剧》等。尤其是张庚和郭汉城主编《中国戏曲通论》，分中国戏曲与中国社会、中国戏曲的人民性、戏曲的艺术形式、戏曲的艺术方法、戏曲文学、戏曲音乐、戏曲表演、戏曲舞台美术、戏曲导演、戏曲与观众、戏曲的推陈出新11章的问世，标志中国戏曲理论大厦奠基仪式的剪彩与奠基工程的开工。

这一时期的主要特点有三：其一，对戏曲理论的诸多方面，展开了全方位的研究，各类专著和论文数量较多，质量也可观。如张庚提出戏曲的综合性、虚拟性、程式三大艺术特征及剧诗说、物感说等。其二，随着编撰《中国戏曲志》和《中国戏曲音乐集成》各省、区、市卷的开展，《中国戏曲通史》三卷本和《中国戏曲通论》的出版，已初具中国戏曲研究志、史、论的蓝图，与一批扛鼎专著，奠基了中国戏曲理论大厦的基础。其三，虽在戏曲理论民族化道路上有所前进，似乎仍未走出苏联戏剧理论模式和西方戏剧理论框架的阴影。

七、戏曲理论大厦的初建期

这一时期又可分为两个阶段。

（一）初建期第一阶段，即90年代。

随着1990年"纪念徽班进京200周年学术研讨会"，1994年"纪念梅兰芳、周信芳百周年学术研讨会"等学术活动的成功举办，对戏曲理论大厦的工程建设进入初建期，尤其以中国艺术研究院推出的一套"戏曲史论丛书"，即傅晓航《戏曲理论史述要》、吴毓华《古代戏曲美学史》、刘彦君《栏杆拍遍——古代剧作家心路》、武俊达《戏曲音乐概论》、陈幼韩《戏曲表演概论》、黄在敏《戏曲导演概论》、栾冠桦《戏曲舞台美术概论》、沈达人《戏曲意象论》、安葵《戏曲"拉奥孔"》、马也《戏剧人类学论稿》、苏国荣《戏曲美学》、孙崇涛与徐宏图《戏曲优伶史》。这套丛书，大部分是"论"，是对《中国戏曲通论》的拓展和深入。此外，一批有理论分量的专著面市，如阿甲《戏曲表演规律再探》、《李紫贵表导演艺术论集》、黄克保《戏曲表演研究》、赵山林《中国戏剧学通论》、蒋锡武《京剧精神》、龚和德《乱弹集》、姚文放《中国戏剧的文化阐释》、贾志刚《戏曲体验论》等，成为这一阶段较为厚重的理论著作。

这一阶段的主要特点有四：其一，这批专著与一大批论文，颇具创新性和理论价值。如阿甲1998年论文《戏曲艺术最高的美学原则》论述了"戏曲实际舞台的时空和剧情领域时空观念的关系"、"程式的间离性和传神的幻觉感的关系"，"戏曲的语言文学和戏曲表演文学的关系"、"戏曲特殊的体验和表现的关系"、"戏曲的形式美、形象美与虚拟、体验等的关系"等，尤其提出了戏曲"表演文学"的理念，认为武戏和做派戏"表现情节，表现了人物的情感和思想"。① 其二，随着《中国戏曲志》和《中国戏曲音乐集成》各省、区、市卷的完成，"戏曲史论丛书"等著作的出版，初步建构了中国戏曲理论大厦的框架。其三，进一步走出前苏联戏剧理论模式和西方戏剧理论框架的阴影，更为注重以中国的古代诗论、画论、古典哲学和美学等民族艺术哲学、艺术美学理论，用来建构具有民族特色的中国戏曲理论大厦框架。其四，运用多种研究方法更为娴熟，并注重交叉学科的研究，如戏剧人类学、戏曲美学等。

（二）初建期第二阶段，即21世纪初叶。

随着21世纪全球化时代和知识经济时代的来临及改革开放的深入，大多数产生于农业文明时代的戏曲剧种，由于工业文明和后工业文明时代的来临，其生存危机加重，"中国戏剧（主要包括中国戏曲各剧种）之命运"大讨论的交锋，引起对中国戏曲本体的思考。随之是非物质文化遗产保护与传承的开展，即如何有效地保护、传承、发展各戏曲剧种，如何激活传统戏曲剧种的活力，重新审视已经初步建构之中的戏曲理论框架，成为这一时期戏曲理论工作的要点之一。

这一阶段，中国艺术研究院启动了《昆曲艺术大典》和《京剧艺术大典》两大工程。戏曲研究所主持了一套"昆曲研究丛书"，其中王安葵、何玉人《昆曲创作与理论》，刘祯、谢雍君《昆曲与文人文化》，熊姝、贾志刚《昆曲表演艺术论》，吴新雷《二十世纪前期昆曲研究》，宋波《昆曲的传播流布》等，有较为浓郁的理论色彩。台湾出版了一套曾永义总策划的"戏曲研究丛书"，其中曾永义《戏曲之雅俗、折子、流派》、傅谨《二十世纪中国戏剧的现代性与本土化》，吴毓华《戏曲美学论》，王安祈《为京剧表演体系发声》，《陈多戏曲美学论》，郭英德《中国戏曲的艺术精神》、安葵《赏今鑑古集》、刘彦君《戏曲本质论集》等，其间有对戏曲理论较为精彩的阐述。而傅谨《中国戏剧艺术论》、施旭升《中国戏曲审美文化论》、路应昆《戏曲艺术论》等，颇具理论光彩。胡芝风《戏曲艺术二度创作论》，以自己演戏排戏经验，对戏曲舞台的二度创作的理论总结，不乏精到之论。廖奔、刘彦君《中

---

① 李春熹选编：《阿甲戏剧论集》，中国戏剧出版社2005年版，第395—440页。

国戏曲发展史》，刘景亮、谭静波《中国戏曲观众学》，更是深入研究后撰写的厚重之作。

这一阶段的主要特点有三：其一，深入细化以前的理论思考，或撰成专著，或修改原有论文结集出版。其二，有目的地建构剧种理论框架。如中国戏曲学院召开了3届"京剧学国际研讨会"，试图建设京剧学理论框架。其三，随着许多戏曲剧种被列入中国非物质文化遗产名录，为配合申报、保护、传承的实际操作，对戏曲作为"非物质文化遗产"文化价值的理论探讨增多。

纵观戏曲现代理论大厦百余年建设历程，前70余年曲折艰辛，峰回路转，而勾勒蓝图，披荆斩棘，拓荒之功，应充分肯定。而后30余年，全面拓展，波澜壮阔，蔚为大观，理论成果相当丰硕，由于篇幅所限与目力所及，提及较少，挂一漏万。总体而言，建树宏丰，功勋卓著，可喜可贺。但也存在某些不足，主要有二：其一，戏曲理论与戏曲创作、演出有所脱节。面对当代丰富多彩的各戏曲剧种的创作和演出，戏曲研究队伍许多人对舞台性不熟，较为注重文本、概念，而对表演、导演、音乐、舞美及市场运营、新观众心态变化等方面，研究较少、较浅，凸显出戏曲理论人才队伍的知识结构问题，新毕业的硕士、博士激增而舞台性研究队伍却青黄不接。其二，戏曲理论界与当今社会发展大趋势有所游离，对社会转型期戏曲遇到的新问题，缺乏敏锐的反映和深入的剖析，因而与迅速发展的时代有所疏离，使戏曲理论逐渐边缘化。

总之，随着文化的大繁荣、大发展，中国戏曲现代理论大厦正在紧张施工之中，一批新的戏曲理论成果不断涌现，一批新的科研课题又即将开工，可期可待。但这一大厦的建设，任重道远，仍需几代戏曲理论工作者继续艰辛劳作，奋发努力。

誉满神州，香飘全球

1985年，我来到中国艺术研究院做研究生，在西单老长安剧院观摩北京京剧院（以下简称"剧院"）的演出。有人告诉我，剧院是当今"世界上第一大剧团"，在职人员逾千人。我了解到：剧院成立于1979年，其前身是以马连良、谭富英、张君秋、裘盛戎、赵燕侠为领衔主演和曾由梅、尚、程、荀四大名旦各自领导的流派剧团汇合而成的北京京剧团。

此后，剧院与我的人生发生了一次次"亲密接触"。例如，1992年盛夏，我参加了北京市文化局组织的《水龙吟》创排过程观摩学习班。我亲眼目睹剧院几届领导班子，紧抓剧目、人才建设和演出市场不放松，成为剧院30年辉煌历程的三大亮点。可以说，三大亮点，奠定了剧院雄厚的基础，凸显剧院的巨大影响力与辉煌。

一、抓剧目建设，既传承一大批各流派的优秀剧目，又成功推出一批有影响的新剧目，成为当代舞台的一大亮点

北京京剧院建院以来，贯彻"推陈出新"的方针，继承传统，整理上演了各流派代表性剧目300余出，成为京剧各流派传承的大本营之一。剧院在博采众长、不断创新的思想指导下，遵循京剧艺术的发展规律，在不同时期推出了一批新创作剧目。如20世纪80年代至90年代首演新创作剧目主要有《画龙点睛》、《司马迁》、《三打陶三春》、《北国情》、《拜相记》、《水龙吟》、《甲申祭》、《圣洁的心灵——孔繁森》、《黄荆树》、《梅华香韵》、《铸剑情仇记》、《风雨同仁堂》等。其中《画龙点睛》获文化部第一届文华大奖，《圣洁的心灵——孔繁森》获文化部新剧目奖，《拜相记》获全国青年团会演优秀剧目奖，《黄荆

树》获北京市首届金菊花奖，《风雨同仁堂》获第二届中国京剧艺术节金奖。

此后，剧院新编了《宰相刘罗锅》、《蔡文姬》、《梅兰芳》、《袁崇焕》、《下鲁城》等大戏，改编了《马前泼水》、《阎惜姣》等小剧场京剧。

1998年，我担任北京艺术研究所所长，组织"京剧走向21世纪"、"京剧剧目生产"、"马派艺术与21世纪"、"纪念荀、尚诞辰百年暨京剧流派传承"等研讨会，"亲密接触"了剧院的一系列新剧目。

（一）连台本京剧《宰相刘罗锅》

《宰相刘罗锅》原称"贺岁剧"，从2000年起，每年创作两本。2000年3月10日，剧院邀请部分在京的戏曲界专家学者召开学术研讨会，章诒和、朱文相、周述曾、王安葵、钱世明、葛献挺、周传家、和宝堂、龚和德、薛晓金、马海玲、丁汝芹等专家对一、二本纷纷发表高见。我的发言从五个方面，阐述其审美价值。

第一，与现实存在密切相关的审美兴奋点多。如考场舞弊、官场腐败、浮夸虚报、欺上瞒下等。

第二，对历史的、人生的审美信息量大。剧中大量历史与现实的信息，使观众对现实生活、对人生、对时代都加深了认识。

第三，惩恶扬善、寓教于乐的审美理想。

第四，丑中见美的审美愉悦。刘罗锅外表丑陋，但正气浩然，体现出中华民族的一种审美理想。

第五，寓庄于谐，又寓谐于庄的审美机趣。刘罗锅与和坤等人斗智斗勇，不仅使人开心，而且引人入胜，呈现出亦庄亦谐的审美机趣。

2001年，剧院编演了三、四本。我在2月9日组织召开第二次学术研讨会，贯涌、吴乾浩、朱文相、赵景勃、钱世明、谭志湘、刘彦君、刘文峰、周传家、周述曾、陈培仲、王安葵、刘祯、路应昆、丁汝芹等又发表了各自的高见。我从宏观上谈了四点不成熟的看法：

其一，三、四本继续运用京剧本体理性原则，不求"真"而求"美善之质"（梅兰芳语），追求艺术神似，以"戏说"而浓缩生活真实，深入人物心灵深处，暴露人性隐秘，折射人间荒谬，透出人世况味。

其二，注重艺术的现实性，强化贫民意识和市场观念，仍遵循"三好原则"，而"三好"之后有回味之处，意味浓厚深长，并以平民视角，关怀社稷苍生，反映民生疾苦，反腐倡廉，批判皇权，传达要求社会公平公正的民主呼声。

其三，发扬了京剧弹性原则，即总策划张和平所说的"包容性"，"你中有我，我中有你"，敢于吸收，也善于吸收话剧与影视的写实性，写实与写意相得益彰，节奏加快，适合当今观众的审美心理节奏，尤其是年轻观众的欣赏趣味。

其四，为出精品组织了强大创作团队。为艺术创新而组建了有湖南、台湾等地加盟的"多省部队"，让不同艺术观念与技艺相互碰撞、互相借鉴吸收，避免了"近亲繁殖"带来的艺术退化，使舞台展示面貌一新。尤其是具有京朝"皇家气派"的布景，既恢宏气派，又变化多端，别具一格，真可谓"只此一家，别无分店"。此布景将与"贺岁系列剧"一起，载入中国京剧与中国艺术史册。

2002年，剧院再创的五、六本演出后，我于2月22日再次组织学术研讨会，王蕴明、薛若琳、龚和德、王安葵、吴乾浩、安志强、谭志湘、刘彦君、刘文峰、徐世丕、杨乾武、朱文相、庚续华、陈培仲、陈慧敏、周传家、王晓峰等专家，北京市文化有关领导徐恒进、汪丽娅，北京京剧院领导王玉珍、陆翱、孙建华参会，大家围绕"贺岁戏"与文化市场、连台本戏、强烈的喜剧风格、对历史题材的"正说"与"戏说"、平民化的通俗艺术、创作上的继承与革新及理论意义等焦点问题，论争与阐发，开成了一个高质量的学术会。

为参加2002年至2003年首届国家舞台艺术精品工程，剧院把其中的一、二、六本，整合为上、中、下3本的《宰相刘罗锅》。此届有的专家评委认为，此剧将民间演义故事系列地呈现出来，"不见庸俗之痕，题材的喜剧性、观赏性更得到充分强化，京剧本身形式美的价值也得到充分张扬。戏中'博弈'入赘六王府到审放乾隆、因诗获罪等一系列亦庄亦谐环环相扣的情节发展，都会使观众产生与现实思考对应的心灵呼应，不由你不做出是非褒贬的评判。引人品味的戏剧内核和它具有强烈喜剧性、观赏性的表达，自然会使人连看不厌。"[1]剧中流派纷呈，麒派的苍劲浑厚，余派的刚亮清爽，马派的清柔圆润，梅派的宽圆甜亮，张派的典雅清新，袁派的质朴淳厚，裘派的韵味独特，让观者大饱耳福，实现了该剧"好听、好看、好玩儿"的定位，审美信息量大，观赏性强。有的专家认为是"创造性地回归传统"，"出现在这几出戏中的戏曲传统，没有一个是它们的原生状态，或者被重新包装；或者被部分改造；或者融入新的元素，使你觉得似曾相识，但又有所不同。程式，作为京剧艺术最重要的传统，支配着包括剧本结构、唱腔板式、音乐旋律，以及各种行当表演在内的一切创作规范，然而在几出戏对于这些程式具体形态的把握中，我们却分明看到了创作者自身的学养、素质、创造力以及审美理想在程式运用中的闪光"。[2] 上、中、下3本的《宰相刘罗锅》，以其深刻的思想性、精湛的艺术性和引人入胜的观赏性，获得评委们的一致首肯，名列首届国家舞台艺术精品工程的榜首。

（二）京剧交响诗《梅兰芳》

2004年的五一，剧院新编的京剧交响诗《梅兰芳》首演。我主持召开了学术研讨会，一批著名戏曲专家从不同角度对此剧予以肯定，并提出修改加工建议。后来，此剧加工后入选2006—2007年国家舞台艺术精品工程初选剧目30台。我担任终评委，再次观摩，感觉此剧更加成熟，更有艺术魅力。我在《民族艺术的永恒记忆》一文中称赞道："从戏剧结构到舞台语汇，都别具一格。以剧中梅兰芳所扮演的角色，与现实生活交织，同台彰显，时空交错，增加了诗情画意。于魁智以老生扮演生活中的梅兰芳，胡文阁以男旦装扮演剧中的梅兰芳，相得益彰。剧中形象化地展示了天女跨越太平洋播撒鲜花的意境，展示了虞姬与霸王的凄美，以及梅兰芳抗战中的个人境遇和心态，蓄须明志，不为敌

---

[1] 王文章：《当代舞台艺术的壮丽画卷》，《2002—2003国家舞台艺术精品工程论评》，文化艺术出版社2004年版，第15页。

[2] 刘彦君：《回归的意义》，《2002—2003国家舞台艺术精品工程论评》，文化艺术出版社2004年版，第74—75页。

伪演出，甘于清贫，坚持一个人的抗战，以彼譬此，托事于物，把真人真事演绎为舞台剧诗，把真实的梅兰芳变成了诗意的梅兰芳，用诗歌的比兴手法，把梅兰芳舞台创作的女性之美与其高尚的人格情操，幻化成为绝妙的人生与历史的交响诗。"①

（三）历史剧《袁崇焕》

2005年，剧院新编了历史剧《袁崇焕》，研究所因经费紧张，而没有召开学术研讨会，但我亲自写了《写实传神，震撼心灵》一文，发表于2005年6月16日的《中国文化报》上。我在文中写道："全剧截取了明代末年一段惊心动魄、血雨腥风的史实，通过千里奔袭、兵临城下、沙场鏖战、以少胜多、定计施计、忠臣蒙冤等情节，结构严谨，层次清晰，描绘出一个个性格鲜明的人物形象。如皇太极的雄才伟略，从善如流；谋臣范文程的审时度势，足智多谋；内阁大学士成命基的顾全大局，忠厚隐忍；祖大寿和何可纲的爽直果敢，骁勇善战；礼部侍郎温体仁和兵部尚书梁廷栋的阿谀奉承，落井下石。加上袁崇焕、袁母和袁妻及崇祯皇帝的鲜明个性，传达出了历史的真实，史剧的韵味，人生的况味……此剧的导演、表演、舞美、音乐、灯光等二度创作，强强联合，勇于创新，宛如一群身怀绝技的画家，各显所能，众人妙手点染了一幅构思新颖、波澜壮阔、动人心魄的历史画卷。导演以大将风度，大开大阖，统率各部，团结协作，借鉴音乐剧的舞台风格，写实与写意相得益彰。表演更是各显其能，文戏各流派的唱腔韵味十足。武戏设计精彩，打斗紧凑。舞美运用象征手法，大气磅礴，烘托出历史氛围，营造了悲壮场景。灯光也为战争的激烈、宫廷的争议、监狱的森严、刑场的悲壮服务，运用到位，独具风采。特别是作曲，因剧情反映与北京有关的历史事件而借用河北民歌《小白菜》的旋律，改写为京胡伴奏与旦角吟唱，凄凉婉转。'碧血'一场的大段唱腔，加入高拨子慢板，高亢苍凉，一波三折，摇

---

① 秦华生：《民族艺术永恒记忆》，《2006—2007国家舞台艺术精品工程论评》，文化艺术出版社2008年版，第22页。

曳多姿。"

此外，我约请了本所前任所长周传家撰写了《树碑立传颂脊梁》，发表在《光明日报》上；还约请了中国戏曲学院陈培仲教授撰写一文，也发表在《中国文化报》上。

（四）小剧场京剧《马前泼水》

我对北京京剧院小剧场京剧的编演，一直特别关注，2008年5月2日，为刚上演的《马前泼水》召开了研讨会。专家吴乾浩、刘彦君、陈培仲、钱世明、谭志湘、刘文峰、刘祯、路应昆、杨乾武、于义青、陈慧敏、黎继德、王晓峰、朱文相、丁汝芹、马海玲、张燕鹰等发表了高见。我认为，此剧至少有三方面的价值。第一，民族戏剧的美学价值。小剧场好像原来的堂会，又有剧场性，可以称为"现代堂会"，是"素面朝天"，布景较少，以人物的唱、念、做、舞取胜，是对民族戏剧美学观的继承与发展。同时，也运用了电影"闪回"手法，略去了很多交代和次要人物。两个人物的精神碰撞，冲突激烈，戏剧性强，有"戏"。两个演员的表演舞台生辉，能吸引观众。第二，认识价值。人性中某些潜意识的隐秘内容的揭示有着人性的认识价值；崔氏和朱买臣都是悲剧人物，他们的悲剧是封建社会产生的悲剧，认识了他们就认识了封建社会的一个侧面，封建意识残留在华夏大地，对社会主义现代化进程产生着不利的影响，因而该剧又有社会认识价值。第三，市场价值。在小剧场演出，不需要大的场面，布景相对较便宜等因素，与动辄耗资几十万上百万，使用大场面、大布景，在大型豪华剧场演出的形式相比，能够节省大量的资金。这些都有利于市场的开发和运作，是一种很有发展前景的演出形式。

（五）小剧场实验京剧《阎惜姣》

2002年11月20日，我又召集了学术研讨会，讨论剧院刚上演的小剧场实验京剧《阎惜姣》。此剧演出成功，首先是选材好，选择因色生情、移情别恋的故事，对当代青年观众很有吸引力。其次，此戏按"离合悲欢重品位，人情人性细剖析"的编剧思路，挖掘了人物原有的深度，而导演的"翻新意"，作曲的"显灵性"，演员的精彩表演，使这出戏很好看，也很耐看。三个人物心理各有特点，同时我也提出：女主角的心理有许多精彩的展示，但仍有男权中心社会对女性性格发展的曲解，可否重新设置戏剧场景，把阎惜姣对爱情的渴望和追求，作为性格的支撑点。即阎惜姣卖身葬父，感恩而嫁给宋江，她想当妻而不是妾，宋江却只把她当妾而不是妻。她对此一番抗争，深表失望。两人曾有新婚的欢娱，宋江也因喜欢新媳妇而置乌龙院，阎惜姣憧憬未来，后因宋江的大男子主义，使之因爱生恨，以致年轻风流的张文远勾引她时，仍很矛盾。这里可安排大段唱来表现她的复杂内心，以一种力图改变自身状态，寻找自我，而又失掉自我、怨天尤人的女性心理轨迹，使戏剧情节和冲突更完整，更具典型意义，更能诠释女主人公的悲剧人生。专家张关正、刘彦君、丁涛、李佩伦、陈培仲、陈慧敏、穆欣欣、丁汝芹、杨乾武、薛晓金、李黎明、张燕鹰发表了学术见解。专家的发言摘要以《众口评说<阎惜姣>》为题，发表于《戏曲艺术》2003年第1期上。

二、抓人才建设，优秀人才辈出，成为剧院辉煌历程的又一大亮点

北京京剧院建院以来，人才济济，老一辈艺术家赵燕侠、谭元寿、马长礼、李万春、吴素秋、李宗义、李慧芳、姜铁麟、赵荣琛、王吟秋、梅葆玖、李元春等曾担任领衔主演。创作室阵容强大，有老剧作家汪曾祺、杨毓珉、梁清濂，老导演王雁、周仲春、迟金声、小王玉蓉，作曲家陆松龄等，乐队伴奏有名琴师李慕良、何顺信、姜凤山、燕守平；名鼓谭世秀、刘玉泉、杨振东、金惠武等。

20世纪80年代，一批中年艺术家崛起，主要有老生张学津、李崇善、赵世璞、谭孝曾、杜镇杰，旦角李玉芙、孙毓敏、杨淑蕊、阎桂祥、王玉珍、宋丹菊、关静兰、叶红珠、秦雪玲、岳惠玲、赵乃华、王蓉蓉、董圆圆，老旦王树芳、赵葆秀，武生杨少春、叶金援、马玉璋，净行马永安、王文祉、罗长德、姚宗儒、刘建元、黄彦忠，小生李宏图，丑角黄德华、白其麟、叶江翔等。其中许多人荣获中国戏剧梅花奖、梅兰芳金奖和文华表演奖。

20世纪90年代，青年演员朱强、陈俊杰、年金鹏、郭伟、尚伟、刘山丽、常秋月、丁桂玲、王文增、李红艳、王怡、张大环、李师友、李红宾等崭露头

角。21世纪后，又调入迟小秋等著名青年演员，更培养了一批新人，壮大了队伍。艺术创作队伍不断更新，王新纪、宋捷、徐春兰、朱绍玉、郑传恩、白爱莲等，展示出不凡的创作实力。

几代优秀的演员队伍，形成人才梯队，保证了演出质量，剧院以高水平的演出，享誉海内外。

三、抓市场开发，十八年来剧院每年演出场次长期保持千余场，是国内演出场次最多的京剧院团，可作为剧院第三亮点

剧院一直注重市场营销，注重海外市场的开发及在港、澳、台地区的演出，注重在长安剧场的持续演出和全国各地巡演，尤其是18年来在梨园剧场的旅游演出，对传播被誉为"国剧"的京剧艺术，弘扬中华文化，功勋卓著。剧院十几年每年的演出场次逾千场，是国内演出场次最多的京剧院团。

2007年10月，我担任中国少数民族戏剧学会副会长，与国家民委文宣司、文化部社文司在山西省大同市举办首届全国少数民族戏剧会演。策划开幕式演出时，大同市提出加入京剧样板戏片段。我拜托王玉珍院长支持，她爽快应允，并委派夫君常建忠带队前往。这批青年骨干的精彩表演，迷住了大同观众，场面热烈，掌声雷动。

我常常观看剧院老戏、新戏的演出。前几天，刚刚在长安剧场观看了王蓉蓉扮演阿庆嫂的《沙家浜》。我与剧院几届领导班子成员和几代主演、主创人员，因工作关系，结下了深厚的友谊。这种深情厚谊，滋润着人生历程的绿荫，成为个人心灵深处记忆的绿洲。

30岁华诞，在中国被称为"而立之年"。作为"全球第一大剧团"的北京京剧院走过了30年，早已巍峨地"屹立"在世界表演舞台的艺术之林中，已被记录在世界的戏剧史、艺术史之中。

我有幸成为记录队伍的一员，曾经执笔记载过剧院的辉煌历程。如今，又写下这"三大亮点"！

梅兰芳表演体系初探

一、梅兰芳表演体系的正式提出

《戏剧艺术》1982年第1期载了孙惠柱《三大戏剧体系审美理想新探》，文中正式提出了"梅兰芳戏剧体系"，并与"斯氏、布氏表演体系"相提并论，称之为全球"三大戏剧体系"，并在文末"小结"云："三位戏剧大师大体上是同时代人，但三种不同的审美理想却显示出一种发展的轨迹，他们是戏剧的美的规律的不同角度不同层次的反映。就具体的审美价值而言，三大体系各有千秋、互为补充，都有不可替代的魅力；就总体的审美意识而言，它们意味着人类对于戏剧之美的认识越来越全面。"由此曾引发持续十几年有关"三大戏剧体系"的学术论争。笔者无意在此评论"三大戏剧体系"是否成立，各家论争的论点论据及优劣，只是充分肯定这场论争很有学术意义，尤其肯定孙惠柱提出"梅兰芳戏剧体系"的贡献，尽管孙惠柱此文可能受到黄佐临《梅兰芳、斯坦尼斯拉夫斯基和布莱希特戏剧观比较》一文的启迪而作。

二、梅兰芳表演体系的形成

梅兰芳表演体系形成的三个阶段：

1. 吸收与继承古典戏曲表演方法时期（1902—1915）

梅兰芳从拜师学艺、学习昆曲和京剧，到上台演出京、昆传统剧目，领悟戏曲艺术的妙处，精心研习，掌握舞台表演方法。

2. 大胆突破古典戏曲表演方法而创作演出时装新戏时期（1915—1916）

梅兰芳在一年多时间里，排演了十一出新戏，包括时装新戏《宦海潮》、

《邓霞姑》、《一缕麻》；古装新戏《牢狱鸳鸯》、《嫦娥奔月》、《黛玉葬花》、《千金一笑》；改编昆曲折子戏《春草闹学》、《思凡》、《佳期、拷红》、《风筝误·惊丑》等。从形式上大胆革新，到内容上反封建，显示了他革新的勇气，是一位艺术上的叛逆者。

3．继承与革新相结合，"移步不换形"时期（1917年以后）

梅兰芳既革新又继承，新编了古装新戏《廉锦枫》、《霸王别姬》、《太真外传》等，改编了传统剧目《宇宙锋》、《贵妃醉酒》、《奇双会》、《金山寺》、《断桥》、《樊江关》、《打渔杀家》、《二堂舍子》、《审头刺汤》等，逐渐从形式上的大胆革新到"移步不换形"，为形象而造象，从妙用到妙有，以丰韵写风韵，由传神到通神，创造了独具意象美学风格的梅派艺术，形成了梅兰芳表演体系。

三、梅兰芳表演体系的表述与逐渐确立

梅兰芳在民国年间四次出国演出，中方与外方通过总结、对比，发现了梅氏为代表的中国演剧体系的独特性，纷纷发表了理性思考与概括总结，逐渐确立了梅兰芳表演体系。

1．1919年梅兰芳首次访日，日方出版《品梅记》，对梅兰芳表演体系有初步确认："我这回看了梅兰芳的演出，作为象征主义的艺术，没有想到其卓越令我惊讶。'支那'剧不用幕，而且完全不用布景。它跟日本戏剧不一样，不用各种各样的道具，只用简朴的桌椅。这是'支那'剧非常发展的地方。如果有人对此感到不足，那就是说他到底没有欣赏艺术的资格。……使用布景和道具绝对不是戏剧的进步，却意味着看戏的观众脑子迟钝。"又有人称赞他的"嗓音玲珑透彻，音质和音量都很突出。据说这是他有天赋之才，再加上锻炼的结果。但他的嗓音始终如一，连一点儿凝滞枯涩也没有，而且同音乐配合得相当和谐，有一种使听众感到悦耳的本领，真令人不胜佩服"。"他舞天女之舞时的步子、腰身、手势都很纤柔细腻，蹁跹地走路的场面很自然，人们看到这个

地方只觉得天女走在云端，不禁感叹梅氏的技艺真具天斧神工。"①

当时国内的《春柳》杂志刊载的《梅兰芳到日本后之影响》中有："甲午之后，日本人心目中，未尝知有中国文明，每每发为言论，亦多轻侮之词。至于中国之美术，则更无所闻见。除老年人外，多不知中国之历史。学校中所讲授者，甲午之战也，台湾满洲之现状也，中国政治之腐败也，中国人之缠足、赌博、吸鸦片也。至于数千年中国之所以立国者，未有研究之。今番兰芳等前去，以演剧而为指导，现身说法，俾知中国文明于万一。"②

2．1924年梅兰芳第二次访日。日文《演出说明书》及日方报道评论进一步阐述梅兰芳表演体系："作为纪念剧场改建的首场演出，大家都认为梅兰芳的表演最为精彩。对帝剧的专属演员来说，这是个很尖锐的讽刺。以他们的立场来看问题，这可以算做受尽了侮辱；在旁观者的眼中，则会说他们没有志气。他们实在没有志气。时至今日，这确是一场本领的竞赛，是梅争取到观众还是我们争取到观众的问题。现在正是我们应该发挥本领的时刻，我们要把中国戏曲压倒……现在正是他们应当有这种气概，可是他们在舞台上却一点儿声势也没有。""梅兰芳的中国戏曲第一天的剧目是《麻姑献寿》，虽然是一出祝贺喜庆的戏，只要文雅与美丽就行了，然而一看到梅那种端庄优美的姿态和恰到好处的顿挫有节的动作，再听到他那用纤细尖新的嗓音唱出来美丽的香花，有漂亮的禽鸟彼此和鸣，这里是如此温馨，令人感到无比快乐。"③

日本评论家南部修太郎赞赏梅兰芳在《黛玉葬花》中表演："这不是一般'支那'戏曲常用的那种夸张的线条和形态表现出来的神情，而是十分细腻，属于写实的并且是心理的或精神的技艺。我想，这是梅在尽量努力地表示《红楼梦》中林黛玉的性格和心情。这就是梅对原有的'支那'戏曲的技艺感到不

---

① [日本]吉田登志子：《梅兰芳1919、1924年来日公演的报告》，《戏曲艺术》1987年第1—4期。
② 《春柳》杂志1919年第5期，第10页。
③ 东京《万朝报》1924年10月29日刊载一篇中内蝶二写的《帝剧所见，最精彩的是梅兰芳》。

满足，而在这种所谓'古装歌剧'的新作里开拓出来的新的艺术境界。"①

3．1930年梅兰芳访美，在中方宣传片《梅兰芳》、旧金山大中华戏院说明书《梅兰芳》及美方评论中，进一步阐明梅兰芳表演体系。

1929年12月，梅兰芳经过长达七八年的充分酝酿与一系列精心准备，在北平、上海各界的支持关注下，终于登上英国坎那大皇后号船启程访美。此次出访演出，先后到达了美国许多城市，如纽约、华盛顿、芝加哥、西雅图、旧金山、洛杉矶、檀香山、圣地亚哥等，历时半年。由于前期宣传到位，吸引了美国各个层次的观众走入剧场，观赏梅兰芳的表演。尤其在剧目及每场演出的安排，精选适合美国观众欣赏习惯的内容，因此，不仅吸引了广大美国观众，而且引发了美国艺术界及理论界的极大关注，产生了一系列理论成果。

其一，梅剧团编印的《梅兰芳》中的《中国戏剧浅说》："吾国戏剧以歌舞为重，与通常所习为之言语步容。向不相同，另创一特殊之剧艺构造，其要旨即在乎传神，故不用布景而能因伶人所虚之各种美化的姿态身段。使观者了解剧中之一切静物背景与情节，绝不相混。（例如同样之开门姿势，窑门柴门城门与房门皆不相同，一目了然。雨中雪中之情景亦能历历分出，此类神妙之处，俯拾即是，不胜枚举。）又勾脸之含有深妙之审美性，虽只数笔，忠奸善恶之固性，观者极易体会无讹，而歌腔念白之能曲曲传出剧中人之喜怒哀乐及步法打武之美观漂亮，莫不极传神之能事，虽不求逼真，而观者绝无隔膜茫然之苦，盖与国画之旨趣，实相翕合者也，国人对于西剧化之白话剧，已有相当认识，觉其构造。另饶风味，不惜广为提倡，则此次兰芳以中国剧，介绍与欧美各邦，不识亦有步西画后尘而赞美此种写意取神之歌舞剧者在否也。"

其二，旧金山大中华戏院编印的中文说明书《梅兰芳·梅兰芳游美主动机》："中国剧界大王梅兰芳，今次来游新大陆，其蓄志经已数年。戏剧为美术界之一种，近世人审美观念，日有进步，戏剧既为表演美术，不能不因之日求进步，梅氏眼光，远照世界，不限于中国方隅，故其游踪遍历南北，虽以北京

---

① 《梅兰芳的〈黛玉葬花〉》，《新演艺》1924年12月号。

为根据，然每岁必游沪，游港游粤曾两次，游日本亦两次，既世界大通，文化交换，戏剧一道，岂能闭关自守，故步自封。梅氏所以蓄志游欧美，在于六七年前矣，中国戏剧，因时代变迁，好尚之各异，由昆曲变而为梆簧，近二三十年来，则秦腔式微，徽腔独著，其始执牛耳者为须生。程长庚、孙菊仙、谭鑫培辈，皆大名鼎，然须生人才渐趋零落，梅氏以青衣起而代之，此虽由近代审美观念，侧重颜色，有以使然，然梅氏之艺术，亦足多也，中国戏剧，以北京为中心，夫人皆知，此其缘故，关于文学，戏剧既为美术之一种，非本人通文学，不能研究精深，非与文人学士往还，不能讲求进步，北京为数百年来之国都，士大夫之所业聚，前清末，王公大臣，贵族子弟，多精通戏剧，北方名伶日受陶铸，所以易于成名。梅氏生长虽晚，其得名实自民国以来，然亦实受北京士大夫陶铸之流风余韵，故其人能书、能画、能诗，文学彬彬，附庸风雅，迥异于常伶，乃知其克享盛名，非偶然也，成名之后，求进步之心愈雄，不以成名而自矜，故眼光远大，扩充之及于世界，将欲采欧美之所长，以药中国之所短，并欲将中国之所长。传播之以药欧美所短，其志愿如是，故毅然来游，本院为侨胞耳目之乐，特聘请梅君到院奏技，百闻不如一见，我侨胞得此机会，相当惠然肯来，本院同人等因将梅君之为人与其艺术，略为介绍之于观者诸君。"

其三，《纽约时报》发表阿特金森的文章，其中评论道："梅兰芳中等身材，苗条匀称，极其优雅。他的戏装和头饰富于东方艺术中那种常见的奢华。他的哑剧表演自始至终柔软温和，姿态具有雕塑美。他以轻灵起伏的韵律上场，并在正式演出中，虽有许多调整，也始终保持着这种韵律。他有双精巧的手，对于理解他的动作姿态的人而言，这双手有着同样的艺术表现力。在西方，我们称其为程式化表演。它是非写实的，美丽的。

……但是这些细节都无足轻重。它们仅仅让那些不能够适应这种表演的人觉得不舒服而已。而我们印象最深刻的，是属于纯粹想象和活着的古老中的那种优雅与美丽，端庄与静穆。显然，梅兰芳的戏剧并不是当代中国思想的一面镜子，但是其中确毫无疑问反映出了堪称中华民族堪称灵魂的东西。如果你能如此去接受它，那么在充满迷惑的同时，你也会收获满满的惊叹。"①

其四，约翰·马森·布朗在《纽约晚间邮报》发表文章，其中论述：梅兰芳的"身段姿态与他们的语言一样，形成了一种复杂的拥有自己语法结构的独立语言。它的表达法几乎是无限的，但必须完全根据那些受过熏陶的中国观众所熟悉的严格语法规则来给予使用。在这种表达法中，他们身体的每个动作都有一定的意义，对能够会意的人而言，其指意足够明确精准。因为他们表演的舞台上除了一些暗示性的道具，几乎是空的，所以演员们必须通过他们的表演来填充舞台，并通过连续场景中的各种动作姿态来补足、变换舞台背景，例如推想象中的门、翻身下看不见的马，或以跑圆场来暗示遥远行程等"②。

其五，美斯达克·杨在《梅兰芳》一书中写道："这种中国戏剧的纯洁性在于它所运用的一切手段——动作，面部表情，声音，速度，道白，故事，场所等——绝对服从于艺术性目的，所以结出来的果实本身便是一个完全合乎理想的统一体，一种艺术品，绝不会让人错当作现实。说这种中国艺术未必包容人类一切经验在内，但作为戏剧艺术却是完整的，意思是说它吸取了这种特殊艺术的一切手段，包括了表演，道白，歌唱，音乐，广泛意义上的舞蹈，形象化舞台装置，最后还包括观众在内，因为演员明确而坦率地把观众像其他任何因素一样包括在他的艺技之内。此外，这种戏剧具有一种流传下来的严密传统、严格的训练和学徒制，还有要求严厉的观众——演员表演得好坏，能让人看出是照既定的演法还是故意敷衍了事以等待接受观众的评判。它还建立在精雕细琢的基础上，因为观众除去不知道临时的插科打诨之外，已经对剧情和剧中人物十分熟悉，只关心表演本身、表演的质量和表演的展开。所以，梅兰芳的戏剧是一种具有真正原则性的学派，需要我们加以认真看待。

梅兰芳戏剧企图呈现给我们的是那种风格美、风格的发现和风格的持久性。这种风格也意味着并包含着我们的灵魂。我一面观赏着梅兰芳表演的一个

---

① 《纽约时报》1930年2月17日。
② 《纽约晚间邮报》1930年2月17日。

悲剧场面，一面在沉思生活为什么能在它那美丽的形式中持久地编织，怎样既束缚着我们又使我们欣悦。但是，甚至这种雅致或精神或美——不管我们想怎样称呼它——并不那样遗留下来就算完结。它构成一种连续统一体，由它提供一种持续性——从一个动作到另一个动作，从一句话语到另一句话语，从一个意境到另一个意境——自始至终贯穿在这出戏依次相连的各个部分之中，从而为它构成一种音乐要素，自由自在而游刃有余。此外，我们把这种戏剧看成一种社会因素，可以说大概就是这种美和雅致最终的本质赋予了整个中国戏剧一种驰骋自由的天地，更是由此而衍生出中国戏剧在那个民族当中的连续性和持久性，就仿佛它不仅是一种艺术，而且也是一种精神本质。"

4．1935年梅兰芳访苏，更进一步确认了梅兰芳表演体系。

在梅兰芳访苏演出之后，苏联组织艺术家、理论家召开了一次座谈会，他们对京剧梅兰芳的表演提出了自己的真知灼见。如丹钦科在开场白中说："对我们来说，最珍贵的是看到了中国舞台艺术最鲜明、最理想的体现，这是中国文化贡献给全人类文化的最精美、最完善的东西。中国艺术的一种完美的、在精确性和鲜明性方面无与伦比的形式体现了自己民族的艺术。我国戏剧的代表自然会从中得到很多有价值的东西。"

特莱杰亚考夫说："梅兰芳剧团此来，做了一件特别重要的事情——那就是破除对中国艺术的成见，打开一个有决定意义的缺口。它也结束了另一个很令人不愉快的臆造——那就是说，中国戏剧从头到尾都是程式化的。……其实只要能进入这种戏剧的形象语言之中，它就会成为清澈透明的，特 容易理解的，非常真实的。……这个戏剧有这样悠久深厚的历史沉积，因而容易僵化。毫无疑问，这样的戏剧是有它的困难的。但是，在这些五光十色的固定形式之中，却跳动着生意盎然的脉搏，它会打破任何的僵化。……中国戏剧文学水平很高，从题材方面来说也很接近莎士比亚。我觉得，这方面存在着一些新的可能性，找到一些新的途径，使像梅兰芳博士这样的大师，可以发挥自己惊人的才能。展示自己无与伦比的天才。"

梅耶荷德说："我们有很多人谈到舞台表演诸方面的时候忘记了主要的一点——这是梅兰芳博士提醒我们的，那就是手的表演。我没有在舞台上看见过任何一个女演员，能像梅兰芳那样传神地表演出女性的特点……我们还有很多人谈到演出的节奏结构。但是，谁要是看过梅兰芳表演，就会为这位天才的舞台大师的表演节奏的巨大力量所折服。"

爱森斯坦在发言中说："中国戏剧使我们打开眼界……我愿意把中国戏剧艺术比作鼎盛时期的希腊艺术。……中国戏剧所具有的那种生气和有机性使它与其他戏剧那种机械化的、数学式的成分完全不同。对我来说，这是一种最有价值的发现和感觉。第二个鲜明而令人惊喜的感觉在于，我们一直尊重莎士比亚时代，那时演出常用假定性的方法，表现夜间的场面时舞台上有时也不暗下来，但是，演员都可以充分把夜晚的感觉传达出来。我们在梅兰芳的戏剧中也看到这一点。"

斯坦尼斯拉夫斯基曾多次去剧场观看梅兰芳的演出，在寓所接待梅兰芳，两位艺术家畅谈艺事。他对梅兰芳说，中国戏曲表演的法则是"有规则的自由动作"。并称赞京剧和梅兰芳的表演"有充满诗意的、样式化了的现实主义"。

布莱希特1936年写了《论中国戏剧与间离效果》的论文，其中称赞梅兰芳的表演艺术，指出这是自己多年来朦胧追求而尚未达到的在梅兰芳都已经发展到极高的艺术境界，因此可以说，梅兰芳的精湛表演深深影响了布来希特戏剧学派的形成。[①]

5．黄佐临《漫谈"戏剧观"》（《人民日报》1962年4月25日）文中曰："梅、斯、布三者的区别究竟何在？简单扼要地说，他们最根本的区别是：斯坦尼斯拉夫斯基相信第四堵墙，布莱希特要推翻这第四堵墙，而对于梅兰芳，这堵墙根本不存在，用不着推翻；因为我国戏曲传统从来就是'程式化'的，不主张在观众面前造成生活幻觉。"

黄佐临《梅兰芳、斯坦尼斯拉夫斯基和布莱希特戏剧观比较》（《人民日报》1981年8月12日）文中提出："梅兰芳是中国传统戏剧最具代表性最成熟的代表"，

[①] 以上转引自《中国京剧史》中卷，中国戏剧出版社1999年版，第792—795页。

进而论述："我国的戏曲传统有着下列四大特征：（1）流畅性。（2）伸缩性。（3）雕塑性。（4）规范性（通常称'程式化'）"。并称之为"四种外部特征"。又提出"四种内在特征"："1．生活写意性，……应当是提炼过的高于生活的东西。2．动作写意性，即一种达到更高意境的动作。3．语言性，……提炼为有一定意境的艺术语言，达到诗体的语言。4．舞美写意性，……达到高度艺术水平的设计。……梅兰芳正是我国这种戏剧风格的大师。"

6．孙惠柱《三大戏剧体系审美理想新探》正式提出"梅兰芳戏剧体系"，并与"斯氏、布氏戏剧体系相并立"。

吴晓玲为梅绍武《我的父亲梅兰芳》（百花文艺出版社1984年版）写的"序"中感叹："我们是多么企盼出现一部《梅兰芳论》，一部《梅兰芳表演体系》，一部或多部这类著作呀！"

7．叶秀山《论京剧艺术的古典精神》。

叶秀山为梅兰芳一百周年诞辰研讨会提出的论文《论京剧艺术的古典精神》中，也提出"梅兰芳表演体系"。他认为："西方的戏剧表演或注重'体验'（斯坦尼斯拉夫斯基），或注重'表现'（布莱希特），而以梅兰芳为代表的中国戏剧表演体系则无此分化，它是将'体验'和'表现'结合起来，所以当斯坦尼斯拉夫斯基和布莱希特两位大师分别看了梅兰芳的演出后，不约而同地都引为知己，梅耶荷德还根据他对梅兰芳表演的体会，调整了自己的导演计划。这是表演艺术大师们的角度仍可对这三种表演体系作一些阐发，以求在更广阔的视野中把握这三种表演体系的联系和区别。"

综上所述，从全球范围内20世纪以来"戏剧体系"（或称"表演体系"、"演剧体系"）这一理论去看梅兰芳的表演艺术，可以体会出他的体系的精髓所在。《舞台生活四十年》中具体谈到了许多常演的剧目，指出了这些剧目中表演时应注意之处，几乎每一处都照顾到角色、演员和观众三者之间的关系，尽量用高超的艺术技巧，把这三者的关系调整好，从而在戏曲舞台上呈现好表现的内容，进而达到完美展示审美意象，让观众在观摩过程中得到审美愉悦。梅兰芳表演体系善于发挥演员的表演技巧，掌握所演角色与观众的观演关系，用精湛的表演，沟通过去、现在与未来，并让观众领会和感知。

梅兰芳表演体系不仅仅要求演员在舞台表现自我，也不是完全把自己幻化为角色本身，而是通过舞台表演的各种手法表现人物性格，努力追求"气韵生动"和"神似"，为舞台形象与审美意象而造象，从形象与意象的传神到通神，运用各种艺术手段去传达人物各种复杂情感，进而表现各个人物的独特个性，以此反映对真、善、美的追求与主观评价。

20世纪八九十年代虽然对梅兰芳表演体系（或称"梅兰芳戏剧体系"）有所提倡与理性辨析，但争论之后的理论研究没有进一步深入展开。进入21世纪以来，为了中国戏曲及中国京剧的传承与发展，这一重大课题又被戏剧理论界关注。为了进一步倡导和研究梅兰芳表演体系，笔者不揣浅陋，在梅兰芳逝世50周年之际，毅然涉足这一领域，以期得到方家学者的补充、指导与斧正。

阿甲戏曲观众学简论

阿甲先生在长期的戏曲导演、编剧、演出、教学、理论研究活动中,注意中国戏曲在演出中的特殊表现方式,注重戏曲表演与观众现场直接交流的观演关系,注重戏曲导演要求演员的表演"体验既深刻又间离始能使演员和观众皆能'入乎其内,出乎其外'"等戏曲导演艺术实践和理论总结,从而极大地丰富了中国戏曲表演学、导演学和戏曲观众学。

一、共鸣而能识辨,感染不失是非

阿甲先生为《中国大百科全书·戏曲、曲艺卷》撰写的"戏曲导演"条目中,专列了"处理好戏曲和观众的交流关系"一段,其中有许多关于戏曲观众学的精彩论述:

> 中国戏曲舞台不采取西方"四堵墙"的方法,它的形式是两路出入,三面开放。好演员一出场就声势夺人,使台下几千只眼睛注目凝神,互相交流。所谓面向观众交流,不是指演员本人而是指角色(有些演小丑的和观众直接逗笑,这种情况也是有的)。角色和观众交流就不能再不戏情之外,然而角色是演员扮的,形影不离,因此演员也就必然参加这种交流。观众既看到角色在戏境中的活动,也看演员的高明表演或流派艺术的独创风格。演员、角色、观众三者之间的关系如此密切,但其间却有"间离"。两个人在场交流,首先是通过和对手的交流再转到和观众交流,所以面对观众交流,即使在"四堵墙"里的演员,也不会对观众反应毫无感受。不过它们对观众交流是间接的,不是直接的。相对来说,戏曲演员则是面向观众交流的。戏曲表演

是在变动过程若干间歇的瞬间中叫观众欣赏。无论是一个手指的弹动，一个眼神的闪射；一条大带的飞旋，一缕丝线的牵引，都要和观众交流。吸引千百双眼睛贯注于演员。戏曲舞台三面凸出，因此好的身段表演要照顾三面。……中国戏曲艺术给人们的效果是：共鸣而能辨识，感染不失是非。感情的作用和理性的作用是能够沟通的。体验的感觉和理性的批评不应该有不可逾越的鸿沟。它们之间，间离和体验，也应该是相通的。

戏曲的导演和表演，无论是唱、念、做、打，都要求能充分发挥演员独自表演的威力，不能只限于和同台的对手打交道，还要求演员单独和观众直接打交道。集体歌舞的表演和个人歌舞的表演都很重要，这是戏曲舞台体制所规定的，也是戏曲表演艺术的要求。

戏曲的舞台人物，永远不会对观众保守秘密。这是戏曲舞台人物和观众直接交流的舞台规律所决定的。"四堵墙"体制只要有一个角色在场，就没有理由透过墙壁和观众讲话（不过有的"四堵墙"制的角色也有大段独白的）。戏曲舞台只要有一个角色在场非讲话不可，即使不用"自报家门"的呆板形式，也会用独唱、独白的一种变相的"自报家门"的形式。在这种形式中，就要把他的思想动机和行动目的统统告诉观众，绝不守秘。即使台上有两个人彼此之间有什么阴谋手段不好泄露半点信息的时候，其中的一个人把袖子一挡（表示对方不知道，行话叫"打背躬"），就算是把知心话向观众透露了出来。如果两个人都要向观众告密，那就都"打背躬"。可以说戏剧舞台上再没有比这个方式更突出"间离效果"的了。舞台上的独唱独白，不是生活里的朗诵和唱歌。它是声腔化了的一种内心思维——自思自叹。戏曲舞台和观众交流的办法太多了。可以不唱不说，用无声的动作来告诉观众：一个束缚与封建礼教的姑娘，当她喜爱一个并不甚熟识的小伙子，并要向他吐露私情的时候，真有点思绪不定，神情恍惚，可是她又要使对方理解她的脉脉含情不可。这种心理动作在生活里原也有点扑朔迷离，不好捉摸。可是在舞台上必须使观众看得清清楚楚，不致误解了她的意思：如果真叫人扑朔迷离，不好捉摸，观众就扫兴了。所谓看得清清楚楚，就是要把她的含蓄的东西看得清清楚楚，不是要"和盘托出"的清清楚楚。鲜明并不是说表演了这一点就仅仅只有这一点，没有弦外之音。戏曲导演，要告诉演员不要做那些虽细腻但繁碎的动作，虽饱满但过火的动作，虽鲜明但没有余味的动作。这就涉及审美意识反映在戏曲的体验上和表现上是一个十分复杂的问题，也是戏曲舞台创作和观众欣赏的一个十分复杂的问题。体验既深刻又间离始能使演员和观众皆能"入乎其内，出乎其外"。如果只有演员的"入乎其内"而表现不出，观众看不明白，就感受不到你的"内"、"入"在哪里，当然也就很难共鸣。只有当演员的表演做到"出乎其外"时才能叫观众和你共鸣。演《白毛女》时，观众高呼"打死黄世仁"，这是表现了艺术的强大的战斗力和感染力，不能说观众失去了理智。①

阿甲先生根据戏曲舞台"两路出入"的特点，根据戏曲演员与角色、观众之间的密切关系，提出了戏曲观众学的一个重要理论命题，即戏曲艺术给观众的观赏效果是"共鸣而能辨识，感染不失是非"，让间离与体验相通，沟通观赏过程中的情感和理性，体验的感觉与理性的评价交织在一起。不像俄罗斯和西方戏剧理论中，间离与体验对立，或强调体验而不搞间离，或强调间离而忽视体验。这就从根本上区别戏曲艺术的观众学、表演学、导演学与西方戏剧和俄罗斯戏剧实践和理论上的本质差矣。

阿甲先生进而具体讲述戏曲的"打背躬"、"和盘托出"的观赏意义，并要求戏曲导演"告诉演员不要做那些虽细腻但繁碎的动作，虽饱满但过火的动作，虽鲜明但没有余味的动作"，达到"体验既深刻又间离始能使演员和观众皆能'入乎其内，出乎其外'"。这些深入浅出的论述，不仅从理论上，而且也从实际操作和实际效果上，既明白晓畅，又具理论建树。

---

① 李春熹选编：《阿甲戏剧论集》，第291—293页。

二、研究观众心理引导观众欣赏

阿甲先生1984年发表在《戏剧论丛》上的《戏曲创作·社会效果及其他》一文是专题论述戏曲观众学的文章，全文分为五段：（一）"危机"之说的各种原因和历史经验。（二）引导和教会观众欣赏戏曲，从而促进我们的工作前进。（三）要使好戏和观众的喜爱相统一，又要想到社会效果。（四）要研究戏曲剧本的特殊结构。（五）关于"百花齐放"。其中有一系列理论阐述，精彩纷呈。以下仅罗列二三：

> 从创作和观众的关系来说，要解决两个问题：一个是根据不同的观众对象，演什么戏给他们看的问题。所谓不同对象只能大体上划分。观众花钱看戏，看得满意便看下去，不满意就退场，他们的行动是听戏的指挥，不是听某种强制形式的指挥。因而戏曲工作者就有一个研究观众的心理、观众的欣赏水准、演什么戏给他们看的问题。我们要理解观众的心理，并不是一味迎合观众的心理，投其所好。一句话，我们的戏既要合乎他们的胃口，又要给他们以良好的营养；也就是既要有丰富多彩的形式美，又必须有健康的内容。形式和内容两者都是美的。
>
> 我们看戏的经验也是历史地培养起来的。从不会看戏到懂得看戏要有个实践的过程。它不像味感觉那样直接，尝一口便知道酸甜苦辣。视觉的形象和听觉的形象要高级得多。有的东西并不是一看一听便喜欢，要有点训练，对戏曲便是如此。戏曲有较浅显的形式和较深奥的形式，所以有容易懂的很难懂的区别。有时难懂的并不就是高的东西，容易懂的并不就是低的东西。中国人民看戏曲是有历史传统的，在潜移默化中受到教育，对不好的戏也受到污染。逐渐地他们便懂得看门道，不只是看热闹。懂得看门道不是简单的事，是在长期的看戏实践中得来的，他们能辨别美丑、善恶、真假，这就说明他们对形式和内容都有鉴别能力了。这也是马克思所说的表现了人的本质的丰富性。经常欣赏戏曲的音乐声腔，便把欣赏戏曲的耳朵训练出来了；经常欣赏戏曲表演的身段动作，便把欣赏戏曲造型的眼睛

训练出来了。从而他们便能比较正确地去赞扬以及批评演员的是非。从演员来说,在观众的反应下教会演员能够分析自己的表演,从而提高自己的创作。所以,演员在创作上表现自己的本质力量是和观众的交流不能分开的。演员和观众的关系最密切,决定他们的创作活动必要要从群众中来到群众中去。

戏曲演什么戏给观众看,戏曲的创作者应当考虑、选择,不是群众欢迎就行。困难的是我们的戏曲的教育作用不是直接地、概念式地去做宣传,"良药苦口利于病,忠言逆耳利于行",这是理性认识的格言,不是看戏。看戏要吃裹着糖衣的营养品,既有味道,又有营养。看戏受教育,不是受训,周总理说得好——"寓教育于娱乐之中"。因此,观众欢迎的戏,要以美的形式和有一定教育意义的内容取得一致。①

阿甲先生在这些论述中,鲜明提出戏曲工作者要研究观众心理,引导观众欣赏,寓教于乐,承担社会责任,而不仅仅是迎合观众。并要求戏曲演员在观众的反应下分析自己的表演,从而提高自己的舞台表现能力,要求演员的创作活动,"必须要从群众中来到群众中去"。时至今日,这些精彩论述仍熠熠生辉,启迪深刻。

三、十次百次品尝艺术滋味

阿甲先生另有几段关于戏曲观众学的论述:

戏曲舞台什么都告诉观众的方法,是和群众打成一片的方法。所有的动机都既不让同台的角色知道又不让观众知道,只有自己知道;只有等到剧终的时候才叫大家恍然大悟的推理戏剧,对观众来说实在太吃力了。中

---

① 李春熹选编:《阿甲戏剧论集》,第313—323页。

国戏曲表演，寓教育于娱乐，寓思辨于欣赏。戏曲表演要求唱念和观众交流，导演不得不关心句词形式的剧场效果。唱词古奥艰深，不等于文采风雅；浅显易懂，不见得不能表达高深优美的思想感情。清代戏曲家李渔写道："凡读传奇而有令人费解，或初阅不觉其佳，深思而后得其意之所在者，便非绝妙好词。"他要求作者在写词的时候，要设身处地，"既以口代优人，复以耳当听者"。戏曲作词要为演员的吐音行腔着想，也要为观众的听觉情况着想。这种要求戏曲文学应从舞台出发的美学观点，是戏曲导演应考虑的重要问题。

由于戏曲要求和观众直接交流，也就讲究"开门见山"。但也不是只见山头而无曲径通幽。舞台上每个角色都向观众开门见山，而观众便可以观察他们争斗的智谋和勇气。看戏便是通过情节来观察他们的活动心理，有如曲径通幽。例如《群英会》这出戏表现三个政治集团的复杂斗争，其中两个集团是联盟的，但内部摩擦十分剧烈，手段毒辣，权术阴险。这三个方面的将领和谋士以及他们的挂帅人物，对这种诡谲多变的斗争策略，有人是了若指掌的，有人是疑信参半的，有人是信以为真的，有人是莫名其妙的，但是观众心里都明白。因为观众了解了他们的矛盾，还要进一步看他们矛盾的发展；再进一步看他们矛盾的解决。最终一切的一切都清楚了，下次还要看——不止十次百次的看。这就不是要理解它的内容了，而还要品尝那艺术珍品的滋味。好的传统剧目，经过几个世纪传到现在，仍有它广大的群众影响。

中国戏曲所以要讲究分场体制，讲究特殊的体验性质，讲究对观众直接交流的方法，都是为了使观众易懂、易解，在悦耳醒目、赏心惬意中受到教育。①

阿甲先生在这几段论述里，涉及戏曲接受美学本质的东西，即戏曲是可以

---

① 李春熹选编《阿甲戏剧论集》，第293—294页。

让观众十次百次品尝艺术滋味，这就是戏曲的艺术魅力所在，也是中国戏曲与西方戏剧的根本差异之处。同时他阐明与观众直接交流，既可"开门见山"，又可"曲径通幽"，根本的目的是使观众"易懂易解"、"悦耳醒目"、"赏心惬意"。这些描述，既生动形象，又有理论色彩。

四、阿甲戏剧观众学的现实意义

21世纪初，面对时代的挑战，戏曲如何继承发展成为一大焦点。阿甲戏曲观众学中的许多论点，可以带来新的启示。首先，戏曲从业者们要系统学习阿甲先生有关戏曲观众学的论述，继承和发扬这一优秀的理论遗产，用以指导当今的戏曲创作实践。例如，阿甲论述戏曲普及与提高时云："艺术有直观的本性，但的确有'阳春白雪'和'下里巴人'之别。曲高和曲低的区别也永远会存在。要使两者各有市场。普及的市场总是要多些，因为它是广大人民的要求；提高的市场总是要少些，因为它要有较高文化修养才能欣赏。"[①]这对当前戏曲的普及与提高，也有借鉴意义。戏曲的普及工作，如何具体去实施，更需要各方面统筹安排，下大力气去做。

其次，当今的戏曲导演、编剧、演员及戏曲理论、教学工作者，一定要像阿甲先生那样，重视观众，研究观众，"寓教育于娱乐，寓思辨于欣赏"，形成一种戏曲的"文化自觉"。这种"文化自觉"，是戏曲表演直接与观众"现场交流"这一特性所决定的。如何实现这一"现场交流"，怎样充分"交流"，尤其是与年轻观众的"交流"如何更加有效，都是当今戏曲从业者们尤其是戏曲演员和导演需要花大力气去研究和实践的，在党的十七大提出文化大发展、大繁荣，掀起文化新高潮的新形势下，进而逐渐摸索出一套行之有效的新方法，总结出具有理论色彩的新规律。

第三，在阿甲戏曲观众学原则的指导下，充分尊重观众，研究观众，创作

---

① 李春熹选编：《阿甲戏剧论集》，第326—327页。

出一批打动当今观众，深受当今观众喜爱的戏曲剧目，像阿甲导演的《白毛女》、《红灯记》那样，成为新的保留剧目，以无愧于阿甲先生的殷切期望。

因此，阿甲戏曲观众学，以及他是戏曲表演学、戏曲导演学，具有丰富的当代性，是一份丰厚的民族艺术理论遗产，值得深入研究和继承借鉴。

营造戏曲表演的"画面流动"、"雕塑感"

一、营造戏曲舞台表演画面"流动的活的美感"

余笑予先生在北京曲剧团导演曲剧《少年天子》、北京京剧院导演《水龙吟》期间，要求戏曲演员的表演，构成舞台画面，形成"画面流动"，唱念动作的衔接自然顺畅，如行云流水，这样才好看。

余笑予先生在《少年天子》的导演阐述中发表了自己的高见："曲剧应在学习、吸收京剧艺术传统的同时，尽力与当代观众的欣赏要求和趣味靠拢；在借鉴话剧等姊妹艺术优长时则应融入古典戏曲的美学原理、创作规律，以变革创造出新的艺术手段。我从雕塑艺术中得到启示，力求营造舞台总体构成形态中的现代雕塑感和传统的韵律美，使观众看到的造型和画面，既不是京剧那样的传统规范程式，也不像话剧中讲究的生活自然形态，强调舞台上处处是画面，就像是按一个个分镜头排的戏，然后去掉杂质，再组接起来，给人一种流动的活的美感。如'开弓胜似满月'的亮相，不求刻板的亮相，而是要求演员亮在身段动作的进行之中，给人一种动感。"[①]我认为，这既体现了他的创作意念，又反映他对戏曲导演的美学追求，还表现出他把虚实相生的中国绘画实践和理论，创造性融汇，运用到戏曲导演舞台调度之中，丰富了中国当代戏曲导演的艺术表现手段、戏曲导演的理论和实践。

---

① 《余笑予谈戏》，中国戏剧出版社2007年版，第218页。

二、营造戏曲表演的"现代雕塑感"

余笑予先生在导演这两部戏的过程中,多次要求演员每一个亮相要有"现代雕塑感",尤其在指导《水龙吟》过程中,要求扮演秦始皇的演员张开大氅,为在风雪中指挥修渠的郑国,遮挡风雪,形成动感的雕塑。他一边说一边现场示范,给我留下很深的印象。

欧阳予倩先生在20世纪30年代曾经提出,在戏曲舞台上"创造活动的浮雕",这与余笑予先生强调的"雕塑感"、"动感的雕塑",有异曲同工之妙。

三、为了强化画面感、雕塑感,余笑予先生采用了"系列平台",取得了很好的舞台效果

根据余笑予先生阐述:"平台的运用是对传统'一桌二椅'特点的继承,是为强化戏曲时空灵活自如的优势,根据情节和人物进行的需要而设计的,经济而空灵,对场与场之间的衔接,人物上下场的处理,都起到了较好的连接作用。处理中,力求场与场之间如同被链条串起来一样,上场戏没结束、观众就被带进了下一场戏,让观众不知不觉地跟着剧情走。如一场与二场之间,从时间上讲,中间是几个月的跨度,我只用两句唱腔来连接。当乌云珠在一场尾唱:'只求日月快运转'时,她边唱边走上下场门台口的平台、用追光跟踪,她一边演唱,平台就悄悄地进了下场门,如同时光流逝。紧接着是十二名宫女手巾舞上场,齐唱'祝太后福如东海寿比南山',舞台由大婚似的月夜急转为喜庆太后寿诞的皇宫内廷,前场冷静淡雅的夜景变为热闹欢快的场面,过渡流畅、自然,对比强烈,渲染了环境和舞台氛围。再如,襄亲王威逼乌云珠自杀,鞭打乌云珠,后转为'杀弟'一场戏时,则以襄亲王抽打四鞭子为衔接点。当襄亲王将乌云珠逼上下场台口的平台,则只用追光,福临拍案而起,似乎是目睹了这幕惨景。抽第四鞭时,襄亲王脚踏乌云珠身上,活动平台也同时被拉进下场门。这时,福临猛一转身,(起光)对已跪在身边的内侍说:'你禀报的可是实情'……从襄亲王鞭打乌云珠的景象,急转为内侍的禀报,福临听

到的是前场戏的结果，也可以说是福临内心视像在台上的展现。这种转换完全是通过形象，避免了禀报人的许多台词，类似电影艺术中的蒙太奇转换。"①

由此可见，他巧妙运用"系列平台"是为展示人物心理，表现人物情感，突出人物形象服务的。他大胆借鉴电影中蒙太奇画面组合，运用到戏曲表演之中，加快了转换节奏，极大地丰富了戏曲导演与表演的艺术理论与实践。

四、营造戏曲表演的画面"流动的活的美感"、"雕塑感"，在当代戏曲导演中具有创作实践价值和导演美学价值

余笑予先生有关"画面感"、"雕塑感"在戏曲导演中的运用和论述，在他的导演阐述中也有。例如，他在《京剧膏药章导演阐述》中的两段论述："我认为舞台应该像一幅画，而每场戏都应该是油画组合，是流动的诗，流动的画，让观众在强烈的视觉冲击下感受到历史的厚重。在形式上我们原来想搞些雕塑画面，现在统一把历史画卷展开，开幕就是一幅油画，让这些画卷中的历史人物走下舞台，把那段历史再重现，在每场结尾时，都是用油画的手段去处理，直到最后小寡妇死后，在谢幕时还是一幅油画，让这些人物都回到历史，在舞台形式上风格统一了。在戏中我着力追求这种诗画意境：膏药章在心爱的恋人——小寡妇为他赴死之后，面对亲人活生生的血肉之躯在瞬间消逝，用颤抖的手割下自己视为生命的辫子准备革命时，天幕上流淌的鲜血，更加强了悲剧色彩，而此时，他却被告之'你回去吧，没事了'，此时的意境把情感推向了极致，使人欲哭无泪。在全剧临终时，面对辛亥革命的失败，在满台的阴霾里，出现了几缕阳光，达到了'无声胜有声'的境界，一声炸雷，云雾中透出几缕光亮，它要表现的是最腐朽、最没落的时代终将成为过去，革命是艰苦的、艰巨的，也是充满希望的。"

"一个编导者脑海里出现的形象及其运动，除了一般文学艺术中的形象

---

① 《余笑予谈戏》，中国戏剧出版社2007年版，第221—222页。

外，还必须有舞台时空的特点。《膏药章》的平台应用，在打破'一桌二椅'旧框架的形式的处理方式上，并不是在我作品中的首创，但它在作品中来得自然、流畅，强化了跌宕曲折的人物命运和悲喜交加的戏剧情境——剧中的台中台，既是坟场，又是店房，既是大堂，又是牢房，时空转换干净利落。一面破龙旗在飘摇启落中起到'二幕'的作用，在人物环境转换中既自然又不露人为的痕迹，即'有匠心而无匠气'，此亦是我追求的境界。"[①]这里，他清楚地表达自己追求的境界"是流动的诗，流动的画"，以此"让观众在强烈的视觉冲击下感受到历史的厚重"。

  余笑予先生在他此后执导的许多戏中，很注重戏曲表演的"画面流动"、"雕塑感"。例如，在豫剧《铡刀下的红梅》中，以一个旋转的高台，让刘胡兰在高台上唱念做舞，突出画面"流动的活的美感"和"雕塑感"，形成具有"动感的雕塑"，艺术效果奇佳。

  总之，余笑予先生戏曲导演的创作实践与理性思考，不仅丰富了当代中国戏曲导演手段，而且很有理论意义和实践价值，值得深入总结和阐释。

[①] 《余笑予谈戏》，中国戏剧出版社2007年版，第254页。

现代戏理论构建与实践意义

郭汉城先生对戏曲理论的贡献是多方面多层次的，我仅就其一直关注戏曲现代戏，为现代戏的发展献计献策，构建现代戏理论大厦所做出的突出贡献，发表自己学习的心得体会。

一、坚决继承　大胆创造

汉城先生在20世纪50年代，就热心为戏曲现代戏的发展擂鼓助威，呕心沥血地写下多篇文章，其中1958年发表了《现代戏编剧继承与发展传统的几个问题》这一重点论文，初步阐述了他对戏曲现代戏的一系列观点，如"现代戏曲在创作方法上进行现实主义和浪漫主义结合"，"戏曲结构'线'的问题"等。在论述现代戏的表演问题时，他指出："把传统剧目中原有的程式动作，根据人物和剧情，创造性地运用到现代戏里面去。这种方法，在传统戏中是常用的，同样一个开门关门，上楼下楼的动作，在不同剧目中，由于剧情和人物的不同，演起来也是千变万化，并不是机械的重复搬用。……还必须运用传统戏曲创造程式的规律，从生活中吸取材料，加工提炼成戏曲动作，为表现新的生活服务，使现代戏能够表现的生活面，大大超过传统剧目的范围。"此文标题为"坚决继承，大胆创造，"点明了中心论点。全文最后结论："目前现代戏已经发展到一个新的阶段，它不仅表现在内容上反映社会主义新生活，也表现在舞台形象日益生动、鲜明、生气勃勃的特点上。"（《郭汉城文集》卷一，第108—109页）

二、系列探讨　系统论述

"文革"之后，郭汉城先生对戏曲现代戏重点关注，系列探讨，系统论述，提出了一系列理论联系创作实际的论点，既丰富了戏曲现代戏理论宝库，也指导了当时的现代戏创作实践。

1980年，他在《戏曲改革也要解放思想》一文中，提出"戏曲表现现代生活，如何更符合戏曲规律"这一理论问题，承认戏曲表现现代生活的局限，号召："解放思想，大胆试验，发扬长处，突破局限，要在生活发展的基础上，经过多次的，反复的艺术实践中取得经验，逐步扩大其表现生活的能力。"（《郭汉城文集》卷一，第262页）

同年，他又把戏曲表现现代生活，作为戏曲推陈出新的"第三个问题"，列为"主要课题"，"新时代赋予我们的新任务"。而这个新任务"要经过无数次反复实践，表演领域和表演能力的不断扩大提高，艺术经验的不断积累、丰富，在一个相当长的时间逐渐解决了生活内容与艺术形式的矛盾之后，才能达到平衡与稳定，但是这种平衡稳定，仍是相对的，是就这一发展阶段而言的。随着生活的变化，综合体中各种表演手段之间相对平衡的关系又要遭到破坏，出现新的不平衡，不稳定。只要生活的发展没有终止，这个过程也永远没有完结"。这里，他认识到对现代戏建设的长期性和复杂性，与当时盲目乐观和一味的悲观相比，显得清醒理智，也为后来的艺术实践所证明。

这一年，他在福建省第四届现代戏汇演大会上，做了题为《现代戏与生活》的精彩发言，敏锐地指出"要提高现代戏的质量"，他认为"我们的理论研究工作还很不够，对戏曲艺术的特点、规律，还掌握的不充分，实践起来有一定的盲目性。有的人批评我们的现代戏是'话剧加唱'，就是这种盲目性的表现形式之一"。（《郭汉城文集》卷一，第314页）

第二年，郭先生在"1981年戏曲现代戏汇报演出"座谈会上，做了题为《现代化与戏曲化》的重要发言，总结出了三点：

> 一、戏曲搞现代化、戏曲化，要坚持从实际出发，不可搞一刀切。我国戏曲的剧种很多，有300多种。所有剧种，作为戏曲，它们有共同的特点，但每个剧种又有各自的特点。各个剧种历史发展的情况不相同，有的有一套完整的严格的程式，有的程式并不那么完整，比较灵活，生活气息较浓。

所以不能以一个标准、一种规格去要求所有的剧种。拿昆曲、京剧、湖南花鼓戏三个剧种来说，就决不可能用统一的标准去要求，而必须从各自本身的基础出发。现代化的结果，也不是所有剧种都成了一个样，仍然要保持各自的特点。特别要注意的，每个地方剧种都有其地方特色，这是它们能够受到当地群众喜闻乐见的一个重要原因，现代化也仍然要丰富、发展这种特色，而不是消灭地方的特色。现代化是百花齐放，推陈出新，而不是一个样，一般化。

二、戏曲是一种综合艺术，各种表现手段是有机整体的一个组成部分。所以要意气风发现代化、戏曲化，就要全面地搞，文学、音乐、表导演、舞美都要搞，要统一步调。要有立志戏曲现代化的同志组成有力的创造集体，来进行创作实验。在当前，要特别强调编剧的重要性。要搞现代化，首先要写出有坚实的生活基础、鲜明的人物性格和为广大群众所关心的时代精神的剧本。现在在剧团里，编剧的作用发挥得不够，浪费人材的现象相当严重，我们一定要千方百计设法改善编剧的地位和工作条件。当然，其他表导演、音乐、舞美等创作人员，也应重视，也应改善他们的地位和工作条件。

三、我们搞戏曲现代化，重视和提倡现代戏，仍然要坚持"三并举"的剧目方针。排斥传统戏，不要新编历史戏，单打一地搞现代戏，这样一定搞不好。必须看到，戏曲现代化、表现现代化生活是一个长期的任务，向传统借鉴、学习、吸收，也不是一朝一夕就能做得了的事。戏曲的传统十分丰富，我们继承得还很不够。我们有些现代戏艺术质量不高，群众还不甚爱看，与继承传统不够也是有关系的。还有，有质量的现代戏的保留剧目的积累，也是长期的事。传统戏的存在，还可以使现代戏有更多的时间去提高质量。等米下锅似的，匆匆忙忙搞出来，很快推上舞台，很快又销声匿迹，这样做工，只能败坏现代戏的名誉，降低现代戏的威信。这种教训，过去很多，现在不能再重复了。再说一句，我们坚定不移地要使戏曲现代化，我们要大力提倡戏曲表现现代生活，但决不能搞一刀切，一窝蜂。既要坚定不移，又要踏踏实实，一步一个脚印，我们的目的总会达到。（《郭

汉城文集》卷一，第329—330页）

这三点，既是对当时现代戏发展的阶段性理论总结，也是对那一阶段的创作实践给予切实指导，一直照耀着现代戏探索的历程。30多年后的今天读来，我深感其理性的光芒，仍然熠熠闪烁。

三、戏曲现代戏趋于成熟

21世纪之初，郭汉城先生总结了现代戏的发展现状，得出了"趋于成熟"的论断。他认为"经过五十年的努力，现代戏已经在戏曲舞台上站住了脚跟，改变了观众的审美趣味。过去老百姓'不要看不穿衣服的戏'，……我们的确可以说戏曲现代戏成熟了"。并把发展历程分为三个阶段：

> 第一个阶段的建国初期，这个时期的现代戏可以沪剧《罗汉钱》为代表。总的看来，这个时期演现代戏的热情很高，但经验不足，剧种的题材范围比较窄，尤其一些大剧种，演现代戏困难比较大。这个阶段，可以称为现代戏的探索阶段。这是个很重要的阶段，没有探索也就没有以后的发展。
>
> 现代戏的第二阶段是发展阶段，可以豫剧《朝阳沟》和京剧《红灯记》为代表剧目。《朝阳沟》是1958年的作品，《红灯记》是1964的作品。这个阶段的现代戏，无论是思想上还是艺术上都比第一个阶段成熟，演现代戏的剧种多了，反映生活的领域扩大了，像京剧、豫剧这类古老剧种都能演现代戏，大大地提高了戏曲表演现代生活的信心。古老剧种演现代戏困难多，但是，一旦克服了这些困难，它们的优势反而显现出来。它们的表演手段、表演方法丰富，表现现代生活的能力比一些年轻剧种和小剧种更强。这是现代戏从探索到进一步发展的过程中获得的一个重要经验。
>
> 现代戏发展的第三个阶段，是在改革开放以后这个时期，是现代戏趋于成熟的阶段，好作品大量涌现：如《四姑娘》等，不胜枚举。这一时期作品的最大的特点是现实主义的回归和深化，简单化和政治说教的倾向逐

> 渐克服了,作品的生活基础丰厚,真实感和时代性强。像《山杠爷》《榨油坊风情》《风流寡妇》《土炕上的女人》都代表了新的时代的先进思想。在舞台艺术方面,一个显著的特点是能够比较自然地运用程式表现生活。比如《土炕上的女人》,演员的表演与生活好像没有太大的距离,但实际上这种表演是有程式的,不过在程式运用上达到了得心应手、不露痕迹的地步。
>
> (《郭汉城文集》卷一,第467—468页)

这样的划分,有相当的科学性。尤其是他看重现代戏历程中"现实主义的回归和深化",作为现代戏成熟的主要标志,提出"戏曲是一种以巨大的现实主义精神为核心,广泛地吸收、融合各种表现方法、表现手段的特殊的现实主义,东方的现实主义。它来源于生活,又不拘泥于生活的原样,最本质的特征是自由与规范相结合,其外在形式是程式"。进而肯定了在许多现代戏中,运用虚拟、夸张、节奏的办法所创造出来的新程式,"它们新颖优美,简洁明了,富有形式感、韵律美,比实际生活更高更美"。

2004年,在江苏常州举行的全国现代戏年会上,郭先生更加深化了"现代戏成熟"的论点,把现代戏的时限上推到1911年辛亥革命,进而把新编演的《骆驼祥子》《死水微澜》《金子》《膏药章》《华子良》等作为成功范例,加以证明,很有说服力。一些全国性报刊,对此大加报道,为现代戏推波助澜,标志郭先生的现代戏"成熟论"为社会所公认,并从一个侧面,表明郭先生有关现代戏的理论建构和实践意义影响面的扩大及认同。

四、创造新程式与戏曲建设

郭先生2002年5月在《戏曲现代化要与时俱进》一文中,提出了50多年的戏改"已经胜利完成","其主要标志"之二:"戏曲艺术得到了空前的发展,最突出的成就是戏曲表演现代生活趋向成熟,现代戏在台上立住了脚要。经过半个世纪的努力,积累起一大批现代戏优秀剧目,如《祥林嫂》等,其中有不少已经成为长演不衰的保留剧目;观众的审美需求也出现了变化,由不喜欢现代戏到喜欢现代戏,特别是广大农村观众。现在一个好的现代戏在农村中演出超百场、超千场已经不是一件稀罕事了。观众审美需求的这种转变来之不易,差不多经历了百多年艰苦探索的过程,从靠某种政治气氛赢得观众到靠艺术创造力量吸引观众,是它趋于成熟最重要标志。现代戏是戏曲现代化最后一块试金石,它预示着完成戏曲现代化任务必将成为现实。"(《郭汉城文集》卷一,第483页)

关于现代戏的表演,他提出:"我们不仅要继承能够为我们所用的具体程式,而且要继承运用程式的法则、法规、规律。掌握了规律就能更加自觉地改造、运用旧程式、旧行当和直接从现实生活中取材创造新程式、新行当。""现代生活是古代生活的继续和发展,现代戏是古代戏曲的延续和发展,两者不能截然割断。这种历史的联系,既提供了戏曲表演现代生活的可能性,也提供了戏曲表演现代生活的程式特征的规定性。""新程式的创造,虽不及旧程式改造运用那么多,但也做出了可喜的成绩,取得了宝贵的经验。我不是导演,谈不具体,只能简单举几个例子。比如,舞台上表演骑自行车,从湖南花鼓戏《张四快》到豫剧《风流女人》,还有评剧《黑头与四大名蛋》;又比如表演打电话,杨兰春在《冬去春来》中用唱来打电话,后来汉剧《弹吉他的姑娘》发展成了又唱又舞,跨越几个空间打电话;又比如,在四川《四姑娘》和淮剧《奇婚记》中表现人物同一时间不同空间的不同心理状态的"门里门外"的戏;在评剧《风流寡妇》中创造的齐老鸢赶大车;《骆驼祥子》中创造的祥子拉洋车;还有在《吵闹亲家》中用程式创造出一系列量衣、裁衣、剪衣、缝衣、熨衣等等新的动作;许多军事题材的现代戏,还创造出许多行军、作战的程式。除此之外,还有新板式、新唱腔、新套曲等例子举不胜举。这些都是运用虚拟、夸张、节奏的方法创造出来的。它们新颖、简洁明了,富有形式感、旋律美,比实际生活更高更美。以上所举是很不全面的例子,但说明了古代戏曲与现代戏曲、旧程式与新程式并不存在难以逾越的鸿沟。当然戏曲现代戏是一个新生事物,它在领域宽阔,潜在的创造性很大,与此相比,我们做得还很不够,需要进一步的实践和探索。"(《郭汉城文集》卷一,第469—470页)这些论述,既充满理论智慧,也具有实践意义。

他进而提出,戏曲发展已进入戏曲现代化的第二阶段:"戏曲建设阶段",

"第一阶段(戏曲改革)是第二阶段的基础,第二阶段是第一阶段的延续和深化,二者不能截然分开。什么叫建设?并不是以前没有建设,而是要把工作的重点转移到基本建设方面来"(《郭汉城文集》卷一,第484页)。这是很有戏曲战略发展眼光的论断。

五、郭汉城现代戏理论的品格

郭汉城先生现代戏理论,呈现出三大品格:

第一,严谨而朴实的品格。郭先生的现代戏理论,既没有华而不实的西化概念,也没有让人琢磨不透的故作高深,朴实无华,又显得严谨,学术性很强。

第二,与现代戏创作实践相结合的品格。郭先生的现代戏理论,从创作实践中来,又回到创作实践中接受检验,指导现代戏的创作实践,因此实践性很强。

第三,民族化的品格。郭先生的现代戏理论脱颖于民族戏曲理论,在戏曲现代化和现代戏发展进程中,演绎总结出来,理论色彩很浓,从而丰富了民族戏曲理论的宝库。

《北京戏剧通史》绪论

北京历史悠久，地位显赫，在中华民族漫长的历史进程中举足轻重。

北京文化灿烂，丰富多彩，是享誉世界的历史文化名城。

北京戏剧文化绚丽多姿，很早就成为全国戏剧活动的中心。到了辽代，北京被定为"五京"之一的"南京"，出现了由演员装扮各色人物，演出有完整情节的辽杂剧，揭开了北京戏剧史的重要篇章。

金海陵王完颜亮把北京作为金国首都，成为北中国的政治文化中心。金院本承袭辽杂剧、宋杂剧艺术，经过百年的发展演变，形成独具风采的戏剧样式。其表演体制"五花爨弄"，能表演人物众多的复杂故事，内容大大拓展。金院本名目有711种之多，从形式到内容，承前启后，孕育了元杂剧。

元代定都大都，号令东西南北，使北京成了国家的象征，影响深远。元朝统治集团搞民族歧视，把人分为蒙古人、色目人、汉人、南人四等，又长期不开科举，使广大知识分子失去仕进发展的机会，为谋生只好在社会底层挣扎。不少人跻身杂剧创作队伍，把满腔的悲怨愤懑，倾泻而出，成就了杂剧"一代之文学"。

元大都是元杂剧的发祥地和活动中心，据元人钟嗣成《录鬼簿》记载，元代前期杂剧作家，大部分与元大都有关。其中关汉卿、马致远、王实甫、纪君祥等大都籍剧作家，坚韧老辣，落拓不羁，心中不平，如鲠在喉，不吐不快。总共创作的剧本337种，质量很高，代表了元代杂剧的最高成就。仅"驱梨园领袖，总编修师首，捻杂剧班头"的关汉卿，就创作杂剧67部，现存18部。关汉卿与白朴、杨显之等人组织了玉京书会。马致远与李时中等人组织了元贞书会。两家书会都是当时大都杂剧作家自发组织的创作团体，可见元大都杂剧演出市场对新创作剧本需求之旺。

元大都的杂剧演出盛况空前。夏庭芝《青楼集》专条记载当时著名女演员74人，附见各条的女演员42人。有的专扮帝王演驾头杂剧，有的专扮山寨好汉演绿林杂剧，有的兼演多种角色，如与关汉卿友善的珠帘秀，"杂剧为当今独步，驾头、花旦、软末泥等，悉造其妙"。其高足赛帘秀，虽然中年双目失明，仍能登台演剧，"步伐行针，不差毫发"①。这些优秀演员表演的优秀剧目，在元大都向四面八方传播杂剧艺术，辐射杂剧精神，造就云蒸霞蔚、宏大壮美的大都杂剧的繁荣辉煌。

明代是我国思想界异常活跃的时期。程、朱理学大行其道，强调"存天理，灭人欲"。而王阳明的心学，王艮的泰州学派悄然兴起，影响巨大。李贽猛烈抨击儒家学说和孔孟之道，揭露假道学的虚伪丑恶，主张重视功利，提出"穿衣吃饭即是人伦物理"，振聋发聩，石破天惊。李贽提出"童心说"，汤显祖倡导"言情说"，对传奇创作影响深远。传奇掀起了戏剧新思潮，开拓了恢宏的表演空间，提供了抒发胸臆、自由创造的舞台艺术天地。《鸣凤记》喷薄而出，采用当时题材，针对时政，大胆贬斥，轰动了全国。

不过，传奇主要在昆曲盛行的南方红火，而在北方则比较沉寂。直到清初，才在北京高潮陡起，矗立起"南洪"、"北孔"两座巍峨的丰碑。洪昇的《长生殿》和孔尚任的《桃花扇》是清代历史剧的双璧，在北京剧坛展示出传奇的实力，成为传奇由盛而衰的转折点。清廷稳固政权后，加强思想控制，大兴文字狱，极力排除阳明学派的影响，千方百计加强中央集权。官方动用大量人力财力，对几千年浩如烟海的典籍文物进行搜集、钩沉、订正、考辨、编纂，以剔除对清政权稍有不利的文字图物，朴学大兴，吸引了大批读书人。在森严文网下，许多传奇作家噤若寒蝉，避祸全身，使传奇创作日趋案头化、典雅化。昆曲也变得越来越规范刻板，脱离观众，走向衰微。与此同时，花部地方戏从民间崛起，涌入北京，与雅部昆山腔传奇展开了激烈的竞争，并从雅部吸收营养，不断壮大。北京是花雅之争的重要阵地，特别是在内城之外的宣南

---

① 《中国古典戏曲论著集成》（二），中国戏剧出版社1982年版。

一带，无腔不备，无戏不有，诸腔杂陈，争妍斗奇。徽汉合流，孕育京剧，取代昆曲，夺得剧坛盟主宝座，成为流布四方的"国剧"。余三胜、程长庚、张二奎"前三杰"和孙菊仙、谭鑫培、汪桂芬"后三杰"名满京都内外，昭示京剧的繁盛。继大都杂剧花团锦簇之后，花部勃兴和京剧鼎盛成为北京戏剧史上最辉煌的篇章，这种格局一直延续到民国时期。

民国时期，西方东洋各种思想传入，冲击传统社会，风云变幻，激烈动荡。北京戏剧受时代思潮的影响，处于发展变革之中。尽管一段时间，曾经迁都南京，北京不再是全国的政治中心，但北平仍是文化中心，戏剧中心。"五四"运动前后新文化运动，对北京戏剧界的影响是深刻的，全方位的。许多有识之士顺应"科学"、"民主"、反帝反封建的时代潮流，深化了戏曲改良运动，时装戏与古装新戏花样翻新，流行一时。这一阶段舞台演出异常繁荣，昆弋重兴，梆簧争妍，班社林立，好戏连台。京剧更是人才辈出，流派纷呈，涌现出如梅兰芳、尚小云、程砚秋、荀慧生"四大名旦"；余叔岩、高庆奎、言菊朋、马连良"四大须生"；萧长华、慈瑞泉、郭春山"丑行三大士"；名将金少山、郝寿臣、侯喜瑞三足鼎立。文人墨客，钟情昆曲，家宴聚会，邀昆伶清歌一曲，笛韵悠扬，传情言志，心旷神怡。平民百姓，则喜爱慷慨激昂的梆子和清新悦耳的评剧，观戏之后，分析故事，褒贬人物，争论得面红耳赤。新兴的话剧，以深刻的思想，新颖的形式，赢得知识阶层的关注。西方现代式舞台，如第一舞台、新明戏院、真光剧场、开明戏院、吉祥戏院、长安大戏院等，先后在古都建成，改善了演戏观剧条件，促进了舞台美术发展。抗日战争和解放战争时期，北平的戏剧活动陷入低潮，艺人星散，班社解体。京剧因观众广泛而苦熬支撑，虽然也产生了"四小名旦"、"后四大须生"等流派，但从总体来看，是北京戏剧的低谷，尤其是日伪占领北平时期的奴化统治，给戏剧发展带来了巨大的负面影响，使北京戏剧出现了曲折和衰退。直到中华人民共和国建立，北京戏剧才重新走上康庄大道。

不论是从地域环境着眼，还是从戏剧本体发展角度审视，北京戏剧在中国戏剧发展史上都占据着特别重要的地位。然而，迄今为止尚无一本完备的北京戏剧史。因此，在填补戏剧史研究领域空白的意义上，此书是一部规模巨大且具有开拓性质的戏剧专史,力图全方位地勾勒北京戏剧从史前到1949年的发展轨迹,浓墨重彩地描述北京戏剧的华彩篇章,总结发展衍变的规律,揭示北京戏剧与全国戏剧之间的关系,从而鉴往知来,为北京戏剧未来的发展提供借鉴。本书在构想和编写过程中,努力遵循下列原则,贯彻下列精神,采取下列做法。

一、处理好区域专史与中国戏剧通史的关系

本书是区域专史而非全国性通史,但北京戏剧的发展与全国戏剧息息相关,许多戏剧史上的大事多从北京发端,再辐射四方,所以很难局限于北京,必须将与北京有密切联系的外地某些相关内容也吸纳进来。在编写中,我们把全国戏剧总体发展作为大背景及纵向线索,纵横交错,点线交织地叙述和描绘北京戏剧的流变、发展及实绩。北京戏剧是全国戏剧的重要组成部分,既体现出中国戏剧发展的总体规律,又有自己的独特风貌。因此,既要保持与全国戏剧的历史连续性、传承性、呼应性,不使北京戏剧史游离于中国戏剧通史之外;又要有独立性,不能让北京戏剧史淹没于中国戏剧通史之中,或写成其中有关北京的章节。中国戏剧从先秦就开始孕育,经两汉、魏晋南北朝、隋唐的漫长汇流过程,迄宋而积淀成型。根据北京戏剧发展的实际情况,受北宋杂剧影响的辽杂剧、金院本虽起步稍晚,但独具特色,影响深远,故而从辽金写起。目前,我们的研究工作着重于1949年之前,并从社会形态及戏剧形态的结合角度着眼,分为辽金元、明清、民国三卷。根据各个历史阶段北京戏剧的具体情况确定章节文字。

二、处理好戏剧与政治、经济、文化之间的关系

高度综合的戏剧艺术不可能脱离当时社会的经济基础和意识形态,但戏剧艺术又有相对独立和独特的发展规律。本书始终以戏剧为中心和重心,强调戏剧艺术本身在北京的发展演变,突出主干,如辽金元卷,着力于元,元代部分

又着重于杂剧辉煌的大都阶段。因为从纵向历史发展与审美变化来看，大都阶段成就最高，集中代表了元杂剧的时代精神及审美追求。再如明清卷，明代内容较少而清代成为重头。这是由北京戏剧发展实际所决定的。明代是北京城建的重要阶段，但当时戏剧中心则在南方，北京剧坛相对沉寂。所以篇幅相对较少。进入清代，北京不仅是政治、经济、文化中心，而且成了名副其实的戏剧中心，所以洋洋洒洒用了大量篇幅。同时注意吸收社会学、考古学、文物学、人类文化学、民俗学、城市学的成果。

三、夹叙夹议，史论结合

本书以记述史实为主。从述史的立场来说，尽量以翔实而丰富的史料为基础，以冷静而客观的叙述为主要手段，尽量避免脱离史实的凿空而论和主观臆断，注重历史的真实性，力图呈现戏剧发展的本来面目。同时，努力将史料与史观有机结合起来，不搞成史料堆积加史实考证。在记人、叙事、论艺之时，对不太具象、难以量化的美学思潮与戏剧现象也不放过，尽量给予把握分析，注意总结特点规律，进行画龙点睛式的概括归纳，以达到深层次的认知解剖，突显灵魂脉络。从述史模式来说，尽量全面系统考察，展示北京戏剧的丰富性和复杂多样性，兼顾知识性、工具性和实用性。对北京戏剧发展作出过突出贡献的人物，则辟专章专节介绍。

四、不囿于陈说，敢于提出独立见解

本书坚持历史唯物主义和辩证唯物主义的治史观，同时融入当代意识，在借鉴吸收前贤、时贤成果的同时，不囿于陈说，寻找新的阐释角度，对北京戏剧进行缜密考察和深入分析，提出独立见解。如对金院本的研究，在进行历时性考察中，提出了一些新观点。又如元杂剧的研究，可以说是诸家蜂起，成果累累。本书则着重从区域及断代性着眼，总结元杂剧的时代性和民族性，揭示传统农耕文化与游牧文化的碰撞，突出元杂剧对传统的反叛、人性的回归和民本思想，具有一定的新意。再如对宫廷戏剧，对统治阶级的文化政策及作用，对一些艺术家的功绩，也都尽量实事求是，客观公允，以符合历史面貌。然而，本书并非个人专著，因此，在充分尊重前贤和时贤研究成果的前提下，尽量运用通大路的标准来述史评史，不带有浓厚的个人色彩。

《中国评剧发展史》绪论

评剧，源于冀东等地的莲花落，曾用"落子"、"蹦蹦"、"碰碰"、"平腔梆子戏"和"评戏"等称谓，根植于华夏大地丰厚的民族文化艺术沃土之中，形成于物华天宝的冀东大地，深受"多慷慨悲歌之士"的燕赵文化的影响，爱憎分明，针砭时弊，评古论今，警醒世人。

评剧的形成与发展，有以下特点：

一、评剧，诞生于晚清西学东渐，变法图强，戏曲改良的社会文化环境之中

晚清，是中国历史上一个特殊时期。从甲午海战战败，戊戌变法失败，到庚子事变八国联军的入侵，腐朽的封建统治集团，把中华民族引入了灾难的深渊。两千年封建专制的腐朽性充分暴露，封建大厦千疮百孔，摇摇欲坠。帝国主义的大炮轰开了闭关自守的中国，迫使中国开放市场。封建主义的僵尸，在外来的新鲜空气下迅速腐化。

晚清，朝野上下的各阶层人士，在各种信息的强烈震撼下，从自满自足的昏睡中不断觉醒，觉醒之后感到惊诧、屈辱和惶恐，进而寻求富国强兵，变革求新，向外寻求思想、制度、文化等，产生了一股"西学东渐"的热潮。清王朝在内忧外患中，也进行了一些改良：如开放报刊出版，兴办新型学校，终止科举考试等。具体反映在戏曲文化领域，是一批有识之士倡导的戏曲改良。如梁启超、陈独秀、柳亚子等人从理论上的呐喊；又如汪笑侬、王蕴章等人在创作表演上的示范实验，揭开了戏曲文化向现代转型的序幕。在这个新的思想、新的观念与旧的思想、旧的观念冲突交织的大动荡时期，原有正统的封建观念

受到严重冲击，迅速崩溃瓦解，而新的思想理念尚未形成，迫切需要变化发展，需要更新重建。评剧，在这种求新求变的社会文化环境中应运而生。

二、评剧，伴随现代工业城市的娱乐消费而诞生发展

清光绪年间，政府兴办洋务，大力开采冀东矿产，兴办了唐山、林西、唐家庄、赵各庄、马家沟五大煤矿，统称为开滦煤矿。京奉铁路的修建，陶瓷、水泥、矾土、纺织诸业的兴起，使唐山这座新的工业城市人口猛增，为满足人们的娱乐消费，连续开办了许多娱乐场所，如1901年在唐山老车站附近兴建了"老戏院"，在财神庙街开办了"庆仙戏院"；1906年前后，仅在商业繁荣的唐山"小山"，先后开办了"华乐"、"全乐"、"松茂"、"九天仙"、"正海轩"等书馆、茶社、戏园十多家；1909年创办"永盛茶园"；1912年兴办了"天乐"、"大世界"、"天鹅大戏院"。这些茶园、书馆、戏院，是各种戏曲、曲艺的表演场所。莲花落大小班社就在这里生存发展。尤其是永盛茶园，成为评剧第一个固定演出场所，对评剧早期艺术的发展，功不可没。1909年3月，他们以这一新的艺术形式进入唐山小山"永盛茶园"演出，获得成功，标志评剧正式诞生。后来以"平腔梆子戏"之名，进入天津演出，也获得成功，扩大了影响。可以说，现代工业城市唐山，是评剧诞生的摇篮。现代工业城市天津，是评剧发扬光大的洞天福地。

三、评剧，在晚清"双国丧"期间正式孕育而成

1908年下半年，光绪皇帝和慈禧太后先后病逝，清政府下令举办"双国丧"，并禁止这一时期内全国各地的娱乐演出活动。直隶、天津当局重申禁止一切演出的禁令。任连会、成兆才、孙凤鸣、杜芝薏等人利用这段空闲时间，聚在一起商讨改进技艺，潜心总结了彩扮莲花落这种"三小戏"的艺术优劣，提出了借鉴梆子等戏曲剧种的表演、唱腔、伴奏，改革莲花落的一系列构想，如将第三人称改为第一人称，由演员扮演剧中人物，创作角色行当及使用的唱

腔，采用全套河北梆子乐器伴奏等。他们立志创造一种新的演出形式构想，促进了人的艺术创造力。首先，创造改编了《花为媒》、《开店》、《占花魁》等剧本。其次，新编演唱的板式结构为尖板、搭调、慢板、流水。第三，仿照河北梆子乐队编制，用板胡、板、鼓等乐器伴奏等。这个创作集体有意识地对自己所从事的彩扮莲花落总结反思，澄怀观道，革新创造，使之脱胎换骨，在内容和形式上出现了质的飞跃。1909年恢复演出后的尝试演出，受到了观众的首肯，并在演出实践中不断改进丰富。随之把唐山"永盛茶园"作为固定演出场所，使评剧喷薄而出，因独具特色，成为独领风骚的一个新兴剧种，并从冀东大地向四方传播。

四、评剧，伴随着辛亥革命、五四新文化运动的民主思想而发展

辛亥革命前后，封建专制的意识形态受到批判冲击，民主思潮空前高涨。成兆才等人既深受民主进步思潮的影响，又为满足当时广大观众，尤其是现代工业城市观众的审美需求，创作改编了一批借古讽今、具有民主意识的剧目，如《杜十娘》、《占花魁》、《雪玉冰霜》、《移花接木》、《王少安赶船》等，扩大了评剧的影响。五四新文化运动，倡导民主与科学，对中国社会影响极大。评剧界也为民请命，伸张正义，关注民间疾苦，创演了一批现实题材戏，如《枪毙高占英》（又名《杨三姐告状》）、《枪毙阎瑞生》、《枪毙驼龙》、《枪毙驼虎》等，在观众里引起轰动，促进了评剧的发展。

五、评剧，是华夏大地上北方许多民众的精神家园

20世纪既是中华民族多灾多难的百年，又是中华民族觉醒奋斗的百年，更是评剧形成发展的百年。时代的急剧变化，使人们心理随动荡的时局摇曳，一会儿承受巨大压力，"心理超重"；一会儿欣喜若狂，"心理失重"。内战外战、内乱外乱，纷至沓来，田园牧歌式的农耕生活方式很难长时期地重现。这就使这一历史时期的人们，随着灾难深重的社会，造成人生道路的危机四伏，

心理危机重重复复重重。为释放心理压力，急需寻找精神慰藉。而观看评剧演出，既是一种精神享受，又能释放被压抑的精神能量，从而成为中国北方广大民众的主要娱乐方式之一。这样，评剧就成为北方许多民众的精神家园。

六、评剧，兼收并蓄，海纳百川，敢于吸收，善于吸收，融为己有，因而后来居上，成为百年来发展迅速，在全国流传范围较广的戏曲剧种之一

评剧在形成之际，充分吸收了河北梆子的艺术营养，又借鉴了京剧等艺术形式。此后在剧目上改编文明戏和京剧剧目，剧本结构上受话剧影响。20世纪50年代，直接受到歌剧影响，间接受到电影影响。80年代，又吸收电视等艺术形成的养分……一次次的吸收，一次次的融化，一次次的自我否定与更新，追赶着时代的步伐，吸引了一代代观众的眼球，使评剧变得新颖别致、青春亮丽，具有现代艺术的某些特征与艺术品格。

根据评剧的发展历程，也为研究叙述方便，我们把评剧的发展过程大致分成了发生期、形成期、繁荣期、衰落期、复兴期、沉寂期、新时期7个阶段。

评剧的发生期，大致从莲花落的发生、发展，至清代后期衍变为对口莲花落、彩扮莲花落和"拆出"小戏。这一漫长的衍变期，称之为"发生期"。

在清代宣统年间，成兆才等一帮同人，为生存竞争而锐意革新，借鉴梆子戏等戏曲艺术经验，编演了一系列的"平腔梆子"大戏。使之以崭新的艺术风貌，不仅在唐山站住了脚，而且风靡京、津、唐一带。因此，把这一时期称为"形成期"。

从警世戏社头班出关到东北大地演出，使评剧向关外传播，并在黑土地上生根、开花、结果。因擅长编演警示世人、评古论今的剧目，1923年采纳天津名宿吕海寰的建议，也为了与当时被称为"平剧"的京剧区分，故而称之为"评剧"。稍后，剧目众多、班社林立、人才辈出、流派纷呈的评剧，又流传到上海十里洋场。因此，把评剧红火于长城内外及黄河流域，又载誉长江三角地带，直到1937年抗日战争全面爆发前夕，称之为"繁荣期"。

七七事变后，抗日烽烟四起。随着东北、华北军民的南迁西迁，评剧向西

北、中南、西南等地蔓延。虽然抗战评剧、解放区评剧的兴起，为这一时期带来几个亮点。但百姓流离失所，经济受到极大破坏，影响了评剧生存发展的土壤，带来了创作的萎缩。因此，把全面抗战开始至解放战争结束这一段称之为"衰落期"。

1949年中华人民共和国成立之后，评剧班社纷纷恢复和建立，借鉴了歌剧等新兴艺术形式，编演了一大批新剧目，使评剧焕发出新的活力，因有的新剧目被拍成电影，传播广泛，以至风靡全国，至1965年"文革"前，把评剧的这一黄金时代，称之为"复兴期"。

"文革"10年，评剧深受摧残，剧团纷纷解散，从业人员受到迫害，故而把万马齐喑的灾难年代，称之为"沉寂期"。

1978年十一届三中全会之后，评剧又焕发了艺术青春。以善于反映现实生活和善于吸收新兴艺术元素的现代性艺术品格，迅速崛起。但由于科技发展，电视、电脑网络等新兴传播方式的兴起，带来文化环境的变迁，评剧与其他戏曲剧种一样，受冲击，进入了"不适应期"，使"振兴"之声，此起彼伏。评剧界内外，卧薪尝胆，上下齐心，奋力"突围"。随着在评剧诞生地唐山举办几届评剧节的成功，使评剧再展雄风，与发展迅猛的新时代并驾齐驱，故而称之为"新时期"。

我们力图通过对中国评剧发生、发展过程的总结归纳，描述各个时期的总体性特点，揭示其中的统一性与差异性，普遍规律与特殊规律及其相互关系，进而发掘在评剧统一性艺术风貌笼罩下各表演流派的多样性与丰富性，从而绘制出评剧传承创新的艺术史巨幅画卷和浩荡流程。

评剧的本质，是一种艺术精神。其创作是艺术精神的凝聚显现，其演出则是艺术精神的扬洒表现，其观赏更是艺术精神的寄托宣泄。在人类生息繁衍的艺术生活及审美视野中，评剧与各种艺术形式一样，都是从人们艺术活动的历程中走过来，最后步入艺术史的长河之中，成为人类审美记忆里一处处波光粼粼的艺术辉煌。

中国评剧发展史等艺术史，是历史长河中历代民众艺术实践活动的过程，反映了各个历史时期人们集体无意识中的审美关注与审美理想，展示了人们在特定历史环境中所产生的各种忧虑的、优雅的与崇尚的诗情画意,记录了数代数十代艺术从业者们前赴后继,孜孜追求,艰辛探索,大胆创新,既有成功的经验,又有失败的教训,从而使之蕴涵了艺术发展演变的客观规律。

  这些艺术规律,仿佛一面镜子,折射出中华民族的智慧光芒和审美理想,可以烛照现实艺术从业者们的心灵,给予某种启迪感悟。这里,对中国评剧发展历程的考察、梳理和描绘,其现实意义和历史价值不言而喻。

积极培育改良地方戏曲发展的文化土壤

非物质文化遗产是文化的精华、智慧的象征、精神的结晶

赵春飞：秦馆长，您近年来在非物质文化遗产保护领域做了大量工作，请您介绍一下什么是非物质文化遗产保护（以下简称非遗）？

秦华生：温家宝总理将非遗定义为"文化的精华、智慧的象征、精神的结晶"，是非常准确和精辟的。非遗保护就是传承和保护这些中华民族的瑰宝。我国有非遗保护的传统，《诗经》的国风部分，就是孔子在周游列国的时候采风的成果，所以从这个意义上讲，3000年前就已经存在非遗保护。中国是个历史悠久的多民族国家，有着丰富的非物质文化遗产，目前非遗分为10大类领域，这些领域近年来都取得了巨大的成就。

赵春飞：您能谈谈我国非遗有哪些特性？

秦华生：王文章副部长主编的《非物质文化遗产概论》，是一部理论性很强，具有开创性的著作，对非遗保护具有重要的指导意义。书中将非遗的特性分为七类：一是独特性：每个项目都有它独特的文化艺术价值。二是活态性：有些项目还在活态的发展中，如藏族民间说唱体长篇英雄史诗《格萨尔》。三是流变性：昆曲师傅的演唱和徒弟刚学出来演唱的韵味就不相同。梅兰芳先生演出的韵味就没有其他人能达到。四是综合性：很多项目是综合的，如藏族的《格萨尔》是弹唱形式的，优秀的艺人能唱一年多不重复，还能即兴编词，将他们弹唱的内容集中起来就是民族史诗，也可以是藏戏。五是民族性：同样的情节，在不同的民族间流传时会有变化，如《白蛇传》。六是地域性：同一个故事，由于地域不同，所以曲调、方言都不相同，对故事的理解也不同。七是

传承性：可以进行师傅带徒弟等方式的传承。

我国非物质文化遗产工作取得了显著的成绩

赵春飞：请您谈谈目前我国非遗保护的现状如何？

秦华生：我国非遗保护做了大量工作，主要从三个方面进行：

一是文化精神的传承和保护。如藏族民间说唱体长篇英雄史诗《格萨尔》、蒙古族英雄史诗《江格尔》、柯尔克孜族传记性史诗《玛纳斯》这三大史诗，代表了民族文化的精神和灵魂，都需要挖掘整理和传承，需要资金和人力的投入，需要深入研究。

二是现实存在的东西要整理保护。如古琴曲，现实存在且要进行传承。

三是可以挖掘并进行生产性保护。如刺绣、茶叶的制作方法、雕刻手艺、藏香的制作等。对非遗进行分类保护，是在深入研究的基础上，在科学指导下进行传承保护。例如在青海有格萨尔研究所，专门从事收集整理"格萨尔王传"资料与相关的研究工作。

赵春飞：您已经给我们介绍了非遗的基本情况，您认为应该如何评价这些年我国非遗保护工作的成就？

秦华生：我国对非遗保护投入了大量的人力、物力、财力。首先是政府重视，在中国艺术研究院成立了"国家非物质文化遗产保护中心"，在文化部设立了"非遗司"，各省市、县也成立了相关的保护机构，在四级政府高度重视下，实施了一系列非遗保护工程，成效非常显著。

目前我国非遗保护的成就内容非常丰富。首先是80年代10部"中国民族民间文艺集成志书"的编纂。通过那个时候的抢救，很多文化遗产被保存下来。这部书有戏曲、音乐4部，民间文学3部，舞蹈1部，志书2部，从80年代年以来编纂、出版了300余卷，450余册，每册100万字，被誉为"中国文化万里长城"。其次是追随世界保护非遗的步伐，参加了世界非遗保护活动，作为国际保护公约的缔约国之一，我国积极响应世界非遗保护工作，并且从政府到民众齐动员，坚持做了大量工作，形成保护热潮。

赵春飞：您觉得非遗曲艺的重点保护领域有哪些？

秦华生：首先是项目的认定，四级名录和四级传承人的认定。其次每个项目的研究与保护措施的制定。再次，边远地区的曲艺种类有的濒于消失，尤其是少数民族曲种，应加快保护的步伐，加大保护的力度。

赵春飞：目前非遗保护工作中有哪些宝贵的经验？

秦华生：好经验很多，主要有以下几个方面：一是向联合国申请成功了30余个项目。二是评审和建立了几批国家级保护名录和国家级传承人名单及省、市、县四级名录和名单。三是建立了几个国家级保护区及省、市、县保护点。四是对非遗保护进行了理论研究和经验总结，产生了一系列成果，形成了新的学科门类。全国各地也有一系列先进经验，例如，吉林省松原市把马头琴和长调民歌的传承人转为文化馆的工作人员，保障他们的基本生活，解决传承人的后顾之忧，有助于国家级非遗项目的传承发展。2008年奥运会的时候，在松原市奥林匹克广场2008名马头琴手身着蒙古族服装、数百名格格身着满族服装，以载歌载舞的方式向世人展示蒙古族和满族文化的魅力。这种保护形式就是很好的非遗保护的经验。

重视非物质文化遗产保护的平衡性

赵春飞：您觉得我国戏曲的保护和传承现状如何？

秦华生：各级政府及有关机构，做了大量的工作，有一系列举世瞩目的成果，但由于现代化和城镇化浪潮的冲击，使处于当今时空坐标下的地方戏曲，遭遇一些传承难题，主要有以下几个方面：

一是地方戏曲的传承，主要是口传心授，又一直处于动态衍变之中，尽管有录音录像等现代科技手段留存，但仍是人走艺息。

二是地方戏曲剧种之间，表演手法相袭借鉴等，导致许多雷同。

三是地方戏曲剧种之间相互借鉴，向大剧种靠近，后来又向话剧学习，剧种特色日益淡化。

四是地方戏曲节奏慢，道白唱词不易听懂，加上传统剧目与现代人们思想和情趣的差异，使观众锐减。

以上几项因素以及地方戏曲生存文化土壤的贫瘠化、沙漠化的问题，带来了仿佛接连不断的"沙尘暴"，如何治理改良文化土壤，如何调动地方政府及相关单位保护地方戏曲的积极性，成为当务之急。

赵春飞：对于我国戏曲存在的这些问题，您认为可以采取什么措施来解决？

秦华生：首先，调整思路，尽量把地方戏曲对当今社会发展的有利因素发掘出来。例如，弘扬中华民族的传统美德，对当今构建和谐社会和社会稳定的意义，应当充分阐述，引起地方政府官员的进一步重视。

其次，减掉地方戏曲中的某些不适应当代社会的元素。例如，对历史上不同民族统治集团之间争斗的描述，有民族歧视成分。又如，对封建皇权的歌颂等。

第三，突出地方戏曲传承之后的开发价值。例如，地方戏曲在当地庆典活动中的特色，对当地旅游开发的价值等。

第四，某些地方戏曲剧种可实施创新性传承战略，即常言所说的"老瓶装新酒"，出人出戏。近几年，如山东省新创作吕剧《补天》、河南改编的豫剧《程婴救孤》、新创作的《铡刀下的红梅》等，入选了国家舞台精品工程，成为地方文化名片，打造了地方文化品牌，容易引起各方重视和支持，此乃传承之上策也。

第五，促进保护和传承地方戏曲的立法，加大宣传力度，强化地方文化官员对保护文化多样性的认识，提高传承地方戏曲的文化自觉，调动他们的积极性。

总而言之，不能只讲地方戏曲保护传承的文化价值，还要着重发掘其在构建和谐社会中的当代功用，以调动地方政府投入的积极性，吸引当代观众的眼球，进而争取地方立法保护。这样，增施一些"有机肥"，增加"水浇地"，才可能有效地阻止文化土壤沙漠化和贫瘠化，逐步改良地方戏曲生存的文化土壤，使地方戏曲老树新花，枝繁叶茂，成为中华民族精神上空的一片绿荫。

协调非遗本真性和生产性，以保护为主，兼有合理利用

赵春飞：您还希望国家和社会对非遗保护提供哪些支持？

秦华生：公办、民办、海外资金三方面要形成合力，保障非遗保护工作全面开展。国家级传承人是国宝，而仍有少数边远贫困地区的传承人生活没有保障，影响传承。各级政府应该提供资金和政策保障措施，以确保国家级、省级传承人的基本生活和医疗。此外，确保有力度的监管、督查等方式，保证非遗保护的资金都用于非遗保护工作。

赵春飞：非遗保护是要保持其本真性，您觉得非遗本真性和生产性之间存在矛盾吗？怎么处理两者的关系？

秦华生：由于时代的差异及每个传承人个人条件的差异，非遗项目的传承过程中，流变是绝对的，不变是相对的。这样，只有尽可能地保持其本真性。有一批项目尽量保持原汁原味。而另一批项目可用于日常生产，两者并不矛盾。可进行生产性保护的项目，如果不允许它们生产，传承人看不到发展的希望，就不愿意花费时间和精力学习，这些项目就难以传承。现在要重点考虑哪些项目是能够采取生产性保护的，要考虑让它如何进行。如宁夏镇北堡，就提供了一种良好的保护和生产共同发展的模式。

（采访、文字整理：赵春飞，女，硕士，助理研究员，国家发展和改革委员会经济体制与管理研究所）